Les Domestiques de Berthier

Catalogage avant publication de Bibliothèque et Archives nationales du Québec et Bibliothèque et Archives Canada

Turcotte, Monique, 1940-
Les domestiques de Berthier
Sommaire: t. 2. Dans la tourmente, 1773-1776.
ISBN 978-2-89585-152-3 (v. 2)
I. Titre. II. Titre: Dans la tourmente, 1773-1776.
PS8639.U722D65 2011 C843'.6 C2011-941094-X
PS9639.U722D65 2011

Les Éditeurs réunis bénéficient du soutien financier de la SODEC et du Programme de crédits d'impôt du gouvernement du Québec.

Nous remercions le Conseil des Arts du Canada de l'aide accordée à notre programme de publication.

Nous reconnaissons l'aide financière du gouvernement du Canada par l'entremise du Fonds du livre du Canada pour nos activités d'édition.

Édition :
LES ÉDITEURS RÉUNIS
www.lesediteursreunis.com

Distribution au Canada :
PROLOGUE
www.prologue.ca

Distribution en Europe :
DNM
www.librairieduquebec.fr

Imprimé au Canada

Dépôt légal : 2012
Bibliothèque et Archives nationales du Québec
Bibliothèque nationale du Canada
Bibliothèque nationale de France

Hélène Côté

MONIQUE TURCOTTE

Les Domestiques de Berthier

★★

Dans la tourmente

1773-1776

LES ÉDITEURS RÉUNIS

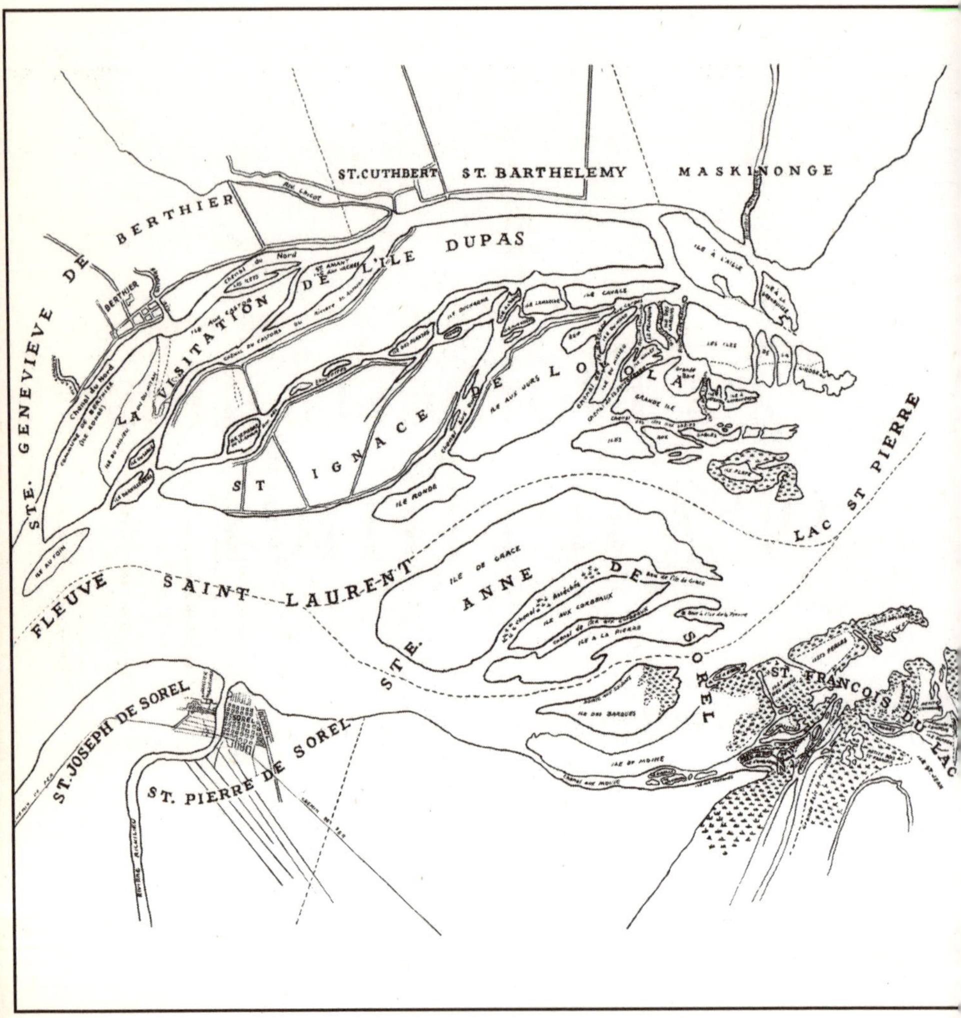

Carte 1 : *Îles de Sorel (anciennement «Saurel»)*

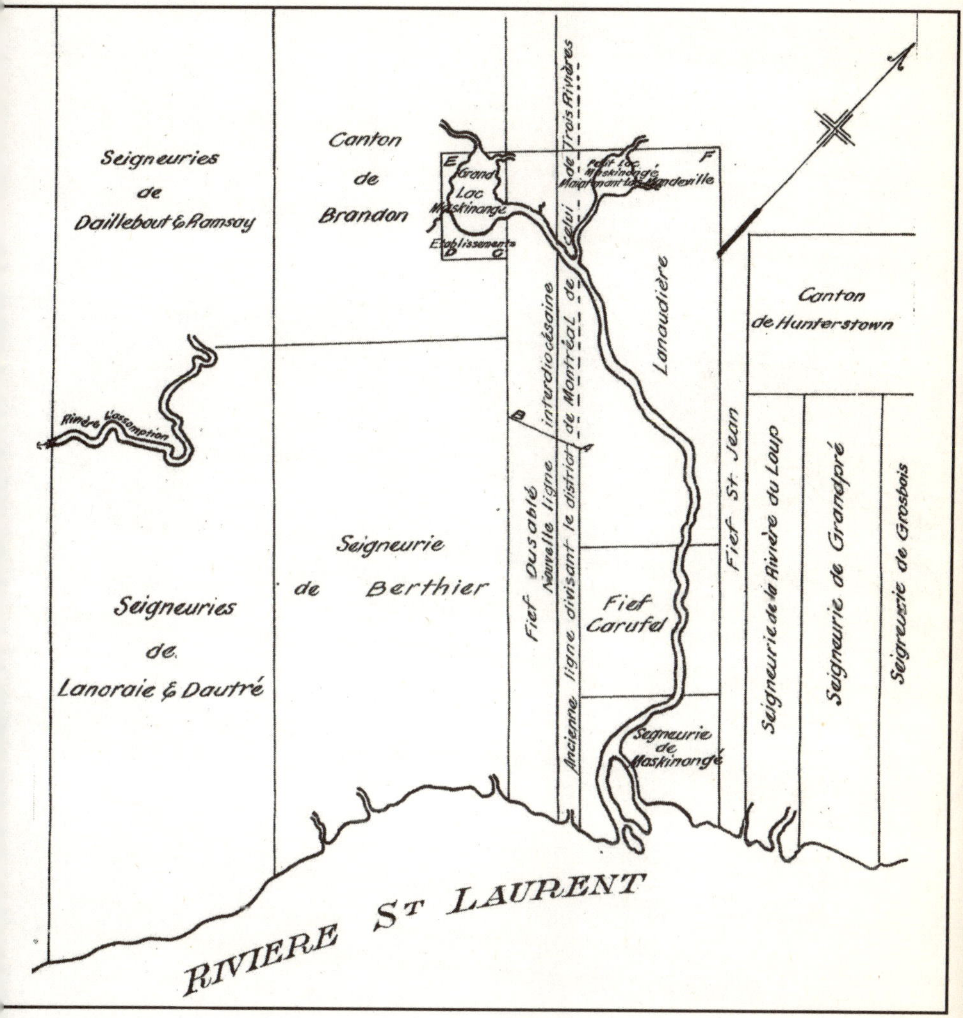

Carte 2 : *Berthier et les seigneuries avoisinantes*

« Les années ont passé, ainsi que le temps de mes rêves fous. Mon capitaine s'en est allé vers d'autres amours ; mon Dieu reste sourd à mes prières. Les derniers pans de ma jeunesse sont trempés dans le fiel de l'amertume. Mon âme se languit de haine vengeresse. J'attends… le jour venu, le châtiment n'en sera que plus cruel. »

(Extrait du journal de Julia Scott, novembre 1773.)

1

Manoir de Berthier-en-Haut

Assise tout près de l'âtre où une énorme bûche de chêne finissait de se consumer, Mathilde berçait doucement l'enfant couchée dans son berceau. La nuit était encore noire et pleine ; seuls les scintillements venant du ventre du poêle jetaient une lumière chétive dans la pièce assoupie. Au-dehors, sous le ciel sans lune, la terre recouverte de la première neige reflétait une lueur apaisante et duveteuse. Mathilde frissonna à la pensée que bientôt l'hiver tiendra bêtes et hommes enserrés dans son étau de glace et de froid. Elle remonta le châle de laine qui avait glissé de ses épaules et se pelotonna dans la chaise berçante.

Une douce torpeur s'était installée dans le corps alangui de la jeune femme, fatiguée de tant de nuits de veilles. La venue de la saison froide avait amené, comme chaque année, une panoplie de maladies enfantines qui se propageaient d'une maison à l'autre ; toutefois, malgré les mesures d'hygiène imposées par la seigneuresse Catherine, la varicelle était entrée au manoir de Berthier. Tous les enfants, les uns après les autres, l'avaient attrapée. Les aînés, Alexander et James, portaient encore la marque des éruptions cutanées qui les avaient fait tant souffrir, tandis que des trois fillettes seule bébé Mary Ann la combattait encore. La fièvre allait et venait alors que les pustules, qui couvraient tout son corps minuscule, la démangeaient comme si des milliers de fourmis s'affairaient sans cesse sur elle. Bien qu'on appliquât sur ses plaies vives une pommade de poudre de fleurs de soucis, composée de pétales séchés et broyés, additionnés d'amidon, l'enfant peinait à s'endormir.

Afin de calmer le bébé qui gémissait dans son sommeil agité, Mathilde tirait doucement la corde du berceau qui tanguait faiblement comme un frêle esquif sur une mer au repos. Elle fredonnait un cantique tant de fois chanté à l'église, et les mots inaudibles se perdaient dans la pièce silencieuse. Hypnotisée par les flammes qui dansaient, elle s'assoupit, tenant bien serrée dans sa main droite la chaîne en or offerte par le capitaine Henry Cairns sur le parvis de l'église de l'Île Du Pas, un certain soir d'hiver 1767, six longues années plus tôt. Promesse d'amour éternel, gage de fidélité dont elle ne se séparait jamais. Ce bijou ancien, qui avait appartenu à Catherine Wilson, mère de la seigneuresse et d'Henry Cairns, rendait plus réel l'engagement de l'homme qu'elle aimait.

Elle sombra momentanément dans un rêve évanescent, le temps de retrouver le visage de son bien-aimé ; elle revit ce sourire à elle seule adressé quand il était venu lors du dernier été. Une présence la tira brusquement de ce monde onirique ; Julia était là, debout près de l'escalier, silencieuse, menaçante. Mathilde frémit : elle en avait peur.

***

Depuis l'arrivée de Mathilde Guillot au manoir de Berthier, à l'été 1766, Julia Scott, la dame de compagnie de la seigneuresse, n'avait que du mépris pour elle et nourrissait de la vengeance à son égard ; à ses yeux, elle prenait trop de place auprès des maîtres et, surtout, faute impardonnable, elle avait conquis le cœur du capitaine Cairns, le frère aîné de la seigneuresse. Entre les deux jeunes femmes, cette rivalité était devenue une lutte sans merci ; et ce combat, quels que soient les moyens à prendre, Julia comptait bien le gagner, puisqu'elle se savait du côté du pouvoir.

Plusieurs années plus tôt, tout juste après la naissance d'Alexander, l'aîné de la famille Cuthbert, Julia, humiliée et tourmentée par une jalousie maladive, était allée frapper à la masure de Cunégonde, la guérisseuse du village : elle allait y implorer son soutien pour se débarrasser de cette *stupid girl*, et personne d'autre que la veuve Nolan, croyait-elle alors, ne l'aiderait à assouvir sa vengeance. Sa haine n'avait d'égale que sa rancœur envers Mathilde Guillot à qui la seigneuresse avait confié le nourrisson. Un affront que la Canadienne devrait réparer un jour ou l'autre, et cela, Julia l'avait juré sur la tête de sa mère.

En s'adressant secrètement en pleine nuit à la veuve Nolan, qu'on disait dotée de pouvoirs médiumniques, la dame de compagnie de *lady* Catherine avait espéré un miracle, un secours providentiel. Lui était revenu en mémoire, comme une inspiration céleste, cet oracle du prophète Sophonie : « *Je vais en finir, ce jour-là, avec tous tes oppresseurs.* »

Sûre de l'appui du divin, Julia avait alors contourné la cabane de la sorcière du village ; elle s'était furtivement approchée de la porte qui s'était ouverte brusquement devant une femme étrange, accoutrée de vêtements bigarrés, emprisonnant un matou noir dans ses bras nus. Énigmatique, Cunégonde se tenait dans l'embrasure de la porte, fixant l'intruse de ses yeux pers, aussi menaçants que ceux de son chat ; Julia, effrayée, avait d'instinct reculé d'un pas. D'une voix trouble, la femme l'avait apostrophée durement : « Vous portez le malheur, allez-vous-en ! Vous avez le mauvais œil ! » avait vociféré la veuve Nolan, repoussant Julia sans ménagement.

Julia avait pris peur et avait voulu fuir sur-le champ ce lieu lugubre, mais elle s'était vite ressaisie et avait insisté :

— Pouvez-vous me recevoir, un bref moment ? J'ai besoin de votre aide, avait-elle balbutié, restant sur ses gardes.

— Les esprits qui vous guident sont méchants ; si vous faites pas pénitence en demandant pardon pour le mal que vous avez fait et que vous vous préparez à faire, vous brûlerez en enfer, *Miss* Julia.

— Par Dieu ! Comment savez-vous mon nom ? avait bafouillé Julia, décontenancée.

— J'lis en vous comme le curé dans son bréviaire, *Miss*. Repentez-vous et purifiez votre âme. Allez-vous-en maintenant ; sachez que jamais j'vous aiderai à faire du mal autour de vous. J'travaille pas pour le yâbe, moé ! avait persiflé Cunégonde. Déposant son chat à ses pieds, elle avait aussitôt fermé la porte au nez de Julia, mortifiée.

La condamnation était tombée sur elle comme le couperet d'une guillotine ; ne sachant comment réagir à ces paroles accusatrices, l'Anglaise avait repris le sentier du manoir. La nuit sans lune avait ralenti sa marche, car elle était peu accoutumée aux pièges disséminés ici et là sur la rive du fleuve endormi. Elle avait trébuché sur une racine, buté contre une souche, et s'était relevée en pestant contre ce pays maudit qui ne lui avait offert que déceptions et humiliations. Pendant un bref instant, elle avait songé à se laisser avaler par les eaux sombres et disparaître à jamais. « Personne ne me pleurerait, avait-elle regretté. Une vie vide de sens… » Mais elle s'était aussitôt ressaisie et avait repris sa marche. « Mon histoire ne peut se terminer ainsi », avait-elle décidé, bien résolue à rester maîtresse de son destin.

Cette nuit-là, la peur s'était soudée à elle comme la honte sur un condamné ; tout bruit l'avait saisie de frayeur. Le hululement de la chouette l'avait terrifiée, croyant que c'était la sorcière qui la poursuivait ; affolée, elle avait couru. « La réputation de la veuve est donc fondée. Elle est vraiment devineresse, ma foi ! » avait pensé Julia, partagée entre l'effroi et la rage. Elle avait alors éprouvé de la peur, une peur viscérale et tenace qui noue l'estomac, qui l'avait fait trembler et choir sur les souches éparpillées le long de la rive comme des cadavres échoués ; elle avait senti la peur de savoir son secret exposé au grand jour, de ne pouvoir réussir à vaincre l'adversaire. Pour la première fois de sa vie, Julia était effrayée.

Elle serait désormais habitée par un sentiment d'exaspération née de l'impuissance de ne pouvoir contrer l'influence exercée par la Canadienne auprès des maîtres. Sans l'aide de

Cunégonde, comment allait-elle réussir à se débarrasser de cette rivale qui était venue briser tous ses rêves ? Désabusée, elle ne voyait aucune issue ; aussi devrait-elle toujours se montrer prudente, car l'impitoyable Cuthbert restait aux aguets depuis qu'elle avait tenté d'accuser Mathilde d'un méfait dont celle-ci n'était pas coupable. Elle savait que le maître ne pardonnerait pas une deuxième offense. Et comme personne à la seigneurie ne voudrait l'aider à détruire l'ennemie, il lui faudrait attendre son heure, patiemment, comme le fauve guettait sa proie. Cette heure viendrait, Julia en avait la certitude.

***

Immobile, Mathilde laissa croire à Julia qu'elle s'était rendormie ; ses muscles étaient aussi tendus que pouvaient l'être les cordes d'un arc. Sa tête, lourde de nuits sans sommeil, vacilla un moment ; elle ouvrit les yeux et, instinctivement, posa son regard inquiet sur l'enfant. Julia était partie comme elle était venue, silencieuse et sournoise ; elle avait su, une fois de plus éveiller l'angoisse dans l'esprit de Mathilde qui s'assura d'être seule avec le bébé avant de se lever. Elle hésita un moment devant le berceau, de peur d'interrompre le repos de Mary Ann. Elle écouta si la respiration de la petite était normale ; apaisée, elle monta à l'étage pour visiter chacun des enfants.

Le mobilier du manoir lui étant familier, Mathilde se déplaçait dans la nuit avec l'agilité d'un félin. Elle évita habilement la table basse, contourna la chaise à haut dossier du seigneur, palpa du bout du pied les nœuds des marches de l'escalier, monta lentement pour ne pas faire de bruit et entra dans la chambre des garçons qui sommeillaient encore profondément à cette heure matinale. Elle sourit avec attendrissement en voyant Alexander et James, lovés l'un contre l'autre pour se garder au chaud tels des chiots orphelins ; elle toucha leur front, osa une caresse, remonta leurs couvertures. Elle refit les mêmes gestes de tendresse envers les deux fillettes, Catherine Betsy Isabella, surnommée Betsy, et Margaret Ethelind, enlacées dans le grand lit entouré de tentures pour les protéger du froid.

Lentement, elle descendit l'escalier et s'arrêta auprès de Mary Ann, toujours profondément endormie.

La jeune femme s'étira et bâilla ; le froid la fit frissonner. Elle ouvrit la trappe du poêle de la cuisine et y ajouta une belle bûche. Aussitôt la flamme jaillit en étincelles d'or, laissant entendre une musique semblable au vent qui bruit dans les feuilles séchées. Elle nourrit ensuite le foyer, étendit la peau de buffle près du berceau, s'enroula dans une couverture et sombra dans un sommeil tourmenté.

2

Les nouvelles publiées dans *The Gazette* semaient de plus en plus l'inquiétude dans la colonie et rappelaient sans cesse à Mathilde les dangers constants qui guettaient celui qu'elle aimait. Chaque fois que la nuit la portait vers un monde inconnu, elle était submergée par un flot d'émotions contradictoires. Parfois, la guerre était finie, et Henry était là tout près, revenu pour toujours ; mais d'autres songes lui faisaient voir le capitaine aux prises avec l'ennemi, engagé dans un combat au corps à corps ou, pire encore, prisonnier des Indiens ennemis. Quand elle voyait une main lever un tomahawk et en menacer son bien-aimé, elle retenait un cri. Ces rêves récurrents la privaient alors d'un repos bien mérité et, au réveil, elle se sentait bien soulagée de pouvoir enfin faire la différence entre le rêve et la réalité.

Les premières lueurs du jour chassaient les mauvaises images de la nuit et, vaillamment, la jeune femme reprenait son service exigeant auprès de la famille Cuthbert. Dès qu'elle entendait les rires étouffés des garçons sautant du lit, repus de sommeil, elle se levait, s'habillait et affrontait sa journée courageusement comme le faisait autrefois Anne, sa mère.

Dès l'aube, tout l'appelait : les bruits feutrés de la ferme qui s'éveillait, les pas qui traînaient sur le bois des planchers, les coups de balai sur le sol pour en refouler les phobies de la nuit, le chant insistant du coq, les voix en sourdine, quelques rires ; toute cette vie reprenait son cours là où elle l'avait laissé la veille au soir. « Aujourd'hui ressemblera à hier, et demain ? Sans doute à hier aussi, se disait-elle. Tout restera de même, tant qu'il ne reviendra pas. » Elle était résignée à attendre son capitaine, parti faire la guerre aux rebelles du Sud, en s'occupant des cinq enfants Cuthbert, qui meublaient tellement son temps qu'il ne lui en restait guère pour bercer ses rêves.

Chaque matin nouveau était pourtant là avec ses promesses, jour vierge ou page blanche où tout pouvait s'écrire, commencer ou se terminer. Mathilde gardait à l'âme un sentiment d'urgence, elle ne voulait manquer aucun chapitre de sa vie qu'elle souhaitait rédiger elle-même dans la liberté de ses propres choix.

Elle regarda les enfants encore chiffonnés de sommeil, les cheveux en bataille ; elle leur sourit et s'apprêta à leur servir le repas.

Lady Catherine, éveillée par les pas précipités de ses enfants qui faisaient craquer les planchers de bois, rejoignit Mathilde qui rassemblait les petits devant le feu. Il faisait froid en ce matin de décembre et, au sortir du lit, les enfants frissonnaient.

— James, approche, tu vas prendre froid, ordonna Catherine à son fils, le couvrant d'un plaid écossais. Tu tousses encore, ton père et moi sommes très inquiets.

— Faites-vous pas tant de souci, *lady* Catherine, il est vigoureux. Dans quelques jours, il ira mieux, la rassura Mathilde, en frictionnant l'enfant d'une pommade de gomme de sapin.

Catherine remarqua les traits tirés de sa servante qu'elle considérait maintenant comme sa *sister-in-law* depuis que son frère Henry lui avait confié que *never* il n'aimerait une autre femme que sa belle Canadienne. Avant de partir rejoindre les troupes britanniques, il lui avait recommandé, avec insistance et confiance, de bien veiller sur elle.

— Vous êtes fatiguée par toutes ces nuits auprès des enfants. Mary Ann est la dernière à être malade, espérons qu'ensuite nous passerons un hiver plus calme. Vous êtes une vraie perle pour nos enfants, je ne regrette pas mon choix, car ils vous aiment beaucoup. Vous ferez une épouse idéale pour mon frère et une mère… *excellent* pour vos enfants, dit la seigneuresse à voix basse, pour éviter d'être entendue par l'ombrageuse Julia, sa dame de compagnie.

— Merci, *lady,* dit Mathilde, encore intimidée par le décorum qu'elle devait observer dans cette société si différente de la sienne.

Bien qu'elle fût très attachée à *lady* Catherine, Mathilde respectait les règles imposées par le rang social auquel la seigneuresse appartenait, et maintenait envers elle une affectueuse réserve. Si, un jour, elle épousait le capitaine Henry Cairns, fils d'une noble famille écossaise, son statut matrimonial lui conférerait de facto des titres enviables ; en attendant, elle s'obligeait à se rappeler sa condition, celle d'une servante canadienne soumise aux ordres des conquérants.

Catherine partageait les appréhensions de Mathilde devant la menace de rébellion des colonies américaines et savait lire l'inquiétude dans les yeux expressifs de la domestique. Elle voulut se montrer amicale quand la bonne d'enfants vint lui porter le bébé qui venait de se réveiller. Jetant un coup d'œil dans la pièce, pour s'assurer de l'absence de Julia, la seigneuresse risqua cette confidence :

— *Dear* Mathilde, hier le postier, *Mr* Alexander McKay, m'a apporté une courte missive de mon frère, qui vous envoie tout son amour. Soyez sans crainte, il va bien et sera avec nous pour Noël.

— Dieu vous entende, *lady* Catherine ! Je fais souvent de mauvais rêves, confia la jeune femme, rougissant légèrement.

— Votre cœur vous joue de mauvais tours, Mathilde. Henry vous reviendra, vous lui manquez tant. *He loves you !*

— Je l'aime aussi, confessa Mathilde, les yeux remplis de larmes.

***

Depuis le départ d'Adèle, la jeune femme ne trouvait plus, entre les murs du manoir, une oreille attentive pour recevoir ses confidences ni personne à qui demander conseil ; elle devait s'en remettre aux quelques mots échangés avec sa maîtresse écossaise qui ne saisissait pas toujours les secrets cachés dans la nuance des mots qui lui étaient étrangers. Comment confier à *lady* Catherine que sa famille lui manquait, que la privation des rires et des taquineries fraternelles la rendait chaque jour plus mélancolique, que les sarcasmes de Julia la blessaient ? Avec Adèle, tout rapport avait toujours été simple, ouvert, franc ; elles se comprenaient d'un regard, d'un geste, d'un silence.

La solitude lui pesait. Depuis que sa mère était partie prématurément, un jour triste de février 1767, Mathilde avait toujours pu compter sur l'amitié d'Adèle et sur l'amour d'Henry, mais tous les deux avaient depuis quitté le manoir. Mathilde devait maintenant chercher d'autres repères, d'autres oasis où poser ses ailes fatiguées.

En ce matin de mélancolie, elle sentit le besoin de revoir son amie, d'entendre sa voix, d'écouter son rire magique et guérisseur d'âmes. Elle résolut de lui rendre visite dès que le repas serait terminé, confiant les enfants à Geneviève et à Rose, jeune esclave noire récemment acquise par le seigneur de Berthier. L'enfant était venue de l'autre bout du monde, accompagnée de deux autres esclaves, Sarah et Joshua, frère et sœur, arrachés à leurs racines africaines, au printemps de leur vie.

3

Dès qu'elle mit le nez dehors, Mathilde fut attirée par le roulement des tambours qui annonçaient bruyamment l'arrivée d'une troupe de militaires anglais ; à pas mesurés, les hommes se dirigeaient vers Berthier en avançant avec précaution sur la route figée par le froid. La terre, dure comme le diamant, claquait sous leurs bottes ; le vacarme, qui retentissait dans la campagne encore engourdie, chassait à grands coups d'ailes les oiseaux effrayés. Les chiens s'énervaient, s'approchaient de la compagnie et retournaient penauds à leur logis, tandis qu'un cheval tranquille, attelé à un tombereau chargé de sacs de légumes, suivait, résigné, les jeunes militaires.

Embrasées par le soleil, les armes des soldats lançaient des éclairs qui se croisaient selon les mouvements des hommes. Ils portaient des habits écarlates qui se découpaient dans la lumière crue de ce jour de décembre ; cela accentuait le bleu du ciel qui, nulle part au monde, n'était aussi pur et azuré que celui qui colorait l'hiver canadien. Ce bleu était si éclatant qu'il parsemait de paillettes dorées tout le vaste paysage immaculé.

Le va-et-vient des militaires indifférait les habitants, maintenant accoutumés aux manœuvres des soldats, et chacun vaquait à ses activités, sans même relever la tête au passage des troupes. Mais ce matin, il faisait si froid qu'en les croisant Mathilde fit exception ; elle salua ces jeunes gens peu rompus à la rudesse du pays. Elle en eut pitié.

— Il fait un froid de loup, c'matin, et ces pauvres gamins sont pas vêtus assez chaudement. Ils vont attraper la mort, s'écria Mathilde en entrant dans la cuisine du boulanger Chaviot aussi familièrement que si elle avait ouvert la porte de sa propre maison.

— Enlève ta bougrine et tout ton attirail, dit Adèle ; viens te chauffer !

— Ton petiot grandit vite, constata la visiteuse tout en déposant son lourd manteau. J'peux le prendre un moment ?

— Réchauffe-toi d'abord ; il finit sa tétée et je te le laisse. Tu as l'habitude, astheure, avec tous les mioches de la famille Cuthbert dont tu as la charge.

— J'ai pas souvent les bras vides, rappela Mathilde, il en arrive un presque à chaque année ; cinq enfants assurent à présent la descendance du seigneur Cuthbert. Mais aujourd'hui, je prends une heure de répit, bébé Mary Ann dort ; ta grande fille Geneviève veille sur elle, et Rose s'amuse avec les plus vieux. Et toi, ma bonne amie, t'as l'air ben heureuse, remarqua Mathilde devant la sérénité et la beauté radieuse d'Adèle.

— Je suis une femme comblée. Jamais je n'avais espéré revivre un si bel amour. Paul-Henri est un époux attentif et aimant ; depuis notre mariage, mes enfants sont devenus les siens. D'abord la naissance de Madeleine, pis ensuite celle de Benjamin lui ont donné des ailes. Vingt fois par jour, il délaisse ses fourneaux pour s'enquérir des enfants. Et si je l'écoutais, je serais auprès du bébé jour et nuit, soupira Adèle, levant les yeux au ciel.

— Son premier mariage avec la pauvre Hélène, Dieu ait son âme, dit Mathilde en se signant, ne lui a occasionné que des malheurs. C'est un brave homme. Et toi, t'es la meilleure femme de la colonie ; je vous souhaite une longue et heureuse vie ensemble.

— Que Dieu t'entende !

— Bien l'bonjour Mathilde ! lança gaiement Paul-Henri, apportant une assiettée de pâtisseries et de pains tout juste sortis du four. Pardi, c'matin, t'es plus belle que jamais !

— Vous êtes toujours aussi indulgent envers une pauvre bonne qui passe une partie de ses nuits à veiller les petits des maîtres, répliqua Mathilde en déposant Benjamin dans les bras de son père.

— Une jolie rose comme toi, ça reste pas longtemps flétrie, ma belle !

— Mon époux a raison, quand tu ouvres notre porte, tu embellis notre maison. Tu m'es aussi précieuse qu'une sœur, renchérit Adèle, servant un bon café bien chaud et des brioches à son amie.

***

À vingt-trois ans, Mathilde était maintenant une femme mûre, épanouie, rompue aux tâches ingrates qu'exigeait le soin de jeunes enfants. On la disait belle, et bien qu'elle ait peu de temps à consacrer à la coquetterie, elle portait sa beauté comme une nonne pudique, insouciante de la puissance de l'attrait qu'elle exerçait sur ceux qui la côtoyaient. Elle allait dans la vie sans se bâdrer des regards attendris posés sur elle. Seul l'amour d'Henry suffisait à la combler. Elle avait toujours cette démarche assurée d'une jeune femme confiante ; sa taille s'était affinée et, malgré les larmes versées, ses yeux rieurs avaient retrouvé leur éclat avec le temps. Des cheveux plus foncés, cachés modestement sous sa coiffe, laissaient paraître des mèches d'ombre qui assagissaient ses traits.

Sa curiosité l'amenait toujours plus loin dans ses découvertes. Le maître d'école, Thomas Mandeville, avait, à une époque, profité de toutes les occasions pour se rapprocher d'elle et enrichir ses connaissances. Il parlait bien, l'instituteur, et ses paroles imagées comme des paraboles faisaient naître et vivre les rêves. Il avait rapidement remarqué l'intelligence de Mathilde et, séduit par sa vivacité d'esprit, il en était tombé follement amoureux. Éperdu d'admiration, il avait cherché les mots les plus beaux de la langue française pour écrire, juste pour elle, un poème d'amour transcrit sur un parchemin enrubanné, et le lui avait offert pour ses vingt ans, le 5 mai 1770. Mais la jeune femme avait eu la délicatesse de lui faire clairement comprendre que son cœur n'était pas libre et qu'il était inutile qu'il s'accrochât davantage à un rêve impossible. Son premier soupirant, Jacques Foucault, avait dû lui aussi déclarer forfait ; après le mariage du maître boulanger avec la cuisinière du manoir, il était parti tenter sa chance aux Trois-Rivières.

Mais témoin des amours de ses proches, la sage Mathilde s'interrogeait parfois sur ses choix. Elle était promise au capitaine Cairns, engagé dans le conflit entre l'Angleterre et ses colonies américaines, et cette guerre risquait de s'éterniser ; elle se sentait bien seule sur sa couche froide.

***

— Tu sembles bien morose ce matin, remarqua Adèle, prenant affectueusement dans les siennes les mains de son amie.

— Maintenant que mère n'est plus là, je me demande qui lirait dans mon cœur si t'étais pas à mes côtés, reprit Mathilde, posant sur Adèle un regard plein de mélancolie.

Devinant l'objet de l'inquiétude de la jeune femme, la boulangère tenta de la rassurer :

— Reste forte et brave, l'amour qu'Henry Cairns te voue triomphera de tous les dangers. Il faut regarder devant toi et mettre ta confiance dans le Tout-Puissant. Qui aurait dit que je rencontrerais ce bon bougre d'homme qui me rend aujourd'hui si heureuse et à qui j'ai donné deux petiots ?

— Je te donne raison là-dessus, ce qui m'empêche pas de m'tracasser ; la guerre dans les colonies du Sud risque de coûter la vie à l'homme que j'aime, comme elle t'a volé ton premier amour dans la bataille de Québec. Toutes ces années perdues à attendre… Certains jours, j'envie votre bonheur paisible, soupira Mathilde en avalant sa dernière gorgée de café.

— Tu es une femme aimée, Mathilde, c'est déjà un bien grand bonheur. En attendant que ton beau capitaine revienne, sache que notre maison t'est toujours ouverte, lui rappela Adèle, serrant affectueusement son amie dans ses bras.

— *Lady* Catherine vient de me confier qu'elle a reçu une missive de son frère dans laquelle il annonce sa visite pour Noël. Je prie la bonne Sainte Vierge pour lui chaque jour ; puisse-t-elle entendre ma prière !

— Tu seras exaucée ; ton capitaine sera avec toi pour fêter ce Noël en famille. Je passerai au manoir avec les enfants dans les prochains jours ; retrouve ta force et ta joie, mon amie. Crois-moi, rien n'est perdu, j'en suis la preuve éloquente !

— Merci, chère Adèle, tes bonnes paroles me font tant de bien !

***

Chaque fois que Mathilde revenait de la boulangerie, elle était heureuse de s'être nourrie du bonheur qui émanait de son amie Adèle. Elle était fascinée par les couples, époux, amis et amants, qu'elle fréquentait ; ils lui faisaient envie. Elle s'attendrissait devant la complicité bien établie entre *lady* Catherine et son mari. Quand elle rendait visite à son père et à Sagawee, qui formaient un couple singulier, uni par des liens invisibles tissés au fil du quotidien, elle ne pouvait que s'interroger sur les conséquences de ses choix. Et elle regrettait parfois son lit désert devant le bonheur si simple et si vrai de Thérèse et Jean-Baptiste. « Me sera-t-il donné de vivre, à mon tour, un bel amour, sans larmes, sans malheurs, sans crainte ? Pourquoi ai-je pris cette route difficile ? » songeait Mathilde sur le chemin du retour.

Il lui revenait alors les interrogations qui semaient le doute dans son esprit… Pourquoi n'avait-elle pas choisi la vie facile, limpide et prévisible que lui proposait l'apprenti boulanger, Jacques Foucault, éperdument amoureux d'elle, prêt à lui décrocher la lune ? Son père, Antoine Guillot, aurait mille fois préféré donner la main de son aînée à ce gentilhomme d'origine française plutôt que de la voir éprise d'un militaire de l'armée ennemie. Et le sieur Thomas Mandeville, qui courtisait si habilement la noblesse de la colonie, ne lui offrait-il pas à la fois l'amour et l'entrée dans la bourgeoisie canadienne ? Où était sa route ? S'était-elle égarée, aveuglée par la passion ? Elle s'en voulait parfois de ressasser les mêmes questions, de manquer de foi en l'avenir, mais son cœur exigeait des réponses que son esprit n'arrivait pas à trouver.

En dépit de tous ses doutes et de tous ses questionnements, Mathilde avait laissé les sentiments l'emporter sur la raison, elle était prête à sacrifier le connu pour affronter l'inconnu. Elle savait faire la sourde oreille aux histoires qu'elle entendait au sujet des relations que les squaws accueillantes entretenaient avec les militaires éparpillés dans toute la colonie. Elle ne voulait pas souiller la pureté de l'amour qui l'attachait au capitaine Cairns en s'attardant sur les calomnies galvaudées méchamment autour d'elle. Elle n'était pas naïve et pouvait admettre que son fiancé eût pu s'énamourer d'une belle avant de s'éprendre d'elle, mais depuis qu'il lui avait librement promis amour et fidélité, elle lui faisait entièrement confiance, tout en restant bien vigilante. Elle ne pardonnerait jamais la déloyauté, elle le lui avait exprimé très clairement, sur la tombe de sa mère. Le regardant droit dans les yeux, elle avait juré :

— Henry, je vous aime et vous aimerai sans réserve toute ma vie ; je resterai fidèle à cette promesse en retour d'un pareil engagement de votre part. M'aimerez-vous malgré l'usure du temps, les longues séparations, les maladies et les deuils ?

— Très chère Mathilde, avait-il promis en l'embrassant, ce sera vous seule et pour toujours. Je le jure devant notre Dieu, témoin de notre vœu de fidélité.

Elle n'avait désormais plus aucune raison de douter ; elle supporterait le poids de l'absence avec résignation, confiante en l'avenir.

Comme il arrivait souvent lors des moments troubles, ses idées voyageuses la ramenaient vers Anne à qui elle s'était confiée quelque temps avant sa mort ; avec tendresse, sa mère lui avait dit : « Ma fille, suis les appels de ton cœur. Il te trompera jamais. » Ragaillardie par cette évocation, Mathilde perçut clairement, presque charnellement même, la bénédiction de sa mère, et elle pressa le pas jusqu'au manoir qui se dessinait entre les arbres dénudés.

Les aînés, Alexander et James, étaient sortis et s'amusaient avec Groggy, leur vieux chien un peu pataud, moins empressé qu'avant d'obéir aux ordres des garçons ; Rose, tout emmitouflée de crémones, les surveillait, statufiée sur place. Cette enfant déracinée, perdue dans ce pays de neige, éveilla la pitié de Mathilde, qui la prit dans ses bras pour la réchauffer. L'esclave ne put retenir ses larmes qui formèrent de petites perles sur ses joues rougies.

4

Un coup, légèrement frappé à la porte de la cuisine, rappela à Mathilde la visite quotidienne de son frère Firmin. Depuis la naissance de Mary Ann, le printemps dernier, le jeune homme venait prendre son repas du midi avec sa sœur, à la table du manoir. Patient avec les enfants, il secondait Mathilde en les amusant ; il préparait ensuite leur assiettée et, au besoin, assistait Betsy ou Margaret pour couper leur viande. Lorsqu'elles s'attardaient à picorer dans leur plat comme des poussins, il leur tendait la cuillère et les aidait à vider leur assiette. Le dîner terminé, si ses services n'étaient pas requis au presbytère, il prenait quelques minutes pour raconter aux servantes et aux enfants mille et une choses qu'il avait apprises avec l'instituteur.

Firmin était presque un homme maintenant, même si son air juvénile et la délicatesse de ses traits laissaient croire qu'il n'était encore qu'un enfant. Grand et mince comme un roseau, il se déplaçait posément, sans faire de bruit ; on aurait dit une ombre qui se glissait discrètement, juste là où il devait être. Chaque matin, dans le chœur de la modeste église de Berthier, il psalmodiait en latin, d'une voix douce, les versets des psaumes et les litanies, recueilli comme un moine contemplatif. Ses cheveux châtain clair, ses lèvres bien dessinées et son regard franc rappelaient les traits de sa mère, son égérie, sa source, son modèle.

Sa piété exemplaire avait été rapidement remarquée par le curé Basile Papin, qui l'avait pris sous sa protection dès son arrivée à la paroisse de Sainte-Geneviève-de-Berthier, à l'automne 1767. Depuis, Firmin habitait au presbytère où l'instituteur lui apprenait la lecture, l'arithmétique, les sciences, l'histoire et la géographie du monde connu. Dans ses rares moments libres, le prêtre lui enseignait l'histoire sainte et le latin.

Avant de retrouver Mathilde, il venait tout juste de traduire du latin, à la demande du curé Papin, un long texte auquel, en élève studieux, il avait consacré toute la matinée. L'histoire, qu'il avait apprise en décodant ces mots d'une langue étrangère, l'enchantait et, dès qu'il le put, il s'empressa de la partager avec Mathilde, toujours curieuse des étonnantes découvertes de son frère.

— Et pis, quelle histoire as-tu à me conter astheure ? demanda Mathilde, tout en continuant de présenter la cuillère à Mary Ann.

— Un récit passionnant… Des fois, je me demande si je rêve pas, dit Firmin, fort doué pour les langues étrangères.

— J't'écoute… insista la jeune femme, ouvrant la bouche toute grande pour inciter l'enfant à manger.

— Ce matin, le livre que m'a remis le curé avait trait à la ville de Rome, la cité de notre pape Clément XIV, fondée par les jumeaux Remus et Romulus. J'ai pensé à nos bessons, Étienne et Julien, mais pour sûr, ils auront pas le même destin.

— Raconte, tu me fais languir, pria Mathilde.

— Maintenant ? Les enfants vont s'attabler betôt.

— Il reste encore quelques minutes. Ils s'amusent avec Rose. Va, frérot !

— Les deux bébés, Remus et Romulus, avaient été abandonnés dans un panier sur les eaux du Tibre, comme Moïse sur le Nil qui fut sauvé par une princesse égyptienne. Tu te souviens de ce chapitre de l'Exode ?

— Ben sûr, confirma Mathilde. Continue cette belle histoire des jumeaux de Rome.

— Remus et Romulus, poursuivit Firmin, ont été recueillis par une louve qui les a cachés dans la grotte du Lupercal et qui les a allaités tous les deux.

— Une louve ? T'es sûr ? Tu t'es peut-être trompé de mot ?

— Non, non ! Le curé m'a dit que c'était bien une louve qui avait sauvé les bébés de la mort. La légende dit qu'ensuite un berger et sa femme les ont adoptés et élevés comme leurs fils. Ils ont grandi, sont devenus des hommes forts et puissants ; ils ont fondé des villes qui sont devenues très peuplées et prospères. Le texte dit que c'est Romulus qui a fondé Rome.

— Rome… Romulus, répéta Mathilde songeuse. Mère serait si contente de te voir apprendre toutes ces choses, elle qui souhaitait tellement que ses enfants aient une meilleure vie que la sienne, évoqua Mathilde, un brin nostalgique.

— Mère nous voit du haut du ciel, je lui parle tous les jours, elle nous a pas abandonnés.

— Qu'elle me pardonne, je suis si occupée que parfois j'oublie. J'y pense seulement quand j'ai besoin d'elle, se désola Mathilde, tout en vérifiant la cuisson du repas. La soupe est prête. Tu peux appeler les enfants et les placer à table ?

***

La table familiale, solide, faite du chêne de la seigneurie par l'ébéniste Joachim Filiaud, occupait tout le centre de la cuisine du manoir. Deux longs bancs, qui s'étiraient de chaque côté, accueillaient sans peine six personnes ; devant chaque convive, un tiroir renfermait les ustensiles, une assiette, un plat pour les soupes et les potages ainsi qu'une tasse en étain. Aux extrémités trônait une chaise à dossier munie de bras, de traverses chantournées, avec siège en babiche.

— Mmm… Qu'est-ce qui mijote ? s'enquit Firmin, curieux et affamé, passant le premier au bout du banc, suivi d'Alexander et de James ; en face, les deux petites filles, Betsy et Margaret

Ethelind, se rangeaient sagement l'une contre l'autre. Habituellement, Thérèse et Mathilde prenaient place à chaque bout pour remplir les assiettes de chacun. Le midi, Geneviève s'assoyait sur le banc avec les fillettes, tandis que Rose, la jeune esclave, servait les maîtres. Le soir, c'était l'inverse, car le service était plus long, plus élaboré, alors que toute la famille Cuthbert prenait le repas dans la salle à manger, parents et enfants partageant la même table.

— Thérèse a apprêté ton mets préféré aujourd'hui: un potage aux légumes et une bonne sauce aux œufs. Tu dois te souvenir que mère préparait cette recette pendant les jours maigres. Au dessert, Thérèse servira un pouding à la citrouille, dit Mathilde tout en veillant à ce que les enfants Cuthbert soient propres et sagement assis à leur place.

Les maîtres exigeaient que leurs enfants apprennent les bonnes manières à table, et ce, dès leur plus jeune âge. Mathilde ainsi que les autres servantes devaient se montrer intransigeantes. Nul retard, nulle tenue négligée et encore moins les mains sales n'étaient tolérés, à défaut de quoi le fautif devait quitter la table sur-le-champ. Il était rare qu'une telle punition fût appliquée, les enfants avaient très tôt compris la sévérité de cette consigne qu'ils ne pouvaient transgresser.

— Notre belle-sœur est une bonne cuisinière. Jean-Baptiste n'a pas trop à redire quand il s'assoit à sa table, taquina Firmin en souriant à Thérèse, qui apportait les deux chaudrons de fonte dans lesquels mijotait le repas.

— On est mariés depuis peu, il se plaint pas encore! Adèle m'a montré patiemment comment faire l'ordinaire, comment cuisiner de bonnes recettes nourrissantes, la plupart du temps faites avec les produits de la ferme de la seigneurie. Je lui dois une fière chandelle.

— Les nouveaux époux partagent le goût du travail ben fait, ils ont beaucoup de courage aussi, commenta Mathilde, portant à la bouche du bébé une cuillérée de purée. Puisse le Tout-Puissant leur accorder le bonheur d'une longue vie !

— Si Dieu le veut, nous achèterons un lopin de terre à l'Île Du Pas dès que nous aurons gagné assez de livres, déclara la jeune épouse. Jean-Baptiste est ben vaillant et cherche une terre qui donnera à manger à sa famille. On veut s'installer dans notre maison à nous ; quand les petiots viendront, faudra ben faire notre nid ailleurs, nos parents auront pas la place pour loger une autre famille. Et Jean-Baptiste veut retourner à son île, ajouta Thérèse en servant le potage aux enfants.

— Père attend ce jour-là ; il souhaite tant voir son aîné s'établir près de sa terre, celle des Guillot depuis trois générations, rappela Firmin.

***

Un bruit confus de cris étouffés et de bousculade arrêta brusquement les conversations ; Mathilde tendit l'oreille et se dirigea discrètement vers le couloir d'où venait le vacarme. Julia hurlait et malmenait Rose ; elle la frappait et l'injuriait sans ménagement. Apeurée, l'esclave, à peine sortie de l'enfance, se cachait derrière la porte de la cuisine ; ses grands yeux blancs comme des hosties brillaient de larmes retenues.

— *Bastard !* fulminait Julia. Tu ne comprends rien ! Va-t'en ! Sors de là, ordonna-t-elle en poussant la porte sur la malheureuse.

— Holà, tout doux ! s'interposa Mathilde, tendant la main à la pauvresse. Et toi, Julia, laisse-la tranquille ! Tu devrais avoir honte d'agir comme ça avec une enfant !

— Toi, la Canadienne, ne te mêle pas de cette affaire ; ça ne te regarde pas ! Et de quel droit me parles-tu ainsi ? La malheureuse a renversé du thé chaud sur *lady* Catherine, je ne veux plus la voir au service à la table des maîtres, jamais ! Dehors !... Dans la porcherie, elle serait plus à sa place !

— *Miss* Julia, je vous prie de retirer vos paroles, intervint Firmin. Vous n'avez donc aucune pitié ?

— Pas pour ce genre de…

— Julia, laissez ! ordonna la seigneuresse, alertée par les cris de sa dame de compagnie. Je vais régler moi-même cette affaire ; les enfants ne doivent jamais être témoins de pareille scène. Mathilde, conduisez Rose à sa maisonnette, *please.*

La misérable enfant, dépourvue de tout, même de ses propres racines, suivit Mathilde jusqu'à sa chambrette, située dans l'appentis dont le mur jouxtait celui du manoir, à l'est du bâtiment. La pièce était sombre et presque vide : deux paillasses, une table nue et trois bûches, servant sans doute de sièges, estima Mathilde, composaient le mobilier. Des vêtements et un fanal étaient suspendus à des crochets rudimentaires et, dans un coin, quelques assiettes et quelques ustensiles attendaient, sagement rangés sur une tablette.

Il faisait froid, seule une truie, installée au centre de la pièce, y diffusait encore une maigre chaleur. Mathilde ajouta une bûche dans le poêle, enveloppa l'esclave qui se laissa faire, portée par la douceur du moment. Aucun mot ne fut échangé entre elles ; Rose, récemment arrivée des colonies américaines, ne comprenait que le langage des gestes. Sa peur s'apaisa en présence de Mathilde, qui lui sourit sans crainte, sans dégoût. Après s'être assurée que l'enfant ne manquerait de rien, Mathilde lui fit signe de rester dans sa chambre ; elle lui apporterait à manger plus tard. Rose grimaça timidement une mimique qui ressemblait à un sourire.

Julia disparut pour le reste de la journée, sans doute sévèrement réprimandée par *lady* Catherine qui ne supportait pas l'injustice, fût-elle commise à l'endroit d'une esclave.

5

Depuis quelque temps, James Cuthbert, seigneur et juge de paix du district judiciaire de Berthier, était très préoccupé par le nombre trop élevé de décès de bébés de moins de un an, survenus depuis le début de l'automne. Il trouvait anormal que, presque chaque semaine, la paroisse eût à déplorer la mort d'un nourrisson alors qu'aucune épidémie ne sévissait au pays. Trois décès inexpliqués le tracassaient particulièrement ; il retournait le problème sous tous ses angles, étudiait la question en échafaudant des hypothèses mais, malgré l'enquête qu'il menait subtilement, il lui manquait des éléments, des faits qui puissent lui apporter des réponses satisfaisantes.

En cette fin de soirée de vent et de neige, un texte de loi entre les mains, James Cuthbert analysait cette délicate affaire, seul devant l'âtre qui réchauffait le salon silencieux. Les jambes étendues sur un tabouret recouvert de peau de loup marin, une tasse de *tea* posée sur le guéridon, le seigneur élaborait des stratégies, perdu dans ses réflexions. Il n'arrivait pas à se soustraire à ses pensées, aussi obsédantes que le tic-tac de la vieille horloge, héritage du Régime français, qui marquait le temps près de la cheminée. « Il faut agir », songeait-il en fixant les flammes, comme s'il cherchait, dans la lumière crue, la solution qui ne venait pas. Il se dirigea vers son bureau, déplia une feuille de papier, prit sa plume, la trempa dans l'encre et nota rigoureusement les faits qui lui avaient été rapportés, le jour même, par le curé Papin. Peut-être y verrait-il plus clair en exposant la situation suivante…

Apparemment nés en bonne santé, trois nourrissons étaient morts sans que le docteur Généreux puisse en expliquer les raisons. Dans les trois cas, Mathurine, « la matrone » comme on l'appelait ici, avait assisté les mères lors des accouchements et n'avait eu à signaler au médecin aucune maladie ni infirmité chez ces bébés ; un seul était né quelques semaines avant terme. La sage-femme l'avait bien langé et enveloppé dans des couvertures ; elle avait ensuite recommandé à la mère de le garder sur la porte du four, bien emmailloté pour le maintenir au chaud. Afin de s'assurer que le petiot ne manquât de rien, Mathurine s'était donné la peine de visiter la mère chaque jour durant un mois et de la conseiller quant aux soins à prodiguer à un prématuré. Sa longue expérience l'avait alors persuadée que le petit semblait bien accroché à la vie : il tétait bien, il avait même pris un peu de poids et de vigueur. Sa mère l'avait pourtant retrouvé mort, à ses côtés, un matin de décembre. Deux autres enfants, une fillette de cinq mois et un garçonnet de quelques semaines à peine, avaient aussi été trouvés sans vie dans le lit de leurs parents. « Étrange », conclut le juge de paix… en refermant son encrier.

Devant un tel mystère, des rumeurs se répandaient comme des plumes dispersées aux quatre vents ; les uns soutenaient avoir vu circuler, les soirs de nouvelle lune, une bête immonde aux alentours des maisons, les autres parlaient de mauvais sorts jetés par un vagabond en colère à qui l'on aurait refusé l'hospitalité. On osait même accuser la vieille matrone de sorcellerie, sans toutefois apporter aucun élément qui puisse appuyer les rumeurs farfelues qui s'amplifiaient. Pragmatique, James Cuthbert n'accordait aucun intérêt à ces commérages.

Mais la veuve Mathurine s'inquiétait, elle craignait que cette chasse aux sorcières ne la condamnât sans qu'elle eût le temps de se défendre. Cette femme, qui avait entendu tant d'enfants lancer leurs premiers cris, avait fini par leur ressembler ; elle était toute fripée, menue, recroquevillée comme les feuilles flétries de l'automne canadien. Sa bouche édentée, ses yeux à demi clos, son crâne dégarni, ses vieilles jambes claudicantes, tout lui rappelait que la boucle de sa longue vie était bouclée. Elle avait vu naître presque tous les nouveau-nés de la seigneurie, coupé les amarres qui les retenaient encore à leur barque, ouvert les passages difficiles, fermé les yeux de mères parties en donnant la vie, mais jamais elle ne s'était prise pour Dieu ni osé interrompre une vie, fût-elle promise à la plus grande misère.

Elle méritait la reconnaissance de la population, et non l'ingratitude et les viles calomnies colportées par des commères du village. Elle ne comprenait pas la sourde hostilité qu'elle ressentait dès qu'elle sortait de sa maison ; elle, qui ne barrait jamais sa porte, n'osait plus se coucher sans mettre une chaise sous la clenche afin d'assurer sa sécurité. Depuis la mort du bébé Palmer, le prématuré, aucune mère n'avait eu l'audace de requérir son aide pour accoucher ; elle se savait bannie.

Tête basse, humiliée, les yeux clos sur sa peine, elle se rendait très tôt le matin à l'église paroissiale pour y prier ; elle y occupait la place la plus isolée, devant la statue de la Vierge Marie, et récitait silencieusement des litanies, hochant tristement la tête. Ses dévotions terminées, elle rentrait chez elle, se glissant comme une ombre entre les maisons, évitant les regards et les ragots ; parfois Firmin l'accompagnait jusqu'à son logis, mais il n'arrivait pas, malgré ses paroles bienveillantes, à la consoler. Il avait bien hâte que le seigneur des lieux éclaircisse le mystère de ces morts d'enfants pour que la vieille Mathurine puisse enfin retrouver la dignité et la gratitude qui lui étaient dues.

* * *

Le seigneur commençait à s'impatienter ; il avait récemment consulté d'autres juristes, cherché dans ses livres savants des explications rationnelles, mais il restait perplexe devant ce mystère qu'il ne pouvait percer. Il résolut alors de convoquer le curé Papin et le docteur Généreux afin de discuter avec eux de ce problème délicat ; peut-être apporteraient-ils un éclairage différent ou des faits nouveaux.

Réunis au manoir, les trois hommes étudièrent la situation et exposèrent leurs points de vue sans qu'aucun d'entre eux ne trouve la clé de cette singulière énigme. Ils conclurent cependant qu'il serait utile, voire nécessaire, de visiter quelques familles : il fallait de toute urgence tirer cette affaire au clair.

— Il semble de mon devoir d'inspecter certains logis, discrètement il va de soi, proposa le docteur. Il se peut que certaines maladies enfantines m'aient échappé. Depuis la nuit des temps, la mort du nourrisson est un problème connu, faudra évaluer chacun de ces cas…

— Mais trois enfants, d'apparence en bonne santé, qui meurent en quelques semaines sans que vous ayez été informé qu'une maladie contamine la population ? Cela me semble bien étrange, commenta James Cuthbert, songeur.

— Vous pensez à des morts… voulues ? demanda le prêtre.

— Toute hypothèse doit être étudiée. Le meurtre d'enfant est un crime connu dans la colonie ; des procès-verbaux de juges en témoignent. Tenez, j'en ai quelques-uns ici, dit Cuthbert, ouvrant un document légal.

— Vous avez raison, il faut scruter toutes les pistes. J'interrogerai les mères des bébés qui sont décédés, sans cause apparente, peut-être apprendrai-je la vérité, proposa le docteur.

Dès le lendemain, le docteur Généreux frappait à la porte de la mansarde des Palmer. Un enfant pleurait ; il attendit un moment avant d'abaisser doucement la clenche et d'entrer. Une souris détala. Une jeune femme, les cheveux défaits, debout devant la table en désordre, tentait de calmer l'enfant qui s'égosillait comme un agneau qu'on égorge ; elle ne porta aucune attention à l'homme qui s'avançait vers elle.

— Je suis le docteur du village, ma bonne dame. Je viens vous offrir mes condoléances pour la perte de votre dernier-né.

La femme resta de marbre, s'acharnant à faire taire l'enfant dépenaillé.

— Est-ce que d'autres enfants sont malades, dans cette maison ?

— J'vois pas, s'impatienta la dame Palmer.

— Votre petit, décédé tout récemment, semblait bien portant. Mathurine m'avait assuré qu'il était réchappé. Avez-vous quelques explications à me donner sur cette mort disons… inattendue ?

— C'est-tu le curé qui vous envoie ? rétorqua la femme, sans même regarder le visiteur.

— Il est important que j'établisse la cause de la disparition de votre bébé et que je puisse m'assurer que vos autres enfants ne sont pas malades. Ces précautions sont nécessaires afin d'éviter les épidémies dans la colonie, répondit le docteur avec bienveillance. Vous avez plusieurs enfants, madame ?

— Celui-là et pis l'autre encore couché sur sa paillasse.

— Je voudrais voir s'ils ont de la fièvre. Je peux les toucher ?

— Ceux-là, y sont pas malades pantoute. Le petiot, j'l'ai trouvé mort à mes côtés quand j'me suis levée pour mettre une bûche dans le poêle.

— Vos enfants dorment toujours avec vous ?

— Faut ben, m'sieur. Fait frette icitte.

L'unique pièce insalubre et humide reposait sur un sol de terre battue où l'enfant allait pieds nus.

— Votre mari est ici ?

— Vous pensez ben ! Y est parti v'là deux mois, juste avant que le petit arrive, parti pour l'hiver trapper avec les sauvages.

— Vous vivez seule avec vos enfants ?

— Comme je viens de vous l'dire, mon homme est parti.

— Vous avez de quoi manger ?

— Y a la poule qui nous fournit en œufs, pis le reste des légumes du jardin de l'été passé. C'est toutte.

— Pas de viande pour les enfants ?

— Y en a guère, juste quand quelqu'un nous en apporte. Quand le petit est né, Mathurine a tué une poule et l'a fait cuire.

— Je vais voir ce que je peux faire pour vous et vos enfants, promit le docteur Généreux, touché par le dénuement total dans lequel cette famille était laissée.

— Faites don', mon bon monsieur ! coupa la femme.

Elle déposa le petit garçon par terre et attendit, sans ajouter une parole, que l'homme s'en aille.

L'enfant, larmoyant, se cachait comme un chaton apeuré dans le tablier de sa mère qui caressait machinalement ses cheveux crasseux. Fixant un regard impassible sur l'intrus, la femme posa ses mains sur ses hanches et soupira en signe d'impatience. Le médecin comprit qu'il n'apprendrait rien de plus de cette mère qui vivait dans l'indigence la plus totale.

Avant de partir, il examina la pièce exiguë et triste où une minuscule fenêtre laissait chichement passer un rayon de lumière qui formait un rectangle sur le sol humide et froid. Quelques rondins de bois encore verts étaient éparpillés autour du poêle qui peinait à réchauffer la masure des Palmer. Le docteur Généreux venait de découvrir une autre famille dans le besoin : pauvreté, ignorance et isolement semblaient leur lot quotidien. Il eut pitié et sortit discrètement, refermant, une fois de plus, la porte sur la misère.

Il s'arrêta ensuite à la chaumière des deux autres familles endeuillées, où régnaient la même détresse, le même dénuement : enfants couverts de guenilles, maigres, tristes, sauvageons qui se cachaient à l'arrivée de l'étranger. Que faire devant cette pauvreté qui semblait infinie, devant ces ventres vides, ces yeux éteints, ces mères aux seins taris ? Il soupçonna que ces femmes, résignées à leur sort, avaient refusé de nourrir une vie qui n'avait pas d'avenir. Mais comment les juger et les condamner ?

***

Les visites terminées, le médecin présenta ses conclusions au curé et au seigneur ; tous trois adoptèrent à l'unanimité le compte rendu logique du docteur Généreux. L'absence de preuves suffisantes qui pouvaient démontrer avec certitude que les mères avaient délibérément fait mourir leur nourrisson ne permettait pas à James Cuthbert de les inculper pour infanticide. Le seigneur eut pitié de tant de misère sur ses propres terres ; à la recommandation du docteur Généreux, il produisit un rapport modéré dans lequel il détaillait les noms et les dates des tristes événements, sans qu'aucune accusation ne soit portée contre quiconque.

Chacun des trois hommes avait cependant la certitude que des infanticides avaient été commis, mais comment le prouver ? Ne valait-il pas mieux venir en aide à ces femmes isolées, démunies, plutôt que de les pendre haut et court et de laisser des enfants orphelins ? Qui alors s'occuperait d'eux ? Les pères partis trapper ou guerroyer ? Aider, éduquer et surveiller était plutôt la solution afin que ces tristes événements ne se reproduisent plus jamais.

Les trois hommes se partagèrent la charge des responsabilités pour améliorer le sort de ces familles. Il fut décidé que le docteur veillerait davantage à informer les mères sur l'importance de l'hygiène et d'une nourriture saine ; le seigneur s'engageait à fournir une partie des denrées nécessaires aux familles indigentes, et le curé Papin crut de son devoir de prêtre d'intervenir dans son sermon du dimanche suivant.

« Mes frères et sœurs dans le Christ, depuis les dernières semaines, notre paroisse pleure la mort de trois innocents, à peine entrés dans l'Église du Christ. Tous les trois sont morts en dormant dans le lit avec leurs parents, il faut voir là un problème à corriger. Dès maintenant, je défends à tous les parents de garder les nourrissons sur leur paillasse. Il faudra désormais les déposer dans leur berceau et bien les surveiller afin qu'ils ne s'étouffent pas. Ceux qui continueront à dormir avec leur petit devront répondre de leur désobéissance devant leur Dieu, leur prêtre, leur juge de paix et seigneur.

« Chaque famille de la seigneurie sera visitée par des paroissiens qui les inviteront à donner vêtements et victuailles pour les familles les plus pauvres d'entre nous. La Noël sera bientôt célébrée, qu'elle le soit dans le partage fraternel et l'amour de notre prochain. Et dans la charité du Christ, je demande aux mauvaises langues de la paroisse de cesser de répandre les calomnies qui empoisonnent la vie de dame Mathurine, cette chrétienne exemplaire que les méchancetés de certaines personnes ont vouée à la honte et au déshonneur. Cette bonne paroissienne mérite votre respect et votre reconnaissance pour tout le bien qu'elle a répandu autour d'elle. Que Dieu vous pardonne et vous bénisse, au nom du Père, du Fils et du Saint-Esprit ! Et que dans sa bonté miséricordieuse, il accueille l'âme de ces petiots ! Amen ! »

La messe terminée, Firmin s'empressa de rejoindre Mathurine, encore plus recroquevillée qu'avant ces tristes événements, et l'accompagna jusqu'à sa maison. Des larmes silencieuses se traçaient un chemin dans les rides qui sillonnaient son visage émacié ; une paix sereine et douce émanait de sa personne qui ne nourrissait aucune rancune envers qui que ce soit. Cette âme angélique ne connaissait pas le mal. Firmin était soulagé : la vieille accoucheuse avait retrouvé sa dignité.

* * *

Madame Papin, mère du curé, ainsi que sa fille, veuve depuis peu, furent émues devant la misère que leur exposa le curé pendant le repas dominical. Basile avait fait construire une maison pour héberger les deux femmes, tout près de l'église, en juin 1770 ; il avait depuis pris l'habitude de les visiter, chaque dimanche, entre la messe et les vêpres. Après avoir prié ensemble, ils commentaient les nouvelles, discutaient de politique et élaboraient des projets pour développer le village ; mère et fille étaient des femmes d'action. Touchées par le récit du curé, elles lui proposèrent de prendre en charge la quête, la confection et la distribution des biens recueillis pour venir en aide aux familles démunies qui habitaient la seigneurie.

Ces femmes pieuses et charitables vivaient une existence vertueuse et édifiante, vie partagée entre l'église et leur foyer toujours accueillant ; on s'y arrêtait pour demander un conseil « à la mère-curé », pour lui confier ses peines, ses inquiétudes, ou pour participer aux activités communautaires qui prenaient naissance dans sa cuisine. Cette fois, unies dans une entreprise commune, mère et fille se mirent aussitôt à la tâche et réunirent autour de leur table d'habiles paroissiennes capables de confectionner des vêtements, de tisser des couvertures, de tricoter tuques, mitaines et chaussettes de laine. Parfois, quand ses obligations familiales le lui permettaient, Adèle se joignait au groupe de femmes et fournissait le pain et les brioches aux familles démunies.

Madame Papin inspirait ses compagnes et leur communiquait son sens du devoir et de la charité. Elle ne tolérait aucune médisance, encore moins la calomnie ; chacune devait donc tenir sa langue et éviter tout commérage. L'atmosphère de travail était détendue et joviale ; bientôt, des paniers remplis de biens divers furent prêts à être livrés aux indigents.

L'intendant Guillaume Piet, aidé par un fermier, attela un cheval et chargea le traîneau de viandes, de pains, de vêtements, de couvertures, de berceaux et de quelques lits commandés par les Cuthbert au menuisier Pierre Fafard. Le partage des biens se fit dans le respect et la charité, avec discrétion et justice. Les hommes avaient eu l'ordre d'ouvrir l'œil et d'évaluer les besoins des familles misérables : personne dans la seigneurie de James et Catherine Cuthbert ne devait mourir dans le dénuement, privé de nourriture ou de soins de santé. Tous avaient reçu le mandat de signaler tous les cas d'indigence au seigneur, au curé ou au docteur Généreux, lesquels se chargeraient ensuite d'approvisionner les familles pauvres.

Durant l'hiver qui suivit, la mère du curé et sa fille cousirent et tricotèrent pour les pauvres de la paroisse ; chaque semaine, la veuve Papin, en vêtements de deuil, se rendait visiter les trois mères qui avaient perdu leur bébé l'automne précédent. Sans jugement, sans ostentation ni suffisance, elle offrait son temps et son savoir à ces femmes illettrées. Peu à peu, elle gagna leur confiance ; les confidences naquirent entre une corvée de vaisselle, un enfant à laver, une paillasse à retourner, un regard échangé. Sa simplicité et sa discrétion savaient ouvrir les cœurs fermés à la tendresse ; elle décodait les demi-mots, les phrases inachevées, les regards fuyants, les ecchymoses dissimulées sous les longues jupes. Sa présence discrète et rassurante suffisait à donner du courage à ces jeunes mères qui voyaient dans cette grande dame respectable un exemple à imiter.

La mendicité de ces femmes n'était plus une honte, et désormais une vie décente devenait pour elles un défi à surmonter, un but à atteindre, patiemment, comme on monte un escalier, une marche à la fois.

6

La troisième semaine de décembre, la neige couvrait entièrement le sol, enveloppant le pays tout entier dans un moelleux assoupissement. Tous les habitants des rives du Saint-Laurent s'appropriaient alors ce long silence feutré de l'hiver qui régnerait, sans contrainte, jusqu'à Pâques. Il en était ainsi depuis si longtemps au nord de ce continent que personne n'avait souvenir qu'il en fût autrement. Alors que la nature s'endormait, des hommes partaient dans les bois, tandis que d'autres laissaient le temps s'user jusqu'à ce qu'apparaissent de nouveau les sillons à semer.

Les femmes filaient la laine, tissaient tapis et couvertures, tricotaient, brodaient et cousaient tout en faisant chaque jour un miracle afin que tous puissent s'asseoir trois fois par jour devant une assiette bien remplie. Bien que rompus aux froidures des longs hivers canadiens, certains habitants en subissaient les rigueurs tout en souhaitant, au fond d'eux-mêmes, le retour des jours plus cléments.

Pour Sagawee, l'Abénaquise, il en était autrement : quand revenait la saison de la trappe, elle renaissait. Elle pouvait enfin poser les collets, piéger et apprêter le gibier si abondant dans toute l'immensité du continent. À l'approche de décembre, elle reprenait ses habitudes et sortait dehors, au lever du jour, tout juste couverte d'une fourrure ; elle évaluait alors le froid sur sa peau mate, jaugeait ensuite l'épaisseur de la couche de neige et guettait fébrilement le premier matin de gel tenace.

Quand enfin il fut là, elle enfila sa tunique de peaux de castors, attacha la crémone et le bonnet de laine que Mathilde avait tricotés pour elle, chaussa ses mocassins, passa ses mitaines et quitta la maison après avoir confié bébé Félicité à son aînée et à Marguerite.

Avec grâce et légèreté, elle entra, seule et contemplative comme une moniale, dans cette nature immaculée et invitante qui semblait l'attendre depuis la nuit des temps. Elle revenait chez elle, dans cet espace qui lui appartenait et qui lui offrait le refuge connu et rassurant où elle oubliait les exigences du quotidien, les appels des enfants, les attentes d'Antoine et l'ennui des tâches domestiques. Dans le crissement de ses pas sur la neige durcie, dans le chant des oiseaux et dans le bruissement du ruisseau, elle retrouvait toute son essence, son instinct originel, sa source et ses racines. Habillée de silence, comme si elle pénétrait dans une cathédrale, elle ferma les yeux, flaira le vent léger qui soufflait la neige devant elle, se délecta de ce moment de plénitude et d'intimité avec la nature, à elle seule réservé.

Instinctivement, obéissant à un rituel millénaire, elle communia avec l'Esprit qui habitait ses îles ; elle tendit les bras vers le grand fleuve pour implorer sa protection. Recueillie, elle faisait corps avec la nature et accordait son esprit à ceux des Anciens qui, bien des siècles avant elle, avaient marché sur cette même terre. Elle fit la paix avec son identité et, prenant à témoin les arbres dénudés et le ciel d'azur, elle prononça à haute voix : « Sagawee, je m'appelle Sagawee, l'Abénaquise, fille de l'île et des ancêtres qui ont foulé ces terres. » Pleinement satisfaite de cette liberté retrouvée, elle reprit la route, se déplaça à pas feutrés, qui laissaient à peine quelques empreintes sur la neige poudreuse, et se dirigea vers le milieu de l'île. Elle goûtait à satiété la quiétude et la pureté des paysages d'hiver de cette immense contrée qui s'étendait vers l'infini.

Même en épousant Antoine Guillot, elle n'avait jamais trahi ses origines ni les connaissances ancestrales transmises par les mères du clan, connaissances qu'elle comptait bien, à son tour, enseigner à ses filles. À huit ans, la jeune Marie-Anne possédait déjà la science des pièges : elle savait les fabriquer, les réparer, les installer et les désamorcer ; souvent, elle accompagnait sa mère pendant la saison de la chasse, mais, parfois, Sagawee préférait sortir seule pour retrouver son âme dans la solitude des bois.

Cette journée, paisible comme un enfant qui dort, était idéale pour traquer le gibier ; patiemment, Sagawee étudia la signature des bêtes qui s'étaient amusées à laisser des messages confus et fantaisistes comme des arabesques, en griffonnant des mots mystérieux venus d'un monde étrange. Des perdrix avaient discrètement réservé leur couche sous les grands bras protecteurs des sapins, les lièvres, moins malins, avaient ostensiblement tracé leur route en bonds réguliers, tandis que les petits rongeurs avaient tourné et tourné sur eux-mêmes, esquissant le dessin d'une dentelle sur le manteau d'hermine. L'Abénaquise décryptait habilement cette calligraphie imprimée par les animaux sur la première neige, ce grand livre de la nature qui lui révélait tant de secrets. Elle marchait avec précaution pour ne pas effacer le patient travail des oiseaux et des bêtes qu'elle voulait trapper, tout en évaluant les endroits les plus propices à leur capture.

Un bruit froissé attira son attention. Rapide comme l'éclair, elle sortit aussitôt sa fronde qu'elle arma d'une pierre, visa et abattit une perdrix bien dodue, qui s'était repue tout l'été de chatons et de bourgeons des peupliers faux-trembles, de feuilles de bouleaux et de saules. Satisfaite, elle prit l'oiseau encore chaud, le mit dans sa besace et continua l'exploration des lieux afin d'y installer ses pièges. Elle repéra le bosquet tout près de la butte derrière le cimetière et y tendit ses collets ; demain, elle en était certaine, elle ferait une bonne cueillette pour nourrir son homme et leurs enfants. Toute la famille serait réunie, dimanche, autour de la table d'Antoine : Mathilde et Firmin, de même que Jean-Baptiste et Thérèse viendraient les visiter, à moins que les eaux du fleuve ne soient déjà figées. Elle leur servirait alors leur recette préférée, faite de viande de lièvres longuement mijotée dans la grande marmite et assaisonnée de feuilles de saule séchées et broyées.

Sagawee aimait sa vie, oscillant entre deux cultures, deux races, deux couleurs, deux traditions et deux familles. Antoine était un bon compagnon et leur amour, fait de tendresse et de respect mutuel, s'affermissait comme un mortier qui durcit au fil du temps. Ils formaient une famille originale ; les éclats de rire se faisaient rares, mais il y régnait une atmosphère de tolérance et de simplicité.

Après la mort tragique d'Anne, Sagawee avait pris en charge les enfants d'Antoine Guillot, veuf taciturne mais vaillant ; elle leur était devenue rapidement indispensable. Patiemment, elle avait construit son nid et celui de sa fillette à qui Antoine avait offert un nom et un toit. À leur insu, des liens invisibles s'étaient tissés, et leur famille constituait maintenant une riche mosaïque de laquelle chacun tirait profit : Antoine, en trouvant une compagne dévouée, avait permis à ses enfants de demeurer avec lui, dans leur maison, et Sagawee pour sa part s'était attachée à un époux fidèle et travailleur.

***

Le matin du quatrième dimanche de l'avent, l'aube s'étirait tout en douceur et en coloris qui faisaient danser leurs nuances sur le parquet de chêne blond du salon du manoir. « Il fera beau, aujourd'hui », se dit Mathilde, qui s'était levée tôt pour assister à la messe avant de se rendre à l'Île Du Pas. Elle s'attarda un moment sur la rive du fleuve où le ciel lumineux se reflétait dans les eaux glacées qui commençaient à figer, ralentissant ainsi le ressac des vagues alanguies par le froid. Le silence des lieux, désertés par la plupart des oiseaux migrateurs qui voyageaient plus au sud, et la réclusion forcée des habitants qui, comme les bêtes, hibernaient dans leur logis, pacifiaient la jeune femme.

Elle respira profondément, les yeux fermés, laissant l'air froid se tracer un chemin dans son corps, jusqu'au tréfonds de son âme. Elle communia avec cette nature, avec ce fleuve qui avait mené son bien-aimé si loin, plus loin que les frontières du pays. Elle observa quelques oiseaux perchés sur le saule dont les branches nues rejoignaient les eaux fluviales, et elle envia leur liberté. « Si j'avais des ailes comme vous, je volerais jusqu'au fort Carillon et me poserais sur l'épaule de mon capitaine. Que Dieu le protège ! » pria-t-elle, face au vent qui se levait.

Elle frissonna puis entra dans l'église, qui commençait à se remplir de paroissiens ; en familles, ils se dirigeaient en silence vers les bancs, qui, moyennant une modeste contribution annuelle, leur étaient réservés. Mathilde prit place aux côtés d'Adèle, qui la salua d'un sourire. Recueillie, elle implora la Vierge Marie afin qu'elle protège Henry et William et pour que la paix soit maintenue dans la colonie. La prière et la présence rassurante de son amie lui redonnaient confiance, et, quand le curé chanta l'*Ite, missa est*, elle ressentit une sérénité tranquille apaiser toutes ses angoisses. Elle fit une dernière génuflexion devant l'autel, se signa et sortit sur le perron de l'église où se retrouvaient les fidèles.

En attendant Firmin, qui se rendait à la sacristie pour y déposer son surplis et seconder le curé qui rangeait les vases sacrés, elle conversa avec Adèle et les dames Papin sur le parvis de l'église.

— Votre frère est un jeune homme très pieux, et mon fils, le curé, voit en lui une âme vertueuse, confia madame Papin.

— Il ferait la joie de notre mère, si elle pouvait entendre tout ce qu'il a appris depuis que le curé lui offre sa protection.

— Ta mère veille sur vous, soutint Adèle ; qui sait, c'est peut-être son intercession auprès de notre Dieu tout-puissant qui a mené Firmin vers ses bienfaiteurs et…

— Et qui a conduit Sagawee auprès de son homme et de ses enfants, ajouta Mathilde, pensive.

— Ton père a fait un excellent choix, reprit Adèle. L'Abénaquise est dévouée et est très courageuse d'avoir accepté de partager la vie d'un homme qui avait plusieurs enfants à charge. Il ne pouvait trouver une meilleure personne, crois-moi. Bon, allons à la maison, Paul-Henri vous a préparé du pain et des galettes de sarrasin. Tu retrouveras Firmin sur le quai.

Les deux femmes marchèrent bras dessus, bras dessous, évitant, par pas sautillants comme dans une danse folklorique, les flaques de neige sale qui souillaient le bas de leur jupe.

— C'est pas d'refus, enchaîna Mathilde, le souffle court. Le pain de ton époux est renommé pour sa mie tendre tandis que Sagawee fait un pain de farine de maïs qui donne une mie plus foncée et plus sèche. Maintenant que Marguerite commence à pétrir la pâte, j'vais lui apprendre la recette de mère, celle que père aimait tant.

— Pierre se chargera de faire de Marguerite une bonne boulangère, laissa entendre Adèle en souriant à son amie.

— Pierre ? Ton fils aîné ? Me cacherais-tu quelque chose ?

— Il fait les yeux doux à ta sœurette, tu n'en savais rien ?

— Enfermée au manoir avec cinq enfants qui me tiennent occupée du petit matin jusque tard le soir, j'ai pas le temps de voir vivre les autres, même ceux que j'aime. Ma petite sœur devient une jeune fille, admit Mathilde, songeuse. Vivra-t-elle un amour impossible ou un amour partagé, un bonheur simple, sans larmes, sans drames ?

— Tu espères là l'irréalisable, mon amie. Qui peut passer en ce monde sans porter sa croix ? Mon Pierrot semble très épris de Marguerite ; s'il ne change pas d'idée, c'est elle qu'il choisira. J'ai compris depuis quelques mois l'attrait que ta sœur exerçait sur mon aîné.

Tout en prenant les deux mains de Mathilde, Adèle la regarda dans les yeux et ajouta :

— Et crois-moi, je ne ferai rien pour l'en détourner. J'aimerai Marguerite comme ma fille.

— Ma sœur sera heureuse avec vous si, ben sûr, son cœur bat pour Pierrot. Mais elle est encore si jeune…

— Mon fils a déjà seize ans ; avec quelques années de plus, il sera en âge de prendre femme.

— Il aura un bon métier aussi, comme apprenti boulanger ; avec ton époux, il manquera certes pas de travail, avança Mathilde, embrassant sa fidèle amie.

— Tu oublies les pains… l'interpela Adèle, courant sur les pas de Mathilde qui venait de sortir. Les v'là…

— Merci, ma fidèle amie. Que Dieu te bénisse !

— Il l'a déjà fait, je suis une femme comblée.

Adèle remonta son châle sur ses épaules et, malgré le froid, regarda Mathilde longer le sentier mille fois parcouru. La silhouette de la jeune femme disparut à l'approche du quai où s'égosillait Noël Morin, le passeur.

7

Noël Morin, en attendant ses passagers, étrivait Firmin qui sautillait sur place pour se réchauffer.

— Ma fille me parle de toé tout le temps, mon Firmin. Qu'est-ce que tu brettes, mon homme ?

— Je suis trop occupé avec les affaires du bon Dieu, père Morin, me reste plus de temps pour les filles, riposta le jeune homme.

— C'est vrai que t'es un peu feluette, mon gars, j'ai idée que t'aurais de la misère à travailler la terre comme ton père.

— Y pas que la terre pour faire vivre une famille, je sais faire ben d'autres choses, ajouta Firmin, accueillant Mathilde, trop heureux d'échapper aux propos oiseux du père Morin.

Les dimanches, l'homme était fort occupé par le va-et-vient continuel entre les diverses îles habitées et les rives de la seigneurie de Berthier. Par beau temps, le chaland se remplissait à chaque arrêt sur l'une ou l'autre berge par les habitants qui profitaient de ce jour de repos pour visiter la parenté. Quelques sous suffisaient pour payer le passeur, connu de tout un chacun comme un vieux refrain. Tous en convenaient, Noël Morin avait du charme : sans être beau, il avait une bouille sympathique. Ses yeux rieurs retenaient le regard de ses interlocuteurs, et son sourire malicieux, perdu dans l'épaisseur de sa moustache en broussaille, provoquait toujours une taquinerie, voire une grivoiserie de la part des passagers. Quand il riait, ses épaules saillantes tressautaient comme s'il était secoué par la main invisible d'un géant, laissant voir des gencives où quelques rares dents, jaunies de surcroît, montaient encore la garde. Il était un personnage unique et coloré.

Habillé pour résister au froid qui sévissait sur les eaux glacées du fleuve, il portait un capot de couverte avec un capuchon, des mitasses et des jarretières de laine tricotées, un ceinturon aux couleurs vives, des souliers de caribou plissés à l'iroquoise et un chapeau de vrai castor de la région. Avec une bonhomie enjouée, il racontait à ses passagers, avec force gestes et mimiques cocasses, des histoires farfelues, peuplées de personnages grotesques, de fées qui dansaient sur les eaux fluviales, de cygnes énormes comme des monstres qui surgissaient entre les îles, de fantômes menaçants qui erraient entre les rives, à la pleine lune.

Il n'y avait pas longtemps, affirmait-il, il avait vu un monstre avec une tête grosse comme une botte de foin, affublée de cornes pointues, le nez rappelant le long groin d'un cochon, et une grande queue, deux fois celle d'une vache, pendait de son dos bossu. Il avait même vu rôder un loup-garou depuis le début de l'avent. Il se disait privilégié d'être le seul témoin de ces apparitions saugrenues et se faisait si éloquent que, parfois, certains habitants finissaient par ajouter foi à ces récits fabuleux.

— Faut me croire mam'zelle. La bête était si proche de moi, je l'ai quasiment reconnue, prétendit-il, s'adressant à Mathilde.

Incrédule, elle sourit poliment aux propos de l'homme, en replaçant sa cape qui battait au vent.

***

L'embarcation s'approchait de l'Île Du Pas, et Mathilde identifiait les maisons de son village, posées sur l'île comme des pommes de pin sur un manteau d'ouate. Des volutes de fumée dessinaient des serpents au-dessus des demeures, laissant deviner la vie au sein de ces foyers. Là, un chien aboyait; plus loin, les grelots attachés à un traîneau tiré par un cheval fougueux tintaient en annonçant sa venue; les commandements à hue et à dia résonnaient sur la route qui longeait la rive. D'un geste de la main, Mathilde salua l'attelage de leur voisin et de sa famille entassée sur les bancs de la carriole. Elle revenait enfin chez elle.

Pour Firmin et Mathilde, le retour à la maison se vivait toujours comme une fête attendue ; ils retrouvaient les accolades chaleureuses, les taquineries fraternelles, leur place à la table familiale, sans oublier le regard plein de fierté d'Antoine. Ils renouaient enfin avec leurs habitudes simples et cordiales. Ce dimanche qui précédait Noël, c'étaient les bessons, qui, emmitouflés de la tête aux pieds, s'étaient rendus sur la berge pour accueillir leurs aînés. Pour attirer leur attention, ils gesticulaient comme des pantins identiques et s'amusaient à confondre les arrivants qui ne pouvaient les distinguer l'un de l'autre.

Le ponton des Guillot était maintenant proche. Noël Morin s'y accosta et offrit galamment le bras à Mathilde, heureuse de débarquer sur ses rives.

— Bien le bonjour, mam'zelle Mathilde. Vous agiterez votre fanion quand vous voudrez revenir.

— J'y manquerai pas. Merci, m'sieur ! À ce soir !

Frère et sœur s'élancèrent vers les enfants qui tendaient les bras vers eux, joyeux petits bonshommes, tout ronds dans leur accoutrement d'hiver. Firmin tenta d'agripper Étienne, tandis que Mathilde allait vers Julien, mais ce dernier courut au-devant de son grand frère, et son jumeau, complice, se sauva en riant.

— Attrape-moi, je suis…

— Par icitte, coquin, dit Mathilde, saisissant un garçon et le roulant dans la neige neuve. Enlève ta tuque, que j'voie ta tache de rousseur derrière l'oreille gauche. Allez, Étienne, cesse de frétiller comme une barbotte dans une chaloupe ! C'est ben ce que je pensais, tu es Étienne.

— C'est lui… riposta le gamin, cherchant à se libérer de la prise amicale de Mathilde, en riant comme un bossu.

— Entrons, nous verrons bien à la maison « qui est qui », mes petits *snoreaux* ! plaisanta Mathilde, tout en relevant l'enfant.

Étienne et Julien étaient très attachés aux aînés, même si ceux-ci avaient quitté le logis familial quand eux-mêmes étaient encore petits. Des liens solides s'étaient tissés au fil du temps, car Firmin et Mathilde revenaient souvent à la maison d'Antoine pour y retrouver, avec bonheur, ceux qui leur ressemblaient. Dans leurs veines coulait le même sang, ils étaient tous faits de la même fibre, sauf les filles de l'Abénaquise qui partageaient, au quotidien, les folies de leur enfance. Depuis leurs premiers sourires, les jumeaux vouaient à leur aînée une affection empreinte de respect et d'amour ; le sentiment quasi maternel que Mathilde entretenait envers eux différait de la relation nourrie avec les autres membres de sa fratrie.

— Qu'est-ce que tu nous apportes, cette fois ? demanda la curieuse Marguerite en prenant les bagages de sa sœur.

— Des galettes de sarrasin et du pain confectionnés par Paul-Henri ou… peut-être ben par le Pierre à Adèle, insinua Mathilde, toisant Marguerite qui rougit sous son bonnet de coton brodé.

La jeune fille, ne sachant comment réagir devant cette allusion subtile, fit mine de ne pas comprendre et reprit la préparation du repas. Elle dressa la table, trancha le pain et ajouta les couverts sur la nappe de dentelle offerte par Adèle lors du mariage de l'Abénaquise.

— L'hiver commence betôt cette année, commenta Antoine, tirant sa chaise près de la table. Il aura beau faire le dur, nous sommes prêts ; Sagawee et Marguerite ont fait des provisions en masse, les fenêtres sont calfeutrées, le bois est cordé, la grange est pleine, les animaux sont en santé… Ouais, cette année, l'hiver peut venir, il nous prendra pas de court, s'enorgueillit le père de famille, fier de ses travaux d'homme.

— Père, vous avez toujours nourri et vêtu vos enfants ; vous avez ben raison d'être satisfait de votre travail, lui rappela Mathilde, comprenant l'importance que son père avait constamment accordée au bien-être des siens.

— Et pis, mon Firmin, tu es toujours le protégé du curé Papin ?

— Et de l'instituteur aussi. Il m'a proposé de venir enseigner aux enfants de l'Île Du Pas au printemps prochain. Si votre prêtre accepte, je viendrai un jour ou deux chaque semaine.

— Pis tu reviendrais vivre icitte ? demanda Louis.

— Faudra voir… Pis toi, t'as des projets ?

— J'ai très envie de rejoindre les troupes des Anglais pour régler leur compte aux colons du Sud qui viennent brûler des terres jusqu'à Saurel.

— Malheur à toi, mon gars, si tu te bats aux côtés de nos ennemis. J'approuverai jamais ça, tu m'entends. Jamais ! s'emporta Antoine, contrarié.

— Père, les Anglais sont plus nos ennemis, corrigea Firmin. Rappelez-vous que la France nous a laissé partir sans chercher à nous retenir…

— Les Français, les Anglais, c'est du pareil au même ! Tous des maîtres qui méritent pas le sang d'un de mes fils ! Et pis j'ai besoin de tes bras icitte, trancha Antoine.

— Vous tenez des propos durs pour un dimanche midi, dit Mathilde, qui n'osait pas intervenir davantage dans la conversation, souhaitant que personne ne se blesse par des paroles malveillantes.

— Vaudrait mieux remercier Sagawee pour le bon repas, reprit Firmin. T'es allée chasser cette semaine ?

— Oui, seule. Beaucoup de perdrix. Tu pourras en rapporter.

— Merci, c'est pas de refus, acquiesça Firmin. Mais faudra me dire comment les apprêter, notre cuisinière ne connaît pas tes excellentes recettes de gibier.

Sagawee sourit à ce compliment, adressant à Antoine un regard de tendresse.

***

Le repas terminé, les fils aînés se retirèrent avec leur père, discutant politique et projets à réaliser. Thérèse et les deux sœurs rangèrent la cuisine en échangeant quelques confidences, tandis que Sagawee se glissa discrètement dans la chambre pour allaiter Félicité à l'abri des regards. Très subtilement, Mathilde essayait de sonder le cœur de sa cadette, de lui soutirer quelques aveux, mais la jeune fille, trop pudique, gardait ses secrets comme une perle précieuse cachée au fond de son écrin.

— Au cours des longues soirées de l'hiver qui s'en vient, j'aurai le temps de tisser avec Adèle. Aimerais-tu que nous te préparions quelques pièces pour ton trousseau ? proposa Mathilde. Il est temps que tu t'y mettes.

— J'ai déjà brodé quelques taies d'oreillers et deux draps. Tu viens voir ? proposa Marguerite, fière de son patient travail.

Mathilde était à la fois ravie et étonnée de la qualité des ouvrages de sa sœur, qu'elle félicita chaleureusement, remplie d'admiration pour elle.

— J'savais pas que t'étais adrette de même, Marguerite ! Cette broderie est si délicate, si bien faite. Quel talent tu as ! Où as-tu appris, p'tite cachottière ?

— Mon amie, Guillemette Courchesne. C'est sa grand-mère bretonne qui lui a montré les travaux d'aiguille. T'aimerais que je te brode de la literie pour ton trousseau ?

— Et comment ! Je t'apporterai le tissu quand je reviendrai. T'es si habile ! complimenta Mathilde, remarquant pour la première fois le corps sain et vigoureux de Marguerite qui se développait et s'épanouissait.

Marguerite avait changé ; son visage avait perdu les rondeurs de l'enfance, sa silhouette s'était affinée, son sourire, plus envoûtant, retenait les regards. Cette métamorphose subtile n'échappa pas à l'attention affectueuse de Mathilde qui comprit à cet instant que sa sœur, à quatorze ans, était déjà une jeune fille, tant dans son corps que dans son esprit. Elle devrait désormais traiter avec elle comme une femme en devenir, et non comme la petite sœur et l'enfant qu'elle avait vue jusque-là.

Le temps se chargeait de pousser les êtres humains sur la mer de la vie, de les mener à l'accomplissement de leur destin ; Marguerite venait de monter à bord de l'embarcation qui la conduirait vers sa propre rive. Comme dans un éclair, Mathilde en prit subitement conscience et posa sur sa cadette un regard plein de tendresse.

— Tu n'es plus une petite fille, et bientôt les prétendants se présenteront devant père pour demander ta main. Mais attends celui qui te méritera, lui conseilla Mathilde en l'embrassant tendrement.

***

— Le temps passe trop vite, réalisa Mathilde, occupée par les siens. Le soleil se couche tôt en décembre ; il faudrait retourner à la seigneurie avant que le père Morin fasse sa dernière tournée.

— Tu me manques, ma grande sœur, confia Marguerite. Reviens-nous vite !

— Si la route du fleuve nous le permet, nous serons tous avec vous le jour de Noël.

— Que Dieu t'entende ! souhaita Marguerite.

Mathilde sortit de la maison avec ses deux frères et Thérèse ; elle était partagée entre la joie d'avoir trouvé, en Marguerite, une amie, une complice, et la mélancolie d'avoir perdu une partie de son enfance, disparue avec l'innocence du premier âge. Auparavant, elle quittait une petite sœur enveloppée dans la naïveté de l'enfance ; maintenant, c'était une jeune fille déjà au seuil de sa vie de femme qu'elle laissait sur ses rives.

Cette enfant aimée, saura-t-elle naviguer sur les mers orageuses et surmonter les écueils de la vie comme sur les eaux tranquilles qui mouillent les îles du Saint-Laurent ? « Quel avenir l'attend ? s'inquiétait Mathilde, sur la route du retour. Si Pierre l'aime, comme le prétend Adèle, il lui fera un bon époux, et mon amie veillera sur elle… »

Rassurée, elle sourit à Thérèse qui l'observait depuis un moment.

8

Un bruit saccadé, ressemblant à un martèlement sourd, attira l'attention des frères Guillot dès qu'ils accostèrent au quai de la seigneurie. Ils prêtèrent l'oreille, afin de mieux en déterminer l'origine.

— Écoutez ! dit Jean-Baptiste, intrigué.

— Ça vient du côté de la Bayonne, signala Thérèse.

— Allons-y vite ! proposa Firmin. Quelque chose d'anormal semble se passer là-bas.

La scène, qui se présenta alors devant eux, les stupéfia. Un cheval hébété, retenu par sa bride emprisonnée dans la branche d'un saule, piaffait d'effroi près d'un homme inerte. Ce dernier, le visage tuméfié, les vêtements en lambeaux, sans bottes, gisait sur la neige trempée de son sang, sur la rive ouest de la Bayonne. Les yeux grand ouverts, il regardait fixement le vide ; sa bouche laissait échapper un filet de sang qui commençait à coaguler, et son corps disloqué évoquait les distorsions d'un pantin désarticulé. Il n'y avait aucun mouvement ; ce qui restait de l'inconnu ne bougeait plus. Jean-Baptiste comprit aussitôt qu'il était trop tard, et que la mort venait de ravir une autre vie.

— Rien à faire, c'est fini ! déclara-t-il, agenouillé près de la victime.

— Mais c'est l'intendant du manoir ! constata Mathilde en le reconnaissant, frappée de stupeur.

— Son corps est encore tiède ; l'accident vient tout juste d'arriver, observa Firmin, qui ferma respectueusement les yeux sans vie de Guillaume Piet. Il faut tout de suite prévenir *Mr* Cuthbert et le curé.

— J'y vais, dit Jean-Baptiste, prenant la main de Thérèse qu'il voulait soustraire à cette pénible scène, espérant éviter de raviver chez elle de bien tristes souvenirs. Restez ici, vous deux, faut pas le laisser tout seul.

— Seigneur Dieu, accueille l'âme de ton serviteur et aie pitié de nous tous, pria Firmin, les yeux mi-clos, recueilli près du corps meurtri de l'intendant Piet.

L'étalon bai, effrayé, secouait la tête en hennissant et tentait désespérément de se libérer ; il se cambrait, menaçant de piétiner le corps de l'homme tombé de sa selle à l'embouchure de la rivière, là où l'eau, à demi gelée, se mariait à celle du fleuve. En raison de sa douleur, prisonnier, l'animal s'ébrouait bruyamment et laissait entendre une plainte d'épouvante comme s'il assumait seul tout le poids de cette tragédie. Il se calma, résigné, et baissa la tête qui oscillait lentement, de bas en haut ; ce geste traduisait, à sa manière, la tristesse ressentie.

Soudainement, tout devint silence, d'un silence lourd et funeste qui enveloppa les rives de la Bayonne ; la nuit tombait comme un épais manteau noir jeté sur les épaules d'albâtre de la berge enneigée. Le calme troublant qui endeuillait les rives fut brusquement rompu par le souffle saccadé du cheval blessé, mêlé aux sanglots de Mathilde qui se leva pour accueillir James Cuthbert arrivant à bride abattue.

Sans perdre un instant, le seigneur sauta de selle et jeta un regard atterré sur son fidèle serviteur. La fatalité du destin venait de le priver d'un collaborateur compétent et honnête. Il baissa la tête, se découvrit avec respect et, d'un geste de la main, salua l'homme sans vie. Il se tourna ensuite vers l'animal affolé et tenta de saisir sa bride.

— *Come… Come, Rusty !*

La bête effrayée et méfiante ne se laissa pas facilement approcher par l'homme, et James dut agir avec douceur pour gagner sa confiance et réussir à l'attraper. Le seigneur Cuthbert, en cavalier aguerri, avait remarqué, dès son arrivée sur les lieux de l'accident, une morsure au jarret droit de l'étalon. Il avait compris aussitôt la cause de la mort horrible de l'intendant : Rusty avait sans doute pris le mors aux dents après avoir été attaqué et agressé par un chien errant ; paniqué, il avait ensuite désarçonné l'intendant et l'avait traîné sur plusieurs verges avant de s'emmêler sur une branche cassée.

James conclut que son intendant avait dû mourir rapidement, d'une mort insensée et atroce. Le seigneur était dévasté. Il aimait cet homme qui avait su mériter sa confiance dès leur première rencontre ; d'une poignée de main cordiale, ils avaient scellé une amitié qui n'avait jamais failli depuis ce jour.

Le seigneur avait peine à contenir son chagrin ; il secoua tristement la tête, en signe d'impuissance, reprit les rênes des deux chevaux et remonta en selle.

— Vous pouvez rester avec lui ? demanda-t-il à Firmin, avant de partir. Des hommes viendront pour le ramener ; je m'en vais prévenir sa femme tout de suite.

James, tête basse, refit lentement le sentier qui menait au manoir. La vie n'y serait plus jamais la même sans ce brave homme qui gérait les affaires de la seigneurie de Berthier-en-Haut avant même l'arrivée des Cuthbert.

***

L'intendant Piet avait été un homme aimé et respecté. De taille moyenne, il était droit comme le mât d'un navire et imposait son autorité par un regard franc et plein de sympathie. Il était toujours de bonne humeur, n'émettant jamais un cri ni un blasphème. Il avait appris à lire sur les genoux de sa mère qui lui avait aussi enseigné à « penser avec une tête bien faite », comme elle le répétait souvent à ses enfants. « Il vaut toujours mieux tourner sa langue sept fois avant de parler », martelait-elle à qui s'avisait de raconter des balivernes ou des grivoiseries. Guillaume n'avait jamais oublié cette leçon qui lui servait si bien dans ses fonctions à l'intendance de la seigneurie. Il maniait le verbe avec clarté et savait évoquer les arguments cohérents pour rallier la majorité des habitants autour d'un projet. Il savait négocier et convaincre, tout en respectant les autres. Nul doute que son absence pèserait lourd dans la communauté berthelaise ; tous le regretteraient.

Prévenus par Jean-Baptiste, le curé Papin et le docteur Généreux accoururent pour apporter le secours médical et spirituel au pauvre Guillaume Piet. Dès qu'il vit le corps de l'homme, tout ensanglanté, le médecin sut qu'ils arrivaient trop tard, mais il l'ausculta quand même et affirma, d'un signe de tête, que l'intendant avait quitté ce monde. Il n'avait que quarante-cinq ans. Le curé s'approcha du défunt, se recueillit et récita les prières des mourants ; il bénit ensuite la dépouille et, se tournant vers Mathilde et Firmin, partagea leur peine.

— Dieu vienne en aide à sa femme et à ses cinq enfants ! C'est une grande perte pour la paroisse et pour la seigneurie. Guillaume était un brave type, rappela le prêtre, à genoux, marquant le front de Guillaume Piet du signe de la croix. Dieu ait son âme !

— Il était fidèle et dévoué. Il nous manquera à tous, se désola Mathilde, incapable de détourner le regard de la scène lugubre.

Le sang coagulé, qui maculait le tapis de neige imbibé comme un papier buvard, laissait voir le trajet parcouru par le cheval énervé et le pauvre cavalier retenu par les courroies. Impuissant devant la fatalité de son destin, l'intendant de la seigneurie de Berthier-en-Haut venait de mourir sous les sabots du jeune étalon offert récemment par son maître. Les prochains flocons, en recouvrant le sol d'une froide et impassible couverture immaculée, effaceraient, sans doute à jamais, toute trace de ce tragique accident.

***

James et *lady* Catherine agirent en maîtres responsables et se chargèrent des obsèques de leur intendant. Le grand salon du manoir fut ouvert pour y exposer le défunt et recevoir dignement parents, amis, censitaires et seigneurs des environs. Le matin des funérailles, on vint de partout aux alentours pour rendre hommage à Guillaume Piet ; d'aussi loin que Saint-Cuthbert, les îles, La Valtrie, les carrioles se succédaient jusqu'à l'église Sainte-Geneviève déjà remplie de paroissiens. Le curé Papin, faisant fi de la coutume qui refusait aux protestants l'accès aux temples catholiques, invita le seigneur et sa dame à assister à la célébration liturgique. L'heure était à la mansuétude et non à l'intolérance.

Des funérailles émouvantes furent célébrées par le curé, bouleversé pendant toute la cérémonie empreinte de recueillement ; la voix angélique de Firmin incitait à la prière dans le lieu saint où l'on avait tendu de longues banderoles endeuillées. À la fin du service funèbre, la cloche du manoir s'accorda avec celle de l'église et, ensemble, elles sonnèrent à toute volée en signe d'adieu et de reconnaissance envers cet homme d'honneur.

Guillaume Piet avait toujours bien gagné sa vie et celle de sa famille ; il laissait quelques biens à sa femme, Évangéline, mais pas suffisamment pour faire vivre décemment les cinq enfants, à sa charge pour plusieurs années encore.

La veuve de Guillaume se tourmentait, ses nuits étaient peuplées de cauchemars. Souvent, elle rêvait que son mari était aspiré par un grand vent ou qu'il était emporté dans un tourbillon de la rivière ; elle le voyait, cherchant à se libérer. Elle percevait nettement ses cris affolés, sans toutefois les entendre, et se réveillait, au petit matin, plus fatiguée que la veille au soir. Simon, l'aîné, comprenait le désarroi de sa mère quand, l'aube venue, elle errait dans la maison, les yeux cernés, en quête de farine pour préparer le pain ; mais anéanti par sa propre souffrance, le jeune homme ne lui était d'aucun secours.

***

Le seigneur et sa femme, bouleversés par la perte de leur intendant, se souciaient de sa veuve et de ses enfants dont ils se sentaient encore responsables. En gens d'honneur, ils ne fermeraient pas les yeux sur la détresse de la famille de Guillaume Piet. Sachant Évangéline sans revenu, ils crurent de leur devoir de subvenir à ses besoins, mais comment l'aider tout en lui évitant l'humiliation ? D'un commun accord, les époux Cuthbert demandèrent à Thérèse de porter à la veuve une gracieuse invitation à prendre le *tea*, avec eux, le dimanche avant Noël. Le message témoignait de nouveau de toute la compassion qu'ils ressentaient pour elle et ses enfants, et précisait qu'on avait quelques propositions à lui soumettre. Elle était attendue après la messe.

Évangéline se présenta à l'heure convenue, sobrement vêtue d'une longue robe noire, la chevelure grisonnante, recouverte d'un élégant voile de dentelle abaissé jusqu'au bas de la figure, cachant ses traits dévastés par les larmes. Intimidée, debout sur le pas de la porte, elle hésitait à avancer plus loin. La quarantaine à peine entamée, la veuve Piet paraissait quelques années plus vieille que son défunt mari ; les grossesses répétées avaient alourdi sa taille et sa démarche chaloupée trahissait les rondeurs dissimulées sous les plis de ses vêtements.

— Madame, je vous prie de me suivre, lui dit Julia, impassible devant la gêne de la femme.

Les seigneurs patientaient devant l'âtre ; une flamme éclairait et réchauffait le salon où dominait l'immense foyer de pierres. Des tasses et des assiettes de fine porcelaine, une théière fumante, du sucre et des *cakes* disposés sur une table basse attendaient la visiteuse qui hésitait à s'asseoir sur les chaises recouvertes de velours rouge.

James se leva et la pria de prendre place auprès de Catherine, assise en face de lui.

— Madame Piet, nous sommes profondément attristés par la perte de votre mari. Il a été pour nous un serviteur fiable et honnête. Et en reconnaissance pour les services rendus, nous avons quelques offres à vous proposer.

— Guillaume nous a légué quelques biens ; son testament était fait selon nos lois civiles françaises. Il ne laisse pas sa famille dans le besoin, monsieur, souligna fièrement Évangéline.

— Il n'est pas question de vous faire la charité, reprit James d'un ton affable. *Mrs* Catherine et moi avons l'intention de vous céder, par acte notarié, la maison où vous logez. Chaque année, vous devez payer votre dû en rentes et redevances, mais quand la propriété vous appartiendra, vous n'aurez plus ces frais à assumer. De plus, vous pourrez, à votre tour, en disposer selon votre bon vouloir, la garder, l'habiter, l'entretenir, la laisser à l'un de vos enfants ou la vendre.

— Oh ! merci, *Mr* Cuthbert ! Guillaume aurait été si fier d'être propriétaire de son lot, de sa maison, confia Évangéline, contenant ses larmes.

— *It's important for you too*, ajouta Catherine, et pour vos enfants.

— C'est ben de bonté de votre part, reconnut la femme, peu loquace.

Depuis l'installation des Cuthbert au manoir, c'était la première fois qu'Évangéline venait là où son homme travaillait chaque jour. Elle avait certes imaginé le luxe des meubles, des tentures, de la vaisselle, des vêtements des nouveaux occupants, mais être assise entre eux, dans leur salon, cela lui semblait bien irréel.

— Vous prendrez bien une tasse de *tea*, madame ? proposa Catherine, se levant pour remplir les tasses.

— S'il vous plaît, balbutia la veuve Piet.

Silencieusement, Catherine versa le thé et présenta le plateau de pâtisseries.

— Un peu de sucre, madame ?

— Oui, s'il vous plaît, répondit la veuve, s'agitant nerveusement sur sa chaise.

— De plus, ajouta le seigneur, déposant sa tasse sur la table, si vous avez suffisamment d'espace dans votre maison, je vous recommande de loger un ou deux soldats anglais qui arriveront au cours de l'hiver. La guerre est à nos portes ; le gouverneur Carleton, pour défendre la colonie, demande à toutes les seigneuries de garder des troupes prêtes à protéger le peuple des attaques des rebelles. Je vous assure que le gouvernement paie bien les familles pour l'hébergement des militaires.

— Je vais voir avec les enfants si c'est possible de laisser une chambre à vos soldats.

— Ils n'arriveront qu'au milieu de l'hiver, prenez tout le temps d'y réfléchir ; vous me donnerez votre réponse plus tard.

— *Mr* James s'occupera du contrat pour la maison, si vous acceptez notre offre, dit Catherine, resservant des *cakes* et le *tea*.

— Merci. Mon Guillaume vous appréciait beaucoup. Il a été heureux de vous servir, *Mr* et *Mrs* Cuthbert.

— Ce fut un privilège pour nous d'avoir à notre service un intendant comme votre mari ; il m'a beaucoup appris à mon arrivée à la seigneurie. Il m'a toujours assisté avec compétence et courtoisie. C'était vraiment un grand homme, sa perte est un drame pour nous tous ; vos enfants peuvent être fiers de leur père, madame.

— C'est tout un honneur que vous lui faites, messeigneurs.

— Il le mérite. Je vous ferai porter les documents de donation, rédigés chez le notaire Faribault, dès le début de janvier. En attendant les papiers officiels, je vous remets celui-ci, signé par deux témoins, preuve de ce legs.

— Pas nécessaire, j'ai confiance en vous.

— Qui peut dire que nous serons encore là en janvier pour rédiger le contrat ? L'accident tragique qui a fait perdre la vie à votre mari rappelle qu'il vaut mieux ne rien remettre au lendemain.

— *Mr* James a raison, madame, renchérit Catherine. Les affaires doivent être réglées rapidement et clairement. Prenez ce document sans gêne, la maison vous appartient désormais.

La veuve Piet lut les derniers mots, rédigés ainsi :

Fait au Manoir de Berthier,

le dix-neuvième jour de December 1773,

Les seigneurs de Berthier ne pouvaient cacher leur peine, eux qui d'habitude étaient si maîtres de leurs sentiments devant des étrangers. Ne pouvant retenir ses larmes, Évangéline baissa les yeux, touchée par l'émotion palpable qui enveloppait la pièce. Elle remercia ses bienfaiteurs, les salua et quitta le manoir à l'heure où la Marie-Louise sonnait l'angélus.

9

Depuis la mort de Guillaume Piet, Mathilde ressentait une immense lassitude. Ses nuits étaient remplies de rêves où s'entremêlaient des vivants et des morts ; quand sa mère Anne, belle et diaphane, lui rendait visite, la jeune femme se réveillait apaisée, mais si, avant d'entrer dans son sommeil, elle ne pouvait chasser de sa pensée l'image du cadavre ensanglanté de Guillaume, alors là, elle se battait contre des spectres hideux qui erraient et s'évanouissaient dans un ballet confus et affolant. Et quand arrivait l'aube, elle ne savait plus reconnaître la beauté du monde qui l'entourait.

Pour se donner du courage, chaque soir, après s'être agenouillée pour prier la Vierge Marie, avant de se laisser gagner par le sommeil, Mathilde se remémorait les moments passés avec Henry. Elle revoyait les traits virils du visage de l'homme, son sourire taquin, ses yeux expressifs et francs qui, par l'intensité du regard qu'il posait sur elle, traduisaient tout l'amour qu'il lui vouait. Si elle en avait le temps, elle lisait et relisait les lettres passionnées dans lesquelles il lui offrait son cœur et la pressait de l'épouser ; parfois, elle s'attardait à la dernière missive reçue, elle essayait d'en comprendre les non-dits, les misères cachées, les confidences oubliées dans le fatras des champs de bataille ; elle tentait d'imaginer les casernes, la vie militaire, les escarmouches, le guet de l'ennemi. Elle suivait, sur les cartes que lui avait données Catherine, les lieux décrits par Henry qui ne lui présentait que les plus beaux aspects de sa fonction ; jamais il ne laissait échapper quelques informations qui risquaient de tomber entre les mains de l'adversaire ou d'épouvanter sa promise.

Mathilde parcourait souvent la première lettre d'amour qu'il lui avait adressée à l'hiver 1767, celle où tout avait vraiment commencé, lettre si vieille et si usée que le papier en était tout froissé. Elle appréciait la forme élégante et énergique de sa calligraphie, et en connaissait tous les mots par cœur :

« ... *J'emporte avec moi le goût de vos lèvres, la chaleur de votre regard et le souvenir de vos traits gravés à jamais dans ma mémoire. Je me rappelle avec bonheur la première fois où je vous ai parlé dans l'aube frileuse et incertaine d'un dimanche matin. J'ai compris dès ce moment-là que je ne vous oublierais jamais. Votre courage et votre force m'inspireront dans les pires moments de notre périlleuse mission... Je vous aime.*

Avec tout mon amour, Henry »

La disparition dramatique de l'intendant avait agi comme un événement déclencheur qui avait fissuré d'un coup le barrage qu'elle avait soigneusement érigé contre la désespérance. Mathilde le roc, Mathilde le chêne, Mathilde le phare, ces Mathilde-là étaient ébranlées, déboussolées, déracinées ; elle réussissait à paraître forte, mais à l'intérieur d'elle-même elle se sentait vulnérable et fragile. Tant de morts, tant de rêves inachevés...

Et malgré toute sa foi, toute son espérance, elle ne parvenait pas à se libérer des pressentiments au goût de sang, qui accéléraient les battements de son cœur cent fois par jour, ni de l'angoisse prégnante qui l'emprisonnait parfois dans une tristesse inexplicable. Elle n'arrivait pas à soulever le voile des ténèbres qui étouffait ses désirs, qui chagrinait la luminosité de son regard et qui flétrissait son sourire. Trop de peine, trop d'absences... Celle de son amour la laissait désemparée comme un vaisseau dans la tempête. Elle avait l'impression troublante que la mort de Guillaume Piet était une autre station du chemin de croix qu'elle devait emprunter jusqu'au sommet du Golgotha, et mille fois par jour, quand ses pensées la ramenaient vers Henry, son pouls s'affolait.

Elle, habituellement si rieuse, qui s'esclaffait devant les pitreries des enfants, souriait moins souvent ; seules la complicité et l'affection touchante qu'elle éprouvait pour Alexander, filleul d'Henry, lui apportaient un peu de sérénité. L'aîné des Cuthbert, par certains traits, tant physiques que psychologiques, ressemblait à son parrain, même s'il avait le même regard perçant que James, son père. Il était rouquin, grand, débrouillard, indépendant. Et son sourire coquin émouvait Mathilde qui le réprimandait rarement.

À sept ans, Alexander affichait déjà un talent certain, il retenait facilement les notions de calcul que lui apprenait son père et situait la plupart des pays sur la carte du monde. Le temps semblait être venu de le soumettre à un enseignement plus rigoureux. Il faudrait recruter un maître anglais ou, encore mieux, écossais pour s'occuper de l'éducation des enfants Cuthbert. Ce sujet serait sans doute discuté pendant les rencontres des fêtes de fin d'année, entre parents et amis réunis au manoir.

***

Les préparatifs de Noël 1773 prenaient le goût de larmes récemment versées, et ce fut sans enthousiasme que les domestiques se remirent à la tâche ; sous la direction ferme et intransigeante de Julia, chacun refoula ses émotions et continua son travail. À la cuisine, Thérèse eut recours à l'aide d'Adèle et de Geneviève ; à la buanderie et à l'entretien des chambres, Rose fut secondée par Mathurine Piet, fille de Guillaume, et le reste de l'entretien des pièces du manoir fut confié aux esclaves Sarah et Joshua.

Julia estimait avoir de bons maîtres. Elle régnait impitoyablement sur tous les domestiques, qui lui obéissaient sans murmurer ; elle dirigeait tous ces papistes et les trois esclaves avec rigueur et efficacité. Jamais elle ne leur adressait la parole si ce n'était pour leur donner des ordres. Grâce à Dieu, jugeait-elle, elle n'appartenait pas à ce monde d'ignorants et de paresseux, mais elle les dominait par son rang, son instruction, sa culture, et ne manquait jamais une occasion de le leur rappeler. Elle se sentait forte de l'emprise qu'elle exerçait sur eux.

Et le capitaine Cairns continuait d'occuper ses pensées, car elle n'avait jamais renoncé à cet amour à sens unique. Chaque fois que sa maîtresse recevait des nouvelles des troupes anglaises qui combattaient dans les Treize colonies, elle tendait l'oreille et notait dans son journal les informations recueillies au fil des confidences et des indiscrétions. Elle lisait attentivement tous les articles concernant la guerre coloniale dans *The Gazette*, elle les découpait avant qu'ils ne tombent entre les mains de Mathilde, elle les classait et les collait minutieusement dans un grand cahier. Elle annotait ensuite fidèlement tous les commentaires, datait tous les événements.

Tout ce travail méthodique tenait de la folie, de l'obsession ; chaque jour, elle souhaitait la mort de sa rivale et confiait à son journal personnel : « On meurt si jeune en ce dur pays… Une noyade, une infection, un empoisonnement… Tiens, j'ai une idée... Peut-être que Sarah, la nouvelle esclave noire, pourrait me donner un gris-gris qui me porterait chance. Ou cette négresse pourrait peut-être lui jeter un mauvais sort ? À nous deux, ma belle Mathilde ! *So stupid girl…* »

* * *

Groggy, le vieux chien, qui n'avait rien perdu de son flair ni de son ouïe aiguisée, se leva d'un bond et demanda à sortir dès qu'il perçut le trot de chevaux sur le chemin qui longeait le fleuve. Mathilde lui ouvrit la porte et, en entendant le claquement des sabots qui martelaient le sol, sut qu'il était là.

Aux aguets depuis l'aube de l'avant-veille de Noël, elle devait rester calme, ne rien laisser deviner aux enfants, assis sagement autour de la table de la cuisine. L'attente silencieuse lui paraissait trop longue, et elle ne savait plus comment les occuper, en cette fin d'après-midi. Elle bafouilla et rougit quand Alexander lui demanda :

— Mathilde, pourquoi t'as arrêté de dessiner ?

Elle s'efforça de lui sourire et répondit :

— As-tu entendu le galop des chevaux qui approchent ? C'est peut-être ton père et ton parrain qui arrivent.

— *Uncle* Henry sera avec nous pour la fête ! s'écria l'enfant, fou de joie.

— Et d'autres invités aussi.

Songeuse, Mathilde s'interrogeait. Elle alla à la fenêtre. C'était bien lui. Comment lui reviendrait-il, cette fois ? Blessé, fatigué, farouche, taciturne ? La guerre impitoyable aurait-elle changé son amoureux ? Elle se souvenait encore des hommes rentrés chez eux à la fin de la guerre de Sept Ans, de ce long conflit qui avait coûté la colonie à la France. Ceux qui en étaient revenus étaient restés meurtris, en plus d'être devenus culs-de-jatte, borgnes, silencieux, ivrognes et querelleurs ; ni leur mère ni leur femme ne reconnaissaient le fils ou l'époux d'avant-guerre. Qu'en serait-il de lui quand il franchirait cette porte ? s'inquiétait Mathilde, impatiente et si affamée de sa présence.

Le capitaine Cairns, la barbe bien fournie, les cheveux attachés avec une lanière de cuir, vêtu de son uniforme écarlate, bottes noires boueuses aux pieds, cet homme de trente-deux ans, n'avait pas changé. Il entra en coup de vent dans la cuisine où il espérait retrouver Mathilde avec les enfants. Sans gêne, sans retenue, il l'entoura de ses bras et posa un pudique baiser sur son front.

— Le vrai baiser, je vous le garde pour ce soir, murmura Henry à l'oreille de la jeune femme qui lui sourit, soulagée.

Les enfants tournaient autour de leur oncle, et les deux garçons, plus audacieux, s'y agrippèrent comme de petites sangsues voraces.

— À moi, un *kiss* à moi…

C'était la pagaille enjouée, les rires, les caresses ; les deux aînés rivalisaient pour retenir l'attention d'Henry, amusé par le jeu de ses neveux turbulents. Les petites filles, restées en retrait, étaient plus sages et attendaient que leurs frères leur cèdent un peu de place.

— C'est bon, maintenant laissez vos sœurs avec votre oncle, proposa Mathilde qui prit James et Alexander avec elle et fit avancer les fillettes quelque peu intimidées par le chahut. Betsy, l'aînée des trois filles, grande et déterminée pour son âge, se campa devant le militaire et lui demanda :

— Tu en as tué beaucoup, des ennemis ?

— Quelques-uns, mais pas autant que tu as de cheveux sur la tête, petite, précisa-t-il.

Prenant l'enfant à bout de bras, il la fit tournoyer comme une toupie. Puis il la remit debout devant lui et posa un baiser sur ses joues empourprées de bonheur.

— Je veux être soldat quand je serai une grande personne, affirma la petite fille du haut de ses trois ans. Je veux porter un bel habit comme le tien.

— Tu serais plus jolie avec une élégante robe de dentelle, ma princesse, et les petites filles ne deviennent jamais des militaires, rappela Henry, riant devant la moue boudeuse de Betsy.

— Pourquoi ? insista-t-elle.

— Parce que c'est comme ça, dit Mathilde, amusée de la ténacité de l'enfant.

— *Little Bro...!* s'exclama Catherine, libérant Henry de l'emprise affectueuse des enfants. Te voilà enfin ! Si ce conflit pouvait se terminer, tu serais toujours avec nous !

Et changeant de ton, elle ajouta :

— James t'a appris la mort atroce de notre intendant ?

— Oui, c'est bien malheureux. Ce sera un Noël très triste pour sa famille. Je rendrai visite à sa femme pendant ma permission.

— Elle en sera touchée ! Est-ce que James a voyagé avec toi depuis Saurel ?

— Oui, il est encore à l'écurie. William, Angélique et leurs trois enfants sont venus avec nous. Ils sont chez les parents Huguenin.

— Angélique est revenue à l'Île Du Pas ? demanda Mathilde, surprise, qui n'avait rien perdu de la conversation.

— Oui, toute la famille a fait le trajet avec moi. William restera jusqu'à la fin de l'hiver. Ils ont profité de la clémence du temps pour venir avec leurs enfants.

— Dame Catherine, je pourrais prendre la soirée pour voir ma cousine et connaître ses petiots ? Ça fait si longtemps... implora Mathilde.

— Je vous enlèverai ce soir. Nous irons ensemble chez Angélique, chuchota Henry à son oreille.

— Et qui se chargera des enfants ? riposta Catherine, qui avait saisi les propos de son frère et fit mine d'être contrariée.

— Tu ne manques certes pas de personnel, *sister*, répliqua Henry, enlaçant sa sœur. Tes mioches se passeront de leur bonne ; ce soir, ce sera mon tour, je m'en suis privé trop longtemps.

— Il est temps que tu penses à raser ta barbe hirsute et à prendre un bain aux herbes aromatiques, proposa Catherine, se bouchant le nez devant son frère. Dans cet état lamentable, aucune femme ne voudrait t'approcher !

— Tu as raison, les baignoires sont rares dans nos campements.

— Et n'oublie pas de te décrasser avec une brosse rugueuse, lui conseilla la seigneuresse, souriant tendrement à son frère.

— C'est quoi, « rugueuse » ? demanda Betsy à Mathilde.

— Rude, dur comme la brosse d'acier pour nettoyer les chaudrons.

— *Uncle* va se laver avec une brosse d'acier ? s'inquiéta l'enfant, les yeux écarquillés.

— Ta mère me taquine, corrigea Henry, reprenant la fillette dans ses bras et caressant son front bouclé de belles mèches brunes. *It's just funny !*

Mathilde était maintenant rassurée : la guerre n'avait pas changé le cœur de son amour.

10

Julia, tout excitée du retour attendu d'Henry, tournait autour de lui comme un papillon devant une source lumineuse. Dès qu'il était entré dans le salon, elle s'était empressée de s'imposer ; pas question de laisser toute la place à la Canadienne.

— *Captain* Cairns, vous voulez le *tea* maintenant ? lui proposa-t-elle.

— Julia, vous avez bonne mine, remarqua Henry. Votre robe marron vous va à ravir.

— Merci, gloussa la dame de compagnie. Est-ce que je vous sers maintenant ?

— Si cela vous convient, je prendrais bien les *cakes* et *le tea* qui m'ont tant manqué, mais un peu plus tard. Je ne suis pas très présentable dans un salon. Je dois me raser, me laver et changer de vêtements avant de m'asseoir sur les beaux canapés de la seigneuresse de ces lieux.

— Je peux tout de suite remplir la cuve d'eau chaude et préparer votre nécessaire de toilette, Henry, insista la dame de compagnie, le regard brûlant.

— Merci, Julia. Les grandes marmites sont trop lourdes pour vous ; je m'en chargerai moi-même.

— Les serviettes, le savon, l'huile seront apportés tout de suite dans votre chambre.

— Merci, ma bonne Julia, mais je peux m'en occuper aussi.

— Je serais heureuse de faire cela pour vous, Henry, lui susurra la jeune femme.

— Si vous voulez, mais laissez-moi le bassin et les cuves d'eau.

— Bien, dit l'Anglaise, ravie de servir le capitaine Cairns.

***

Frais rasé, les cheveux brun roux bien coiffés et retenus par un fin ruban vert et rouge, libéré de ses habits militaires, détendu, Henry s'installa devant la cheminée où l'attendaient James et Catherine. Son regard vif fut immédiatement attiré par deux anciennes claymores croisées au-dessus du foyer, comme des mains en prière. Trop jeune pour avoir connu les luttes épiques des Highlanders, il se souvenait tout de même des histoires racontées par ses parents, les soirs d'hiver, au coin du feu, récits qui avaient hanté ses nuits d'enfant. Toutes glorifiaient le courage et la ténacité des soldats écossais.

— C'est nouveau, ces épées qui viennent du pays des ancêtres ?

— Un cadeau du cousin Alexandre ; il les a apportées spécialement pour nous à son retour d'Écosse, en septembre dernier, précisa Catherine.

— Je ne savais pas qu'il était retourné au pays récemment. Il a rapporté aussi des nouvelles de nos familles ?

— Il ne reste presque plus personne là-bas, ils sont maintenant dispersés dans les colonies anglaises, là où se dessine l'avenir, répondit James.

— C'est un monde nouveau qui commence ; si cette fichue rébellion peut se terminer, la prospérité sera au rendez-vous pour toute la population.

— Le retour de la paix te permettrait de prendre épouse et de t'établir définitivement sur les rives du fleuve, mon cher beau-frère.

— Même en temps de paix, l'armée britannique maintient ses troupes dans les colonies, et je ne pense pas quitter la vie militaire pour devenir, comme toi, propriétaire terrien. Enfin, le jour venu, j'en discuterai avec celle que j'aime.

Pensif, le capitaine Cairns semblait méditer, confortablement assis devant le foyer ; il fixait les flammes qui s'entrecroisaient. Il avait toujours aimé la chaleur du feu, la lumière dansante le magnétisait.

Peluche, le chat de Geneviève, attendait ce moment pour se blottir contre les jambes allongées d'Henry et ronronnait, satisfait comme un pacha. La conversation reprit, détendue et enjouée. Les maîtres et le militaire échangeaient des propos anodins et joviaux ; alors que les deux hommes buvaient un whisky, écossais, bien sûr, Catherine savourait une liqueur de framboises.

— Tu ne prends pas ton brandy portugais préféré, *sister* ?

— Dans mon état, une liqueur est plutôt recommandée, lui confia discrètement la seigneuresse.

— Un autre héritier en route ? Tu m'avais caché cette bonne nouvelle. Quand pourras-tu tenir ce nouvel enfant dans tes bras ?

— À la fin de l'hiver ou au début du printemps.

— James, tu ne perds pas de temps… Mary Ann n'a pas encore un an, fit remarquer Henry, en regardant Catherine avec un soupçon d'inquiétude.

— Ma chère épouse me donne des enfants en pleine santé et n'en est que plus désirable. La maternité lui va bien, tu ne trouves pas, *dear brother-in-law* ?

— Ma chère sœur paraît en effet radieuse, je le concède.

— Je suis une femme comblée, conclut la seigneuresse, adressant un sourire affectueux aux deux hommes de sa vie.

***

C'étaient les derniers jours de décembre, et ils profitaient de la douceur de cette fin de journée, de ce délicieux moment d'avant-soir où tout semblait s'assoupir dans l'ombre du jour qui déclinait. Ils étaient enfin réunis et satisfaits du travail accompli. Les biens du seigneur prospéraient, et si ce n'était de la mort récente de Guillaume Piet, les Cuthbert pourraient affirmer que cette année 1773 avait été féconde et agréable.

Reprenant la conversation sur un ton plus sérieux, Henry, ajoutant une bûche de chêne dans l'âtre, s'informa :

— Vous avez songé à trouver un autre intendant ?

— Pas encore, à moins que tu…

— N'y pensez pas ! Pas maintenant, protesta Henry. Je suis trop engagé à défendre l'Angleterre contre les rebelles des Treize colonies. C'est trop tôt. J'aime bien ce lieu, le fleuve, les terres immenses et fertiles, les habitants…

— Et cette Canadienne, ajouta James, pensif. Tu songes toujours à l'épouser malgré tous les obstacles ?

— Ne le tourmente pas, James, intervint doucement Catherine, c'est presque Noël. Comment dit-on en français ? Ah oui : « Tourne pas le fer…

— … dans la plaie », compléta Henry. Mathilde et moi, nous nous aimons, et cet amour réciproque durera toute notre vie. Nos destins sont liés à jamais l'un à l'autre, je n'ai aucun doute là-dessus. Je lui ai proposé de m'épouser, mais elle refusera ma demande tant que cette guerre coloniale ne sera pas terminée.

— Mathilde est une jeune femme sage, nous veillerons sur elle. Elle t'attendra, le rassura Catherine.

— La guerre peut durer encore quelques années, déplora Henry.

— Je tiens à te rappeler ceci, cher beau-frère : cette Canadienne n'est pas de notre race, elle ne partage ni nos valeurs ni nos coutumes et, de plus, comme elle n'a pas encore vingt-cinq ans, il faudrait que l'un de vous deux renonce à sa Foi pour que vous obteniez la permission de vous marier. Je vois là plusieurs raisons de reconsidérer ta promesse de fidélité envers cette honnête jeune femme. Ne la blesse pas en lui laissant croire à l'impossible.

— Aucun de ces obstacles n'est insurmontable ; plusieurs couples de confessions religieuses différentes se sont mariés. Sa cousine Angélique et William, par exemple, qui se sont épousés à Saurel devant le pasteur de l'armée anglaise, sont très heureux, j'en suis témoin chaque jour. La religion importe peu..

— Tu renoncerais à celle de tes pères ? demanda James, indigné.

— Si l'Église catholique exige cette abdication pour m'autoriser à épouser celle que j'aime, je le ferai ; avec regret, mais oui, j'embrasserai cette religion.

— Il est temps de passer à table, intervint Julia, qui demeura impassible, même si elle avait compris les dernières bribes de cette conversation.

Elle n'allait pas troubler la joie du retour du beau capitaine par une mauvaise humeur intempestive, elle préférait user de dissimulation et attendre le bon moment pour jouer ses dernières cartes. Si elle manquait de prudence en agissant sur le coup de la colère, elle éveillerait les soupçons qui pèseraient alors sur elle. Il devenait urgent qu'elle voie l'esclave Sarah avant que Mathilde ne consente à épouser le frère de *lady* Catherine. Il ne fallait surtout pas tarder…

***

La gifle du vent surprit Mathilde, qui se pressait tout contre son amoureux pour mieux se protéger du froid. Si heureux de se retrouver enfin seuls, après une si longue absence, ils se dirigeaient silencieusement jusqu'aux immenses saules pleureurs qui bordaient la rive, profitant de la quiétude du soir pour s'apprivoiser de nouveau. Et tous deux, comme aspirés en même temps par un tourbillon irrésistible, laissèrent leur patient amour s'exprimer et s'embrassèrent passionnément, sans retenue, sans autre témoin que la nature vierge qui leur ouvrait les bras.

— Vous êtes encore plus belle que dans mes souvenirs, ma douce Mathilde. Épousez-moi pendant ma permission, je ne veux plus attendre, espérer, rêver cet amour, mais le vivre pleinement avec vous, chaque jour.

— Vous m'tourmentez, mon bel amour… Vous connaissez les raisons qui reportent notre union.

— Vous parlez de raison alors que je vous parle d'amour, ma mie.

— J'ai trop peur d'avoir un enfant que j'élèverais seule, si vous ne reveniez jamais de cette guerre.

— Je rentrerai à la maison, je vous promets d'être prudent. Pour l'enfant, vous demanderez des herbes à Sagawee ou à la veuve Nolan qui connaissent ces secrets de femmes, suggéra Henry, moqueur, embrassant de nouveau sa bien-aimée.

— Ce serait un péché, Henry ! protesta Mathilde, scandalisée.

— Est-ce que vous croyez que Dieu, dans sa bonté, a mis l'amour au cœur des hommes et des femmes pour ensuite les damner ?

— Mais…

— Tut… tut… tut… Dieu a caché dans la nature tout ce dont les êtres humains ont besoin pour le servir dans l'amour ; les herbes de Sagawee et de Cunégonde font partie de ces cadeaux du Créateur.

— J'ai jamais pensé de cette façon, je vais y réfléchir.

— Et ne demandez surtout pas conseil à votre curé, il vous en dissuaderait, conseilla Henry, en s'amusant aux dépens de la jeune femme trop sage.

Ils étaient seuls au monde, forts et invincibles, enlacés dans la nuit de ce début d'hiver. Le ciel, privé de lune, était clair et parsemé de milliers de petits diamants qui scintillaient dans la pureté de l'infini. Des oiseaux de nuit planaient au-dessus du fleuve sombre et découpaient des silhouettes obscures sous la voûte constellée. L'aboiement de chiens, au loin, troubla le silence habillant la rive qui commençait à figer sous l'emprise du froid.

— C'est le plus bel endroit du monde, assura Henry. Je voudrais y vivre avec vous, toujours. J'envie ma sœur Catherine…

— Je suis ben d'accord avec vous, mais sans votre présence à la seigneurie, c'est ben triste, surtout certains jours.

— Alors épousez-moi, vous ne serez plus jamais seule.

— Mais vous repartirez, votre devoir de soldat vous appelle, et je vous retiendrai jamais. Je connais le prix de la liberté.

— Vous pourriez choisir de venir avec moi et de vivre au fort Ticonderoga, comme Angélique, ou de rester au manoir avec les droits et avantages que vous donnerait le titre de *Mrs* Cairns, sous la protection de James et de Catherine qui vous apprécient beaucoup.

— Et Julia ? Elle me dévorerait, rétorqua Mathilde, mimant l'air menaçant de la puritaine Anglaise.

— James et ma sœur veilleraient sur vous si vous décidiez de rester à Berthier, mais si vous consentiez à me suivre, nous ne serions plus jamais séparés. Je vous aime, Mathilde, et je veux que vous deveniez ma femme. *Please !*

— Le curé acceptera jamais de bénir notre union, vous êtes pas catholique, Henry.

— C'est là votre ultime objection ? Je me ferai catholique, le plus tôt possible. Dès demain, je pourrais me rendre au presbytère et demander à votre curé de m'instruire des dogmes de votre religion. Vous savez, beaucoup d'Écossais sont catholiques, je ne serais pas une exception parmi mon peuple. Je vous implore de m'épouser, belle Mathilde, mon unique amour. *I love you*… je vous aime. Je ne veux plus vivre sans vous.

— Votre accent me fait rire ! « Je *fou* aime ! »… se moqua Mathilde.

Puis, sur un ton plus grave, elle enchaîna.

— J'ai peur de vous perdre, peur que nous mourions l'un ou l'autre sans nous être aimés. Vous êtes le seul homme qui habitera mon cœur à jamais, mais je suis déchirée entre mes sentiments et ma raison. Je vous aime plus que ma vie, vous peuplez mes rêves, vous occupez mes pensées, je trouve plus de repos, car je crains sans cesse de plus jamais vous revoir. De l'autre côté, il y a ma famille qui a encore besoin de moi, je peux pas les abandonner maintenant. Pis nous sommes tellement différents l'un de l'autre… Alors quand je pense à tout cela, j'ai peur d'accepter de devenir votre femme, mais quand je me rends au cimetière prier sur la tombe de ma mère, je l'entends me dire aux derniers jours de sa vie : « Suis l'chemin de ton cœur, ma fille. » Elle avait saisi bien avant moi les sentiments qui nous unissaient.

— Et après toutes ces réflexions, vous en venez à quelle décision, ma douce amie ?

— Pendant votre trop longue absence, j'ai ben réfléchi à tout ça, pis j'ai compris que je veux plus vivre sans vous. Même si je sais que je manque de sagesse, j'accepte de devenir votre épouse avant que vous repartiez rejoindre votre bataillon. Je vous aime et vous aimerai jusqu'à ma dernière heure.

Moment de grâce, moment de magie…

Henry était bouleversé. Enfin, Mathilde deviendrait sa femme ! Essuyant d'un baiser les larmes qui coulaient doucement sur le beau visage de sa bien-aimée, il la bombarda de questions.

— Je rêve ? s'exclama Henry, qui riait et pleurait à la fois. Je rêve ?... Vous acceptez de m'épouser ? J'ai bien entendu ? Vous ne changerez pas d'idée ?

— C'est une folie, j'sais, mais je reviendrai pas sur ma promesse, jura la jeune femme, se blottissant contre la poitrine de son amoureux, abandonnée comme un chaton.

— Allons dès maintenant demander votre main à votre père, mon bel amour. Je lui promettrai de vous aimer, de vous respecter et de vous protéger jusqu'à la fin de mes jours.

— Il sait depuis fort longtemps que nous nous aimons, il acceptera notre mariage, même si vous n'êtes pas son premier choix, avoua candidement Mathilde.

— Vous deviendrez *Mrs* Cairns et je ferai de vous une épouse comblée ; je vous assure que votre père ne regrettera jamais d'avoir donné sa fille à un Écossais.

— Allons vite, le temps passe, et j'ai si hâte de revoir Angélique.

***

Mathilde embarqua la première dans la chaloupe verchère amarrée au quai de la seigneurie et tendit une rame à Henry qui cherchait à garder son équilibre dans l'embarcation qui tanguait légèrement sous leur poids. La jeune femme tourna habilement la chaloupe et laissa Henry imposer la cadence, régulière, modérée ; poussés par le courant, ils devaient ramer prudemment sur cette route fluviale obscure et incertaine, encombrée de lambeaux de glace qui s'entrechoquaient dans un bruit cristallin.

Bercés par le clapotis de l'eau, ils échangeaient peu de mots, permettant à leur bonheur naissant de prendre toute la place ; leurs pensées, engourdies par cet amour trop grand, les firent quelque peu dériver dans la direction opposée à la ferme des Guillot.

— Henry, nous allons trop loin vers l'est, il faut changer de cap. Vous me perdez dans mes îles, mon ami, c'est pas très prometteur, plaisanta Mathilde.

— Vous voyez bien que c'est vrai que vous me faites perdre le nord, même sous ce ciel étoilé ! répliqua Henry.

Et, posant sa rame au fond de la chaloupe, il embrassa éperdument sa future épouse.

— Je vous aime, mon si bel amour !

— Vaudrait mieux reprendre votre rame et vous orienter sur l'étoile Polaire, voyez, juste là, précisa Mathilde, indiquant le nord en riant.

— Toujours aussi raisonnable, ma belle amie !

Ils accostèrent devant la maison familiale des Guillot et attachèrent fermement les cordages dans les anneaux de fer solidement ancrés sur le quai de bois. Comète, le chien de berger, reconnut aussitôt Mathilde ; flairant son odeur familière, il exprima son contentement en agitant frénétiquement la queue, ignorant la présence de l'inconnu. Les amoureux enlacés montèrent rapidement le sentier, insouciants, abandonnés à leurs rêves, légers et aériens comme s'ils étaient portés sur les ailes déployées de l'albatros.

11

Henry poussa la porte de la cuisine des Guillot, à une heure animée et accueillante. Deux lampes à huile et quelques chandelles éclairaient la pièce ; les ombres des enfants, assis devant le poêle, dansaient sur les murs de bois blond. Surpris par l'arrivée des visiteurs, ils interrompirent leur partie d'osselets et coururent au-devant de Mathilde. La grosse chatte, impassible, continuait à ronronner, lovée entre les jambes de Marie-Anne.

L'aînée de Sagawee, impressionnée par l'étranger qui accompagnait Mathilde, ne bougea pas et, fixant sur lui ses grands yeux noirs comme des charbons, baissa la tête. Mathilde s'approcha tout doucement et réussit à lui arracher un sourire timide. L'Abénaquise rangeait discrètement les plats et les chaudrons sur les tablettes que venait de fixer Antoine, à la droite de la petite armoire. Mathilde le remarqua, satisfaite de constater que son père se souciait d'offrir à Sagawee un logis confortable.

— Bonsoir, père ! Le capitaine Cairns m'a accompagnée jusqu'icitte.

Antoine se leva pour accueillir son aînée, saluant à peine Henry, demeuré en retrait. Marguerite et ses frères, qui venaient de sortir le jeu de cartes, pressèrent leur sœur de se joindre à eux :

— Viens, Mathilde, proposa Marguerite, à toi de battre Louis qui gagne tout le temps !

— Il triche ! l'accusa Nicolas, boudeur.

— J'arrive ; donnez-moi juste le temps de me dégreyer ; mais on restera pas longtemps, prévint Mathilde. Nous allons rendre visite à Angélique qui est arrivée chez ses parents avec ses petits et William.

— Xavier est venu nous en informer, dit Antoine, peu amène devant cet étranger qui, par sa présence, même discrète, dérangeait l'ordre établi dans cette famille simple et unie.

En un éclair, devant ce tableau, Henry comprit la distance qui séparait leurs deux cultures, leurs valeurs, leurs traditions. Pendant un bref instant, un sentiment trouble vint refréner l'ardeur de la passion qu'il éprouvait pour cette Canadienne qui l'avait envoûté dès leur première rencontre. « Ai-je le droit de soustraire ma bien-aimée à cette douceur de vivre et de la projeter dans le monde tumultueux de la guerre, dans une culture et une langue étrangères ? » s'interrogeait-il, hésitant à demander la main de Mathilde à ce père qui l'avait aimée et choyée.

Mais le rire franc et heureux de la jeune femme, qui s'amusait à déjouer l'habileté de son frère Louis en gagnant la partie de cartes, dissipa son trouble et le conforta dans sa décision. Il attendait cette heure depuis si longtemps, il n'allait pas reculer maintenant. Son regard s'attacha à celui de Mathilde ; dès qu'elle leva les yeux, il lui fit signe de rejoindre Antoine vers qui il se dirigea. Il se concentra, chercha ses mots et, prenant la main de Mathilde, il fit face à Antoine.

— Monsieur Guillot, je m'adresse à vous en toute humilité et en toute confiance. Mathilde et moi, nous nous aimons depuis plusieurs années déjà. Le temps est venu de solliciter la faveur d'épouser votre fille aînée et, avec tout le respect que je vous dois, je vous prie de m'accorder sa main. Je vous promets de l'aimer, de lui être fidèle et de la protéger chaque jour jusqu'à la fin de ma vie.

— Je savais ben que ce jour viendrait. Ma défunte m'avait ben dit que le soldat anglais faisait les yeux doux à notre Mathilde. Quand je m'arrête à ça, des fois je dis oui, des fois je dis non, répondit Antoine. Dans ce temps-là, je demande à

Anne ce qu'elle en pense, pis, d'là où elle est, elle me met dans la tête que Mathilde doit faire son chemin. Mais je vais vous dire, monsieur Henry, que j'aurais jamais cru qu'une de mes filles marierait un Anglais.

— Père, Henry vient d'Écosse, pas d'Angleterre, rappela Mathilde, une fois de plus, en souriant à son père avec indulgence.

— Il est du bord des Anglais, rappela Antoine, et protestant en plus.

— Je me ferai catholique dans les prochains jours, monsieur Antoine, et je vous promets de veiller sur votre fille et de l'aimer tant que Dieu me prêtera vie.

— Vous êtes en guerre, où l'amènerez-vous vivre, monsieur ?

— Mathilde, devenue ma femme, choisira l'endroit qui lui conviendra : soit le manoir de Berthier avec la famille Cuthbert, soit le fort Ticonderoga, où vivent déjà Angélique et William.

— Et vous comptez la marier betôt ?

— Dès que les préparatifs de la cérémonie seront complétés, juste après les festivités du Nouvel An. Mathilde mérite une fête de mariage joyeuse où seront invités parents et amis. Nous nous marierons probablement à l'église de Berthier, et ma sœur se fera un plaisir de nous recevoir ensuite au manoir.

— Vous avez pensé à toutte ! Me semble ben, astheure, que j'ai qu'à accepter ce mariage, conclut Antoine.

— Votre fille aînée sera traitée comme une dame, et je vous jure de l'aimer jusqu'au tombeau, promit Henry, implorant l'assentiment d'Antoine.

— Pour l'amour de Dieu, Henry, ne parlez pas de tombeau, le supplia Mathilde, en faisant le signe de la croix, comme pour contrer le mauvais sort.

En signe de consentement, Antoine leva la main droite et bénit sa fille.

— Mathilde, je te donne à Henry qui t'épousera et te chérira devant Dieu et les Hommes. Sois heureuse, ma fille, ajouta-t-il en ravalant ses larmes.

Les deux hommes scellèrent leur entente par une solide poignée de main, sous le regard interrogateur des enfants qui n'avaient rien compris à cette conversation. Ils percevaient cependant qu'un événement marquant venait de se produire, mais tant que leur vie paisible ne changerait pas, ils ne se sentiraient pas menacés et continueraient à s'amuser, sans se soucier du lendemain.

***

Main dans la main, Mathilde et Henry prirent la direction de l'est, vers la maison de la famille Huguenin. Ils s'arrêtèrent un moment au cimetière de l'Île Du Pas où Anne reposait sous le sol gelé. Une mince couverture de neige tapissait la tombe de cette mère de famille disparue à l'hiver 1767. Les deux amoureux s'étreignirent, silencieux et recueillis, priant Anne de bénir leur union et de les protéger de tout malheur. Sans dire un mot, ils s'enlacèrent et reprirent leur marche vers le foyer où les attendaient Angélique et William.

Partie depuis plus de sept ans, Angélique avait changé ; elle n'était plus la jeune fille insouciante et frivole qui faisait rire Mathilde et qui mettait du soleil dans la routine du quotidien ; elle était devenue une mère aimante et responsable de trois enfants, mi-anglais, mi-français. Sa silhouette s'était alourdie et ses traits d'enfant frondeuse avaient pris un brin de sagesse, mais ni sa jovialité ni son entrain contagieux ne s'étaient perdus dans les aléas de la guerre. Ce fut cette femme accomplie et radieuse qui sauta dans les bras de Mathilde sans lui laisser le temps d'enlever son manteau.

— Que je suis donc excitée de te retrouver, ma chère cousine ! J'ai tant de choses à te raconter, enchaîna Angélique, mais avant, viens voir nos enfants qui dorment comme des bienheureux sur leur paillasse. Dans le coin, là-bas, c'est ma belle Anne, l'enfant de l'amour, chuchota-t-elle. Ici, les deux garçons, Gustave et Charles, le bébé.

— Ils sont mignons, affirma Mathilde, très émue de pouvoir enfin connaître les enfants de sa cousine et amie. Tu es heureuse ?

— Plus que jamais ! William est un époux aimant et un bon père. Il a plus de parents, ni frères ni sœurs, nous sommes sa seule famille. Il m'a accompagnée jusqu'icitte pour me faire plaisir, même s'il se doutait qu'il serait pas le bienvenu chez mes parents, rappela Angélique, peinée. Mon père et surtout Xavier n'ont rien pardonné aux Anglais. Pour eux, ce sont encore nos ennemis ; ils nous font la nique. William est mal à l'aise devant tant de malveillance.

— La guerre divise nos familles, c'est ben triste. Père est plus affable que le tien envers les occupants, il vient de consentir à nos épousailles, confia Mathilde à mi-voix.

— Tu veux dire qu'enfin t'acceptes de devenir la femme d'Henry ? Vous vous marierez avant notre départ ?

— Oui, au mois de janvier. Nous en reparlerons, on a du temps devant nous, car tu resteras chez tes parents encore quelques mois, c'est ben vrai ?

— Ce serait trop risqué de voyager sur les glaces, alors je passerai l'hiver icitte avec les enfants ; nous partirons au retour de la belle saison. Pour l'instant, allons tenir compagnie à nos deux hommes, car ni père ni Xavier causeront avec eux.

— Tante Marie est avec eux et, vois, elle converse avec Henry, qui tend l'oreille pour ben comprendre son accent de vieille France.

— Ma mère est plus aimable avec les étrangers que les hommes de la maison qui se montrent même impolis. Elle qui croyait jamais me revoir est si heureuse de connaître mes petiots qu'elle en a oublié que leur père est anglais. Dès que j'ai mis le pied sur le quai, je savais qu'elle m'avait pardonné d'être partie sans lui dire au revoir. Les mères comprennent les mystères de l'amour.

— Tante Marie est comme une poule couveuse qui aimerait voir tous ses poussins sous ses ailes et, ce soir, entourée de sa fille et de ses trois petits-enfants, son bonheur est total. Allons maintenant retrouver nos hommes qui doivent se languir de nous.

* * *

Xavier, vêtu à l'indienne, ses longs cheveux de jais attachés par une lanière de cuir, réparait ses raquettes dans le coin de la pièce, à la lueur chiche d'une chandelle de suif de porc qui dégageait une odeur repoussante. La braise obscure de ses pupilles scintillait dans la pénombre. Taciturne et renfrogné, il leva à peine la tête pour saluer Mathilde et ignora complètement Henry et William, qui entretenaient avec sa mère une conversation fort animée.

Malgré ses vingt-cinq ans bien sonnés, le frère aîné d'Angélique refusait de se plier à l'obligation de se marier. Il se souciait peu de payer une amende pour refus d'obéissance au règlement qui stipulait que tous les hommes devaient fonder une famille afin de peupler la colonie, à moins qu'ils ne deviennent religieux ou prêtres. En imposant la sédentarité aux hommes, les autorités voulaient de plus éviter qu'ils ne s'écartent du droit chemin en vivant librement avec des sauvagesses. Mais Xavier n'en faisait qu'à sa tête, ce n'étaient pas quelques pièces en moins qui le décideraient à perdre sa liberté ; personne ni aucune loi ne lui raviraient jamais cette farouche indépendance qui lui permettait de partir quand il le souhaitait, aussi loin et aussi longtemps que sa nature rebelle le conduisait.

Les récits captivants, que racontait sa grand-mère venue de la Bretagne au début du XVIIIe siècle, avaient éveillé en lui le rêve d'une France chevaleresque, peuplée d'hommes et de femmes plus grands que nature. Il regrettait amèrement de ne pas s'être battu dans l'armée de Montcalm contre les envahisseurs, et l'humiliante défaite de septembre 1759 lui avait fait un trou béant au fond du cœur. Il était resté très attaché à la France et convaincu que la mère patrie s'allierait aux rebelles des colonies américaines pour libérer son pays du joug des Anglais… et que, de nouveau, le drapeau français flotterait sur les rives du fleuve. Ce serait la revanche. Il était prêt à donner sa vie pour se débarrasser des ennemis qui pullulaient dans les villages, mariaient les filles du pays, s'emparaient des richesses, s'installaient et s'enracinaient. Le feu couvait sous la cendre. Xavier entendait le murmure du peuple assujetti et guettait patiemment le moment propice pour agir.

La conversation entre Henry et William attira son attention et, tout en travaillant, mine de rien, il écoutait pour tenter de saisir des informations privilégiées, mais les deux militaires avisés restaient sur leur garde et ne discutaient que de sujets civils. Xavier, pour sa part, resta sur sa faim et, maussade et malavenant, poursuivit sa tâche en silence.

— J'vous offre un verre de vin chaud, messieurs ? proposa la maîtresse de maison, se dirigeant vers l'armoire pour y prendre les tasses en étain.

— L'avent est pas encore terminé, ma femme. Icitte, pas de vin avant Noël, trancha Olivier, bourrant le fourneau de sa pipe, assis au bout de la table, dissimulé dans la pénombre projetée par la chandelle qui achevait de se consumer.

Les deux amis échangèrent un regard furtif et, comme des enfants penauds, décontenancés, ils bafouillèrent un refus poli. Pour la deuxième fois de la soirée, Henry éprouvait une gêne indéfinissable et se trouvait mal à l'aise comme s'il fut coupable d'une faute honteuse. Il se sentait marqué d'un signe indélébile et méprisable qui le condamnait à la disgrâce. Et pourtant, en défendant son roi et sa patrie, il ne faisait que son devoir de soldat, avec loyauté envers le peuple conquis.

— Vous avez de beaux rejetons, William, Anne vous ressemble beaucoup, affirma Mathilde, rejoignant les hommes dans la cuisine.

— Ils sont notre joie, notre bonheur, je vous assure, reprit William, content d'échapper à l'embarras du moment.

— Je remercie la bonne Sainte Vierge de me les avoir amenés pour Noël ; ce sera une ben belle fête, dit Marie, les yeux brillants de larmes.

— Nous serons enfin en famille pour ce Noël 1773, souligna Angélique, embrassant sa cousine qui était sur son départ.

Marie s'empressa de remettre à Mathilde son paletot, son foulard de laine et ses mitaines ; ayant saisi quelques bribes de conversation, elle devina que des fiançailles se préparaient. Elle lui tendit la perche :

— Vous serez avec nous, le soir de Noël ?

— Ce serait avec grand plaisir, mais en hiver, y a rien de sûr, rappela la nièce, qui remonta son col et mit ses mitaines.

Galant, Henry offrit le bras à sa promise, soulagé de se soustraire au ressentiment d'Olivier et de son fils, qui n'avaient pas bronché quand il leur avait souhaité une bonne nuit.

Mathilde salua cordialement les femmes qui se tenaient sur le seuil de la porte et accorda son pas à celui du capitaine. Marie rayonnait de bonheur.

* * *

Nulle part au monde la nuit n'était aussi belle qu'au-dessus de ces îles. Les étoiles scintillaient comme un bouquet lumineux, éparses sur la voûte céleste ; les ténèbres absolues, profondes, mystérieuses, quasi palpables, tant elles étaient denses, occupaient tout l'espace entre le firmament et le fleuve. C'était un moment de plénitude et de bonheur où s'exprimait l'intensité de l'amour partagé.

Les deux amoureux marchaient lentement le long du fleuve, écoutant le murmure étouffé des vagues qui se brisaient sur la dentelle de glace qui commençait à figer sur la grève. Bras dessus, bras dessous, ils avançaient lentement, savourant ces instants d'intimité qui leur seront refusés dès qu'ils arriveront au manoir déjà rempli de parents et d'amis, pour tout le temps des fêtes.

C'était le mitan de la nuit. Mathilde étudiait la position des constellations, science millénaire apprise de son grand-père, et elle conclut qu'il était autour de minuit.

— Il est tard, on nous attend peut-être…

— J'aimerais que cette nuit inoubliable ne finisse jamais, déclara Henry en embrassant sa bien-aimée avant de monter dans la chaloupe.

— Il faudrait qu'le temps s'arrête ici, ce soir, avec vous. J'ai si peur de vous perdre, peur que la guerre vous emporte.

— Que le temps s'arrête ici ? C'est un peu froid, ne trouvez-vous pas ? rappela Henry en riant. Et que le temps s'arrête, je veux bien, mais un peu plus loin sur la route de notre vie, pas avant que vous ne deveniez *Mrs* Cairns. Seulement quelques jours, quelques nuits de plus, et vous viendrez à moi comme le soleil vient au jour et comme les fruits succèdent aux fleurs, parce que c'est là notre destin, mon bel et unique amour. *I love you.*

— Dites-le-moi en français : « Je *fou* aime », reprit Mathilde en se moquant de son accent irrésistible.

— Je *fou* aime d'un amour plus grand que le ciel et la terre ! répliqua-t-il en l'embrassant avec fougue.

Henry possédait la science des mots qu'il prononçait avec une simplicité toute naturelle et avec un sourire désarmant. Quand il racontait un événement, analysait une situation ou décrivait un lieu, tout paraissait une merveille ; ses paroles devenaient musique. Il savait frapper l'imagination et séduire avec quelques phrases bien tournées et des expressions imagées qui amenaient ses auditeurs dans un ailleurs plein de mystères. Il jouait avec les sons comme un magicien et faisait jaillir, dans un accent mélodieux, des formules claires et pittoresques qui illuminaient le monde autour de lui. Il maniait aussi bien le verbe que le pinceau et teintait la vie qui l'entourait de mille coloris éclatants aussi subtils qu'agréables. Et quand il déclarait son amour à sa belle Canadienne, il aurait aimé se faire poète ou troubadour pour trouver les mots les plus irrésistibles, les plus séduisants, ou encore devenir envoûteur afin de pouvoir ensorceler à jamais celle qu'il aimait plus que sa propre vie.

Son charme avait opéré le miracle tant attendu : Mathilde deviendrait *Mrs* Cairns au début de l'année 1774.

* * *

Mais pendant que les deux amoureux, confiants en leur avenir, espéraient qu'enfin une fée bienveillante se penche sur leur bonheur, une ombre perfide se glissait discrètement dans les couloirs du manoir et frappait à la porte du logis des esclaves. « Sarah saura m'aider, elle qui prie devant l'icône de la Vierge noire et qui dissimule sous sa paillasse un objet qui s'apparente à une poupée vaudou », anticipait la malveillante Julia qui s'était arrogé le pouvoir de violer le toit des esclaves en furetant dans la chambre de ces humbles serviteurs. Sarah, la négresse, obéirait, elle n'aurait pas le choix devant l'intimidation de la menaçante Julia.

12

Réveillée par le cri d'un enfant, Catherine sortit de son lit et, encore tout ensommeillée, trouva son frère, le corps en alerte, agitant la braise du foyer. Il faisait froid ; elle frissonna et s'enveloppa dans une couverture qui traînait sur le canapé. Au sourire énigmatique d'Henry, elle comprit ce qui le tenait éveillé. Ses yeux brillaient davantage ; tout dans son attitude trahissait son bonheur.

— Que fais-tu, debout, si tôt ?

— Je n'arrivais pas à m'endormir. Nous sommes rentrés tard de notre visite à l'Île Du Pas, trop d'idées se bousculaient dans ma tête…

— Ta bien-aimée aurait-elle accepté de devenir ta femme ?

— Tu devines tout ; tu me connais trop bien, *dear sister*, tu me fais presque peur, la taquina Henry, à voix retenue.

— Je suis si *happy* pour toi, pour vous deux. Ce sera une union heureuse, je n'en doute pas. Quand pensez-vous vous marier ?

— Craignant qu'elle ne revienne sur sa décision, j'ai insisté pour que nous nous fiancions à Noël et célébrions le mariage dès janvier. Dis, tu aurais le temps de faire préparer la fête au manoir ? chuchota Henry, soucieux de ne pas attirer l'attention.

— Tu aimerais que je me charge de la fête des fiançailles ?

— Mais j'y compte bien, *sister*. Sans toi, que deviendrais-je ?

— Tu n'es encore qu'un gamin qui a besoin d'une mère ! plaisanta Catherine. Nos domestiques nous sont dévoués, ils mettront leurs talents à votre service afin que ces fiançailles soient inoubliables.

— *Thank you, dear Catherine.*

— En épousant cette Canadienne, tu t'établiras à Berthier ou à l'Île Du Pas ?

— Je resterai au service de l'armée encore quelques années. Mathilde s'installera avec vous au manoir, sous votre protection, ou elle me suivra. Rien n'est décidé pour le moment.

— On n'entend plus de pleurs… Mary Ann s'est rendormie. Sans doute que Mathilde l'a consolée. Je retourne au lit pour finir la nuit ; je te conseille d'en faire autant.

— J'ai trop à faire aujourd'hui ; je vais passer discrètement à la cuisine, prendre un morceau de pain et commencer ma journée. Je n'ai pas une minute à perdre. Va dormir, maintenant.

***

La soirée de Noël 1773 s'annonçait fastueuse au manoir de Berthier, où étaient attendus parents et amis pour célébrer les fiançailles de Mathilde Guillot et du capitaine Henry Cairns. Les invités, regroupés autour du feu, patientaient en vidant leur verre et, tout en discutant de choses et d'autres, veillaient à ne pas manquer la rentrée imminente des fiancés. Sur le dernier coup de sept heures, un murmure d'admiration, suivi d'un bref silence, signala l'arrivée de l'élégant couple d'amoureux.

Gracieuse, Mathilde descendit le grand escalier au bras de son promis, vêtue d'une longue robe de taffetas du même azur que ses yeux. Des boucles de ruban bleu nuit, fixées sur le bouffant des manches, faisaient ressortir tout l'éclat du teint satiné de la jeune femme. Un large col blanc ainsi que des volants de dentelles finement ajourées attiraient les regards émerveillés devant tant d'élégance. La jupe froncée et brodée de fils d'argent, qui s'ouvrait au centre sur une lisière de guipure de Flandre, bleue comme les boucles, captait l'attention des invités. Décidément, la couturière de la seigneuresse Catherine, Marie-Archange Dizis, s'était surpassée en confectionnant cette robe, en si peu de temps, tout spécialement pour Mathilde, qui, bientôt, deviendrait *Mrs* Cairns.

La future épouse portait fièrement le bijou offert par Henry à l'hiver 1767, en gage d'amour éternel. Ce cadeau, qui avait appartenu à sa belle-mère qu'elle ne connaîtrait jamais, Mathilde pouvait maintenant l'exhiber sans gêne ; jusqu'à maintenant, elle l'avait toujours protégé des regards jaloux, mais le jour de ses fiançailles, la chaînette d'or brillait sur sa gorge dénudée. Ses cheveux ambre, tressés et élégamment ornés de ruban assortis à sa robe, couronnaient sa figure à l'ovale régulier ; ses yeux clairs et vifs exprimaient tout son bonheur, en cet inoubliable soir de fiançailles.

Henry portait ses vêtements militaires, longue veste rouge agrémentée de boutons dorés et pantalon noir. Ses cheveux brun roux, noués sur la nuque par un catogan de velours, laissaient paraître sur son large front quelques mèches bouclées. Son port athlétique et ses manières affables lui conféraient un charme irrésistible. *Lady* Catherine ne put retenir un cri d'admiration en voyant son frère aîné, qu'elle chérissait avec une tendresse toute particulière, tandis que tous les yeux étaient tournés vers le couple.

— *My dear Bro !* s'exclama Catherine. Tu es merveilleux ! Et vous, Mathilde, tout à fait ravissante.

— Nous sommes dans l'antichambre du bonheur, *little Sis.* Merci pour toutes les lettres qui sont passées entre tes mains, chuchota Henry à l'oreille de sa sœur, discrète complice de leurs amours.

Le sieur James Cuthbert, affable et cordial, jouait son rôle d'hôte avec raffinement et courtoisie. Il aimait recevoir dans son manoir et appréciait la compagnie d'invités distingués et élégants. Il causait avec l'un et l'autre, s'informait de la bonne conduite des affaires, complimentait les femmes pour leur coquetterie et leur charme. Il se félicitait de la qualité de son personnel canadien et s'en remettait à leur compétence pour la réussite de cette soirée de Noël qui s'annonçait festive. Quand Julia, impassible, lui signifia que le repas était prêt à être servi, il convia tout le monde à table.

La dame de compagnie de la seigneuresse attribua une place à chacun des invités, selon son rang social ou son lien de parenté avec les Cuthbert. Les époux s'assirent à chaque bout de la longue table recouverte d'une nappe brodée sur laquelle les fines porcelaines rivalisaient avec la pureté du cristal des coupes remplies du meilleur vin français.

Henry et Mathilde furent placés de chaque côté de Catherine. Alexandre Cairns, cousin de la seigneuresse, se retrouva à la droite de James, et sa femme, Rebecca Mc Connell, à sa gauche. Antoine Guillot, partagé entre le bonheur de voir sa fille aînée promise à un bel avenir et l'embarras d'être invité à la table de l'envahisseur, tenait compagnie à Mathilde. Le curé Papin faisait face à Antoine ; affable, il lui sourit et bénit ensuite l'assistance qui se recueillit un bref instant.

Une vingtaine de convives festoyaient en profitant de ce temps de paix et de prospérité. Les plats mitonnés par Thérèse et Adèle, venue lui prêter main-forte, se succédaient les uns aux autres. À la demande du seigneur, les cuisinières avaient apprêté des pommes de terre ; c'était la première fois qu'on ajoutait ce mets aux menus raffinés et copieux qui faisaient la réputation de la table des Cuthbert.

***

Le seigneur de Berthier avait expérimenté ce tubercule pendant la gouvernance de Murray, agronome de formation et Écossais comme lui. Les deux hommes s'étaient liés d'amitié et partageaient certaines découvertes et divers projets. Murray avait suivi avec grand intérêt les résultats des recherches d'Antoine Auguste Parmentier, homme de génie, qui avait analysé les qualités nutritives de la pomme de terre pendant son incarcération en Allemagne lors de la guerre de Sept Ans, et avait ensuite enseigné ses connaissances en Amérique. Murray avait fait l'expérience de cette culture que Cuthbert avait mis du temps à accepter, la pomme de terre ayant mauvaise réputation car, à cette époque, on l'accusait de donner la lèpre.

Cependant, James Cuthbert avait relevé le défi et, à des fins expérimentales, il avait fait semer quelques plants sur ses terres. Les résultats étaient plus que satisfaisants ; comme il en aima le goût et la texture, il demanda à la cuisinière d'apprêter ce plat de plus en plus souvent. Aux compliments qu'il reçut pendant ce repas de Noël, il ne put que se féliciter de son audace.

Pendant que les plats appétissants circulaient, Geneviève et Rose s'occupaient des enfants, regroupés sagement autour d'une table plus petite, spécialement fabriquée pour eux par le menuisier de la seigneurie. Un grand feu, entretenu par Joshua, flamboyait dans la cheminée. L'atmosphère était détendue et, le vin aidant, les conversations étaient fort animées.

À la fin du repas, Henry demanda la parole.

— Parents et amis, ma bien-aimée Mathilde et moi allons nous épouser dans les prochaines semaines. Monsieur Antoine consent à notre mariage qui sera célébré à l'église catholique de Berthier. D'ici ce jour si patiemment attendu, souligna Henry, avec un regard insistant adressé à Mathilde, qui lui sourit avec indulgence, je rencontrerai le curé et recevrai le baptême dans cette religion.

— Dieu vous garde et vous bénisse ! proclama James Cuthbert d'une voix puissante.

— Dieu vous garde et vous bénisse ! reprirent les convives, levant leur verre au bonheur des futurs époux.

Émus, les fiancés s'embrassèrent sous les applaudissements des invités qui manifestèrent leur joie en frappant sur leur verre ; même Antoine se laissa emporter par la vague de joie qui déferlait autour de la table. Il ne pouvait demeurer indifférent à la vue de son aînée devenue une si ravissante jeune femme et vêtue avec tant d'élégance. « Anne serait ben heureuse pour sa fille », pensa-t-il, admiratif et fier d'être son père. Il se leva discrètement de table et chercha à vérifier auprès du curé si le capitaine Cairns avait fait des démarches sérieuses pour se faire baptiser avant d'épouser sa fille, mais il se retrouva plutôt face à son futur gendre.

— Monsieur Guillot, en permettant à Mathilde de m'épouser, vous avez fait de moi l'homme le plus heureux du monde ; je vous dois une éternelle reconnaissance et tout mon respect.

— Faites-lui jamais de mal, sinon vous me trouverez sur votre chemin, lui rappela-t-il, mi-figue, mi-raisin.

— N'ayez crainte, sa vie m'est plus précieuse que la mienne ; je protégerai votre fille et lui serai fidèle chaque jour de ma vie.

— Si j'ai consenti à votre mariage, c'est que j'ai compris qu'elle aimerait jamais un autre homme que vous, et pis je vous fais confiance, j'ai pas de raison de douter de vous. Pis sa mère aurait approuvé cette union.

— Vous venez danser, Henry ? On nous attend. Et vous, père, vous trouverez ben une cavalière pour faire quelques pas avec vous.

— Il manque pas de belles femmes icitte, mais je danserai seulement si je peux me délier les jambes en français, répliqua Antoine, d'une voix coquine.

— V'là les musiciens qui accordent leurs instruments, ça m'a tout l'air qu'ils mêleront des mélodies de France et d'Angleterre, enchaîna Mathilde, attirant Henry vers le milieu de la salle parée pour la fête.

Moment joyeux, festif, où virevoltaient les jupes des danseuses dans les froufrous légers et vaporeux de cette soirée de promesses échangées. Grisés par ce sentiment nouveau, les fiancés se perdaient dans leurs regards brûlants ; silencieux, dévorés de désir, ils s'enlacèrent un long moment, écoutant leur cœur qui battait à l'unisson. Ils auraient aimé être seuls, laisser s'embraser le feu qui les tourmentait, mais la pudique Mathilde sut apaiser le brasier qui grondait en eux. Elle dénoua l'étreinte et sourit, résignée.

— Allons remercier les invités, il se fait tard. Père est déjà sur son départ.

— Je suis à vos ordres, *Miss* Mathilde.

***

Son éprouvant service terminé, Julia Scott, le regard dur et glacial, s'esquiva et s'enferma dans sa chambre. Le bonheur de la Canadienne lui faisait mal, si mal… Elle dut s'avouer vaincue et admettre que jamais le cœur d'Henry ne lui appartiendrait ; sa bataille était irrémédiablement perdue. Son amour, maintenant inutile, se transforma en un flot de haine profonde et irrationnelle ; dans sa folie, elle prononça des incantations de malédiction envers ce couple qui hantait ses jours et ses nuits. Son esprit, embrouillé par des sentiments qu'elle ne contrôlait plus, ne connaîtrait jamais de repos.

Elle examina la serrure de la porte de sa chambre, s'assura qu'elle était bien fermée et se dirigea vers sa table de travail où elle vérifia le contenu d'une fiole de poison qu'elle avait bien dissimulée dans un coffret verrouillé. Elle la retira et la cacha dans le fond de sa poche. Elle sortit ensuite, de sous sa paillasse, les objets maléfiques remis par Sarah : une longue aiguille et une petite poupée de chiffon qui, selon l'esclave, attiraient le malheur. Cette fois, Julia devait agir avec prudence et ne laisser aucune preuve de son méfait. Rusée, elle s'était assurée de la complicité tacite des esclaves, leur rappelant qu'en cas de dénonciation elles seraient accusées de collusion, et la pendaison les attendrait alors toutes les trois.

Le moment d'intervenir était arrivé. Mathilde était allée trop loin, et Julia ne pouvait supporter plus longtemps la présence des amoureux sous le même toit qu'elle. Leur bonheur communicatif faisait si mal à voir… Le cœur rempli du fiel de la haine, elle inséra une longue aiguille dans la poupée maléfique qu'elle nomma Mathilde. Ensuite, silencieuse et attentive, elle se recueillit et souhaita ardemment qu'un grand malheur frappe cette rivale honnie.

— Va en enfer, Mathilde maudite ! Et je te hais, Henry Cairns !

Recroquevillée dans sa désespérance, le cœur et les yeux secs comme un tronc de bois mort, elle n'arrivait pas à trouver le repos, même au creux de la nuit. Le sommeil, moqueur, s'en approchait par moments, la caressait du bout de son aile puis, soudainement, la délaissait pour revenir la courtiser et de nouveau l'abandonner jusqu'à l'aube où elle sombra enfin dans un rêve effrayant, peuplé de squelettes, de fantômes, de spectres qui tournoyaient autour d'elle avec des cordes où gisaient des pendus. Confuse, elle se réveilla en entendant les enfants qui murmuraient dans le jour naissant ; rien n'avait changé… pour l'instant.

* * *

Le mois de décembre 1773 avait été doux, à peine un mince tapis blanc recouvrait la terre à demi gelée. Mais avec les premiers jours de la nouvelle année, le froid mordant et la furie du vent reprirent leur droit. Des nuages chargés laissaient échapper de leur ventre ouvert des trombes de neige folle qui ensevelissaient le pays, bien décidés à obliger les habitants à rester confinés à l'intérieur de leur maison. Les précipitations, charriées avec rage d'une rive à l'autre, dominaient comme une maîtresse capricieuse ; impitoyables, elles imposaient leur loi.

L'hiver triomphait maintenant ; il se hasardait avec détermination aux fenêtres calfeutrées, s'accrochait aux lucarnes givrées et s'aventurait jusque sur les toits, les arbres et même sur le fleuve en furie. La neige tombée en décembre n'était qu'embryon d'hiver, tous le savaient, mais celle-là n'était ni un jeu ni une taquinerie, mais plutôt l'assaut soutenu des forces de la nature qui endormirait le pays jusqu'au printemps. Cette neige était bien là pour rester.

Les poêles, bien remplis de lourdes bûches, ronflaient d'aise en laissant échapper des volutes blanchâtres par les cheminées. Pendant que le froid sévissait au-dehors, les habitants mettaient leurs occupations entre parenthèses à l'intérieur de leur maison, mais dès que le vent cessait son vacarme et que la poudrerie diminuait, ils s'habillaient chaudement, chaussaient leurs raquettes et visitaient parents et amis, surtout entre Noël et l'Épiphanie.

Les colons ne craignaient ni le froid ni la distance et n'hésitaient jamais à atteler le meilleur cheval sur la carriole, à y entasser les enfants recouverts d'une peau de bison ou d'ours ; ajoutant des briques chaudes au fond de la voiture, ils parcouraient souvent plusieurs milles pour fêter le jour de l'An dans la famille.

Si d'aventure une tempête s'entêtait, comme en ce premier janvier 1774, la parenté trouvait bien un coin où déposer les bagages. Ils partageaient avec leurs hôtes quelques tâches domestiques et, sans plus de cérémonie, ils dormaient sur des paillasses, mangeaient les uns après les autres, jouaient aux cartes ou aux dés, chantaient de vieux airs venus de la mère patrie. Les plus jeunes se dégourdissaient les jambes en dansant des rigodons, souvent sans musique, soutenant le rythme par des steppettes ou par la musicalité des cuillères frappées l'une sur l'autre, en cadence mesurée, selon la danse évoquée, alors que les aînés se mouillaient le gorgoton en buvant du « p'tit caribou ».

* * *

Ce jour de l'An 1774, les Huguenin attendaient les Guillot ; depuis leur retour à l'Île Du Pas, ils tenaient à recevoir le premier janvier. C'était leur tour, puisque Anne et Antoine avaient instauré la tradition du repas de Noël. Il en serait ainsi, dans l'alternance des invitations, tant que ces familles vivraient regroupées sur l'île.

Mathilde, Firmin, Jean-Baptiste et sa femme avaient dû renoncer à rejoindre la parenté, car voyager en chaloupe était trop risqué. La glace commençait à s'épaissir près des rives mais, dans le chenal, le courant empêchait encore le fleuve de s'endormir pour le reste de la saison, écartant ainsi toute possibilité de navigation. Dans quelques semaines, quand les eaux formeraient un solide passage, les hommes baliseraient la route d'hiver mais, en attendant, chacun demeurerait sur sa rive.

Les enfants d'Angélique et de Sagawee faisaient connaissance et, dans la naïveté de leur enfance, ils ignoraient leurs différences. Tous s'amusaient, sauf Xavier, peu loquace, perdu dans ses pensées.

Marie n'aimait pas cette attitude méprisante de son fils et, par des regards furtifs, elle l'incitait à manifester plus de respect envers leurs invités. Mais rien ne réussissait à le sortir du mutisme dans lequel il s'était enfermé depuis l'arrivée de William. L'ennemi dans la maison paternelle ? Quelle injure ! Jamais il n'accepterait de reconnaître les liens qui l'unissaient à celui qui avait séduit et déraciné sa sœur de son île… Ça, jamais ! Il rongeait son frein en jouant aux dames avec ses cousins, Louis et Nicolas, dédaignant l'Anglais qui berçait son fils Charles, assoupi dans ses bras.

Xavier, dit le Renard, se retenait de hurler sa colère chaque fois qu'il entendait l'Anglais parler avec cet accent si prononcé qui trahissait ses origines, mais, par déférence pour sa mère, il préférait se taire. Le jour de la vengeance viendrait en son temps, le pays fourmillait d'espions issus des colonies américaines, et les renseignements se vendaient cher… Obsédé par la complainte fredonnée par son beau-frère, Xavier nourrissait de séduisantes idées révolutionnaires qui bouillonnaient dans son esprit rebelle.

Marie, entourée de sa fille et de ses petits-enfants, vivait un moment de grâce ; elle avait pensé ne jamais revoir Angélique, partie en déserteuse avec l'ennemi, quelques années plus tôt. Mais en bonne chrétienne, Marie savait pardonner, et son cœur de mère ne pouvait que s'ouvrir à l'amour de ses petits-enfants qu'elle apprivoisait à grands coups de tendresse. Anne, l'aînée, était débrouillarde et enjouée ; elle développa rapidement une affection complice avec Marie. L'enfant se rendait utile, questionnait sur tout ; quand sa grand-mère lui contait des histoires qu'Angélique n'avait pas cru bon de lui raconter, elle buvait ses paroles, captivée par ces récits.

Le sourire de Marie était revenu, ses rides au coin des yeux s'étaient estompées depuis que sa fille était de retour. Elle n'osait penser au jour du printemps où elle repartirait en même temps que les glaces. « Et si Anne restait avec nous ? » songeait Marie, qui surprit le regard de l'enfant si rempli d'amour pour elle qu'elle en eut le cœur chaviré. « Une petite fille n'est pas faite pour vivre sur un champ de bataille. Il faudra que j'en parle avec Angélique… »

* * *

Le village de Berthier s'était endormi à son tour ; le froid couvrait les arbres d'une couche de frimas qui collait aux écorces comme une pelure veloutée. Par beau temps, le ciel éblouissait par la pureté de son azur, mais si la neige s'annonçait, les nuages menaçants prenaient alors la couleur de l'anthracite ; poussés par le souffle du vent, ils étaient charriés, du nord au sud, se modelant et se remodelant, comme tricotés par une main invisible.

Les habitants savaient s'adapter à cette torpeur qui engourdissait les champs, les rivières, les lacs, les arbres ; même les animaux se laissaient porter par cette paralysie hivernale et restaient de longues heures à somnoler. Peluche et le très vieux Groggy n'échappaient pas à cette indolence et passaient tout leur temps, lovés près du poêle de la cuisine, à dormir ou à observer les enfants d'un œil placide.

Le capitaine Cairns s'amusait souvent avec ses neveux, il leur apprenait à dessiner, il élaborait avec eux des jeux de stratégie et les incitait à développer leur initiative. Avec force gestes et mimiques, il leur racontait le monde à l'aide du globe terrestre et de cartes géographiques. Des éclats de rire égayaient la pièce ; en s'occupant des enfants, Henry se faisait plaisir et, en même temps, il soulageait un peu Mathilde qu'il trouvait pâle et alanguie depuis le début de janvier. Il s'inquiétait de sa mauvaise mine et s'en ouvrit à Catherine qui tenta vainement de le rassurer.

— Ma mie, vous semblez fatiguée depuis quelques jours, vous devriez consulter le docteur Généreux.

— Trop d'émotions, sans doute, ne vous en faites pas ; des malaises de femmes, lui confia-t-elle discrètement à l'oreille.

— Vous êtes certaine ?

— Mais oui, je suis étourdie, je manque d'appétit, mais après toutes les boustifailles des fêtes, mon estomac demande grâce.

— Allez tout de même vous reposer, je m'occupe des enfants. Rose et Geneviève m'aideront à les habiller chaudement et nous irons tous glisser sur les pentes.

— Ne vous aventurez pas trop près des cours d'eau…

— J'y veillerai, ma douce Mathilde.

Il l'embrassa pudiquement sur le front et se rendit vite compte qu'elle était brûlante de fièvre.

— Mais vous êtes fiévreuse ! Je préviens tout de suite Catherine afin que vous soyez tenue éloignée des enfants pour éviter toute contagion et je cours chercher le médecin. Montez immédiatement dans votre chambre et gardez le lit. Je reviens…

Le docteur Généreux trouva Mathilde bouillante de fièvre, marmonnant des mots inaudibles. Henry était affolé et appela sa sœur au chevet de sa bien-aimée. Catherine, enceinte de sept mois, refusa d'entrer dans la chambre de la malade et, par mesure de prudence, incita son frère à faire de même.

— Tu ne devrais pas rester auprès de Mathilde tant que le médecin ne décèlera pas la cause de cette fièvre. Je ne veux pas risquer que les enfants soient infectés, *understand* ? Et dans mon état, vaut mieux me tenir loin de la malade. La porte de sa chambre demeurera fermée, et défense à quiconque d'y pénétrer…

— Sauf moi, *sister.* Je veillerai sur elle tant qu'elle ne sera pas hors de danger. Inutile d'insister, je ne laisserai pas Mathilde toute seule dans cet état. Bon Dieu, mais que fait le médecin ? Il ne sort pas de la chambre.

— Il vient tout juste d'y entrer, *little Bro*, calme-toi.

Henry, fou d'inquiétude, marchait comme un somnambule dans le corridor qui menait aux chambres des domestiques ; il était sourd et aveugle à tout ce qui l'entourait. Ne pouvant retenir les larmes qui brouillaient son regard, il ne prêta aucune attention à la silhouette immobile et muette, tapie sournoisement derrière la porte de sa chambre, épiant chacun de ses mouvements. Un rictus sardonique s'esquissait sur les lèvres de la perfide Julia, satisfaite de son travail. Elle retint son souffle, se fit invisible afin qu'aucun soupçon ne se porte sur elle. Cette fois, personne ne saurait… « Bon pour toi, *bastard* ! »

13

Après trois jours et trois longues nuits sans quitter la malade, Henry luttait contre le sommeil, étendu sur une paillasse posée à même le sol, tout près de Mathilde qui gémissait faiblement, à demi inconsciente. Ni le froid intense qui faisait craquer les arbres, ni les rires étouffés des enfants, ni les suppliques de Catherine n'atteignaient le capitaine ; il restait prostré auprès de sa bien-aimée. Qui viendrait au secours de celle qui faisait battre son cœur depuis tant d'années ?

Le docteur du village tentait, par tous les moyens connus, de sauver la vie de la jeune femme, mais il n'arrivait pas à diagnostiquer la maladie qui la terrassait. La science avait ses limites, la source de ce mal demeurait un mystère pour Jean Généreux. Accablé, impuissant, il ressentait une fatigue lourde à porter… lourde du poids de la responsabilité : ne devait-il pas guérir et soulager les malades ? Il analysait toutes les possibilités et pensa même un moment à se tourner vers la veuve Nolan, mais il était trop pragmatique pour solliciter l'intervention de la sorcière. « Et Sagawee ? » songea-t-il un moment, mais il se souvint que son aide était inaccessible : elle ne pourrait se rendre au manoir, le fleuve à demi gelé ne permettant aucune communication entre les insulaires et les riverains. Le dévoué médecin se trouvait dans une impasse ; il se rappela Antoine qui ignorait sans doute que la mort menaçait son aînée. « Quelle tristesse ! » murmura-t-il.

Devant la gravité de la situation, le seigneur Cuthbert avait ordonné qu'un feu soit allumé devant le manoir afin d'avertir la population qu'une maladie venait de se déclarer. Le père Guillot avait sans doute vu le brasier en fin de journée, message signifiant qu'une contagion était redoutée, mais il était loin de se douter que c'était Mathilde qui luttait pour rester de ce côté-ci de la vie.

***

Henry était désespéré, il touchait à peine au repas que Geneviève déposait près de la porte en frappant trois coups. Chaque fois, il trouvait un billet écrit par Catherine qui l'invitait à prendre un peu de repos, mais il faisait fi de ses conseils et refusait obstinément de quitter la malade.

Il lui semblait que la malédiction s'était acharnée sur eux, les privant d'un bonheur si longtemps attendu. « Pourquoi ? » gémissait-il, les yeux rougis par la fatigue et les larmes. Assis sur le bord du lit de Mathilde, il tentait patiemment de lui faire boire quelques gouttes d'une décoction préparée par Thérèse, sur recommandation du médecin, mais la malade, retranchée dans un monde parallèle, ne répondait à aucun stimulus. La fièvre la dévorait, son pouls s'accélérait ; elle remuait la tête, se plaignait de nausées, même si son estomac était vide depuis plusieurs jours. Henry lui tendait la bassine ; après de vains efforts pour vomir, elle s'affaissait dans les bras de son amoureux tourmenté et s'abandonnait, épuisée, inerte.

— Ne pars pas, Mathilde. Reste… *please*, suppliait-il, la tête enfouie dans la chevelure emmêlée de sa bien-aimée.

Elle ouvrait les yeux un moment et retombait ensuite dans un état de profonde léthargie qui alternait avec un éveil confus pendant lequel elle divaguait, appelait sa mère, s'agitait brusquement en se tordant, les yeux hagards et terrorisés comme si un monstre invisible surgissait au-dessus de son lit. Après une longue période de convulsions, elle sombrait de nouveau dans un vide effarant et, alanguie, respirait à peine. Aucune parole ni aucune plainte ne s'échappaient alors de ses lèvres asséchées et pâles ; patiemment, Henry humectait sa bouche avec quelques gouttes de l'infusion encore tiède ; elle grimaçait, écarquillait les yeux, effrayée, perdue.

Pourtant, aucun signe précurseur n'avait laissé deviner une telle situation ; Henry n'y comprenait rien. En images, qu'il repassait en boucles, il se remémorait la fête de leur promesse de mariage, le visage rayonnant de bonheur de sa fiancée, l'élégance de sa tenue, la franchise de son regard, l'éclat de son rire, le velours de l'accent particulier de sa voix enjouée... Ce rêve serait-il déjà terminé ? Qu'avaient-ils fait pour mériter un tel supplice ? Ils s'étaient respectés dans la pureté de leur relation, ils étaient restés fidèles l'un à l'autre, ils priaient chaque jour... Pourquoi le Dieu bon et juste leur envoyait-il une telle épreuve ? Il cherchait désespérément la lumière, mais le Dieu qu'il invoquait restait sourd à ses prières.

***

La nouvelle de l'étrange maladie de Mathilde parvint jusqu'à la mansarde de Cunégonde. Un événement passé, il y avait quelques années, lui revint en mémoire, et elle devina aussitôt la source du mal. Sans perdre un instant, la guérisseuse prépara de la résine de sapin, pour faire diminuer la fièvre, ainsi que de l'écorce de saule, pour soulager les nausées de la malade.

Puis, attifée comme une bohémienne, elle alluma une bougie, installa son gros chat sur ses genoux, étala ensuite, avec ostentation, ses cartes de tarot toutes rabougries sur la table bancale et les étudia attentivement. Alerte au moindre indice, la veuve Nolan analysa les symboles cabalistiques figurant dans les cartes et y perçut rapidement la malveillance des esprits malins. « Une âme noire comme l'enfer a jeté un mauvais sort à la fille Guillot, je vais préparer ce qu'il me faut pour contrer le mauvais esprit et appeler le bon : un talisman pis une infusion d'herbes guérisseuses. Ensuite, j'me rendrai chez la boulangère. Je lui expliquerai ce qu'il faudra faire pour sauver Mathilde des griffes de la mort. »

Sûre d'elle, Cunégonde prit aussitôt son manteau et sa besace, et courut vers la boulangerie du village.

Étonnée de l'audace de la sorcière que l'on savait casanière et secrète, Adèle l'invita à entrer.

— Marci ben, m'dame Adèle ! Si je suis icitte, c'est que je connais votre amitié pour mam'zelle Mathilde et j'pense que j'peux l'aider à guérir. J'ai apporté des décoctions pour faire tomber sa fièvre, pis pour soulager le mal qui risque de l'emporter.

— Selon ce qu'on m'a rapporté du manoir, la pauvre fille ne veut rien boire ; comment alors lui administrer cette potion ?

— Y faudra ben la forcer à la prendre. Entrouvrez ses lèvres pis, avec le bout d'une cuillère, infiltrez quelques gouttes d'infusion à la fois. Peu à peu, elle l'avalera et s'endormira. Pauv' fille ! Je l'aime ben, vous savez ; si elle trouve pas le repos avec ce que j'vous envoie, revenez, j'préparerai des potions différentes. Pis apportez ce talisman, elle en aura besoin pour conjurer le mauvais sort.

— Mauvais sort ? s'affola Adèle. Que voulez-vous dire ?

— Allez ! J'me comprends. Dites à l'Anglais de placer cette amulette sur la peau de Mathilde, c'est très important… sur la peau. Et surtout, rassurez la famille, ce mal est pas contagieux.

— Vous en êtes certaine ?

— Absolument, affirma la sorcière. Pis hésitez pas à venir me voir si la malade prend pas d'mieux.

— Je n'y manquerai pas, madame, et comment vous remercier ?

— Elle viendra elle-même me faire ses salutations quand elle pourra.

— Vous semblez bien confiante qu'elle guérira…

— Aussi certaine que la nuit viendra après ce jour ! soutint fermement Cunégonde, qui salua gracieusement Adèle, avant de se recueillir profondément.

D'un geste magistral, la veuve Nolan esquissa ensuite un signe de libération qui confondit Adèle, après quoi elle prit la direction de sa maisonnette en longeant la berge immaculée du fleuve prisonnier de l'hiver.

* * *

Henry fut d'abord surpris par la témérité d'Adèle qui entra sans hésiter dans la chambre obscure de son amie, malgré l'interdiction formelle que personne ne devait transgresser. Elle trouva Mathilde alitée, pâle et frissonnante, bien enveloppée dans de chaudes couvertures. Son abondante chevelure auréolait son visage émacié, perdu dans ses oreillers. La malade ouvrit les yeux un bref instant, mais retomba aussitôt dans sa torpeur ; elle n'avait pas reconnu son amie.

Perplexe, Henry vit Adèle se diriger vers la fenêtre.

— Mais que faites-vous donc ?

— Il lui faut de la lumière, dit Adèle en poussant les volets pour que le soleil entre dans la pièce. La veuve Nolan vient tout juste de venir chez moi : je suis ses recommandations.

Se souvenant de la réputation légendaire de cette femme, Henry se mit à espérer ; puisque Dieu n'exauçait pas ses prières, pourquoi hésiterait-il à saisir la main tendue de la sorcière ? Il s'empressa auprès d'Adèle pour soulever Mathilde et tenter de lui faire avaler le remède préparé par Cunégonde. Les réponses aux questions qui se bousculaient dans son esprit enfiévré viendraient plus tard. Il prit Mathilde dans ses bras, appuya la tête de sa bien-aimée sur sa poitrine et essaya d'entrouvrir ses lèvres qui résistaient. La malade gémissait, se débattait et, vaincue, s'abandonna ; par des gestes retenus, Adèle réussit à lui faire ingurgiter quelques gouttes de l'infusion dont la sorcière avait jalousement gardé le secret. Henry berçait son amoureuse avec une douceur touchante, en murmurant à son oreille des mots d'amour. Encore quelques gouttes… puis d'autres encore ; la malade se calma et s'endormit, reposant sur la poitrine d'Henry, qui n'osait la déposer sur son lit de crainte de l'éveiller et de briser le mince rayon d'espoir qui venait de poindre.

Adèle refit discrètement le lit, secoua les oreillers et rangea la pièce où régnait la désolation.

— La veuve Nolan vous prie de placer cet objet sur la peau de Mathilde, elle a bien insisté, il semble que ce soit important, chuchota Adèle à l'endroit du capitaine.

— Auriez-vous un ruban à passer dans cette amulette pour la suspendre à son cou ?

— Voici, dit la boulangère, défaisant le nœud qui retenait ses cheveux. Posez-la maintenant sur sa poitrine.

Un peu mal à l'aise, Henry, hésitant à dénuder sa bien-aimée, garda un moment le précieux talisman dans sa main. Voyant son trouble, Adèle s'approcha du lit et, ensemble, avec déférence, comme on dépose l'offrande sacrée sur l'autel, ils posèrent délicatement le médaillon sur la peau brûlante de la malade.

Adèle s'agenouilla ensuite devant la statuette de la Vierge Mère et la supplia d'avoir pitié de sa fidèle servante. La tête penchée, les mains jointes, les yeux fermés, elle s'abandonna à la volonté divine. Elle ressentit aussitôt une grande paix se glisser en elle comme une eau pure et vivifiante, elle comprit à ce moment-là que Mathilde reviendrait à la vie. Quand elle ouvrit les yeux, Henry sommeillait, la tête de sa fiancée posée sur son cœur. Elle sortit sans bruit, rassérénée, à l'heure où un doux crépuscule teinté de rose descendait lentement sur la rive et enveloppait le manoir d'ombres recueillies.

Adèle retrouva la seigneuresse, seule devant l'âtre, et l'informa de la situation. Elle chercha les paroles les plus rassurantes afin d'enrayer la peur qui retenait les gestes d'amitié envers la pauvre Mathilde.

— Ne craignez plus le mal qui a failli emporter Mathilde, ce n'est pas contagieux. Dame Cunégonde, qui me l'a affirmé, en est certaine. Elle lui a préparé une infusion qui semble avoir calmé la malade. Votre frère s'est endormi aussi. Il faut les laisser se reposer et lever l'interdit, le danger est passé, insista Adèle.

Perplexe, *lady* Catherine hésita à croire cette histoire et attendit de discuter de ce sujet avec James avant de permettre à Henry de circuler librement dans le manoir rempli de jeunes enfants.

— « La nuit porte conseil », comme vous dites dans votre langue. Je vous remercie pour votre constant dévouement et pour votre loyauté. Allez maintenant, ma bonne Adèle. Revenez demain, les nouvelles seront peut-être plus encourageantes, mais nous resterons prudents tant que le médecin n'aura pas rendu visite à la malade. Nous aviserons ensuite de la conduite à suivre.

***

La grande horloge venait tout juste de sonner les neuf coups quand Henry s'avança lentement vers le salon où James et sa femme lisaient à la lumière des deux lampes posées de chaque côté du foyer, généreusement nourri de bûches de plaine qui se consumaient en crépitant. Les enfants étaient au lit, les serviteurs dormaient dans leurs appartements, Groggy ronflait ; tout était calme, paisible.

— Puis-je entrer ? demanda Henry, hésitant, la barbe bien fournie et les cheveux dénoués.

Ses vêtements froissés et ses traits fatigués témoignaient des longues nuits sans sommeil.

— *Sure*, mais reste loin de Catherine, acquiesça le seigneur, le regard circonspect, songeant à cette singulière affaire.

— Comment se porte Mathilde depuis la visite d'Adèle ? s'informa la seigneuresse, délaissant la lecture du *Nouveau voyage autour du monde* de Daniel Defoe.

— Elle est plus calme ; j'ai pu lui faire boire l'infusion à plusieurs reprises, et depuis, sa fièvre baisse. Elle dort, enfin…

— Tu crois la veuve Nolan qui affirme que ce mal étrange n'est pas contagieux ? dit James, soupçonneux.

— Je n'ai pas de raison d'en douter ; le remède qu'elle a préparé a produit des effets immédiats. Dame Cunégonde a donc compris quelle était la source du mal et a su y remédier. Je lui fais confiance, aucune autre potion n'avait pu soulager Mathilde jusqu'à maintenant. Même le médecin n'avait rien trouvé pour la guérir de son mal… Je la croyais perdue jusqu'à ce que cette femme vienne à son secours.

— Il serait tout de même plus prudent de rester à l'écart des enfants et de ta sœur pour quelques jours, le temps de laisser Mathilde reprendre des forces, insista James.

— Et toi, *brother*, tu as besoin de manger et de dormir, tu as l'air d'un zombie.

— Vous savez combien j'aime Mathilde, et la peur de la perdre me rend fou. Comment pourrais-je vivre sans elle ? Qu'arrivera-t-il de nos projets de mariage ? Le bonheur était enfin à portée de main. Pourquoi, dis-moi, Catherine, pourquoi ?

— *Dear Bro !* J'aimerais te bercer et te consoler ; je t'aime, tu sais !

— Merci, je peux compter sur vous deux, je sais. Mais j'ai si peur de la perdre à jamais.

— Mathilde est jeune et forte ; si dame Cunégonde a su préparer le bon remède, elle retrouvera ses forces, dit calmement Catherine, voulant rassurer son frère. Tu dois te montrer courageux et confiant afin qu'elle puisse s'appuyer sur toi. Je te conseille de manger un bon repas, de te raser et de dormir.

— Tiens, bois un bon whisky du pays, proposa James, tendant un verre à son beau-frère.

— *Thank you, James !* Je crois rêver, c'est pire que les champs de bataille. Au moins, à la guerre, on connaît l'ennemi, alors que maintenant, je suis dans le brouillard.

— Il faut te remettre d'aplomb, tu seras plus en mesure de lutter avec Mathilde pour qu'elle recouvre la santé, suggéra Catherine, attendrie devant le désarroi de son frère.

— Tu as raison, *dear sister*. Quand *my love* ouvrira les yeux, c'est un amoureux présentable qu'elle aura besoin de voir à ses côtés, affirma Henry, vidant son verre. Je dormirai encore sur la paillasse, tout près de son lit ; je tiens à veiller sur elle jour et nuit tant qu'elle sera en danger.

— Et tu la protégeras tout le reste de sa vie aussi, tu l'as promis à son père, lui rappela James, posant sa main sur l'épaule fatiguée d'Henry.

— Dieu t'entende ! implora le jeune homme, les yeux rougis par les larmes.

***

Frais rasé, lavé, Henry se dirigea vers la cuisine, alluma une bougie et se servit un peu de fromage et un quignon de pain. Absorbé dans ses pensées, il ne vit pas Rose, tapie derrière la porte du garde-manger, silencieuse, invisible, les yeux agrandis par la frayeur. Depuis que Mathilde était gravement malade, la jeune esclave peinait à trouver le sommeil ; elle avait tout de suite compris la source du mal qui risquait de coûter la vie à cette femme compatissante qui lui souriait avec mansuétude et qui la traitait toujours avec bienveillance. Elle était rongée de culpabilité.

Elle observait discrètement les gestes de l'homme, devinait par son expression de tristesse combien Mathilde lui était précieuse, et elle se chagrinait de sa peine. Mais pour rien au monde elle ne devait révéler le secret qui l'étouffait, sinon Julia les dénoncerait, elle et Sarah, pour complicité. Ses frêles épaules devraient porter à jamais le poids de leur faute.

***

Mathilde dormait encore quand Henry la retrouva, moins fiévreuse et plus calme. Il la laissa se reposer dans la lueur du croissant de lune qui traçait un fin rayon d'or jusqu'à sa chevelure en désordre. Le cœur trop plein de cet amour qui le troublait sans cesse, il s'étendit près d'elle, écouta sa respiration moins saccadée, osa poser sa main sur sa poitrine dénudée et, doucement, effleura de ses lèvres les paupières fermées de sa bien-aimée. Il était presque rassuré et, confiant, il glissa lentement sur la paillasse et s'abandonna au sommeil.

À peine était-il endormi qu'un râlement sourd le réveilla brusquement ; il se leva aussitôt et chercha la bougie qui, privée de mèche, s'était éteinte.

— Je suis là avec vous, Mathilde, je vais allumer, ne craignez rien.

Mathilde essayait de reprendre son souffle ; sa main hésitante tâtonnait les couvertures, elle ne reconnaissait plus les lieux familiers. Elle était perdue comme si elle sortait d'un autre monde ; elle était fébrile et aussi vulnérable qu'un nourrisson.

— Ma mie, calmez-vous ; je vais faire chauffer une infusion qu'il faudra boire jusqu'à la dernière goutte. Je reviens vite, restez au chaud dans votre lit.

La voix sereine et rassurante d'Henry, qui lui présenta le gobelet rempli de liquide chaud, calma la jeune femme qui, trop faible pour réagir, obéit comme une enfant fragile. Soumise, elle se laissa envelopper amoureusement dans ses couvertures et avala, à petites gorgées, toute la portion. Fatiguée par l'effort, elle ferma les yeux et demanda, hésitante :

— Ça fait… combien de temps… icitte ?

— Presque une semaine. Vous avez fait une forte fièvre, déliré et perdu le fil du temps. Mais, grâce à Dieu, vous revenez à la vie. Si vous vous sentez assez forte, je vais vous aider à vous lever.

— Vous… comprenez… mes besoins.

Soutenue fermement par Henry, elle fit quelques pas ; il la conduisit jusqu'au pot de chambre et, discrètement, se dirigea vers la fenêtre où pénétrait la lumière argentée de la lune. Devant l'immensité de la plaine qui s'étirait jusqu'à l'infini, il adressa une prière de reconnaissance à Celui qui présidait à la destinée des êtres humains. Et avec des gestes tendres, il amena ensuite sa bien-aimée devant sa table de nuit, lava sa figure ravagée par la fièvre, lui offrit le bras jusqu'à son lit et, pudiquement, joignit ses lèvres aux siennes en remontant ses couvertures.

— Reposez-vous, mon amour, je veille sur vous.

Le temps s'était arrêté depuis que la maladie s'était acharnée sur la jeune femme ; les jalousies étaient restées fermées, les enfants, tenus à l'écart, la porte de la chambre, condamnée, le va-et-vient habituel, réduit à l'essentiel, aucun visiteur n'était reçu. Cette période de l'année, normalement très festive, se faisait fort austère en ce début de janvier 1774. Et chacun souhaitait que les infusions préparées par dame Cunégonde apaisent le mal qui frappait toujours la pauvre Mathilde.

* * *

Julia enrageait. L'intervention intempestive de cette sorcière chamboulait tous ses plans ; tout se passait si bien avant ses manigances… Impassible, stoïque, elle masquait adroitement toute expression qui pourrait la trahir, car elle avait perçu à quelques reprises le regard inquisiteur du maître posé sur elle.

Il se méfiait, elle le savait, mais pour l'accuser il devrait apporter des preuves. C'est pourquoi elle devait absolument s'assurer du silence des esclaves… et Rose l'inquiétait.

Tôt le lendemain, Adèle entra au manoir par la porte de la cuisine où Thérèse était déjà à la tâche ; seul Alexander était attablé devant un bol de gruau fumant. Peluche quémandait son bol de lait, en se faufilant entre les jambes de la cuisinière, tandis que le vieux chien ouvrait à peine un œil paresseux.

— T'es ben matinale, aujourd'hui, Adèle !

— L'état de santé de Mathilde me préoccupe encore ; j'ai très mal dormi, des rêves étranges m'ont troublée. Aussi bien aller aux nouvelles, que je me suis dit !

— Tu peux monter à sa chambre ; ils doivent encore dormir, j'ai pas vu *Mr* Henry à matin.

Adèle frappa discrètement à la porte fermée ; Henry ouvrit aussitôt, le regard confiant, presque joyeux.

— Comment va notre malade ?

— Cette nuit, elle a bu plusieurs gorgées d'infusion préparée par dame Nolan. Il semble bien que cette femme mystérieuse ait trouvé le bon remède, car Mathilde dort depuis. Vous voulez la voir ?

— Pas maintenant, laissons-la ; quand elle s'éveillera, faites-moi prévenir, je viendrai faire sa toilette et veiller sur elle, le temps que vous vous reposerez un brin.

— Et j'en profiterai pour rendre une visite de courtoisie à une certaine sorcière, lui chuchota-t-il, le sourire dans la voix.

La nouvelle de l'éveil de Mathilde se répandit rapidement dans la maisonnée et chacun y allait de ses commentaires, de ses hypothèses, de ses pronostics. Seule Julia fulminait intérieurement, en surveillant de près les deux esclaves. La pauvre Rose n'osait regarder personne dans les yeux, de peur de trahir le terrible secret. Elle rasait les murs, évitait les conversations, s'esquivait à l'arrivée d'Henry dans la salle à manger.

Geneviève s'adressa à elle, mais Rose s'enfuit comme une souris poursuivie par un chat.

— Bon Dieu, as-tu vu le diable ? Secoue-toi un peu et viens m'aider à habiller les enfants pour jouer dans la neige, j'y arriverai pas seule.

L'esclave se signa, baissa les yeux et courut dans son logis où elle se terra pour le reste de la journée. Julia surveillait la scène et, impénétrable, affronta le regard de James qui se doutait de quelque chose, observait ses domestiques, cherchait un indice. Mais il se garderait d'informer Catherine de ses soupçons, de crainte de l'inquiéter inutilement, elle qui accoucherait dans quelques semaines.

En cette fin de janvier, le jour se prolongeait et s'éteignait dans un enchevêtrement de couleurs, en illuminant les champs de neige qui s'étendaient jusqu'à l'horizon. Julia attendit patiemment la pénombre du crépuscule pour se rendre, à pas furtifs, au logis des esclaves ; elle y entra sans frapper et remit à Rose une esquisse représentant trois pendues accrochées à des potences. Son regard tranchant comme une lame d'acier fixa les deux servantes noires avec une telle intensité que la pauvre Rose se sentit défaillir. Sarah baissa la tête, soumise. Julia sortit sans leur adresser un seul mot.

14

Dès que James Cuthbert eut reconnu que le mal dont souffrait Mathilde ne portait aucun germe de contagion, le manoir put enfin revivre. Les seigneurs ouvrirent les portes de leur demeure, et leurs enfants retrouvèrent leurs jeux et leurs amis. En cette saison où traditionnellement s'enchaînaient tant de fêtes, entre Noël et le carême, les voisins s'invitaient à tour de rôle, des couples se formaient, se courtisaient, caressaient des rêves d'avenir et de liberté.

Pierre de Beauval, le fils aîné d'Adèle, s'était joint, pour la première fois, aux habitants des deux rives pour baliser la route d'hiver. Les hommes, pics à la main, sondaient la glace et en vérifiaient l'épaisseur ; ils plantaient ensuite deux rangées de sapins, guides immobiles et silencieux qui orienteraient les insulaires et les riverains dans leurs déplacements sur le fleuve gelé.

Pierre se languissait de Marguerite, et le retour du froid intense qui enserrait le fleuve depuis le début de l'année le ragaillardit ; il pourrait enfin se rendre à l'Île Du Pas pour retrouver le sourire de Marguerite, livrer les pains et les pâtisseries de la boulangerie Chaviot, et informer les Guillot qui attendaient avec impatience des nouvelles de Mathilde, toujours confinée dans sa chambre.

* * *

La jeune fiancée n'était plus que l'ombre d'elle-même ; les traits émaciés et les cernes bleutés, qui accentuaient l'éclat particulier de ses yeux, toujours aussi lumineux, rappelaient les inquiétudes et les ravages causés par un mal inconnu qu'elle peinait encore à surmonter. Les femmes veillaient sur elle avec une sollicitude toute maternelle et s'assuraient que leur amie ne manque de rien. Adèle venait chaque jour faire sa toilette et lui apporter un bouillon chaud, quelques brioches et quelques pâtisseries ; Thérèse cuisinait un menu composé de légumes et d'un peu de viande ou d'œufs, tandis que Sagawee et Cunégonde concoctaient des potions secrètes, capables de la remettre sur pied. Les décoctions amères d'échinacée, mais ô combien vivifiantes, préparées par la veuve Nolan agissaient comme un baume magique, rosissant jour après jour le teint blafard de la convalescente. Les analgésiques contenus dans les feuilles séchées de laitue sauvage la faisaient dormir. De plus, l'Abénaquise avait insisté pour que Mathilde ajoutât chaque jour, aux remèdes de Cunégonde, de la racine de ginseng qu'elle cultivait près de la maison. Lentement, Mathilde revenait à la vie.

Lady Catherine, qui en était à ses dernières semaines de grossesse, ne pouvait que lui exprimer son soutien moral en permettant aux enfants de rendre visite à mademoiselle Mathilde après le repas du midi. Ils lui donnaient des dessins ou des jeux ; les aînés, fiers comme Artaban devant sa reine, exhibaient leurs progrès accomplis en lecture et en mathématiques, tandis que les fillettes babillaient auprès d'elle jusqu'à ce qu'Henry sonne la fin de la récréation.

— C'est maintenant l'heure de jouer dans la neige. Allons voir Geneviève et Rose, ordonna-t-il en prenant Betsy et Margaret à bras-le-corps, en feignant une impatience qui faisait rire ses petites nièces. Les enfants n'étaient pas dupes et se laissaient porter par cet oncle enjoué qui avait retrouvé son entrain et sa bonne humeur.

— Je vous délivre de ces petits diables et je reviens, mon aimée, lança-t-il du milieu de l'escalier, bousculé par Alexander et James engagés dans une course fraternelle.

***

Chaudement vêtus, les aînés sortirent avec Groggy, toujours heureux de partager le jeu des garçons, qui, en cette fin de février, se proposaient de l'atteler au traîneau déniché dans le hangar où s'entassaient, en un savant désordre, divers objets venus du Régime français. Des raquettes indiennes, des harnais décatis, quelques vieux fusils irrécupérables, des seaux percés et rouillés, et même un joug de bœufs, accroché au-dessus d'un établi bancal, attendaient bien inutilement depuis des années qu'une main habile les réhabilite et leur donne une vie nouvelle.

Mais tout ce fatras n'attirait que les fils Cuthbert qui trouvaient toujours quelque intérêt à ces vieilleries, inventaient des jeux avec des bouts de bois, des tiges de fer, des lanières de cuir. Comment de jeunes garçons, remplis d'imagination et débordants de spontanéité, pourraient-ils ignorer tous ces trésors et les laisser dormir sous les toiles d'araignées ? Chaque fois qu'ils entraient dans cet antre mystérieux, ils découvraient d'autres objets insolites qui venaient enrichir leurs avoirs, bien rangés dans un coin, devenu leur domaine où ils régnaient en maîtres, à l'abri des requêtes de leurs sœurs et des interdits des adultes.

Depuis la mort tragique de Guillaume Piet, le seigneur devait assumer seul toute la charge qui était auparavant dévolue à l'intendant ; les enfants ne furent donc pas étonnés de le voir mesurer du bois de charpente empilé près de la grange. James s'arrêta dès qu'il entendit ses aînés s'approcher des bâtiments en courant avec Groggy.

— Halte-là ! N'allez jamais seuls dans un endroit comme celui-là, leur enjoignit-il, dès qu'il comprit que les garçons se préparaient à entrer dans le hangar dont le toit menaçait de s'effondrer sous le poids de la neige fondante. Voyez les vieux clous, les outils affûtés et les fers à cheval qui traînent ; tout dans cette pièce peut vous blesser, si vous n'êtes pas prudents. Je vais demander qu'on répare le toit, mais il est défendu d'y venir tant que ces travaux ne seront pas complétés, *understand* ?

— Mais...

— *Strictly for-bid-den*... martela James sur un ton sans réplique. Vous pouvez aller dans tous les autres bâtiments, mais pas dans celui-là tant qu'il sera risqué d'y entrer.

— Nous voulons atteler le chien au traîneau. Est-ce que je peux le prendre ? pria Alexander.

— Attendez-moi ici ! J'y vais, trancha Cuthbert.

Le traîneau, debout sur son train arrière, se trouvait tout près de la porte, qui grinça sur ses gonds dès que le seigneur enfonça la clenche ; Cuthbert n'avait qu'à tendre le bras pour s'en saisir et le remettre à ses fils qui retenaient l'imperturbable Groggy. Le gros chien débonnaire se laissa ceinturer par les courroies de cuir et recula ensuite docilement pour entrer dans les menoires. Ce rituel s'apparentait à une routine à laquelle les enfants le soumettaient, été comme hiver. Leur vieux compagnon de jeu leur était devenu indispensable pour transporter jouets, outils, seaux, pierres, pieux, même leurs jeunes sœurs qui avaient fréquemment droit à une promenade, à condition qu'elles soient sages... selon le bon jugement de leurs grands frères.

James aimait voir ses fils assumer leurs responsabilités et apprendre, au fil des jours, à devenir des hommes sous le regard des adultes aimants qui s'occupaient de leur éducation. Il se considérait comme un homme heureux à qui le travail incessant et le sens aigu des affaires permettaient d'espérer la prospérité qui assurerait l'avenir de sa famille. La tâche était lourde, trop pour un seul homme, il devait rapidement engager un autre intendant pour l'assister dans l'exploitation des terres de sa seigneurie.

Il souhaita en discuter le plus tôt possible avec Catherine, le soir même, si elle n'était pas trop fatiguée ; cette sixième grossesse lui pesait, ses jambes étaient très enflées, et elle ne trouvait le repos que quelques heures chaque jour. Elle passait d'interminables heures de la nuit devant l'âtre rougeoyant, sommeillant, attendant que le fruit qu'elle portait atteigne sa maturité. Privée de la compagnie de ses amies anglaises pendant la longue saison d'hiver, la seigneuresse appréciait particulièrement la présence d'Henry qui recueillait ses confidences, chassait ses craintes, commentait ses lectures, la faisait rire avec les enfants qui semaient autour d'eux leurs perles enfantines avec une naïveté désarmante.

À l'approche de la délivrance, James n'osait plus s'éloigner du manoir. Même s'il était très occupé par les affaires courantes de la seigneurie et son rôle de juge de paix, il reportait certaines obligations afin d'être présent auprès de sa femme quand l'enfant naîtrait. Le docteur Généreux et la sage-femme visitaient régulièrement Catherine, et la très fidèle Julia ne permettait à personne de gêner le repos de sa maîtresse ; elle rabrouait sans ménagement les petits quelque peu turbulents, fatigués de la réclusion forcée de l'hiver. Le secret de l'arrivée imminente d'un autre bébé était bien gardé, et les enfants étaient tenus à l'écart de cet événement qui se préparait derrière des portes closes.

***

La neige ramollie commençait à fondre sous le soleil du début de l'après-midi et laissait des traces profondes sous les patins du traîneau rempli d'enfants. Des cris de joie montaient jusqu'à la chambre de Mathilde qui, debout devant la fenêtre, se laissait réchauffer par le soleil plus ardent de cette fin d'hiver. Bleu et blanc se confondaient dans la vaste plaine qui s'étendait derrière le manoir où mille diamants scintillaient entre les clôtures qui séparaient les prés ; des capuchons de moines coiffaient les piquets pointus, atténuant leurs formes, alors que les ombres projetées sur la neige s'étiraient d'un pieu à l'autre en une longue guirlande.

Mathilde, accoudée sur le rebord de la fenêtre, observait avec attendrissement les enfants qui s'amusaient sous la surveillance de Geneviève et de Rose, couchée dans la neige, bras étendus, comme les fillettes Cuthbert. La jeune esclave, ange d'ébène abandonnée dans cette nature immaculée, faisait image ; cette dichotomie fit sourire Mathilde qui goûtait pleinement ce retour à la vie, la sienne et celle de cette nature revêche qui se laissait adoucir en cette période de l'année, vaincue par les rayons bienfaisants qui liquéfiaient la neige et remplissaient les ruisseaux.

La jeune femme ferma les yeux un moment, inspira profondément et ressentit la chaleur irradier tout son corps. Elle aurait voulu arrêter le temps, juste quelques minutes, et prolonger la sensation de bien-être produite par la caresse enivrante du soleil. Elle songea à Anne, sa mère, enfouie sous la terre gelée au cimetière de l'Île Du Pas depuis février 1767… Elle frissonna. « Les bessons ont maintenant sept ans. Et pour la première fois depuis leur naissance, j'ai oublié leur fête », se reprocha-t-elle intérieurement.

— Vous êtes bien songeuse, ma mie… murmura Henry, entré à pas de loup, posant un baiser sur les yeux fermés de sa bien-aimée.

— Ça fait si longtemps que j'me suis sentie aussi bien ! La douceur de ce jour de février, peut-être.

— Tous les soins dont vous êtes entourée et mon amour vous redonnent vie.

— Je sais et je suis reconnaissante envers toutes mes amies qui me dorlotent comme une enfant, mais je manque de force et je suis ben déçue que notre mariage soit remis à plus tard.

— L'important est que vous soyez là maintenant, avec moi. Vous nous avez fait craindre le pire, vous savez, nous avons eu bien peur de vous perdre, j'ai cru devenir fou… Que serais-je sans vous, ma belle Mathilde ?

— Un bel officier de l'armée anglaise, fort populaire dans les bals du gouverneur.

— Vous me taquinez, ma mie. Votre robe nuptiale vous attend, mais il faudra que la couturière la retouche un peu, vous êtes mince comme une lame d'épée.

— Et pâlotte comme la nappe d'autel.

— Plutôt blanche, pure et belle comme le lys, et je vous aime, Mathilde. Pourquoi Dieu nous impose-t-il de telles épreuves ?

— Mes pensées portent pas assez loin pour répondre à ça… Je suis si lasse.

— Et si nous sortions rejoindre les enfants ?

— Je me sens encore si faiblarde.

— Thérèse peut venir vous aider à vous habiller ; je vous attendrai près de l'escalier. L'air du dehors vous fera grand bien.

***

Mathilde se laissa conduire comme une petite fille auprès des enfants, qui battirent des mains dès qu'ils se rendirent compte que c'était mademoiselle Mathilde qui se dirigeait vers eux. Le chien s'arrêta et manifesta son contentement en dodelinant sa grosse tête indolente.

— On dirait que vous étiez attendue, ma mie, remarqua Henry, qui soutint sa jeune fiancée pour éviter qu'elle ne trébuche dans les ornières boueuses. Allons marcher lentement jusqu'au fleuve qui s'est sans doute ennuyé de vous.

— Le fleuve et les îles, tout près et si loin en même temps, lança Mathilde, contemplant la majesté de cette nature qu'elle avait ignorée pendant son long sommeil des dernières semaines.

Mathilde ressentait l'étrangeté des lieux comme s'ils étaient à la fois familiers et redoutables. Les yeux plissés, elle fixa le bout de l'Île Du Pas, espérant y déceler quelques mouvements, quelques signes de vie.

Cet appel du cœur n'échappa pas à Henry.

— Si vous continuez à reprendre vos forces, je vous conduirai chez votre père dès que vous le voudrez.

— Je crains que ce soit pas betôt.

— La chaleur du soleil va vous ragaillardir, vous renaîtrez avec la fin de ce terrible hiver. Mais il faudra prendre toutes les potions préparées par vos deux soigneuses, dame Cunégonde et Sagawee, bien manger et vous reposer.

— Est-ce que je serais morte si elles m'avaient pas aidée ?

— Ne pensons plus à ces jours d'angoisse et de désespoir ; mais oui, j'ai bien cru, certains jours, que je vous perdrais. Oh, ma mie, *my love* ! ajouta Henry, posant un regard intense sur Mathilde, qui le gratifia d'un sourire empreint de tendresse.

— Je sais ben que vous attendez avec impatience que je me remette sur pied pour les épousailles…

— Ce sera bientôt fait, et je suis prêt pour le baptême ; Firmin et l'instituteur, Thomas Mandeville, m'ont beaucoup appris, et le curé Papin est satisfait de l'instruction reçue. La cérémonie aura lieu dès que vous pourrez y assister.

— Nous nous marierons alors aussitôt le carême terminé.

— Vos règles religieuses sont exigeantes. Je vais demander au curé Papin de nous accorder la permission de célébrer notre mariage avant que l'armée me rappelle. Je devrai sans doute partir avant Pâques.

— En ce cas, ce sera difficile de faire une noce, se désola Mathilde, résignée.

***

Les deux amoureux marchèrent très lentement sur le sentier fangeux et incertain, emprunté tout l'hiver par les villageois ; ils écoutaient le bruissement de leurs pas, le pépiement des mésanges affamées qui voletaient d'une branche à l'autre et, au loin, les enfants qui s'amusaient en glissant de la rive vers le fleuve. Ils se gavaient d'air pur, de soleil, de brise, de luminosité.

Une loutre curieuse nageait avec agilité dans le ruisseau à demi gelé, elle batifolait, se cachait sous l'eau, sortait sa tête dégoulinante, en défiant, d'un regard effronté, la présence d'humains emmitouflés dans leurs encombrantes fourrures. Elle souriait presque de dérision. Henry se pencha pour essayer de la toucher, mais elle disparut dans un plongeon parfait, sans éclaboussures ni remous. Un pic flamboyant attira aussitôt leur attention, il martelait avec ardeur le tronc d'un grand pin blanc, à la recherche de larves gelées ; il semblait être un habitué de cette table car, à hauteur d'homme, une longue cicatrice ceinturait l'arbre.

— Il faudra sans doute le couper au cours de l'année, sans quoi il pourrira sur place et menacera de tomber au premier grand vent, fit remarquer Henry, en palpant la blessure qui entaillait l'écorce.

— Guillaume Piet voyait ben à régler tous ces problèmes d'intendance. Astheure que votre beau-frère est seul, il peut pas voir à toutte, commenta Mathilde.

— Catherine a l'intention de suggérer à James d'offrir le poste d'agent des terres à notre cousin Alexandre. S'il acceptait de s'établir dans la seigneurie, ma sœur gagnerait aussi une bonne amie en la personne de Rebecca, sa femme. Mais gardons cette confidence entre nous, ma sœur n'a pas encore discuté de cette possibilité avec son mari, très occupé par ses terres et toute la gérance de sa seigneurie qu'il agrandit sans cesse. Et la rébellion dans les colonies américaines le préoccupe également, le soldat sommeille toujours en lui. Il lit attentivement les articles de *The Gazette* et s'inquiète des pressions des colonies américaines en ébullition. Récemment, j'ai lu : « *L'esprit bostonnais, si tenace pour les droits et privilèges, s'est maintenu au 45ᵉ parallèle et n'arrêtera peut-être point là...* » Le général Gage reformera sans doute ses troupes très prochainement...

— Oublions, pour aujourd'hui, alors que je me sens revivre, votre engagement dans cette guerre et souhaitons que votre beau-frère trouve quelqu'un pour remplacer le bon Guillaume,

Dieu ait son âme! Nous devrions rentrer, je suis fatiguée; accompagnez-moi, je vous prie.

***

Les deux amoureux poursuivirent leur marche, silencieux et méditatifs, goûtant la douceur de ce jour lumineux comme la plus savoureuse des aventures. Perdus dans leur bonheur, ils furent surpris par le martèlement familier de sabots, qui claquaient bruyamment sur le pavé, en se rapprochant du manoir. Ils distinguèrent aussitôt, par la couleur de la redingote, qu'un militaire se dirigeait vers eux. Le soldat arrêta son cheval et mit pied à terre en s'adressant à Henry.

— *Captain Cairns?*

— *Yes, I am.*

Les deux hommes s'éloignèrent un peu et parlèrent à voix basse. Mathilde les observait, inquiète; leur attitude ne révélait rien de bon. Elle perçut la contrariété dans le regard sombre d'Henry et la tourmente qui se lisait dans l'expression douloureuse des traits contractés de son visage. Mathilde fixait intensément le soldat qui discutait avec le capitaine, car elle tentait de comprendre la raison de cette visite impromptue. Son cœur s'emballa, elle avait froid, tout tournait autour d'elle. Elle ferma les yeux, respira profondément et adressa cette prière à la Vierge Marie. «Ô bonne Mère, protégez Henry des dangers de la guerre et gardez-le près de moi encore un moment. Je vous prie, ne méprisez pas mon humble demande, mais écoutez-la avec bonté et daignez l'exaucer.»

Elle regarda le ciel d'un bleu si calme qu'il laissait croire que les nuages qui l'habitaient y étaient posés pour l'éternité. Nulle brise ne venait agiter les feuilles mortes, encore suspendues au chêne qui trônait devant le manoir; tout était immuable comme leur amour éternel. Comme elle aurait souhaité posséder le pouvoir magique d'arrêter le temps pour ne pas savoir, jamais!…

Le geste du soldat, qui tendit à Henry une enveloppe scellée, ne lui échappa pas ; les deux hommes échangèrent ensuite le salut militaire, et aussitôt le visiteur remonta en selle, éperonna sa monture, qui partit au galop.

Henry mit un moment avant de retrouver sa bien-aimée et de la serrer dans ses bras ; il n'avait rien à ajouter, elle avait déjà compris le contenu du message. Henry devait partir, le général Thomas Gage rappelait ses troupes pour défendre le royaume britannique contre les rebelles des colonies américaines. L'heure était grave, le pays fourmillait d'espions qui tentaient d'amadouer les Canadiens et de les convaincre de se joindre aux insurgés. Insidieusement, ils faisaient miroiter les attraits de la liberté, de la fraternité et de l'égalité, promises avec tant de séduction.

La population canadienne commençait maintenant à s'intéresser à ce conflit ; les autorités britanniques, quant à elles, devaient réagir, tant politiquement que militairement. Les soldats étaient appelés à se regrouper rapidement sous le drapeau anglais pour défendre le territoire convoité par les colonies voisines. Henry répondrait à l'appel et, dès le lendemain, se rendrait à son quartier général à Saurel, en compagnie de William. Ne pouvant échapper à leur devoir de soldat du roi George III, ils partiraient pour accomplir leur nouvelle mission.

***

Le cœur noyé de chagrin, les deux fiancés revinrent au manoir, silencieux et tendrement enlacés.

— J'aimerais dormir près de vous cette nuit, mon bel amour.

— Chastement ?

— Chastement. C'est promis.

— Venez, alors…

15

Le printemps 1774 s'annonçait précoce et doux. Déjà le 12 mars, quand Catherine donna naissance à la petite Jane, les rivières Bayonne, Chaloupe et Chicot déversaient leur trop-plein dans le fleuve mère. Dans sa course déchaînée, l'eau recouvrait entièrement le sentier balisé ; le fort courant emportait les sapins dans une bousculade indescriptible de déchets, les enfouissant avec les masses de glace dans les profondeurs ténébreuses du fleuve. Les branches frileuses et les toits pentus des maisons, toujours camouflés sous les vestiges de l'hiver, dégoulinaient lentement en un babillage joyeux qui laissait deviner les beaux jours à venir.

Alexandre Cairns, répondant à l'invitation pressante de James Cuthbert, avait fait bon voyage depuis Montréal. Il était arrivé seul, entendant discuter des conditions de son installation à la seigneurie de Berthier comme agent et négociateur des Cuthbert. Ses services étaient attendus avec fébrilité ; les seigneurs avaient l'urgent besoin d'un intendant. Sa femme Rebecca Mc Connell le rejoindrait plus tard, dès que la construction de leur maison serait terminée. Les charpentiers et autres artisans seraient mis à contribution pour assurer le confort exigé par les nouveaux arrivants.

Le seigneur de Berthier anticipait la venue d'autres familles anglaises, écossaises et juives, qui quittaient à leur tour Montréal, Québec ou Trois-Rivières, pour prendre part au développement de la colonie, en cultivant les terres seigneuriales des alentours ou en faisant commerce. James souhaitait ardemment que quelques compatriotes élisent domicile autour de son manoir.

La venue d'un agent des terres permettrait à James Cuthbert de se libérer de certaines tâches administratives et de consacrer davantage de temps à l'action politique. Les temps étaient agités ; les colonies plus au sud faisaient valoir leurs revendications à Londres. Guy Carleton parlementait avec l'évêque de Québec, monseigneur Jean-Olivier Briand, afin d'obtenir son appui, si nécessaire, pour garder les Canadiens sous le drapeau britannique. Cuthbert, toujours membre actif du Conseil exécutif, entendait soutenir le gouverneur dans ses démarches pour la protection de la colonie ; il surveillait donc avec intérêt les résultats de ces négociations entre le chef de l'Église catholique, la métropole et les autorités civiles.

Carleton, bien informé, n'avait plus aucun doute que la rébellion grondait sur les rives du fleuve ; il devait donc faire preuve de diplomatie et d'habileté afin de s'assurer la fidélité des Canadiens. Cette main tendue à la population éviterait que celle-ci ne s'associe d'emblée aux rebelles dont les paroles prometteuses semblaient agir comme un venin subtil dans l'esprit de plusieurs habitants, plutôt sympathiques à leur cause. James gardait l'œil ouvert, et gare à quiconque trahirait l'autorité. Il songeait même à former une compagnie de volontaires et à demander la permission au gouverneur de remettre leurs armes aux habitants s'ils joignaient les rangs de la milice. Il était prêt à prendre ce risque ; si les Bostonnais, venus par le Richelieu, engageaient le combat, ils le trouveraient sur leur route. Il se donnait du temps, tout en se préparant à défendre ses rives.

***

Si James était déçu de ne pas avoir un autre fils, il n'en laissa rien paraître ; pour lui, la richesse d'un homme s'appuyait sur la famille, la religion et la patrie. Il se considérait comme comblé car, en moins de huit ans, Catherine lui avait donné six enfants, tous en bonne santé. Mais malgré l'aisance financière de la famille et l'aide domestique dont bénéficiait la seigneuresse, elle peinait à retrouver ses forces. Les insomnies, les souffrances inhérentes aux grossesses restaient le lot de la femme, qui portait seule le poids de ces inconforts.

Depuis le départ précipité d'Henry et la naissance de Jane, Catherine se languissait. Geneviève et Thérèse s'occupaient bien des enfants et de la gérance de la maison, mais la fatigue et l'inquiétude rongeaient les énergies de *lady* Cuthbert. Elle passait souvent ses longues soirées avec Mathilde qui retrouvait lentement ses forces et se montrait valeureuse devant l'adversité. La seigneuresse, mélancolique, lui racontait son enfance vécue en Écosse, soulignant la solidité des liens qui la rattachaient à son frère, Henry. Elle ne cessait de rappeler la loyauté, la fidélité, la bravoure de son aîné qu'elle admirait sans réserve. Mathilde l'écoutait avec attendrissement, priant le ciel que le champ de bataille épargne l'homme qui l'avait envoûtée dès le premier regard.

Son amour lui manquait chaque matin quand elle ouvrait les yeux, sachant, par les lettres qu'il lui adressait, que la vie militaire était difficile et périlleuse, et que chaque jour représentait un défi où la vie se jouait derrière les palissades, sur les sentiers des forêts, sur les rivières en débâcle. Si les balles ennemies ne parvenaient pas à atteindre les soldats britanniques qui marchaient vers Boston, la nature hostile s'en chargerait peut-être… La dysenterie, les noyades, les empoisonnements, les maladies pulmonaires, les bêtes sauvages et même les famines décimaient les rangs de toute armée qui vivait dans des conditions si misérables.

— Henry et William nous reviendront-ils ? se tourmentait Mathilde devant *lady* Catherine, attentive aux inquiétudes de sa future belle-sœur.

— Souhaitons-le… Ils viennent tout juste de partir pour rejoindre le général Thomas Gage ; mais je crains que la lutte armée ne soit inévitable. Un article, paru dans la dernière édition de *The Gazette*, détaille l'agitation qui s'accentue depuis la fin de mars. Les rebelles ont vivement réagi à la fermeture du port de Boston, ordonnée par le roi George III en représailles au Tea Party, bien que les combats ne soient pas encore officiellement engagés. Il faut espérer que les insurgés s'entendront avec les gouvernements et signeront une trêve. Pourquoi ne pourraient-ils pas trouver une solution pacifique plutôt que de risquer la vie de nos hommes sur les champs de bataille et de briser nos familles ?

— Dans sa dernière lettre, Henry mentionnait que l'Angleterre se préparait davantage à la guerre qu'à la ratification d'un traité de paix, rappela Mathilde.

— Souhaitons plus de sagesse à ceux qui nous gouvernent, répondit Catherine, tendant les bras pour accueillir le bébé que lui remit la nourrice.

Les poings fermés, l'enfant endormie souriait aux anges, sous le regard attendri de sa mère.

— Je me sens assez forte astheure pour reprendre mon service auprès des enfants ; je m'ennuie à mourir dans ma chambre, je pourrais m'occuper du bébé quelques heures par jour, proposa Mathilde.

— Dès demain, si vous voulez. Nous partirons sous peu pour Montréal où le baptême sera célébré le 23. Je ne pense pas que vous nous y accompagnerez cette fois ; ma gouvernante et Geneviève prendront soin des enfants. Nous serons bientôt privés de vos services, *dear* Mathilde, nous devrons nous y faire.

— Je commencerai dès demain à partager le temps avec Geneviève et lui apprendrai les soins à donner aux petits, si vous le voulez. Elle est délurée et saura ben me remplacer quand je partirai, soyez sans crainte.

— Nous connaissons Geneviève depuis l'enfance ; mon époux et moi avons déjà décidé de lui réserver cette tâche. Nous savons que nous pourrons compter sur elle. Allons dormir, maintenant.

***

Il pleuvait abondamment ce matin de la fin de mars ; les ornières débordaient et la crue des eaux menaçait une fois de plus les îles et les rives de la seigneurie. Le cimetière était inondé, le curé ne pouvait y faire aucune sépulture. Plusieurs habitants durent déplacer leurs animaux pour éviter qu'ils ne soient emportés par le courant impitoyable qui charriait tout sur son passage ; il n'y avait nulle pitié, nulle sympathie, tout y passait. C'était le chaos, la désolation, la destruction ; dehors, le tumulte inquiétant dominait tout autre bruit balayé par les vagues écumantes qui se bousculaient avec insolence, comme si c'était la fin d'un monde.

Mathilde, assise à la minuscule table devant la fenêtre de sa chambre, essayait de surmonter la tristesse qui l'habitait. Elle sortit la plume et l'encrier offerts par son amoureux, adressa une enveloppe et déplia cérémonieusement les feuilles de papier fin où elle s'apprêtait à tracer, d'une main hésitante, les mots qui traverseraient le fleuve et les rivières, les forêts et les montagnes pour réchauffer le cœur d'Henry.

Berthier, ce 25 mars 1774

Mon bien-aimé,

Il fait un temps éprouvant ce matin, et j'ai peur que vous ne preniez froid sur les routes défoncées et les rivières en crue. Je pense à vous à chaque instant, craignant que vous ne soyez emporté par le courant ou que vous ne tombiez sous les balles des rebelles. Je demande à la Vierge Marie de vous protéger et de vous ramener vers moi. Votre sœur, qui a donné une autre fillette à son époux, suit avec moi vos déplacements vers Boston sur une carte que lui a apportée Mr James. Il est impossible pour moi d'imaginer les obstacles que vous rencontrez sur la route, même si votre beau-frère nous raconte sans ménagement les périls qui guettent les militaires.

La pluie qui s'abat sur nous depuis deux jours doit vous rendre la vie insupportable ; je pleure pour vous, mon bel et tendre amour. Pour me consoler et m'aider dans cette interminable attente, je garde enroulé autour de ma taille le ceinturon que vous avez oublié quand vous avez dormi près de moi. Il me tient au chaud dans mon lit vide et froid.

Notre ennemie commune ne cesse de m'humilier dès que lady Catherine ne l'entend pas et continue de terroriser les deux pauvres négresses dévouées, qui filent comme des lièvres apeurés dès qu'elle pose sur elles son regard malveillant. Par chance que toute la maisonnée se montre aimable envers ces humbles servantes, même les enfants ne font plus de différence entre Geneviève et Rose, s'adressant à l'une ou à l'autre selon les circonstances.

Catherine vous a écrit quelques lettres depuis la naissance de Jane, vous informant sans doute des nouvelles concernant la seigneurie. A-t-elle souligné la valeur du riche cadeau que lui a offert son époux ? Ils ont rapporté de Montréal un tableau de la cathédrale Saint-Paul de Londres, incendiée en septembre 1666. Votre beau-frère aurait déniché cette peinture chez un marchand d'objets d'art. À votre prochaine visite, vous pourrez l'admirer au-dessus de la cheminée, près des armoiries de la famille Cuthbert.

Ne vous inquiétez pas pour moi, mes forces sont revenues et, près des vôtres, je suis presque heureuse. J'attends avec impatience et angoisse chacune de vos lettres et je vous aime plus que moi-même. Que Dieu vous protège !

Votre aimée, Mathilde

Mathilde relut la lettre et, dans un rituel sacré, la confia à la Vierge Marie, sa Mère, son refuge. La statue de la madone, drapée dans sa tunique bleue constellée d'étoiles d'or, reposait dans une niche à la tête du lit de la jeune femme, présence symbolique mais combien rassurante en ces heures difficiles. Recueillie, Mathilde suppliait la sainte Mère de Dieu d'accorder sa protection aux soldats qui défendaient la colonie ; confiante, elle caressa du bout des doigts les mots alignés pudiquement en imaginant son aimé lisant et relisant les passages de cette lettre. Ensuite, elle plia lentement les feuilles et, avec une tendresse infinie, posa ses lèvres sur la signature, cacheta l'enveloppe puis la dissimula dans la poche de son tablier. Elle la remettrait discrètement à *lady* Catherine dès son retour, certaine qu'elle l'ajouterait aux nombreuses missives confiées au maître de poste.

***

Le seigneur de Berthier était bien occupé, tant par la gestion de ses terres et la réalisation de ses projets d'acquisition que par la situation politique qui menaçait le développement sur les rives du Saint-Laurent. Alexandre Cairns, récemment installé au manoir, arpentait les lieues de la seigneurie avec le maître ; il prenait des notes, proposait des aménagements, supervisait les plantations de pins blancs dans la partie nord, calculait les profits à venir, tout en songeant à la rébellion qui couvait dans certaines chaumières.

Depuis que les insulaires pouvaient de nouveau naviguer sur le fleuve, des rumeurs de désobéissance civile circulaient dans les foyers, laissant présager des jours sombres. Le quêteux, Jos le Picoté, posant sa besace dans la cuisine du manoir, avait même laissé entendre que Xavier Huguenin était parti au cours de l'hiver avec des personnages douteux, rencontrés secrètement dans une taverne de Saurel. Thérèse avait cru bon en informer le seigneur, préoccupé par tous les qu'en-dira-t-on alimentés par des départs inexpliqués de jeunes habitants des alentours.

— As-tu eu vent des dernières rumeurs rapportées par le mendiant ? Sais-tu ce qui se trame ? demanda Cuthbert à son nouvel agent des terres.

— Difficile à dire, ces hommes se sont peut-être joints à un groupe de trappeurs et reviendront les canots chargés de fourrures. Il ne faut pas écouter toutes les balivernes qui se promènent d'un logis à l'autre dès que les habitants ouvrent leurs portes et leurs fenêtres.

— Puisses-tu avoir raison mais, comme disent les Canadiens : « Il n'y a pas de fumée sans feu ! » Je vais au moins tenter de faire la lumière sur ce Xavier Huguenin ; il est le cousin de Mathilde, elle saura peut-être me fournir des renseignements.

* * *

Quand il était préoccupé, James devenait ombrageux, il s'irritait facilement et passait des heures entières enfermé dans la pièce bien éclairée, face au fleuve. Seuls Alexandre et Catherine étaient autorisés à l'y retrouver quand il restait trop longtemps prisonnier de ses contrats ou perdu dans ses pensées. Aussi Mathilde fut-elle surprise quand, pendant le repas du soir, il lui demanda de le rejoindre, après l'heure consacrée aux soins des enfants. Elle attendait fébrilement le moment où, d'un geste routinier, il remplirait les verres de whisky, en présenterait un à Alexandre et se dirigerait ensuite vers son bureau. Ses mains tremblaient et, redoutant que *Mr* James lui annonce la pire des nouvelles, elle porta le regard vers Catherine qui la rassura d'un sourire. « C'est pas pour cette fois ! » songea Mathilde, intriguée par la requête de celui qu'elle considérait désormais comme son beau-frère.

Courtois, James tendit un siège confortable à Mathilde, qui s'assit devant l'homme austère ; il avait son air grave et contrarié des jours de tourmente. Il tournait nerveusement sa plume dans sa main droite, en fixant Mathilde de ses yeux perçants.

— Vous savez sans doute que des rumeurs circulent au sujet des rebelles qui menacent la paix de notre colonie britannique, de ce côté-ci de la frontière.

— Des inquiétudes, j'en ai ben assez de même, j'écoute pas tous ces bavardages.

— J'ai appris que votre cousin, Xavier Huguenin, était parti au cours de l'hiver. Avez-vous une idée de l'endroit où il est allé ?

— Angélique m'a dit qu'il avait rejoint des Indiens du lac Saint-Pierre, juste après Noël ; tante Marie pense qu'ils sont allés trapper. Xavier est pas ben bavard, vous savez.

— Quelqu'un l'aurait vu à Saurel, il n'y a pas longtemps.

— Personne m'a informée qu'il était revenu.

— Il ne serait pas chez ses parents, mais parti avec des inconnus qui rôdaient dans les tavernes.

— Si tante Marie apprend que Xavier est venu si proche, sans se rendre à l'Île Du Pas, elle en aura ben du chagrin. Déjà qu'elle a peur qu'Angélique parte avec les enfants rejoindre William.

— Si on vous avise de quelque chose sur le sujet, j'apprécierais que vous m'en fassiez part.

— Ben sûr, *Mr* James !

— Et je ne manquerai pas de faire tout ce que je peux pour faciliter les échanges de lettres entre vous et Henry, je vous le promets.

— Merci, *Mr* James.

— James, *now, just James.*

— Je sais pas… vous êtes…

— … votre *brother-in-law.*

— J'oserai jamais devant Julia.

— Il faudra bien qu'elle accepte qu'Henry et vous serez mari et femme dès qu'il reviendra en permission. Vous avez ravi le cœur d'un Écossais, admit-il, un peu moqueur.

— Henry aurait été français, allemand, anglais, je l'aurais aimé quand même. C'est un homme bon et généreux, c'était notre destin, faut croire.

— Le mariage du lys et de la rose, la rançon de notre conquête, en quelque sorte.

— Et la rose a tellement d'épines, James. Je connais pas de vrai repos, mon cœur se serre dès que j'entends le galop d'un cheval, craignant qu'un soldat vienne nous apporter une mauvaise nouvelle.

— La guerre reste la guerre et fait des victimes, mais il faut garder confiance, des négociations sont en cours entre Londres et des représentants des colonies; souhaitons que des ententes soient signées.

— Puisse le ciel vous exaucer! laissa échapper Mathilde, d'une voix fatiguée.

— Je peux compter sur vous au sujet des déplacements de votre cousin?

— D'accord, James! Je serai aux aguets.

***

Le carême se terminait en même temps que l'hiver; la Semaine sainte connaissait son apothéose le dimanche de Pâques, jour de fête et de réjouissances. Les paroissiens endimanchés se réunirent dans l'église ornée de rubans dorés et blancs ainsi que de lys de papier artistiquement dessinés par des femmes pieuses et habiles. Les statues, recouvertes de draps violets pendant les jours saints, furent dévoilées tout juste avant le début de la liturgie pascale.

La cérémonie fut simple et édifiante; le curé Papin revêtit l'étole et la chasuble blanches, encensa l'assistance et invita le peuple rassemblé à célébrer avec lui la résurrection de Jésus le Sauveur. Firmin, de sa voix juste, entonna le *Victimæ paschali laudes* et dirigea ensuite le chœur pour le reste de la liturgie. L'*Ite missa est* prononcé, les fidèles désertèrent leur banc et s'entassèrent sur le parvis de l'église encore couvert de la vase du fleuve; ils échangèrent nouvelles et invitations. Le jour était à la fête, le carême était fini!

— Madame Papin a toussé tout le temps de la messe; elle semblait très mal en point, fit remarquer Adèle en s'adressant à Mathilde.

— Firmin m'a dit la semaine dernière que la mère du curé avait passé un ben mauvais hiver, elle est pas mal maganée, pis elle est pas souventes fois sortie pour visiter les pauvres, à ce qui paraît.

— Elle a maintenant atteint le grand âge : elle a plus de quatre-vingts ans, m'a appris sa fille, et elle a quand même travaillé sans relâche tout l'hiver. Elle a réparé des vêtements et tricoté pour vêtir les indigents. C'est une dame respectable, appréciée de tous.

— Que Dieu la garde encore longtemps parmi nous ! souhaita Mathilde, prenant son amie par le bras. Faisons route ensemble, si tu veux.

— Mieux que ça, je t'invite à notre table, ma chère Mathilde, nous fêterons ta résurrection en même temps que celle du Christ. Marguerite sera des nôtres aussi, pour le plus grand bonheur de Pierre.

— Ma petite sœur… amoureuse, si jeune !

— Et je l'aime comme ma fille.

— Mère serait si heureuse de la voir auprès de vous.

— Elle serait aussi très fière de toi, son aînée, si forte et si courageuse. Allons fêter, mon homme nous attend !

Une agréable odeur de pain doré, de brioches et de café d'orge préparés par Paul-Henri remplissait la maison. Madeleine s'amusait sagement avec sa poupée de chiffon tandis que Benjamin rampait agilement à quatre pattes, comme un chiot enjoué, entre les obstacles disséminés sur le parquet. Baptiste, Pierre et Marguerite, bras dessus, bras dessous, remontaient le sentier qui longeait le fleuve. Le tableau était rassurant, la colonie se développait.

16

Chaque fois qu'elle voyait sortir le maître de poste du manoir, Mathilde surveillait discrètement les allées et venues de la seigneuresse ; elle espérait un signe l'informant qu'une lettre du capitaine Cairns, adressée à elle seule, venait d'être livrée. Où était-il ? Comment vivait-il les intrigues de cette guerre, loin des siens, au milieu des dangers ? Ces pensées obsédantes trottaient dans la tête de la jeune femme tandis qu'elle s'approchait de Catherine, tenant le bébé dans ses bras.

— Nous avons reçu une enveloppe pour vous, elle est sur le bureau de mon mari ; vous pourrez la prendre quand Julia montera avec moi après le repas, glissa subtilement Catherine en reprenant bébé Jane lovée dans les bras de Mathilde. Et ensuite, profitez de votre dimanche pour visiter votre famille.

— Merci, je reviendrai en fin d'après-midi ; le jour est long en ce début de juin.

Libérée de ses obligations, Mathilde se réfugia aussitôt près du fleuve pour lire la lettre de son amour. Malgré tout l'effort qu'elle y mettait, le sens de certains mots lui échappait encore. Sa fébrilité la trahissait, elle voulait comprendre trop rapidement, s'enfargeait comme une débutante dans les phrases complexes ; son cœur palpitant frappait comme un tambour sous la blouse qui se gonflait comme une voile de misaine.

Lexington, 15 avril 1774

My love, ma bien-aimée,

Une missive de Catherine, reçue aujourd'hui même, me rassure sur votre santé ; elle prend bien soin de la femme qui m'est la plus chère du monde. Je vous aime tant, ma mie. Depuis que William et moi sommes partis pour Boston, je n'ai plus l'occasion de parler votre langue française ; ainsi les premiers mots me sont venus dans ma langue maternelle. Rassurez-vous cependant, la mémoire de mon cœur garde bien vivante la flamme qui brûle pour une belle Canadienne de Berthier. Votre lettre, datée de la fin de mars, m'a été remise avant-hier. En plus des mots écrits avec tendresse, j'y ai reconnu le goût de vos lèvres, ma douce amie…

Le courrier est maintenant distribué par des militaires ; nous pouvons donc être plus précis dans nos écrits. Peu d'événements marquants se sont produits récemment ; notre compagnie est cantonnée à Lexington, près de Boston, où nous travaillons à consolider les fortifications. Peu de coups de feu sont entendus, chacune des armées en présence reste sur le qui-vive, tentant surtout d'éviter les escarmouches avec les Indiens, qui sont sans pitié. Nous devons faire montre de prudence, car certaines tribus, fidèles à la France, appuient les rebelles, tandis que d'autres veulent demeurer sous la Couronne britannique ou chasser tous les étrangers du pays. Nous devons nous tenir sur nos gardes. Ils manient les armes avec adresse et agilité, connaissent la géographie des lieux, écoutent plus qu'ils ne parlent et espionnent à leur profit. En les observant manigancer, je pense à la discrète Sagawee, bien loin de toutes les conspirations qui se trament.

La semaine dernière, William et moi étions en permission à Boston (rassurez-vous, nous sommes tous les deux très sages…), nous nous dirigions vers la Raleigh Tavern quand deux hommes, vêtus à la canadienne, y entrèrent. Intrigués, nous avons attendu quelques minutes avant d'y pénétrer discrètement et de nous attabler dans un coin tranquille. L'homme qui nous tournait le dos était costaud, les cheveux attachés à l'indienne ; il portait un chapeau à larges bords. Bien qu'il parlât à voix basse avec deux minutemen, nous distinguions aisément son fort accent. Silencieux, nous l'observions, jusqu'à ce qu'il sorte et nous laisse voir ses traits : nous n'avions alors plus aucun doute sur son identité. C'était bien Xavier, votre cousin, l'ombrageux beau-frère de William. Que faisait-il avec des rebelles américains ? Sans doute espionnait-il pour le compte de nos adversaires, espérant que, vaincus, les Anglais partiront. Il semble encore croire naïvement au retour du drapeau français sur les rives du fleuve.

En vous révélant ces faits troublants, je ne veux nullement vous inquiéter davantage, mon bel amour, mais je ne pouvais passer sous silence la présence de Xavier Huguenin en terre ennemie. Dès aujourd'hui, j'aviserai James du complot qui se trame. Votre cousin ira-t-il jusqu'à conduire lui-même les rebelles jusqu'aux portes de Québec ou de Montréal ? William et moi sommes certains qu'il s'est allié avec eux et cherche à nous nuire, mais jusqu'où poursuivra-t-il sa collaboration avec les insurgés ? S'il est arrêté, il sera jugé et accusé de trahison, crime puni par la peine de mort ; en temps de guerre, aucune félonie n'est pardonnée.

Si vous le voyez, restez prudente et n'alarmez pas inutilement sa famille qui, de toute manière, ne pourra l'empêcher d'exercer sa vengeance. Souhaitons que la haine farouche qu'il voue aux Anglais ne le fasse pas sombrer dans les pires abjections.

Dans quelques jours, vous célébrerez vos vingt-quatre ans. Mon cœur sera encore plus près de vous ce jour-là, ma douce, ma tendre amie. Je vous fais cadeau de quelques aquarelles dessinées juste pour vous. La plus grande représente les trois collines de la ville, une autre, le port de Boston, et sur la plus petite j'ai reproduit le magnifique trois-mâts ancré au port depuis quelques semaines ; il s'apprête à prendre le large en direction des Indes. Et je vous laisse trouver à qui ressemble le soldat de la minuscule aquarelle que je viens tout juste de terminer, un « redcoat », comme on nous appelle ici.

Je réserve pour la fin de cette lettre la nouvelle la plus importante, nouvelle qui va vous ravir. Notre général attend l'arrivée imminente de bateaux transportant des troupes venues d'Angleterre, et il est fort probable que notre régiment sera remplacé pour quelques mois ; en ce cas, William et moi voyagerions par bateau jusqu'à Montréal et serions à la seigneurie en juin. Préparez la noce, ma mie, je me languis de vous plus que jamais. Je rêve de vous prendre pour femme et de vous aimer à jamais. Prenez bien soin de vous.

Votre amour pour l'éternité, Henry Cairns

La lecture du dernier paragraphe terminée, Mathilde posa la lettre et les aquarelles sur sa poitrine, ferma ses yeux embués de larmes et se laissa bercer par la mélopée envoûtante de la grive nichée dans le saule pleureur qui tendait ses longs bras jusqu'aux eaux du fleuve, témoin silencieux de son tourment.

Que son amoureux lui manquait en ces heures exquises où le bonheur semblait pourtant si près !

Le soleil était déjà haut et, si elle voulait rendre visite à sa famille, il fallait qu'elle se hâte. Elle frappa discrètement à la porte du presbytère, elle avait besoin de se confier à Firmin et de discuter avec lui de l'imminence de son mariage. Troublée par des sentiments divers, Mathilde se sentait fébrile comme un bourdon qui cherche sa corolle. Le « oui » prononcé, sa vie basculerait alors dans un monde inconnu. Elle souhaitait que Firmin puisse l'accompagner à l'Île Du Pas ; les paroles rassurantes de son frère sauraient calmer son impatience et dissiper ses inquiétudes.

Depuis l'enfance, ces deux-là se comprenaient et se devinaient comme de vieux amants ; ils se faisaient totalement confiance et profitaient du temps passé ensemble pour partager leurs secrets réciproques. Mathilde apprit de son frère comment vivaient les rois et les reines des pays lointains, il lui enseigna des notions de mathématiques et de sciences, lui raconta des récits bibliques. Il lui apportait des livres du maître d'école et chantait souvent avec elle des airs venus de France avec les arrière-grands-parents. Elle admirait ce frère doux et pacifique qui édifiait toute la paroisse par son discret dévouement. Elle connaissait cette âme mystique et généreuse qui rêvait d'évangéliser les sauvages dans les contrées lointaines ; elle était l'unique personne qui pouvait comprendre et approuver cet aventureux projet.

— Tu es la première à qui je confie mon désir d'aller un jour aider les missionnaires, même le curé n'est pas au courant. Je m'y prépare en étudiant et en lisant les *Relations des Jésuites* qu'il me prête, mais je dois attendre encore quelques années avant de partir.

— La vie est rude dans les pays du nord… As-tu la santé qu'il faut ? T'es assez maigrichon, remarqua Mathilde, touchant le torse menu de son frère.

— Le roseau est aussi résistant que le chêne, quand vient l'orage : il plie mais ne casse pas. Et pis, je m'abandonne à la volonté du bon Dieu. Quand j'aurai l'âge de m'engager, j'offrirai ma vie comme « donné ». La Vierge Marie me protégera, et mère aussi.

— Tu me manqueras tant si tu t'en vas si loin ! J'ai jamais pensé que tu t'éloignerais de Berthier… Qui écoutera mes confidences quand tu seras plus là ?

— Pleure pas tout d'suite, grande sœur, je partirai pas avant quelques années ! Et t'auras alors un époux aimant et attentif auprès de toi et peut-être ben quelques enfants accrochés à tes jupes. T'auras alors pas le temps de te languir de moi.

— Un époux, c'est pas un frère… C'est pas la même partie du cœur qui aime un frère ou un mari. Le cœur d'un frère aimant sait deviner, comprendre, pardonner. Henry restera attaché au service de l'armée britannique, il me laissera souvent seule. Je t'avoue que j'ai un peu peur de l'avenir.

— T'es forte et tu sauras ben mener ta barque. Nous devons vivre nos destins selon la volonté divine, toi, comme épouse et mère, pis moi, en répondant à l'appel de Dieu.

— T'es ben courageux, mère serait si fière de toi !

— Je le sais, je la vois souvent en rêve, et c'est elle qui m'appelle vers cette vie missionnaire ; elle me donnera la main et me conduira là où je dois aller.

D'une confidence à l'autre, ils ramèrent jusqu'au quai familial, amarrèrent leur embarcation et montèrent lentement le sentier désert. C'était jour de repos, jour de césure entre deux corvées, jour de parenthèses où les corps fatigués déposaient leur besace et s'accordaient une pause salutaire. Le soleil était au zénith ; fort et dominant, il lançait ses rayons d'or sur la crête des vagues qui léchaient langoureusement la rive.

***

C'était toujours la fête quand arrivaient Mathilde et Firmin, même le chien se plaisait à attirer leur attention en gambadant au-devant d'eux tandis que les deux chats zigzaguaient entre leurs jambes en ronronnant. Les plus jeunes enfants de la famille Guillot parlaient et riaient en même temps, cherchant les bras de Mathilde ou ceux de Firmin. Le remue-ménage apaisé, Marguerite servit le thé et des biscuits à la mélasse ; elle s'assit ensuite auprès de sa sœur aînée, curieuse de recevoir quelque confidence.

— Louis est pas à la maison ? s'informa Firmin.

— Il compte fleurette à mon amie Guillemette depuis la fin de l'hiver, j'ai ben idée qu'ils tarderont pas à se marier, ces deux-là, prédit Marguerite, contente d'annoncer la nouvelle.

— Un autre mariage en vue ? Guillemette fera une bonne femme et une vaillante fermière ; elle est habile et ben bâtie.

— Pis elle deviendra ma belle-sœur en plus d'être mon amie. Pis toi, Mathilde, tu vas te marier betôt avec ton Anglais ?

— Écossais, reprit Mathilde, corrigeant sa sœur, en lui pinçant la joue. Coquine, va !

— J'ai juste ben hâte de danser à vos noces ! riposta Marguerite en vircvoltant dans la cuisine, agitant sa jupe à volants de dentelle.

— Au bras de Pierre de Beauval ? répliqua Firmin, moqueur.

Marguerite rougit un brin et sourit à Mathilde, qui sortit de son corsage la lettre de son promis. Elle lut pour sa famille le dernier paragraphe, passage qui éveilla des sentiments de tristesse dans les yeux d'Antoine, qui craignait de voir sa grande fille partir pour d'autres cieux. Il alluma sa pipe et jeta un regard de tendresse sur ses enfants réunis autour de lui. Bientôt naîtrait la génération suivante, prolongeant les racines venues de la nuit des temps, par-delà les océans et les terres lointaines.

Le temps était beau et doux, il ne faisait pas encore trop chaud. Tous sortirent marcher sur la terre familiale ; ils s'arrêtèrent près des sillons ensemencés, arrachèrent une herbe qui n'avait pas sa place dans les rangs de carottes et d'oignons, et les femmes se penchèrent pour cueillir quelques épervières orangées, qui envahissaient la bordure des champs. Leurs pas étaient lents, accordés au rythme tranquille de leur vie paysanne ; ils parlaient de semences, de terres à défricher ou à acheter, de projets à réaliser. La nature généreuse ne lésinait pas sur l'abondance et la variété des plantes qui tapissaient le sol et qui faisaient éclater les bourgeons des arbres fruitiers. En juin, tout était éclosion et promesse.

— Firmin, il faudrait partir maintenant, j'aimerais voir Angélique avant de retourner au manoir, proposa Mathilde, voyant le soleil décliner.

— Nous allons avec vous jusqu'au quai, lancèrent en même temps les bessons, Étienne et Julien, qui foncèrent sur le sentier en jouant à qui arriverait le premier.

Sagawee, qui observait silencieusement Mathilde depuis son arrivée, profita d'un bref moment où elles se retrouvèrent seules pour lui offrir des herbes qui pourraient lui être utiles quand elle deviendrait *Mrs* Cairns.

— Si toi veux grémil, je garde toujours une réserve. Si toi veux pas enfant pendant la guerre, te donnerai l'herbe aux perles, échangée à d'autres tribus. Très bon pour femmes, vaut mieux en prendre quelques lunes avant mariage, racine trempée dans l'eau froide.

— Je vais y penser et je reviendrai la semaine prochaine, chuchota Mathilde. Merci, Sagawee. Merci pour toutes tes infusions qui m'ont sauvé la vie l'hiver dernier.

***

Marie et sa fille étaient assises sur le perron, leur visage heureux tendu vers le soleil caressant. Elles regardaient les enfants d'Angélique, qui jouaient avec le chien ; ils se roulaient dans l'herbe et se laissaient mordiller par le jeune Ti-Loup, rapidement distrait par l'arrivée des visiteurs, qui lui étaient inconnus. Il jappait, faisait le brave en grognant et en montrant ses crocs de bébé chien ; la situation était comique. Les enfants riaient de sa témérité et coururent au-devant de Firmin et de Mathilde, qui se prêtaient au jeu, en excitant le chiot qui tournait autour d'eux.

— Il fait le malin, mais il est pas méchant, fit savoir Anne, prenant Ti-Loup dans ses bras. Touche, Mathilde, son pelage est doux comme des cheveux d'ange.

— Tu crois que les anges ont des cheveux ? dit Firmin, un sourire dans la voix.

L'animal lécha le visage rieur de l'enfant ; il se tortillait comme une barbotte hors de l'eau et finit par s'échapper des bras de la fillette en se lamentant. Les enfants tentèrent de le rattraper, mais ses quatre pattes le menèrent rapidement sous le perron, bien à l'abri des assauts soutenus des petits garnements.

Grand-mère Marie rayonnait de bonheur, entourée de ceux qu'elle aimait ; une seule ombre planait sur sa félicité, l'absence de Xavier, qui n'était pas revenu à l'Île Du Pas avec les trappeurs, à la fin de mai, et personne ne l'avait vu. Mathilde se garda bien de lui révéler les confidences qu'Henry lui avait livrées dans sa dernière lettre et tut les rumeurs qui circulaient à son sujet ; elle tenta plutôt de rassurer sa tante.

— Vous le connaissez ben, il a l'esprit d'aventure et il a peur de rien. Pis il va peut-être vous ramener une belle sauvagesse, plaisanta Mathilde. Xavier est un homme, astheure, faut le laisser vivre sa vie. Il deviendra jamais un fermier, vous le savez ben !

— Au moins, ma fille est revenue avec ses enfants qui font toute ma joie.

— Et William sera betôt icitte avec Henry ; j'ai une lettre qui annonce leur retour pour l'été. J'vous lis la fin.

— Fallait le dire plus tôt, ma cousine, s'exclama Angélique. Ça signifie que cette guerre est finie ?

— Non, mais d'autres troupes prendront la relève ; nos hommes y retourneront, c'est sûr, mais ils passeront quelques semaines dans leur famille. Écoutez…

— Faut l'annoncer aux enfants…

Devant la maison des Huguenin, ce fut la fête du retour attendu, bien avant que le bateau ne ramène les soldats en terre canadienne. Angélique prit sa cousine par la taille et elles formèrent une ronde avec les enfants en chantant : *« V'là l'bon vent, v'là joli vent, v'là l'bon vent, ma mie m'appelle… »*

Pendant un bref moment, elles oublièrent que leurs hommes étaient aux aguets quelque part dans les colonies, menacés par la trahison, les maladies, le scalpel des sauvages, les balles ennemies, les boulets des canons qui crachaient la mort, la peur qui paralysait. Elles chantèrent et dansèrent l'espérance du retour à la paix, à l'amour partagé, aux enfants à venir. Elles s'embrassèrent et se quittèrent, sous le soleil qui se glissait langoureusement vers le couchant, en irisant le ciel d'une luminosité flamboyante.

***

Frère et sœur communiaient à la sérénité de cette fin du jour dominical. Ils aimaient se retrouver dans ce monde qui leur était familier, naviguer dans ce labyrinthe d'îles innombrables et mystérieuses, connues seulement des seuls initiés. Ils s'exclamaient avec une joie quasi infantile à chaque découverte et commentaient ce qu'ils voyaient avec un regard nouveau.

Remontant le sentier qui menait à la seigneurie, ils s'émerveillaient devant les fougères qui retroussaient leur crosse à l'ombre des arbres feuillus. Les fraisiers commençaient à fleurir sur les bords de la rive, les campanules mauves offraient leurs clochettes légèrement parfumées. Les muguets odorants et les gaillardes orangées, qui n'étaient pas en reste, garnissaient les massifs du manoir. Les bourgeons des lilas, arrondis comme le ventre fécond d'une femme, pendaient sur leurs branches alourdies ; les jours prenaient leur temps et les longues soirées étaient agrémentées par les lucioles amoureuses qui clignotaient dans le ciel de juin.

Une belle saison s'annonçait, le bonheur semblait aux portes du jardin secret de Mathilde.

17

Le dimanche de la Trinité, le curé Papin invita l'assemblée réunie à prier pour sa mère malade. Les paroissiens, qui appréciaient cette femme vertueuse, prenaient sur leurs épaules le chagrin de leur abbé et de sa sœur, veuve charitable, qui ne comptait ni son temps ni son argent pour soulager plus pauvre qu'elle. Le prêtre se recueillit un long moment et s'adressa ensuite à l'assistance.

— Mes frères et sœurs en Jésus-Christ, je vous remercie pour vos ferventes prières, qui soutiendront notre vénérée mère jusqu'au seuil du paradis.

S'éclaircissant la voix, il poursuivit :

Maintenant, je dois vous faire part de la lettre que monseigneur Briand, notre évêque, nous a fait parvenir, lettre dans laquelle il recommande à tous les catholiques de prier pour l'âme de Louis XV, le « bien-aimé », décédé le mois dernier au château de Versailles. Prions aussi pour le souverain que Dieu met sur le trône de France, le roi Louis XVI, et pour son épouse, la jeune Marie-Antoinette. Dieu leur vienne en aide !

— Dieu leur vienne en aide ! répondirent les fidèles, recueillis et attristés par la mort du roi de France.

Sur le parvis de l'église, l'encanteur s'égosillait pour annoncer la vente du mulet de Jos Matton, le forgeron, qui se faisait maintenant vieux. Dans l'indifférence générale, il se lança ensuite dans une tirade débitée dans une langue insaisissable, décrivant quelques outils de jardinage, une voiture et deux chevaux de trait : « Toutte ça est en ben bon état », conclut l'homme que personne n'écoutait vraiment, sauf le maquillon, Jos Marchand, toujours prêt à sauter sur les bonnes occasions.

Le boniment terminé, le potinage allait bon train, chacun y ajoutant de ses commentaires sur les événements récents.

— Vive le nouveau roi de France ! clama l'ébéniste Joachim Filiaud. Il va peut-être ben envoyer des troupes pour soutenir la révolution des colonies du Sud et battre les Anglais.

— Il ne faudrait pas trop compter sur les secours de la patrie, déclara le tailleur de pierres Martin Turenne, nouvellement arrivé à Berthier, où il travaillait à la construction de la maison d'Alexandre Cairns. Il y a tant de miséreux dans les villes de France, tant de gueux en haillons aux portes des églises et des châteaux, que le nouveau souverain ne pourra pas envoyer du renfort et, croyez-moi, il ne mettra pas un écu pour reprendre la colonie.

— T'es venu icitte pour échapper à la pauvreté, on dirait ben, nargua Pierre Fafard, le menuisier.

— Et pour prendre épouse. Il manque pas de jolies damoiselles sur les rives du Saint-Laurent, intervint de nouveau Filiaud.

— Vous avez bien vu, messieurs ; je songe aussi à fonder une famille dans ce pays où la liberté me permettra d'exercer mon métier et d'en vivre honnêtement, confirma le jeune Turenne.

— Vous parlez le langage de nos ancêtres de France et vous êtes ben habile, à ce qu'on dit ! renchérit l'ébéniste.

— Et payé rubis sur l'ongle, précisa fièrement l'artisan.

— Pour ça, les Anglais paient la juste part, concéda le menuisier, qui travaillait régulièrement pour James Cuthbert depuis plusieurs années.

D'un commentaire à l'autre, les paroissiens se dispersèrent peu à peu ; les uns allaient à pied sur les sentiers de terre battue, les autres rejoignaient les femmes et les enfants endimanchés, regroupés près des voitures, attendant que leurs hommes attellent les chevaux et reprennent le chemin du retour. Les jours de fête, certains habitants profitaient des rassemblements pour afficher leur aisance ; certains étalaient leur richesse par le raffinement de leurs habits, d'autres en paradant fièrement dans de belles berlines tirées par leurs chevaux bien bichonnés. C'était à qui démontrerait le mieux sa réussite : le cheval le plus fringant aux crinières tressées et enrubannées, clochettes dorées sur les menoires, couverture ouvragée… Orgueil ou vanité ? Fierté ou prétention ? Plutôt la satisfaction du travail bien fait, d'un succès bien mérité, et à la portée de tous ceux qui déployaient la force de leurs bras pour bâtir ce pays tout neuf.

* * *

Les lilas étaient à peine en fleurs que la Marie-Louise, d'un tintement lent et triste, sonna le glas annonçant à toute la paroisse la mort de madame Papin. Bien que la disparition de cette femme âgée de quatre-vingt-cinq ans, malade depuis le début de l'hiver, ne surprît personne, tous en pleuraient la perte. Depuis son arrivée à la seigneurie, elle n'avait eu que des amis. Elle avait soutenu les œuvres de son fils, en donnant l'exemple d'une charité aussi discrète que constante. Femme de prières, elle occupait le banc réservé au seigneur, place vacante depuis le départ de Jean-Baptiste Courthiau, en 1765. Pendant toutes ces années, elle avait assisté à la messe chaque matin et n'avait manqué aucun des offices religieux. Sa frêle silhouette, courbée sous le poids des ans, resterait longtemps gravée dans la mémoire des fidèles, habitués à voir la vieille dame, souvent accompagnée de sa fille ou de ses petits-enfants, agenouillée sur le prie-Dieu, son visage raviné tourné vers l'autel où officiait son fils curé.

Les funérailles de madame Papin, célébrées par les curés des paroisses avoisinantes, le 14 juin 1774, se déroulèrent dans le recueillement et la tristesse. Les seigneurs de La Valtrie, de La Norraye, de Maskinongé, de l'Île Du Pas, et même de Saurel, vinrent rendre hommage à cette femme simple qui avait vécu, au quotidien, dans l'humilité et la prière, les dures exigences de la compassion. À la fin de la cérémonie, juste avant l'inhumation de la dépouille mortelle, le curé permit aux paroissiens qui le désiraient de toucher la défunte et de déposer leurs intentions de prières dans le cercueil, afin qu'elle présente leurs demandes au Père céleste.

Une procession recueillie et discrète, regroupant surtout des femmes en vêtements de deuil, défila en silence devant le cercueil ouvert : la veuve Piet, en larmes, s'arrêta un instant et posa sur la morte un bouquet de fleurs sauvages ; vint ensuite Thérèse, qui effleura les mains jointes de madame Papin. Adèle et Mathilde fermèrent la marche ; elles touchèrent son front, en formulant une prière personnelle.

Cette scène émouvante dura une trentaine de minutes ; le fils prêtre, agenouillé, les yeux fermés, profondément recueilli, écoutait le bruissement des pas sur le sol de son église, laissant à ses paroissiens le temps d'exprimer leur peine dans le respect de l'endroit et des circonstances. Les fidèles partis, le lieu saint redevint silencieux ; le curé Papin s'arrêta une dernière fois devant sa mère et ferma le cercueil. L'inhumation du corps se fit en fin de journée, en présence de quelques membres de la famille endeuillée, sous la terre de la chapelle où elle avait si souvent prié.

***

Depuis quelques semaines, le bruit courait que des soldats d'infanterie se dirigeaient vers Berthier, afin de protéger le village menacé par les rebelles qui se rapprochaient de Saurel. Des commerçants avaient repéré des espions américains, qui se faisaient passer pour des vendeurs de chevaux ou des aiguiseurs de couteaux. Ils se faisaient marchands de rêves, en tentant de convaincre les habitants des rives du Richelieu que la sécession les libérerait à jamais de la Couronne britannique.

James Cuthbert était nerveux et se sentait vulnérable ; ses projets d'expansion risquaient de tourner court. Il se devait, pour protéger sa famille et ses biens, de prévoir la défense de ses rives. Dès que l'arrivée des troupes anglaises fut imminente, il se rendit chez la veuve de Guillaume Piet pour lui demander si elle pouvait héberger quelques militaires. Calculant rapidement que les sommes reçues serviraient à mieux nourrir ses enfants, elle accepta la proposition du seigneur ; Simon et Mathurine, les aînés, travaillaient déjà et pouvaient se loger ailleurs, le temps que durerait le conflit.

— Il y a de la place pour quatre personnes, pas plus. Et des hommes polis et respectueux de nos coutumes, exigea madame Piet. Je tolérerai pas de grossièreté dans la maison de mon Guillaume. J'ai des filles, je tiens pas à ce qu'elles se déshonorent avec un Anglais, prévint Évangéline.

— Je comprends, madame. Vous pouvez compter sur moi pour assurer l'ordre dans votre demeure. Si nos militaires vous causent le moindre tort, je vous prie de m'en informer sur-le-champ. Je suis le juge de paix dans cette paroisse et n'accepterai aucune désobéissance aux lois établies. Je rencontrerai personnellement chacun des hommes choisis pour habiter sous votre toit et je me porterai garant de leur conduite. Vous serez payée en livres anglaises chaque mois ; si vous souhaitez une avance de fonds, je peux vous faire un premier versement aujourd'hui même.

— C'est ben de bonté, *Mr* Cuthbert, mais en été la terre donne suffisamment. Nous sommes pas dans le besoin.

— Vos conditions sont raisonnables ; nos soldats seront chez vous dans quelques jours. Mes respects, madame.

***

Une certaine fébrilité animait désormais le village de Berthier habituellement si tranquille. Depuis la fin de la guerre de Sept Ans, les habitants travaillaient aux champs au rythme des saisons, les artisans créatifs façonnaient, fabriquaient et vendaient leurs produits. Les enfants naissaient, grandissaient ; la colonie s'étendait entre rives et montagnes. Mais en cet été 1774, la rébellion menaçait cette paix si chère aux Canadiens. Des signes d'agacement se multipliaient, des foyers d'agitation se formaient ici et là, et un malaise subtil couvait sous la cendre encore tiède de la défaite. L'espoir ténu de revoir le drapeau de la France déployé de nouveau dans les villages était encore accroché au cœur de plusieurs habitants, une seule étincelle pouvait rallumer la braise qui sommeillait.

Angélique, déchirée entre son amour pour William et le besoin de s'ancrer à ses racines, essayait de s'éloigner de toutes les intrigues qui se tissaient autour d'elle. Tout en restant fidèle à ses origines, elle était toujours aussi follement éprise de son soldat anglais qui lui manquait tant ! Assise sur le perron, pour mieux profiter des dernières lueurs du jour qui déclinait, elle équeutait les fraises sauvages cueillies au cours de l'après-midi. Elle regardait distraitement Gustave, qui s'amusait à lancer des cailloux dans la mare près du potager, et, soudainement, remarqua la ressemblance saisissante entre William et leur fils aîné : le même port de tête, les mêmes cheveux brun clair tout ébouriffés, le même geste sûr. Elle resta subjuguée un moment, les yeux rivés sur l'enfant mi-anglais mi-canadien, qui grandissait entre deux rives.

Que l'absence de son époux lui pesait aujourd'hui ! Ses bras vigoureux qui l'enlaçaient, ses yeux rieurs qui posaient sur elle un regard d'admiration, son rire taquin, l'amour dont il l'entourait… « Bon Dieu qu'il me manque ! » soupira-t-elle, lasse de tant de solitude. Elle était jeune et belle, prisonnière de ses désirs de femme privée depuis trop longtemps de la présence de son homme. Son cœur était lourd, si lourd…

Ti-Loup grogna, la tirant de sa rêverie. Une silhouette se découpait à l'horizon ouest de l'Île Du Pas, là où le soleil couchant finissait sa journée, annonçant, par ses coloris vaporeux, la pluie pour le lendemain. La jeune femme sentit son cœur s'arrêter, ses jambes flageoler.

— William ?

— Non, c'est juste moi, Xavier, c'est pas ton maudit Anglais !

— Xavier ! Mais où étais-tu donc passé ?

— Assez loin, avec des trappeurs et des commerçants.

— Casaubon pis Valiquette sont revenus depuis belle lurette, les poches pleines de livres anglaises, répliqua Angélique. On t'attendait avec eux. As-tu trappé, toé aussi ?

— Ben sûr, pis j'ai pas mal de billets ; je les ai cousus dans mes mitasses. C'est pour le père. C'est à qui ce chien-là qui a pas l'air trop content de me voir ?

— C'est Ti-Loup ; le père Champagne l'a donné aux mioches. Il est pas malin, c'est sa façon de recevoir les étrangers ; il te connaît pas encore. Mère est occupée en dedans avec Charles. Entrons, proposa Angélique, essuyant sur son tablier ses mains rougies par le jus des fraises.

Marie, surprise par l'arrivée impromptue de son fils, échappa le gobelet qu'elle allait offrir au petit avant de le mettre au lit.

— Bon Dieu, c'est-tu possible ! C'est ben toi, mon gars ?

— C'est ben moé, mère. De retour au pays pour quelques jours, le temps de dormir un peu, de manger votre fricot pis des bonnes fraises, précisa-t-il, lorgnant le récipient débordant de fruits.

— Ce sera pas betôt le temps de repartir trapper ! protesta Marie.

— Y a pas que les fourrures, astheure : il y a la pêche, pis ben d'autres commerces. Pis quand l'Anglais d'Angélique sera à la maison, je déguerpirai aussitôt. Un bateau venant de Boston est arrivé au quai de Montréal hier, il devrait pas tarder.

N'apercevant Olivier nulle part, il s'informa :

— Père est à l'ouvrage ?

— Il est chez Antoine, il l'aide à tasser le foin dans le fenil.

— Je vas manger une croûte, pis me coucher ensuite. Je le verrai demain. Mon lit est toujours à la même place ?

— T'auras toujours ta place dans notre maison, rappela Marie, les larmes perlant au bord de ses longs cils. V'nez, les enfants, c'est l'heure d'aller dormir avec les anges !

Profitant de ce moment, Xavier sortit une enveloppe de sa besace et, adoptant un ton détaché, s'adressa à sa sœur :

— J'ai passé l'hiver avec un homme qui connaît l'Anglaise du manoir des Cuthbert, il m'a remis une lettre pour elle.

— Pour Julia Scott ?

— C'est ben ce qui semble écrit sur l'enveloppe. Un ami d'enfance, à ce qui paraît. Tu lui donneras toi-même et… bouche cousue, compris ?

— Je peux pas la confier à Mathilde ou à quelqu'un qui travaille au manoir ?

— Non ! Tu lui remettras cette lettre en mains propres.

— J'essaierai, quand j'irai à Berthier.

— Merci, et rappelle-toi que personne, en dehors de nous deux, doit savoir. Pis là, tu devrais ben dormir, ton Anglais sera icitte betôt.

— Que l'bon Dieu t'entende ! implora Angélique en prenant Gustave par la main pour le conduire au pays des rêves.

***

Au petit jour du 24 juin 1774, la pluie chaude tombait dru ; elle tambourinait sur les toits des maisons, cinglait les vitres des fenêtres, courbait les tiges de blé, lessivait les sentiers. Les paroissiens devaient patauger dans la boue pour se rendre à l'église, afin d'y célébrer la fête de saint Jean-Baptiste. L'office terminé, il était de tradition que le seigneur de la place offrît le pain bénit, à l'arrière de l'église, mais depuis l'arrivée des Cuthbert, de culte presbytérien, c'était le curé qui se chargeait de perpétuer cette coutume, avec la généreuse collaboration du boulanger Chaviot. Après la messe, la population en fête se rassembla derrière les bancs et se pressa pour recevoir sa part de pain et de cousins, toujours aussi savoureux.

Depuis la naissance de la colonie, la Saint-Jean était un jour férié, et l'habitant canadien, fort occupé à travailler ses champs, appréciait ces moments de repos et de festivités. Partout dans les villages riverains, les Canadiens continuaient la tradition, venue des temps très anciens, et marquaient le solstice d'été en allumant sur les rives de gigantesques feux qui représentaient le soleil au zénith, l'amour, la purification, la santé et la fertilité.

Juin était le mois des amoureux, des promesses et des mariages. Le 24 était un jour de joie, jour pour formuler ses rêves, pour rendre sa vie meilleure ou pour détruire, dans un rituel païen, les mauvais coups du sort, en jetant dans le feu un symbole maléfique, comme une statuette, une lettre ou des herbes séchées. Mais si, par malheur, la pluie s'acharnait, le charme était rompu ; le peuple patient attendrait alors l'éclaircie qui annoncerait le début de la fête.

En fin d'après-midi, la pluie cessa de tomber aussi subitement qu'elle avait commencé ; les nimbus effilochés, aux contours dentelés, restèrent un long moment figés au-dessus des terres, mais le ciel finit par se dégager et de larges brèches s'ouvrirent enfin sur des parcelles de ciel bleu. Dans les maisons, les femmes s'affairèrent aussitôt à préparer les pique-niques ; les enfants ne tenaient plus en place, pendant que les hommes revêtaient leurs plus beaux habits.

Angélique souhaitait célébrer cette fête avec sa cousine pour lui éviter de porter toute seule le poids de sa solitude. Cette année encore, Mathilde était privée de la présence réconfortante de l'homme qu'elle aimait. Nostalgique, elle observait Pierre et Marguerite, et d'autres couples d'amoureux, échanger leurs vœux en sautant, main dans la main, par-dessus le feu de la Saint-Jean ; ils s'abreuvaient ensuite d'une boisson d'hydromel, signant ainsi leur promesse de fidélité. Rite ancien, venu du fond des âges, qui voyageait au-delà des mers et des siècles.

Xavier, qui avait accompagné Angélique jusqu'à la rive de la seigneurie, laissa les deux cousines à leurs confidences et partit aussitôt à la conquête d'une jeune beauté. N'était-ce pas la fête de l'amour ? Il ne manquait pas de charme et trouverait sans doute des bras accueillants et des cuisses ouvertes pour souligner ce jour de la fertilité, tandis que Mathilde et Angélique, sages comme des nonnes, réservaient leur cœur et leur corps à l'homme qu'elles aimaient.

Mais Angélique, qui avait d'abord une mission à accomplir, s'informa si *Miss* Julia était au manoir.

— Tu t'intéresses à la dame de compagnie de *lady* Cuthbert, maintenant ? demanda Mathilde, intriguée.

— J'ai seulement besoin de savoir si elle est au manoir ou si elle est sortie célébrer la Saint-Jean. Je dois lui remettre quelque chose, mais j'ai juré de rien dire, confia Angélique très mal à l'aise de se voir obligée de cacher la vérité à Mathilde.

— Alors cours vite au manoir, la chambre de cette chipie est en haut de l'escalier, la première porte à gauche, toujours fermée. Personne n'y entre ; glisse sous la porte ce que t'as à lui donner. Je t'attendrai icitte.

Sa mission terminée, Angélique se sentit soulagée d'un poids énorme ; elle craignait le caractère rancunier de Xavier et entretenait des doutes sur les récits sibyllins qu'il avait racontés à son retour. « Si ses manigances nuisaient à William ? » s'inquiétait la jeune femme qui restait sur ses gardes, sachant combien son frère haïssait les occupants. Mais la musique, les chants et les danses des paysans rassemblés sur la grève l'appelaient et, chassant d'un geste brusque les vains soupçons qui pourraient ombrager la fête, elle courut à perdre haleine jusqu'à Mathilde, assise sous le chêne. Il fallait profiter pleinement de cette soirée qui s'annonçait festive ; à demain, les soucis et les doutes !

Le temps humide nappait le fleuve d'un voile de brume. À la tombée du jour, l'immense feu de la Saint-Jean, érigé devant l'église, fut béni et ensuite allumé par le curé Papin. Et un peu plus loin, sur les berges isolées et les rives de l'Île Du Pas, d'autres feux s'embrasaient, faisant jaillir des gerbes d'étincelles au-dessus des joncs et des lys d'eau.

Des amoureux chuchotaient et riaient, mais Mathilde et Angélique, blotties l'une contre l'autre, enserrées dans leurs longs châles, avaient toutes deux le cœur solidement accroché à leurs pensées. Elles n'aperçurent pas le voilier qui descendait le fleuve et qui s'approchait du port de Saurel, nimbé dans la luminosité crue du solstice d'été.

18

Miss Julia Scott,

Un Canadien m'a informé de votre présence à Berthier où vous travaillez comme dame de compagnie au manoir d'un riche Écossais. J'aimerais vous rencontrer seule au cimetière catholique, près de la sainte Croix. Rendez-vous là, le 15 juillet, à minuit. Assurez-vous de ne pas être suivie. Votre ami d'enfance, G.M.

Julia était intriguée par ce pli, rédigé dans sa langue maternelle, glissé sous la porte de sa chambre. Qui avait bien pu déposer ce mystérieux message sans être vu ? Et, plus étrange encore, qui était ce G.M. qui se disait un ami d'enfance, venu de Boston, tout comme elle ?

L'orpheline n'avait vécu que quelques années sur *Unity Street*, avec ses parents, qui l'avaient laissée seule et sans le sou alors qu'elle n'avait que sept ans ; son père était mort en mer, et sa mère l'avait suivi dans la tombe trois mois plus tard, emportée par la fièvre typhoïde. Julia, pauvre et sans famille, avait été recueillie par des dames charitables qui avaient assumé les coûts de son éducation dans un orphelinat de Boston.

Aux prises avec des souvenirs qu'elle avait depuis longtemps classés dans une zone verrouillée de son esprit, Julia se demandait qui pouvait bien se rappeler encore d'elle après toutes ces années… Avait-elle vraiment connu une enfance comme celle des enfants qu'elle côtoyait chaque jour, tout en feignant d'ignorer leur existence ? Avait-elle joué comme eux à la marelle, aux billes, au cerceau, aux cartes ? Avait-elle chahuté, couru à en avoir le souffle coupé, à s'écorcher les genoux ? Avait-elle déjà dormi, lovée contre sa mère ou avec un chaton entre ses draps, attendu son père au port de Boston entre les ballots de coton et les chargements de thé ? Tout ce passé, oublié dans l'amertume du bonheur à jamais perdu, revint subitement faire détraquer le mécanisme de sécurité qu'elle avait si habilement construit au fil des ans, pour éviter de sombrer dans la déprime.

À la lueur de la bougie posée sur sa table de travail, Julia relut plusieurs fois ce billet, rédigé d'une écriture énergique et dans un style concis. Elle retournait le feuillet dans ses mains nerveuses, l'examinait, essayait d'en deviner la provenance, cherchant à se rappeler les traits de G.M., cet ami d'enfance depuis longtemps effacé de sa mémoire et maintenant devenu un homme. Que lui voulait-il aujourd'hui ?

Tourmentée, elle n'arrivait pas à détacher son regard de l'endroit où elle avait trouvé l'enveloppe cachetée, comme si elle attendait qu'un fantôme surgisse de sous la porte. Elle avait beau chercher des indices révélateurs dans ce bref message et sur l'enveloppe froissée, rien ne pouvait la guider vers le moindre détail qui répondrait à ses légitimes interrogations.

Jamais autant que ce soir de la Saint-Jean Julia ne s'était sentie aussi esseulée, abandonnée ; tandis que les feux de joie se multipliaient, que les villageois entonnaient de vieilles ritournelles françaises qui parvenaient jusqu'au manoir, la jeune femme, assise devant son miroir, brossait ses longs cheveux bouclés. « Suis-je encore belle ? » s'interrogeait la brune Julia qui avait, une fois de plus, refusé d'accompagner Thomas Mandeville, le galant maître d'école qui lui faisait ouvertement la cour. Même si elle reconnaissait les qualités de cet homme issu d'une noble famille, Julia n'accepterait jamais de se laisser fréquenter par un papiste français ; plutôt mourir sans avoir été aimée.

Et si cette lettre, reçue mystérieusement, était le commencement d'une histoire d'amour ? « C'est une idée trop folle, raisonna l'austère Julia, attendons de voir ce que veut ce G.M. » Bien malgré elle, elle dut admettre que sa forteresse impénétrable était ébranlée, elle se prenait au jeu de l'espoir et, le cœur en émoi, rangea soigneusement ce message dans un coffret qu'elle referma ensuite à clé. « Et si G.M. m'attendait depuis tout ce temps ? » osa rêver Julia en écoutant les refrains joyeux qui montaient dans la nuit de la Saint-Jean et qui frappaient effrontément à la fenêtre de sa chambre. Julia ferma les volets et se mit au lit.

Toute cette intrigue la détourna un moment de la tenace inimitié qu'elle vouait autant à Mathilde qu'au capitaine Henry Cairns, ce couple qu'elle maudissait un peu plus chaque jour. Est-ce que la main tendue par ce G.M. suffira à la détourner de sa rancune et à adoucir ses sentiments ? Son enfance lui avait été volée par un destin cruel, et sa vie de jeune femme, brisée par un amour impossible ; mais ce soir, le billet déposé en secret devant la porte de sa chambre venait lui redonner espoir. Elle remonta le temps, retrouva quelques visages familiers et dériva ensuite vers le monde onirique, bercée par la douceur des souvenirs de son enfance.

* * *

Henry était rentré au manoir le lendemain de la Saint-Jean. C'était le plein été, avec ses caprices, ses jours de soleil et ses orages soudains. Le capitaine Cairns, qui percevait l'embarras de Mathilde dès que le sujet de la guerre était abordé, évita dès lors d'en discuter devant elle et réserva les récits de combats pour ses conversations avec James, compatissant à la souffrance de ceux qui avaient sacrifié leur jeune vie pour une cause obscure. Les propos échangés entre les deux hommes ouvraient les yeux de la jeune femme sur une réalité très éloignée de sa routine quotidienne ; l'état de guerre lui apparaissait alors comme un monde à part, un ailleurs mystérieux où l'homme qu'elle aimait, de même que tous les soldats inconnus, avaient une autre vie, une existence périlleuse, un monde fait de danger, de sang, de mort.

Les premiers jours après le retour du capitaine Cairns furent marqués par des moments de gêne, comme si les fiancés étaient devenus des étrangers. Leurs retrouvailles étaient souvent nappées de silence, comme si la trop longue absence d'Henry avait sournoisement mis du sable dans l'engrenage. Mathilde se sentait comme dans un grand courant d'air glacé, dans un inconfort qui lui laissait une impression étrange. Mais peu à peu, l'amour estompa ce sentiment confus et, de nouveau, ils s'apprivoisèrent, se retrouvèrent et le désir, plus ardent, plus vif, ne s'apaisa que dans la promesse de leur union prochaine.

Les préparatifs de leur mariage occupaient le personnel du manoir et plusieurs artisans du village. Les deux amoureux passaient quelques heures ensemble chaque jour, mais Mathilde, tant par tradition que par superstition, tenait à maintenir une certaine réserve entre eux, jusqu'au 16 juillet, jour où ils uniraient leur destinée.

***

Henry était heureux de retrouver sa sœur Catherine, qui l'entourait d'attentions pour lui faire oublier les jours difficiles. Souvent elle déposait la petite Jane dans ses bras et le taquinait quand il se sentait désemparé devant les pleurs de l'enfant. Elle lui racontait les événements survenus à la seigneurie au cours des derniers mois. Ses neveux et nièces cherchaient toutes les occasions pour jouer avec lui, pour l'amener jusqu'à la Bayonne où ils attrapaient des grenouilles et des têtards, où ils pêchaient la barbotte et, s'ils étaient chanceux, quelques anguilles. Lorsqu'Henry les accompagnait, il leur apprenait à mieux appâter leurs lignes et à user de prudence, surtout quand les fillettes se joignaient à leurs grands frères. Betsy avait du caractère et insistait pour accrocher elle-même le ver à l'hameçon, au grand plaisir de son oncle, ravi d'avoir une nièce aussi débrouillarde. Parfois, ils partaient, chargés de seaux, et allaient cueillir des framboises, dans le boisé au nord de la seigneurie, ou cherchaient des fleurs sauvages qu'ils offraient ensuite à Catherine et à Mathilde. Henry appréciait chaque moment passé auprès de sa famille. Le champ de bataille était si loin…

Le soir venu, James l'invitait dans son bureau pour discuter de tactiques militaires et de politique coloniale. Il arrivait souvent que le nouvel agent des terres, Alexandre Cairns, se joigne à eux ; ils débattaient alors vigoureusement de sujets épineux, commentaient les articles parus dans *The Gazette* et les récents événements. James, qui entretenait une correspondance régulière avec de nombreux partenaires d'affaires, venait tout juste de recevoir une lettre d'un ami d'Angleterre qui l'informait des discussions animées tenues à la Chambre des communes de Londres au sujet des revendications des colonies américaines. Il sentait le besoin d'en partager les renseignements avec Alexandre et Henry.

Selon ces écrits, le gouvernement britannique adoptait la rigidité plutôt que la conciliation relativement aux demandes des Treize colonies, qui redoutaient l'hégémonie de Londres et se rebellaient contre des lois jugées injustes. L'un de ces projets de loi discutés, le *Bill of Quebec*, prévoyait l'agrandissement du territoire du Canada vers l'ouest. Par ce projet, les nouvelles frontières s'étendraient jusqu'à la vallée de l'Ohio et du Mississippi, avantageant ainsi les marchands canadiens, au grand dam des colonies du Sud, qui se voyaient pris dans une souricière.

À la Chambre des communes de Londres, les opinions étaient partagées, selon les accointances politiques des uns et des autres. Cependant, la question qui soulevait le plus de passion concernait la population de l'ancienne colonie française ; en effet, pour s'assurer la fidélité de ses sujets, la Couronne britannique proposait de rétablir les lois civiles françaises et la pratique intégrale de la religion catholique. Plusieurs législateurs britanniques contestaient bruyamment ; les enjeux, débattus avec animation, seraient déterminants pour l'avenir du nouveau pays qui se dessinerait selon les stratégies adoptées.

Le parlementaire Edmund Burke défendait violemment son point de vue rapporté dans la lettre que Simon Watson écrivit à Cuthbert en mai 1774 : *« Les deux tiers de tous les intérêts commerciaux du Canada vont être livrés à la loi française et à la judicature française. Est-ce bon pour les Anglais ? […] Je demande protection pour trois cent soixante familles anglaises que je connais, contre les préjugés de la noblesse canadienne que je ne connais pas. »* Et Watson ajoutait : *« Peu de députés anglais étaient présents en Chambre le 13 juin lorsqu'a eu lieu le vote en troisième lecture du Bill of Québec […] Vous serez gouvernés sous peu par une nouvelle constitution, ce qui ne manquera pas de mettre le feu dans les colonies»*, prédisait-il.

— Nous avons grand besoin de ce changement dans la gouvernance de la colonie, car les lois qui régissent le pays ne plaisent ni à la population canadienne ni aux conquérants anglais, soutint Henry, qui venait d'affronter les rebelles américains des colonies.

— Les habitants des États du Sud tentent de soulever les Canadiens en leur promettant la pratique de leur religion, de leurs lois françaises, sans aucune restriction, fulmina James. Il est temps que Londres réforme le mode de gouvernance à la satisfaction de tous, Canadiens et Américains, ajouta-t-il, repliant la lettre de son ami.

— Ils y arriveront peut-être avec un peu de diplomatie, mais j'en doute. J'ai fait face à quelques-uns de ces agitateurs et, croyez-moi, ils sont bien décidés à se soustraire à la tutelle de Londres.

— Le gouverneur Carleton, actuellement à Londres, travaille avec le ministre des colonies afin d'amadouer les marchands, de plus en plus nombreux, qui insistent pour agrandir leur territoire, pour redonner des pouvoirs à la noblesse et au clergé d'ici, et pour modifier le système législatif. Si toutes ces requêtes lui sont accordées, les rebelles auront les munitions nécessaires pour déclarer ouvertement la guerre à l'Angleterre, prédit Alexandre.

— Par ailleurs, grâce à cette nouvelle charte, si elle est signée, tu regagnerais, avec les autres seigneurs de la colonie, des droits perdus à la Proclamation royale de 1763, car elle permettrait le retour du régime des rentes tout en vous rétrocédant tous les autres droits seigneuriaux. Tu en tireras profit, cher beau-frère ! rappela Henry.

— *Well!* dit le seigneur de Berthier en souriant. J'avoue que tes observations sont justes, et cette tactique démontre l'habileté de Londres, qui compte séduire les nobles et le clergé d'ici, afin d'obtenir leur appui dans la lutte contre les Treize colonies. Mais avant de nous prononcer sur ce *Bill of Quebec*, étudions d'abord ce que contiennent les clauses de la deuxième constitution de ce pays naissant et trinquons à ton mariage, conclut James, tout en versant une bonne rasade de whisky dans trois coupes de cristal.

— À mon mariage ! Ma chère Canadienne m'espère près du fleuve. Vous ne m'en voudrez pas de vous laisser maintenant ?

— Va ! La nuit est belle et chaude en ce début de juillet. En accord avec ta sœur, mon épouse bien-aimée, je vous offre un lot pour construire votre maison. Tu choisiras l'emplacement qui te convient, mais garde le secret jusqu'à la noce.

— Merci, James, je vais chercher le meilleur endroit où ma femme sera heureuse. Bonne nuit !

***

Pendant que les hommes négociaient, discutaient, élaboraient des stratégies pour la bonne gouvernance de la seigneurie et du pays, Mathilde préparait avec Catherine, Adèle et Thérèse la cérémonie du mariage. Elles nettoyaient les salles, concoctaient le menu des repas qui seraient servis au nouveau couple et aux invités, retouchaient la toilette de la mariée, revoyaient avec Firmin le déroulement de la messe qui sacraliserait l'union entre les époux. Rien n'était oublié pour faire de ce jour si attendu le plus mémorable des événements survenus à la seigneurie depuis l'arrivée des Cuthbert.

L'ébéniste Filiaud, dit Dubois, utilisa sa créativité pour aménager les tables et les chaises qui seraient rangées devant le manoir, face au fleuve, témoin silencieux de toutes les joies et les peines de Mathilde depuis son enfance. De leur côté, les couturières rivalisaient d'ingéniosité et s'affairaient à la confection de robes fantaisistes : à crinoline, à volants ou à plis. Selon les moyens de la cliente, la soie, la dentelle, la mousseline ou le crêpe seraient coupés puis cousus pour être ensuite portés, avec une certaine vanité, par les dames de la noblesse invitées à cette noce. Les chapelières n'étaient pas en reste, inventant des coiffes originales, assorties aux toilettes choisies avec grand soin. Comme des abeilles butinant autour des rosiers fleuris, tous les artisans de Berthier et des alentours s'activaient et créaient, dans une saine compétition, des œuvres originales.

Pendant qu'ouvriers et couturières s'agitaient à compléter les préparatifs, les habitants fauchaient et engrangeaient le foin, sous le regard impassible des vaches qui paissaient tranquillement dans les champs de marguerites au cœur d'or. Les enfants continuaient à chasser ingénument les papillons ; les orages de juillet grondaient en fin de journée, et la vie poursuivait son inexorable errance, en route pour la saison suivante.

Juillet avançait, les crépuscules étaient baignés de lumière et, de la rive du fleuve, Mathilde observait les hirondelles. Comme des ballerines, elles s'offraient en spectacle en se délectant de moustiques et d'araignées d'eau, qui patinaient à la surface des eaux calmes du Saint-Laurent, juste avant que le soleil ne disparaisse dans une riche gamme de coloris. Nulle part au monde la jeune femme ne retrouverait ce sentiment de bien-être et de sécurité que lui apportait ce fleuve venu de la nuit des temps.

* * *

Par des efforts de volonté surhumains, Julia réussissait à cacher le désarroi qui l'habitait devant l'effervescence des préparatifs du mariage ; son ressentiment envers les amoureux n'en était que plus violent. Lequel des deux lui inspirait la pire hostilité ? Elle méprisait Mathilde, cette Canadienne qui avait conquis le beau capitaine ; elle la jugeait inférieure à elle, tandis qu'elle éprouvait pour Henry un mélange d'attirance et d'aversion. Il n'avait pas su comprendre l'intensité de l'amour qu'elle lui vouait, il avait fermé les yeux devant son dévouement total à l'égard de la seigneuresse. « Pourquoi ? » Julia n'avait jamais trouvé la réponse à cette question et, au fil des jours, était devenue amère comme un vin trouble.

En attendant le 15 juillet, les yeux rivés sur le calendrier, chaque nuit, de la fenêtre de sa chambre, elle scrutait le cimetière, devinant les ombres des amoureux qui se dissimulaient derrière les épitaphes. Parfois, une lueur éphémère brillait et des rires étouffés s'évanouissaient dans le noir, mais jamais encore elle n'avait aperçu une silhouette au pied de la sainte Croix.

Tôt, le soir du rendez-vous proposé par G.M., Julia se prépara à le rejoindre ; elle fit sa toilette, attacha ses cheveux, les camoufla sous une coiffe sombre et se couvrit d'un long châle noir. Elle marchait à pas feutrés afin que personne ne devine qu'elle s'apprêtait à sortir et ne la surprenne, quittant le manoir quand viendrait l'heure du mystérieux rendez-vous.

Quand elle fut prête, pour tuer le temps qui s'éternisait, elle alluma une bougie, ouvrit un livre de citations de Laurence Sterne et lut ce passage : *« À mon sens, lorsque mes parents m'engendrèrent, l'un ou l'autre aurait dû prendre garde à ce qu'il faisait : et pourquoi pas tous deux puisque c'était leur commun devoir… Croyez-moi, bonnes gens, la chose n'est pas une bagatelle comme beaucoup d'entre vous le pensent… »*

La lecture de cette citation ouvrit une brèche, et Julia laissa enfin couler ses larmes… *« À mon sens, lorsque mes parents m'engendrèrent, l'un ou l'autre aurait dû prendre garde à ce qu'il faisait : et pourquoi pas tous deux puisque c'était leur commun devoir ? »* Elle pleura sans retenue la perte de ses parents dont elle n'arrivait plus à retrouver les traits : Qui étaient-ils ? Avait-elle été désirée et aimée avec tendresse comme les enfants de ses maîtres ? Avaient-ils « *pris garde à ce qu'ils faisaient* » quand ils lui avaient donné la vie ? Personne ne pourrait jamais répondre à ces questions, à moins que G.M., qui se disait son ami d'enfance, puisse éclairer cette partie ténébreuse de son existence.

La grande horloge sonna enfin la demie de onze heures ; Julia ne devait plus tarder. Elle essuya ses larmes, éteignit la bougie, s'assura que le passage était libre et scruta le cimetière avant de descendre à pas de loup les marches de l'escalier. Elle sortit dans la nuit de nouvelle lune, invisible dans l'obscurité qui enveloppait les terres silencieuses. Tapie derrière le monument de dame Papin, elle guettait venir l'ombre de l'homme qui s'approchait de la croix avec précaution ; visiblement, il se tenait sur ses gardes, prêt à déguerpir au moindre bruit suspect.

Julia attendit une minute avant d'avancer. Ses yeux, maintenant adaptés à l'obscurité, détaillaient les traits de l'homme qui lui faisait face. Il était assez costaud et paraissait plus âgé qu'elle ; son visage semblait taillé à la serpe, ses cheveux sombres retombaient sur ses épaules. Il était chaussé de vieux mocassins boueux et vêtu d'une culotte foncée, d'une chemise boutonnée retenue par une large ceinture de cuir sur laquelle il portait un fusil en bandoulière. Dans sa main droite, il tenait un objet que Julia devina être une dague ou une courte épée. Elle le savait aux aguets.

— *Miss* Julia Scott ? chuchota l'homme.

— *Yes, Mr G.M.* N'ayez crainte, on ne m'a pas suivie. Qui êtes-vous ?

— George Madison, votre voisin, sur Unity Street.

— Je regrette, *Mr* Madison, votre nom n'éveille rien en moi.

— J'ai connu suffisamment votre famille quand vous étiez enfant pour reconnaître en vous les traits de votre mère à qui vous ressemblez ; vous avez la même taille élancée et la même démarche.

— Désolée, mais je n'ai gardé aucun souvenir d'elle, ni de vous non plus.

— Je me souviens très bien qu'après la mort de votre mère des amies se sont chargées de votre éducation et ont tenu à ce que vous vous instruisiez chez les religieuses, mais elles ont perdu votre trace après l'incendie de l'orphelinat.

— De ce malheureux incident, je me souviens très bien ; c'est une autre communauté qui nous a offert l'hospitalité. Une lointaine histoire.

— Ces dames généreuses vous ont cherchée longtemps, mais elles se sont toujours heurtées à un mur de silence. De guerre lasse, elles ont abandonné leur quête ; elles pensaient même que vous n'aviez pas survécu à ce drame.

— La tempête de la vie nous arrache parfois à nos racines, déplora Julia devant l'homme qui la ramenait vers son passé. Comment m'avez-vous retrouvée ?

— Par un heureux hasard, j'ai rencontré, dans une taverne de Boston, un jeune homme qui vous connaît. C'est lui qui vous a fait porter mon message.

— Un Canadien d'ici ?

— C'est un aventurier ; il s'appelle Xavier.

— Je ne l'ai jamais rencontré, mais j'ai parfois entendu son nom. C'est curieux, le destin. Mais… pourquoi êtes-vous ici ?

— Nous voulons savoir si nous pourrions compter sur votre collaboration, disons… discrète.

— Précisez votre pensée, pria Julia, rendue suspicieuse par la tournure de la conversation.

— Vous savez sans doute que les Treize colonies se sont liguées contre Londres, à cause de ses décisions abusives et parce qu'elle nous impose des lois injustes. Nous souhaiterions que vous soyez nos yeux et nos oreilles, que vous notiez certaines observations qui nous aideraient au besoin, rien d'illégal ni de compromettant.

— Vous me demandez d'espionner mes maîtres ?

— D'observer seulement. Vous le feriez par fidélité à vos origines, non par trahison à votre nouvelle patrie, dit George Madison pour lever l'ambiguïté.

— Laissez-moi y réfléchir.

— Je reviendrai à la prochaine nouvelle lune, au même endroit ; je vous enverrai un signe pour confirmer ma visite, chère Julia.

— Soyez prudent en partant d'ici, il traîne des chiens dans la campagne, ils pourraient vous trahir.

— J'ai l'habitude, n'ayez crainte ! À bientôt !

L'homme disparut aussi rapidement qu'un coup de vent d'été. Un corniaud sortit d'un fossé, flaira les jambes de l'étranger en grognant. D'une main leste, G.M. l'empoigna, sortit son couteau et lui trancha la gorge. « En voilà un qui ne donnera pas l'alerte », se dit-il. Il laissa le chien agoniser dans l'herbe humide et poursuivit son chemin sans se retourner.

Julia, maintenant seule dans le cimetière, se sentait comme un frêle esquif ballotté par des eaux capricieuses et éprouvait plus que jamais le besoin de s'ancrer. Elle ne savait plus comment naviguer, après cette rencontre qui la bouleversait, qui lui faisait revivre des moments oubliés, qui lui laissait croire de nouveau que quelqu'un songeait encore à elle, comptait sur elle, quelqu'un de sa race, de son pays. Un espoir ténu renaissait dans son âme troublée.

Un instant aussi fugace qu'une étoile filante, elle sentit ses ailes pousser et la propulser vers des ciels inconnus.

19

Ce soir du 15 juillet 1774, pendant que Julia établissait des liens secrets avec un inconnu, Mathilde s'apprêtait à dormir seule, pour la dernière fois, avant de devenir *Mrs* Cairns. De nouveau, elle jeta un regard vers le trousseau qu'elle avait soigneusement préparé depuis des années ; bientôt, tous ces accessoires seraient transportés dans une maison qui leur appartiendrait.

À plusieurs reprises, depuis le retour d'Henry, elle avait évalué la qualité des biens qu'elle avait accumulés depuis la disparition de sa mère : taies d'oreillers et draps habilement brodés par Marguerite, serviettes et couvertures tissées, chemises de nuit garnies de dentelle, offertes par Guillemette Courchesne, et plusieurs verges de riche dentelle normande, cadeau d'Adèle. Toutes ces pièces étaient pliées et rangées dans le coffre ouvragé qui avait appartenu à sa mère ; Antoine le lui avait donné, après la mort d'Anne, convenant qu'il lui revenait de droit.

La future mariée était songeuse, partagée entre le bonheur de devenir la femme d'Henry, l'homme qu'elle aimait depuis tant d'années, et le pressentiment que son cœur serait souvent tourmenté tant qu'il serait militaire. « Mais pour tous, la vie est faite de joies et de peines, d'espérance et de désarroi, et, tant que l'amour d'Henry me donnera force et courage, je serai capable de traverser les épreuves qui jalonneront ma route. Adèle est maintenant heureuse, et père aussi… », admit la jeune femme.

Elle posa ses vêtements sur une chaise tressée, vérifia une dernière fois sa toilette de mariée, s'agenouilla devant la statue de la Vierge Mère et pria avec ferveur afin que son union avec

Henry soit heureuse, féconde et durable. Apaisée et confiante en l'avenir, elle se mit au lit et ferma les yeux. Elle écouta les bruits mats de la nuit, le hululement de la chouette, les aboiements des chiens ; tous ces sons familiers la rassuraient. Elle imagina leur nuit de noces, le corps athlétique d'Henry contre le sien, leurs caresses, leurs étreintes. Ils se désiraient depuis si longtemps que ces amours consommées ne pouvaient qu'être l'apogée de leur fidèle et patiente attente.

Une douce torpeur l'enveloppa et elle se laissa dériver passivement vers les eaux calmes du sommeil ; engourdie comme dans un cocon, elle entendit sa mère, Anne, qui lui conseillait : *« Suis le chemin de ton cœur. »* Elle s'abandonna alors, avec la confiance d'un enfant, pour se perdre dans l'abîme des rêves où son bel amour la conduisit vers des mondes inconnus.

La fraîcheur réveilla la future épouse juste avant que le soleil n'ait bu la brume de la nuit. Elle descendit vers le fleuve. Quand elle se glissa dans l'eau tiède du fleuve, l'aube de ce jour nouveau commençait à peine à délaver le ciel, et le village était encore prisonnier du sommeil. Elle nagea lentement entre les joncs, chassant les ménés qui déguerpissaient comme un troupeau ameuté par un chasseur. D'un geste de la main, elle salua les familles de canards malards, regroupés sous les troncs d'arbres en décomposition, et en de larges mouvements circulaires des bras et des jambes elle se dirigea vers la Bayonne. Ses longs cheveux épars ondulaient et se confondaient avec les algues aquatiques ; elle faisait corps avec ce fleuve, cette eau, cette oasis de tranquillité.

Elle s'arrêta à l'embouchure de la rivière, sortit un savon parfumé du petit sac qu'elle avait apporté et lava sa chevelure. Elle savonna ensuite tout son corps mouillé et nu et, dans une gerbe d'éclaboussures, replongea sous l'eau avec l'agilité d'une loutre. « Je ne pourrai jamais vivre heureuse loin de tes rives ! » confia Mathilde en s'adressant au fleuve. Lentement, méditative comme une religieuse, elle revint jusqu'au manoir par le sentier bordant la rive ; elle se plaisait à admirer le miroitement du soleil levant sur la crête des vagues. Son cœur était aussi paisible que l'aube de ce jour nouveau.

***

Le curé Papin avait permis au seigneur James Cuthbert, presbytérien, d'être le témoin au mariage de son beau-frère, nouvellement baptisé selon le rite de la religion catholique. Il assisterait, à l'église de Berthier, avec la seigneuresse et leurs enfants, au mariage de Mathilde Guillot, de l'Île Du Pas, et de Henry Cairns, Écossais.

James était ému quand il entra dans l'église toute fleurie de roses et de lys ; il aperçut Mathilde, rayonnante, qui s'avançait au bras d'Antoine. Le père, tout endimanché, était fier de la beauté épanouie de son aînée, très légèrement maquillée et vêtue d'une longue robe couleur d'orge perlée ; la jupe, légèrement évasée, s'étirait en une longue traîne portée par Anne, la fille aînée d'Angélique, et par la petite Madeleine, fille d'Adèle, un peu emmêlée dans ses pas.

Les cheveux de la mariée, tressés par Sarah, étaient retenus par des rubans de satin or, laissant quelques mèches frisées retomber sur son front. Elle portait à son cou un magnifique collier en or, finement ciselé, où miroitaient de petites perles satinées qui faisaient ressortir le teint clair de sa peau, ainsi que des boucles d'oreilles, riche parure offerte par Catherine en cadeau de mariage. Un long voile transparent recouvrait entièrement la mariée qui resterait ainsi soustraite aux regards de l'assistance, jusqu'au moment où elle prononcerait le serment de fidélité.

Vers la fin de la messe, quand vint le moment d'échanger leurs consentements, le nouveau marié releva le voile et, fixant Mathilde d'un regard profond, formula d'une voix assurée, avec son séduisant accent étranger :

— Avec cet anneau, je vous épouse. Avec mon corps, je vous vénère. Avec mes biens, je vous protégerai. Au nom du Père, du Fils et du Saint-Esprit. Amen.

— Amen, répondit pieusement Mathilde.

Il glissa ensuite le jonc d'or à l'annulaire de sa femme, scellant ainsi leur vie à jamais, pour le meilleur et pour le pire.

À la fin de l'émouvante cérémonie, pendant laquelle quelques larmes avaient été essuyées discrètement, la nouvelle épouse, radieuse, sortit au bras de son mari comblé de ce bonheur si longtemps rêvé. La Marie-Louise sonnait à toute volée, annonçant à la paroisse entière le mariage de Mathilde et du soldat Henry Cairns. James et Catherine, ainsi que la famille Guillot, invitèrent l'assemblée à fêter cet inoubliable événement sur les terrains du manoir, tout près de l'église. Le curé Papin et le maître d'école rejoignirent les groupes qui se dirigeaient vers les tables dressées.

Une calèche découverte et attelée à quatre chevaux, conduits par un cocher costumé et ganté, attendait les nouveaux mariés qui charmaient tous les invités par leur élégance. Henry, qui n'avait d'yeux que pour sa femme, portait son uniforme militaire qui le distinguait de tous les autres hommes rassemblés : un manteau écarlate agrémenté d'un parement noir et d'une bordure blanche, découpée par des boutons d'argent. Un foulard blanc, noué sur sa chemise, impeccablement repassée, faisait ressortir la rousseur de sa barbe et de ses cheveux. Son pantalon rouge cachait partiellement ses longues bottes de cuir fraîchement cirées par Joshua. Catherine lui sourit, heureuse d'offrir à son frère une si belle noce ; le temps était radieux, les convives, nombreux ; tout contribuait à rendre cette journée inoubliable.

Sous le regard attendri de l'assistance, Henry, ganté de blanc, offrit galamment le bras à son épouse pour l'aider à monter dans la calèche ; il sauta ensuite avec adresse sur le marchepied et rejoignit sa belle.

— Puis-je maintenant embrasser la mariée ?

— Vous êtes impatient, mon ami. Vous voyant si bellement vêtu, je me demande si vous portez votre dague, plaisanta Mathilde.

— Je ne m'en sépare jamais. Souvenez-vous qu'elle vous a déjà protégée, lui rappela-t-il, l'embrassant avec fougue sous les vivats des invités en liesse.

* * *

Réfugiée dans sa chambre fermée à double tour, Julia avait tiré les volets ; elle s'était couchée, enfouie dans une couverture enroulée par-dessus la tête, afin de se soustraire à la joie qui se propageait autour du manoir comme une onde magnétique. Pour la première fois depuis son arrivée à la seigneurie de Berthier, elle eut envie de partir, de quitter ces rives pour retrouver les siennes. Abritée dans la pénombre, elle attendit que sonne l'heure du service auquel elle ne pouvait se dérober.

Le seigneur et sa dame étaient réputés pour leur sens de l'hospitalité, ils aimaient recevoir. Le mariage d'Henry était pour eux l'occasion idéale d'ouvrir les portes de leur manoir à la bourgeoisie anglaise et canadienne des environs ; même des gentilshommes de Montréal et de Québec, arrivés avec de riches équipages et de somptueux présents pour les mariés, avaient accepté l'invitation des Cuthbert. Ces Écossais, Anglais et Canadiens avaient en commun l'aisance matérielle et l'intérêt d'entretenir des rapports harmonieux avec les autres nobles de la colonie. La situation politique les inquiétait, il fallait donc qu'ils se serrent les coudes, soutiennent les mêmes causes et aplanissent les différends, afin que la stabilité puisse assurer la prospérité du pays.

Mais aujourd'hui, c'était fête, aucun problème ne se pointait à l'horizon ! James et Catherine, ainsi que Alexandre Cairns et son épouse, Rebecca Mc Connell, tous richement vêtus, accueillaient chacun des invités ; un majordome, venu de

Montréal, les dirigeait ensuite vers la place qui leur était assignée. Les nouveaux époux, point de mire de toute l'assistance, étaient au centre des tables regroupées sur la pelouse du manoir, face au fleuve qui paressait entre les îles. Ils essayaient de reconnaître tous ceux qui défilaient devant eux, leur offrant des cadeaux ainsi que leurs meilleurs vœux de bonheur et de longue vie. Après que chacun eut trouvé son siège, James demanda la parole :

— Bien chers parents et amis, *lady* Catherine et moi sommes heureux de vous voir tous réunis aujourd'hui au manoir de Berthier pour célébrer avec nous le mariage de Mathilde Guillot et d'Henry Cairns. Dieu bénisse cette union… disons… si longtemps désirée, ajouta-t-il, sous les rires et les applaudissements des convives. Et, dans la plus pure tradition écossaise, trinquons à leur santé et buvons un premier verre de bon whisky du pays des ancêtres, clama James, levant son verre en direction des époux qui se levèrent et s'embrassèrent sous les applaudissements.

Les servantes, guidées par le savoir-faire du majordome, défilaient devant les invités avec les divers plats servis, pendant que des musiciens jouaient de la cornemuse. On leur présenta d'abord une odorante soupe d'orge écossaise, suivie de plats de boudin, de harengs fumés, d'un pain à la viande épicé et d'un traditionnel agneau en croûte, couché sur un nid de menthe sauvage. Vinrent ensuite les plats de purée de rutabagas, de carottes tranchées, de choux et de pommes de terre garnies de bouquets de ciboulette et de persil. Les énormes théières reposaient sur la table de la cuisine à côté des *Scotch Pies*, des tartes aux framboises des champs et des *Oatcakes*.

Pendant tout le repas, les musiciens canadiens, anglais et écossais se succédaient. Des refrains étaient entonnés et repris par l'assistance festive et bruyante. Peluche et le vieux Groggy étaient désemparés par tout ce tintamarre ; le chat s'était tapi sous le lit de Geneviève, tandis que le chien ne savait plus où donner de la tête ni de la queue dès que le son de la cornemuse se faisait entendre. Il se couchait, se relevait, entrait dans la cuisine, sortait et se cachait sous la galerie ou dans le fenil. Sarah le prit en pitié et l'enferma au logis des esclaves, tout au fond de la cour.

Au milieu du repas, James demanda de nouveau la parole, pour porter un autre toast à l'intention, cette fois, des seigneurs présents.

— Un deuxième verre de whisky pour nos amis les seigneurs qui assistent à ce mariage. Que nos projets aient longue vie !

— Que nos projets aient longue vie ! reprirent les invités, vidant leur verre d'un trait.

— Je suis pas capable de boire un deuxième verre de cette eau-de-vie, chuchota Mathilde à l'oreille de son époux ; je veux pouvoir me lever à la fin du repas sans vous faire honte.

— Donnez-le-moi, proposa Henry en riant.

D'un geste burlesque, il jeta aussitôt le contenu du verre dans l'herbe, sous la table. Tous deux étouffèrent un rire moqueur, derrière l'énorme bouquet de roses rouges posé devant eux.

Le repas se prolongea jusque tard dans l'après-midi ; les invités chantaient, dansaient quelques pas entre les divers services, se faisaient galamment la cour en récitant des vers ou en poussant un air de chanson connue. Le dernier plat servi, James reprit la parole pour offrir le dernier whisky, cette fois, en l'honneur des cornemuses :

— Il ne manque à James que son kilt pour avoir l'air totalement écossais, glissa Henry à l'oreille de Mathilde qui pouffa de rire, imaginant le sérieux James Cuthbert attifé d'une jupe écossaise.

Le repas terminé, Catherine, inquiète de l'absence de Julia, toujours si attachée à son service, frappa discrètement à la chambre de sa dame de compagnie ; aucune réponse. Elle entra, la pièce était vide. La seigneuresse nota que tout était en ordre ; rien ne laissait présager un départ précipité ni une désertion décidée sur un coup de tête, par dépit.

Elle regarda par la fenêtre et aperçut Julia, marchant lentement dans le cimetière. Rassurée, Catherine comprenait néanmoins le désarroi de la jeune femme, qui n'avait cessé d'aimer Henry depuis son arrivée à la seigneurie, amour sans lendemain, sans aucun espoir. Julia souffrait, sans que personne ne puisse rien pour elle, et Catherine compatissait sincèrement à la tristesse de sa dévouée dame de compagnie. « Il faut que je lui trouve un *lover* parmi nos amis », songea Catherine en rejoignant les invités. Quelques-uns préparaient déjà leur départ alors que d'autres s'apprêtaient à continuer la fête jusqu'aux petites heures du matin.

***

La soirée lourde et humide de juillet incitait à l'indolence les invités encore réunis autour du manoir ou dispersés sur la rive du fleuve. Mathilde tombait de fatigue. Malgré les pieds endoloris par les fins escarpins, elle accompagnait patiemment son époux qui allait d'un groupe à l'autre, bavardant avec les uns, remerciant les autres pour leur présence amicale et les cadeaux offerts. Vers minuit, Henry la fit discrètement sortir par la cuisine, se soustrayant ainsi tous les deux aux invitations pressantes de ceux qui s'attardaient encore sur les parterres.

— Venez, ma belle épouse, l'amour nous attend.

Les quelques serviteurs, qui s'activaient encore à cette heure tardive, ne portèrent aucune attention au couple qui traversait la pièce sans faire de bruit, et Groggy, enfin sorti de sa cachette, ouvrit un œil indifférent et se rendormit. En montant l'escalier, Mathilde, qui entendit les pleurs de la petite Jane, fit un mouvement dans la direction du berceau, mais Henry la retint en voyant Geneviève, tout enveloppée de sommeil, se diriger à tâtons vers l'enfant.

— Entrons, ma mie, dit-il en poussant la porte de la chambre de Mathilde.

Plus tôt en soirée, à l'heure où tombait la rosée, Sarah était passée allumer quelques bougies, remplir les bols d'eau et préparer la chambre nuptiale ; désormais, *Mrs* Cairns devrait être servie. L'esclave, aux aguets, frappa discrètement à la porte et offrit à la nouvelle mariée de l'aider à dénouer tous ses rubans, à déboutonner ses boutons, à enlever jupes et crinoline et à faire sa toilette. Mathilde, gênée dans ses élégants vêtements ajustés, la remercia d'un sourire reconnaissant tandis qu'Henry se déplaça au fond de la pièce et commença à son tour à se départir de ses habits de cérémonie, laissant les femmes à leur rituel.

Silencieuse et efficace dans sa nouvelle fonction, Sarah prépara la jeune épousée pour la nuit de noces, brossa et parfuma ses cheveux défaits, et sortit ensuite de la chambre à pas de souris.

— Ma bien-aimée, « avec cet anneau, je vous épouse. Avec mon corps, je vous vénère. Avec mes biens, je vous protégerai ». Tant de fois j'ai répété ces mots qui m'engagent à vous respecter, à vous soutenir et à vous aimer à jamais. Aujourd'hui et pour toujours, vous êtes ma femme, ma si belle Mathilde. Venez, *my love*, dit-il en la prenant dans ses bras.

— Je sais depuis longtemps que mon cœur me trompe pas, mon bien-aimé. Je promets de rester fidèle et aimante jusqu'à mon dernier souffle, jura Mathilde, la main sur le cœur, invitant son époux vers le lit préparé par Sarah. Je suis à vous à jamais.

Au-dehors, les murmures inaudibles de quelques invités se confondaient avec les bruits confus de la nuit ; le coassement des grenouilles, l'appel des chouettes, le miaulement des chats de gouttière, tout rappelait à Mathilde l'endroit où elle vivait pleinement le plus beau rêve de sa vie.

— La méchante fée ne nous a pas jeté de mauvais sort aujourd'hui, plaisanta Mathilde.

— Elle a dû comprendre qu'aucun maléfice ne nous détournerait de notre destin. Catherine lui a longuement parlé, lui expliquant que je vous ai aimée dès le premier jour où je vous ai vue, et que rien ne m'écarterait de vous. Ma sœur croit que sa dame de compagnie a bien saisi et que, désormais, elle nous laissera vivre en paix l'avenir que nous bâtirons ensemble.

— Il m'est difficile de lui faire confiance: son cœur est mauvais. Je sais qu'elle me détestera toujours.

— Ces derniers jours, elle m'a semblé plus calme, moins hargneuse. Peut-être s'est-elle laissé envoûter par le charme du maître d'école qui lui fait les yeux doux?

— Gare à lui si elle sort ses griffes.

— Laissons Julia à ses démons et oublions les maléfices et les sortilèges. Nous avons mieux à faire, s'esclaffa Henry en chatouillant sa femme du bout des doigts.

Ils riaient tous les deux en s'enlaçant avec tendresse.

* * *

Les mains insistantes d'Henry éveillèrent chez Mathilde des émotions inconnues; elle découvrait avec curiosité et appétit les joies de la sensualité, sous les gestes caressants de son époux qui effleurait délicatement son cou satiné, pianotait sur son ventre plat, posait sa tête sur ses seins arrondis. Il s'arrêta, s'émerveillant de la beauté pure et virginale de cette femme qu'il désirait tant.

— Que vous êtes belle! Vous m'avez magnétisé dès le premier regard. Je vous ai aimée dès cet instant et je n'ai jamais cessé depuis.

— M'aimerez-vous aussi quand je serai grosse de vie, fatiguée et malade comme ma mère en train d'accoucher ?

— Je vous aimerai comme aujourd'hui, et plus encore.

— Et quand je serai vieille ?

— Je serai vieux aussi. Rappelez-vous que j'ai quelques années de plus que vous, et quand vous porterez le poids d'une vie entière, vous serez alors embellie de tout l'amour que vous aurez donné et reçu. Puissions-nous vivre très longtemps, vous et moi, mon bel amour, chuchota Henry, ému. Je grave en ma mémoire cette image de vous, abandonnée sur les draps défaits, et quand je retournerai sur les champs de bataille, je saurai dessiner fidèlement cette scène qui vous rendra plus présente auprès de moi.

— Vous allez me peindre nue ? lança Mathilde, faisant mine de s'indigner en remontant les draps sur sa nudité.

— Soyez sans crainte, ces dessins ne seront que pour moi seul ; je ne vous partagerai avec personne d'autre, répliqua Henry, étreignant sa femme en riant.

La lueur des bougies faisait danser l'ombre de leurs corps enlacés sur le mur de la chambre, tandis que le rideau de dentelle frémissait sous la brise qui se levait. Au loin, le tonnerre grondait en même temps que le ciel se couvrait de menaçants nimbus qui se bousculaient sous la poussée du vent en haute altitude. Mathilde, épuisée par cette longue journée, bâilla en s'étirant.

— Vous êtes fatiguée, ma mie, et j'avoue que moi aussi, je le suis. Si vous n'êtes pas prête à vous donner à moi cette nuit, je serai patient ; j'ai juré devant Dieu et les hommes de vous protéger et de vous honorer. Je saurai attendre, si vous le souhaitez.

— Henry, vous savez que j'ai jamais dormi avec un homme et je…

— J'ai promis de vous vénérer avec mon corps, ce qui veut dire vouer du respect à celle que j'aime, celle que j'ai choisie librement. Du plus profond de mon cœur, je souhaite que vous désiriez vous-même devenir ma femme, désir suscité par l'appétit de votre chair, dans le don confiant de votre corps à votre époux qui vous aime. Si vous voulez attendre avant de vous donner à moi, je saurai me montrer patient et respectueux de votre pudique réserve.

— Je vous abandonne mon corps comme je vous offre mon cœur, avec amour et confiance, reprit Mathilde, se lovant contre son époux qui, patiemment comme l'eau cherche son ruisseau, fraya la voie pour la semence.

***

L'aube se leva dans le fracas d'un violent orage qui faisait danser la pluie sur le toit des maisons, noyait les champs et obligeait les animaux à trouver un abri. Des rigoles boueuses se creusèrent le long des chemins de terre, le fleuve s'assombrit et roula rageusement ses vagues vers les rives. Mathilde, debout devant la fenêtre, était médusée par la force de la nature qui se déchaînait, alors qu'elle venait de vivre l'expérience la plus enivrante et la plus lumineuse de sa vie.

Ses longs cheveux défaits voletaient dans le vent, dénudant ses épaules et sa poitrine. Elle ferma les yeux et se laissa asperger par les gouttelettes d'eau qui entraient par la fenêtre grande ouverte. La pluie qui avait fraîchi le temps fit frissonner Mathilde, trop légèrement vêtue d'une robe de nuit de fine mousseline ; elle chercha la chaleur en prenant son châle de dentelle suspendu à une patère. Le mouvement de ses pas réveilla Henry qui, souriant devant la scène, tendit les bras à sa femme.

— Venez, ma mie, c'est à moi de vous réchauffer.

Les nouveaux mariés s'étreignirent une fois de plus, et Mathilde, sous les caresses ardentes de son époux, s'épanouit comme une fleur exposée au soleil. Ils n'entendaient ni le tonnerre ni les aboiements des chiens, ils ne voyaient pas les éclairs, qui zébraient le ciel anthracite, ni la pluie, qui giclait sur le parquet mouillé. Rien n'existait plus que leurs deux corps emmêlés dans la fougue de leur première nuit d'amour, nuit dont le souvenir resterait imprégné à jamais dans la mémoire de leur cœur et de leur être maintenant assouvis.

20

Le voilier filait sur le fleuve vaporeux qui, depuis les forts orages des derniers jours, exhalait des effluves tièdes et chauds. Mathilde, appuyée sur la rampe à bâbord, contemplait le paysage qu'elle voyait pour la première fois. De son île natale, elle avait maintes fois emprunté les canaux qui serpentaient dans le labyrinthe de la centaine d'îles de cet archipel, elle en connaissait tous les secrets : les criques, les baies, les méandres, les cachettes, les îlots déserts. Elle en avait longé toutes les rives, étudié leurs singularités géographiques, nommé les plantes et les oiseaux qui y vivaient, et surtout aimé ce coin de pays qui était le sien. Mais jamais sa quête ne l'avait menée plus loin que les abords du lac Saint-Pierre où le bateau s'engageait, à l'heure où le ciel se parait de voiles diaphanes, sous l'effet de la vapeur qui s'élevait du fleuve.

La jeune épousée n'avait pas assez de tous ses sens pour s'approprier toute la beauté qui l'entourait. Les couleurs chatoyantes qui teintaient le ciel, jointes au jaune éclatant des verges d'or, qui poussaient sur les rives, retinrent son regard un long moment. Le ramage des oiseaux en chasse ainsi que les odeurs marines venues du fleuve attirèrent son attention et la firent sourire de ravissement. La vaste étendue d'eau, qui s'étirait à perte de vue devant elle, l'émerveillait ; comme une enfant qui goûtait à la liberté en faisant ses premiers pas, elle tournait sur elle-même, agitant les bras, abandonnée à l'ivresse de l'éblouissement. Sa longue jupe ondulait langoureusement, éveillant le désir d'Henry, qui discutait à tribord avec un passager ; il ne perdait rien du spectacle inusité qui s'offrait à eux. Cette nymphe de la mer avait bien su l'envoûter à jamais.

— Vous semblez attiré par cette femme qui tournoie comme une toupie, fit remarquer l'homme, captivé lui aussi par cette singulière passagère.

— Et comment ! J'ai l'immense bonheur de l'avoir épousée, et malheur à qui tenterait de lui faire la cour, plaisanta Henry.

— Vous voilà un homme comblé, monsieur. Puisque nous ferons route ensemble jusqu'à Québec, vous voulez bien que nous nous présentions ?

— Ce sera un honneur pour nous de faire votre connaissance. Venez, monsieur... ?

— Alexis Dutaud, marchand.

— Henry Cairns.

Mathilde, toujours sous le charme de ce voyage sur le fleuve infini, aurait préféré le silence du recueillement au babillage mondain auquel elle devait se soumettre pour répondre aux attentes de son époux, qui liait facilement des amitiés, soutenait de longues conversations, en anglais ou en français, selon l'interlocuteur. Elle écoutait plus qu'elle ne parlait, tout en s'intéressant aux propos tenus par les deux hommes qui discutaient des événements récents.

L'étranger était un gentilhomme canadien, marchand de bois, qui faisait commerce avec les colonies américaines. Tentait-il de cueillir quelques informations pour le compte des rebelles, comme le faisait son cousin Xavier ? se demandait Mathilde, le front soucieux. L'homme ne lui plaisait guère et, du bout du pied, elle toucha la jambe de son mari, lui signifiant de se méfier de l'étranger, les espions pullulant au pays. Habilement, Henry détourna la conversation en parlant de la ville de Québec, lieu où le commerçant semblait avoir de solides assises, et de la vie mondaine qu'elle offrait à ses habitants et aux touristes de passage. Comprenant que la femme séduisante qui voyageait avec lui n'était jamais allée dans cette ville, Alexis Dutaud se fit invitant :

— Vous auriez besoin d'un bon guide pour visiter Québec, madame ? J'y suis né et j'ai grandi dans cette ville, et ma mère y habite encore. Je connais la place d'une rue à l'autre et je serais ravi de vous faire voir nos auberges, nos églises, nos fortifications et bien plus encore, insista-t-il, les yeux rivés sur ceux de Mathilde, qui soutenait effrontément son regard.

— Merci, monsieur, de votre galanterie, mais j'ai déjà choisi mon noble chevalier.

— Il me fait envie, madame, riposta Dutaud, le regard perçant, toujours accroché à celui de Mathilde qui, sur ses gardes, lui résistait avec aplomb.

— Vous manquez pas de charme ni d'audace, et vous trouverez bien quelque coquine pour vous tenir compagnie, monsieur, rétorqua Mathilde sans baisser les yeux.

— Nous voilà maintenant à l'embouchure du Saint-Maurice, qui se divise en trois rivières avant de mêler ses eaux à celles du fleuve, souligna Henry, voulant ainsi faire diversion. Monsieur, veuillez nous excuser. Venez, ma mie, nous avons le temps de contempler les lieux pendant que le ciel est encore en feu.

Et il ajouta, en enlaçant tendrement sa femme :

— Et moi aussi, je brûle de désir !

— Vous êtes insatiable, mon bel amour, répondit Mathilde, posant discrètement ses lèvres sur celles de son époux ravi.

Pendant presque toute la durée du voyage, Mathilde resta accoudée au parapet ou assise sur un vieux coffre en bois, admirant la succession d'affluents plus ou moins spectaculaires, les rives parfois escarpées, parfois accessibles, et les paysages enchanteurs, qui défilaient lentement, au gré des vents qui gonflaient les voiles.

À ses côtés, Henry suivait la progression du voilier sur une carte du fleuve, nommait les rivières qui s'y jetaient, les villages qui habitaient les rives, et Mathilde se laissait guider dans ce voyage initiatique, séduite par l'immensité de la terre et des eaux, subjuguée par tant de beauté et de grandeur. Elle comptait les goélettes, les vaisseaux chargés de matériel de guerre, les petits voiliers et les barques des pêcheurs, qui croisaient leur bateau. Elle cherchait en vain des chaloupes comme celle qu'elle utilisait, comme moyen de transport, entre l'Île Du Pas et la rive, mais c'étaient plutôt de longs canots d'écorce qui sillonnaient le fleuve.

Dès qu'Henry aperçut le cap Diamant qui se profilait au loin, il se rapprocha discrètement de sa femme et ils admirèrent, enlacés et silencieux, la majesté des lieux.

— C'est tellement beau ! J'ai jamais rien vu de pareil ! s'extasia Mathilde, après un long moment de recueillement. J'ai de la peine en pensant à ma mère qui aurait tant aimé voir plus loin que son île.

— Votre mère vous a donné des ailes pour que vous alliez là où elle n'ira jamais. Ne regrettez rien pour elle : elle touche sans doute sa récompense pour l'éternité. De son vivant, vous avez été une fille aimante et courageuse, admirable même, c'est pour toutes ces raisons que je vous aime, mon tendre et bel amour !

***

L'arrivée au port de Québec se fit par un temps splendide, au milieu de l'après-midi d'une journée chaude de la fin de juillet. Le quai était animé, plusieurs navires étaient ancrés dans le port où déambulaient voyageurs, commerçants et badauds ; de multiples odeurs se mêlaient aux mille couleurs des vivres déposés sans ménagement sur les pierres mouillées d'embruns qui montaient du fleuve.

Malgré l'intérêt que manifestait Mathilde pour l'activité portuaire, Henry ne voulait pas s'attarder ; un port n'étant pas le meilleur endroit pour une jeune femme vertueuse comme elle, il lui offrit le bras et prit congé du commerçant rencontré à bord du bateau. Ils retrouvèrent leurs bagages, rapidement déchargés sur le quai ; apercevant un charretier qui attendait l'arrivée des passagers, Henry lui demanda de prendre leurs malles, de les déposer et de les attacher solidement sur sa charrette. Il lui donna ensuite l'adresse d'une auberge et le pria d'y transporter leurs affaires. Il le paya généreusement et le remercia.

— Si vous le voulez bien, nous allons franchir à pied la courte distance qui nous sépare de notre auberge. C'est avec fierté, orgueil même, que je parcourrai les rues de cette ville au bras de votre gracieuse personne, gente dame, dit Henry, s'inclinant galamment devant sa femme, qui riait franchement de la désinvolture de son époux. Vous faites de moi le plus heureux chevalier servant, ma mie ; c'est à mon bras que vous ferez vos premiers pas dans une grande ville.

— Vous exagérez, Henry, et… tout le monde nous regarde.

— Peu m'importe, nous sommes des inconnus dans cette ville ; nous sommes à des lieues de la seigneurie et de l'Île Du Pas, alors permettons-nous quelques fredaines, quelques gamineries, s'esclaffa Henry, prenant Mathilde par la taille, en faisant quelques pas de danse écossaise.

— Vous êtes un éternel gamin, mon amour.

— Et vous, vous êtes trop sérieuse ; laissez-moi dénouer les cordons de votre sac à malice, ma mie. Pour commencer, je vous propose de m'accompagner au théâtre, pendant notre séjour ici ; on y joue actuellement une pièce comique écrite au siècle passé par un auteur français nommé Molière. J'ai lu dans *The Gazette* que *Tartuffe* est à l'affiche ; je pense que vous aimeriez y assister. Je passerai acheter deux billets dès ce soir, si vous voulez.

— Vous accompagner au théâtre ? Pourquoi pas. Vous me faites découvrir un monde si grand, si différent de ce que je connais.

Évitant un tas de détritus, Mathilde déplora : « Dieu qu'il y a du monde icitte, et que c'est malpropre ! »

— Prenez garde, ma mie, dit Henry en retenant Mathilde pour l'empêcher de poser ses fins escarpins dans le crottin de cheval qui empestait la rue De Meulles. Venez par ici, les chevaux ne passent pas dans cette ruelle étroite, c'est plus propre.

Montant rapidement la rue Sous-le-Fort, très animée par l'appel des marchands, ils se retrouvèrent à la Place Royale, devant les ruines de l'église Notre-Dame-des-Victoires, en reconstruction.

— C'est votre guerre qui a détruit cette église ? s'informa Mathilde, peinée devant la dévastation causée par les boulets de canon lancés par les Anglais.

— La guerre fait toujours des victimes, des morts et détruit les bâtiments, sans égards à leur valeur. Il en est malheureusement ainsi depuis qu'il y a des hommes sur terre, rappela le capitaine Cairns, stoïque.

Quelques années plus tôt, les occupants avaient commencé la rénovation de la ville assiégée, mais il restait encore tant de cendres, de débris, de désolation que Mathilde se sentit défaillir. De la guerre, elle ne connaissait que les histoires racontées par Adèle et par les soldats une fois revenus du front, mais jamais elle n'avait pu imaginer un tel désastre.

— Quand vous combattez, vous détruisez les villes, les villages, vous tuez des gens ? demanda la jeune femme, en proie à un malaise étrange.

Aurait-elle épousé un monstre, un homme insensible aux souffrances de ses semblables ? Silencieuse, elle regardait son époux avec appréhension, comme si elle voyait un inconnu.

— Que vous arrive-t-il, Mathilde ? Avez-vous vu un fantôme ?

— Euh… non. Je suis peinée et déçue des hommes qui sont parfois ben stupides, répondit-elle.

Elle accorda son pas à celui de son époux qui serpentait sur la rue Notre-Dame pour éviter les bousculades et se dirigeait vers la Côte de la Montagne dont la pente impressionna grandement Mathilde, née sur les rives du fleuve, aux horizons infinis.

***

Attablés devant la fenêtre ouverte qui laissait entrer les clameurs, les rires, les cris, les injures et les odeurs de la rue Saint-Louis, les époux faisaient quelques projets pour les jours à venir. Il faudrait bien qu'ils fassent des achats de vêtements de ville pour Mathilde, invitée chez de riches amis des familles Cairns et Cuthbert, ainsi que des cadeaux pour Adèle, pour les frères et sœurs Guillot, du tabac pour Antoine et une gâterie pour Sagawee. La perspective de passer de longues heures dans les boutiques de Québec n'enchantait guère Henry qui, dépité, lut à haute voix l'interminable liste que lui avait remise Catherine avant son départ pour Québec. « Il faudra te rendre chez l'importateur Charles Taylor, tu trouveras tout à son commerce, avait promis la seigneuresse. *Just one hour* », avait-elle dit.

— Écoutez bien ça, Mathilde : du brandy, des vins de Bordeaux, des articles de toilette, des soieries, des verges de brocart, des robes pour les fillettes, du thé de Chine, des fleurs de lavande, du baume de jasmin… Grand Dieu, a-t-elle vraiment besoin de tous ces… cossins ? comme disent les Bretons.

Mathilde pouffa de rire.

— Vous avez l'air d'un homme qui a très, très envie d'entrer dans tous les magasins de Québec pour satisfaire votre sœur, j'me trompe, Henry ?

— Et sans oublier les sucres d'orge pour les enfants ! J'aurais bien mieux à faire, en effet, pendant que vous pourriez vous charger de tous les achats. J'ai pensé que vous…

— Mais je connais pas cette ville, coupa Mathilde, et encore moins les marchands avec qui il faut négocier les prix. J'aimerais cent fois mieux cueillir des bleuets dans les champs des alentours, je vous assure !

— Je croyais vous faire plaisir en vous proposant de sillonner les rues de Québec avec une de mes amies qui maîtrise fort bien la langue française. Les magasins de la ville n'ont plus de secrets pour elle, et elle adore faire des emplettes. Mais si vous souhaitez plutôt me tenir compagnie, Judith ira seule faire les achats pour Catherine : elle connaît bien ma sœur et possède un flair infaillible pour trouver des articles luxueux au meilleur prix. Que préférez-vous ?

— Je dis pas non… Mais il faudrait d'abord que je rencontre cette Judith. Si je lui plais pas ?

— Impossible, mon bel amour ! Je lui ai mille fois parlé de vous, et elle a très hâte de faire votre connaissance. Si nous prenions le *tea* chez elle cet après-midi, ça vous conviendrait ?

— Faites donc ; vos amis doivent devenir les miens, tout comme vous aimez sincèrement tous mes proches.

Ils prirent leur repas en échangeant leurs impressions sur la ville de Québec. Henry y venait souvent, mais pour Mathilde, c'était une découverte : l'architecture des édifices publics, les rues encombrées et bruyantes, la proximité avec les gens qui déambulaient dans les allées pavées de pierres, le promontoire, les montagnes qui se découpaient vers le nord-est, tout était sujet d'émerveillement pour elle, qui n'avait connu que ses rives et ses îles. Henry était heureux d'être près d'elle et de profiter lui aussi de ces journées d'exploration de la cité.

— Vous aimeriez monter jusqu'aux « *Heights of Abraham* », là où nos armées ont vaincu celles de la France ?

— Mon doux Jésus, marcher sur ce sol trempé du sang de mon peuple, ça me plaît guère !

— Comme vous voulez, ma mie, je comprends votre embarras, mais de la falaise, la vue sur le fleuve est unique ; en vous abstenant de vous rendre jusque là-haut, vous vous priveriez d'une expérience inoubliable.

— Allons-y donc, mais me parlez pas de cette bataille qu'Adèle m'a racontée tant de fois, la gorge nouée, le cœur en miettes, en pleurant la mort de son mari, Jean de Beauval, tué par une des balles de vos soldats.

— Je comprends. Allons ensemble nous recueillir sur cette terre où le destin de nos peuples s'est joué, ce matin du 13 septembre 1759. Venez, ma mie, c'est par là.

Respectueux des lieux, Henry et Mathilde arpentaient en silence ces immenses plaines d'où la vue sur le fleuve était saisissante. Le temps était clair, malgré les cumulus argentés qui garnissaient le fond du ciel azuré, laissant de larges bandes effilochées au-dessus de l'horizon. Un vent d'ouest agitait les feuilles des arbres, qui bordaient la rive en s'agrippant à la falaise, et gonflait les voiles des nombreux bateaux qui se partageaient la voie fluviale.

Imaginant la scène tant de fois racontée par son amie Adèle, Mathilde comprenait mieux maintenant la rapidité avec laquelle la France avait perdu cette bataille historique. Quinze minutes avaient suffi à faire basculer l'Histoire, à faire des veuves et des orphelins, à changer la destinée de tant d'hommes et de femmes. Submergée par une immense vague de tristesse, Mathilde laissa la main de son époux et se rendit seule au bord de la falaise ; ses yeux se remplirent de larmes au souvenir de tous ces jeunes hommes qui avaient sacrifié leur vie au service de leur pays.

Henry restait à l'écart, respectant le trouble qui agitait sa femme en ce moment très émouvant pour elle ; il percevait nettement qu'il faisait partie de l'autre clan, celui des vainqueurs. Sur ce champ de bataille, Mathilde saisissait pleinement le fossé culturel qui les séparerait toujours. Mais ils s'aimaient tellement qu'ils sauraient bien, espérait le capitaine, dissiper tout doute qui pourrait un jour s'immiscer subtilement entre eux. Il avait totalement confiance de fonder une union mixte, forte et heureuse. En attendant que sa femme revienne vers lui, il regardait les eaux tumultueuses du fleuve qui descendaient vers la mer.

Lentement, Mathilde remonta le sentier, tout usé de tant de pas, et tendit les bras vers son époux qui la serra contre lui, si fort qu'elle laissa échapper un cri.

— Vous me faites mal !

— Pardonnez ma fougue, mon ange, j'ai toujours un peu peur de vous perdre, ne serait-ce qu'un instant.

— Vous devrez pourtant vous y habituer, car vous retournerez faire la guerre dans quelques semaines. Votre congé se terminera avec la fin du mois d'août.

— Pitié, Mathilde ! De grâce, oublions cette séparation prochaine et profitons des semaines qui viennent pour nous aimer sans crainte, comme si toute la vie était désormais parsemée de pétales de roses.

— Sans les épines ! ajouta Mathilde. Vous êtes un poète, mon amour ! Vous parlez aussi bien que le maître d'école, avec un accent si charmant, en plus !

Ils descendirent vers la ville, agitée à cette heure de la mi-journée. L'envahissante présence militaire déplaisait à Mathilde. Les soldats étaient partout : dans les rues, dans le port, devant tous les édifices publics. Elle les entendait s'interpeler en travaillant à la reconstruction des fortifications, afin de mieux protéger la ville contre une invasion appréhendée.

Par ailleurs, le marché public la séduisait, tant par l'animation qui y régnait que par sa diversité. On y trouvait tous les produits des fermes des alentours : des cochons attachés qui s'égosillaient de peur, des poules en cages qui caquetaient, des lapins qui bondissaient dans leur enclos, une vache au pis gonflé de lait, un veau pleurant à ses côtés. Des légumes, des fruits, des conserves, des pains, des pâtisseries, de grosses meules de fromage enveloppées dans un tissu de coton et des étals bien garnis indiquaient que la prospérité s'annonçait dans la colonie et que la vie avait progressivement repris ses droits.

— Vous croyez que la guerre avec les rebelles du Sud va porter jusqu'ici, Henry ?

— J'espère bien que nos armées sauront les arrêter avant qu'ils ne nous envahissent. C'est pour ça que des militaires comme moi doivent laisser leur belle épouse et aller se battre, se justifia Henry en souriant à sa femme avec une certaine bonhomie.

— C'est malheureux, toutes ces guerres inutiles, rappela Mathilde, baissant la voix en voyant s'approcher Alexis Dutaud.

— Madame Cairns, mes respects. Vous avez bonne mine, ma foi, l'air de Québec vous va à ravir !

— Nous y passons de très bons moments, confirma Henry, voulant soustraire sa femme à une conversation qui lui déplaisait. Vous êtes ici pour quelque temps encore ?

— J'ai quelques affaires à conclure, et je profite aussi du bel été pour revoir parents et amis ; je partirai vers la fin d'août. Et vous ?

— Dès demain. Adieu, monsieur Dutaud, trancha Mathilde, qui lui tourna le dos et partit dans une autre direction, suivie d'Henry, qui tentait de comprendre le geste discourtois de sa femme.

— J'aime pas cet homme qui semble nous épier ; je le vois trop souvent dans nos parages. En lui disant que nous partirons demain, il cherchera plus à nous suivre.

— Il semble plutôt inoffensif, un commerçant comme tant d'autres, peut-être juste un peu trop curieux. Vous êtes trop méfiante, ne vous inquiétez pas inutilement. Et vous aviez raison, nous partirons demain, si vous le voulez bien, car nous sommes invités chez nos amis, les Mc Gregor, qui habitent à plusieurs lieues de Québec. Nous pourrions passer quelques jours en leur compagnie.

— Est-ce que ces gens parlent français ? Vous savez, mon ami, que je parle pas bien votre langue, je me sens comme une étrangère dans mon propre pays quand je suis juste avec des Anglais.

— Ils sont écossais, comme moi, ma mie, pas anglais.

— Mais pour la langue, c'est le même charabia pour moi.

— Ne soyez pas trop sévère envers vous-même, ma mie. Vous vous débrouillez fort bien, vous comprenez nos conversations et vous êtes de plus en plus habile à vous y mêler. Tous mes amis vous adorent dès qu'ils font votre connaissance, votre franchise et votre simplicité les enchantent.

— Simplicité, vous dites ? Dans le sens que lui donne Julia ?

— Mais non, Mathilde, votre simplicité signifie pour moi : pureté, luminosité, fraîcheur, droiture, loyauté. Vous êtes une source pure, mon bel amour, et je n'aurai jamais aucune gêne à vous présenter à la grande société anglaise, française ou écossaise que je fréquente. J'ai rencontré plusieurs femmes séduisantes que j'aurais pu aimer et épouser, mais aucune ne peut rivaliser avec vous, aucune n'a reçu de notre Créateur une si belle nature que la vôtre… et je m'estime heureux que vous ayez accepté la protection et l'amour que je vous ai offerts.

— Henry, vous me complimentez un peu trop, vous verrez bien un jour l'autre côté de moi que vous ne connaissez pas encore.

— Il y a encore quelque chose de vous que j'ignore, ma belle Mathilde ? Venez que je découvre tout de votre mystère, proposa Henry, prenant sa femme par la taille pour l'entraîner dans leur chambre.

— Henry, soyez raisonnable, il faut nous préparer pour la soirée au théâtre.

— Nous avons encore du temps pour nous tout seuls…

***

La représentation de *Tartuffe*, une comédie en cinq actes, jeta Mathilde dans le ravissement le plus total. Cette pièce de Molière, qui attirait chaque soir un public avisé de nobles de la capitale, restait fort controversée en France ; à vrai dire, elle avait été interdite dans ses deux premières versions parce qu'elle ridiculisait trop, disait-on, les dévots de Paris…

Mathilde qui assistait à une pièce théâtrale pour la première fois de sa vie n'avait pas les yeux assez grands pour voir tout ce qu'elle désirait enregistrer dans sa mémoire. La salle elle-même, les décors, le jeu des comédiens, leurs costumes, leurs accents surprenants, les tenues élégantes des spectateurs… tout l'étonnait. Bien qu'elle ne comprît pas toutes les subtilités des alexandrins, elle riait des manigances du sensuel et cupide personnage de Tartuffe contre son maître Orgon. Et dans l'imbroglio des répliques et des réparties qui fusaient de toutes parts, elle peinait à discerner la finesse des caractères de chacun. Mille questions se bousculaient dans son esprit en éveil.

Ce Tartuffe était-il un homme de bien ou un hypocrite, ou encore un faux dévot qui tentait de dissimuler sa vraie nature sous les traits d'un honnête homme ? Le suspense était grand, et la comédie, presque sombre par moments. L'opposition entre ce que Tartuffe prétendait être et la « vérité vraie » que l'on sentait ourdir sous les apparences tenait Mathilde et tout l'auditoire en haleine. La trame du récit confondait la jeune femme qui se promettait d'en discuter avec Henry dès que la pièce serait terminée.

Le capitaine était ravi de voir que Mathilde s'était prise au jeu et qu'elle s'amusait avec tant de spontanéité ; il s'en félicitait et avait bien hâte d'entendre ses impressions. Mais dès la tombée du rideau, celle-ci lui adressa plutôt une question qui le surprit : « Ne trouvez-vous pas, Henry, que Dorine ressemble à mon amie Adèle ? Elle est pleine de bon sens, s'exprime avec franchise et ne s'en laisse pas imposer … »

— Je n'avais pas vu ce personnage sous cet aspect, mais vous avez raison. Et j'ai eu grand plaisir à vous voir rire aux éclats quand elle a répliqué à Tartuffe :

« Et je vous verrais nu du haut jusques en bas
Que toute votre peau ne me tenterait pas. »

— Mais cette manière de parler est si drôle, riait Mathilde, encore sous l'exaltation du moment. Et vous, Henry, quel est votre personnage préféré ?

— Cléante, je crois. Il s'exprime avec éloquence, il semble le plus honnête, le plus franc de tous. En revanche, Orgon représente l'homme que je ne voudrais jamais trouver sur mon chemin.

— J'aurais cru que vous auriez aimé Elmire, jolie jeune femme intelligente et rusée… Elle vous a fait rire à chacune de ses répliques.

— J'ai bien aimé ce personnage, il est vrai, ainsi que l'interprétation de la comédienne. Et les spectateurs, vous avez remarqué ? Ils ont grandement apprécié la pièce, tout comme nous, semble-t-il, puisqu'ils ont très longuement applaudi les artistes, pour les avoir si bien amusés. Ah ! Tenez, je vois quelques amis qui s'attardent là-bas, allons les saluer, si vous le voulez.

— Merci encore, mon cher époux, pour cette inoubliable soirée. Venez !

***

Les nouveaux mariés, pressés de se retrouver seuls, remontèrent la rue Saint-Pierre encore fort animée à cette heure tardive ; des marins, des voyageurs et des commerçants s'entassaient dans les auberges bondées. Ils croisèrent quelques femmes, aguichantes et langoureuses, qui, malgré la présence de Mathilde au bras du capitaine Cairns, lui lancèrent des invitations non équivoques. Les époux s'en amusèrent et poursuivirent leur route jusqu'à l'hôtel.

La nuit chaude et humide s'infiltrait dans la chambre par la fenêtre ouverte, qui laissait aussi entrer mouches et moustiques. Mais les époux firent fi du bourdonnement des insectes et, dans la moiteur de leurs corps enlacés entre les draps, s'aimèrent passionnément jusqu'à ce que le sommeil les emprisonne dans les voiles du rêve.

Le lendemain matin, Henry se leva le premier, fit sa toilette sans faire de bruit, tout en admirant sa bien-aimée, étendue presque nue sur les draps emmêlés, abandonnée comme une enfant dans son berceau. « La vie me comble, quel homme heureux je suis... Mon Dieu, protégez-la toujours de tout malheur, je l'aime tant ! »

Après un petit déjeuner copieux, ils partirent en bateau vers la demeure des Mc Gregor, en direction de Murray Bay, accompagnés de quelques couples, tous amis de cette famille, invités eux aussi dans leur maison cossue.

Mathilde, seule Canadienne à bord, était intimidée ; elle éprouvait la désagréable impression d'être regardée comme une curiosité, d'être devenue le sujet d'une charitable condescendance, petite poupée élégamment vêtue qu'un riche époux écossais voulait exhiber avec fierté devant la société bourgeoise de Québec. Mais Mathilde avait tout faux, c'était tout le contraire : Henry ne la perdait pas de vue et se préoccupait de l'accueil réservé à la femme qu'il aimait. Il remarqua rapidement qu'elle avait déserté les groupes de femmes qui bavardaient entre elles, tout en admirant les magnifiques paysages qui défilaient au passage du voilier, et l'aperçut à l'avant du bateau, observant le mouvement des eaux.

— Vous êtes bien songeuse, ma mie. Vous a-t-on peinée ?

— Non, mais dans votre société, je me sens comme une barbotte sortie de la Bayonne : je manque d'air !

Se retenant de rire de cette boiteuse comparaison, il la serra tout contre lui et posa un baiser sur son front soucieux.

— Dès votre retour, si l'idée vous plaît, je demanderai à l'instituteur des enfants de vous enseigner rigoureusement les subtilités de la langue anglaise, de converser avec vous, de vous présenter des œuvres des grands auteurs anglais. Il est très compétent. Avec le talent que je vous connais, et vu votre détermination, vous ne mettrez pas trop de temps à maîtriser parfaitement notre langue. Cet apprentissage vous aidera à combler le vide de mon absence.

— *Mr* Thomas est un bel homme, vous ne serez pas jaloux ?

— Ma bien-aimée sœur veillera sur vous, se moqua Henry, entraînant Mathilde vers un groupe qui sut l'accueillir comme une dame de la bonne société, avec courtoisie et chaleur.

Leur visite dans la région de Murray Bay, à la résidence des Mc Gregor, voisin du seigneur écossais John Nairne, enchanta Mathilde. La splendeur des paysages, qui se déployaient devant elle, la ravissait bien davantage que la compagnie des amis d'Henry, qu'elle apprenait tout de même à connaître et à apprécier.

Les fins d'après-midi, ils s'esquivaient tous les deux et s'arrêtaient sur les rives du fleuve, que jamais Mathilde n'avait imaginé si grand, si parsemé d'îles, si vivant avec ses nombreuses embarcations qui naviguaient sur ses eaux. Elle laissait errer ses pensées par-delà le fleuve et les montagnes, pendant qu'Henry peignait de magnifiques aquarelles qui reproduisaient les couchers de soleil spectaculaires qui irradiaient l'horizon de mille couleurs.

Mathilde, éblouie, était sans mots devant tant de beauté, devant l'infini, devant tout ce qui lui restait à découvrir de ce monde nouveau qui s'offrait à elle comme une coupe pleine. Toute parole était bien inutile, leur avenir se définissait maintenant dans la symbiose des corps et des esprits qui se comprenaient, se complétaient et communiaient au même pain de la vie.

***

Toute cette semaine que Mathilde avait passée avec des étrangers lui avait permis de reprendre confiance en elle et d'admirer encore plus l'homme qu'elle aimait. Il était à la fois galant, charmeur, de bonne compagnie et un époux attentif aux moindres désirs de sa femme. La fin du mois d'août approchait ; ils retrouvèrent avec bonheur les rues de Québec. Il fallait remplir les malles, faire ses adieux aux amis et reprendre la route fluviale qui les ramènerait à la seigneurie de Berthier-en-Haut où les attendaient impatiemment parents et amis.

Le mois d'août honorait ses promesses de moisson ; partout sur les rives, Mathilde remarquait les habitants engranger leurs récoltes, les enfants et les femmes cueillir les petits fruits, et les goélettes transporter vivres et munitions vers la ville qu'eux-mêmes venaient de quitter. Leur inoubliable voyage s'achevait dans la moiteur de la fin d'été 1774. Les époux se laissaient porter par le calme et la quiétude des journées passées sur le voilier, profitant des derniers moments en tête-à-tête avant le départ d'Henry et de William, prévu pour le dernier jour du mois.

Le 20 août, leur bateau s'arrêta au port de Trois-Rivières, où ils passèrent la soirée à lire la voûte céleste, étincelante de milliers de minuscules points dorés. Mathilde connaissait bien le ciel de l'hémisphère Nord dont les secrets millénaires lui avaient été enseignés par son grand-père maternel alors qu'elle n'était qu'une enfant. Enveloppée dans son châle de fin lainage fabriqué en Écosse, et emprisonnée dans les bras de son mari, elle s'amusait à identifier les constellations et tentait de rivaliser avec Henry pour définir la position des astres.

— Mathilde, voyez, vers l'ouest, une étoile filante !

— Faisons un vœu, proposa-t-elle.

Fermant les yeux, elle se pressa davantage contre son époux et souhaita ardemment qu'aucune guerre ne lui ravisse l'homme qu'elle chérissait.

Ils étaient fébrilement attendus par les parents et les amis, prévenus de l'arrivée du voilier depuis qu'ils étaient entrés dans les eaux du lac Saint-Pierre. La cloche du manoir sonna dès que le bateau s'approcha du quai de la seigneurie. Après un mois de voyage, d'expériences diverses, d'amour partagé, Mathilde, enrichie de mille images illustrées par les aquarelles peintes par Henry, avait hâte de revoir Antoine, ses frères, Marguerite, Adèle. La tête remplie de toutes les merveilles qu'elle avait vues pendant cette *honey moon*, comme disaient leurs amis anglais de Québec, Mathilde posa le pied sur la rive de la seigneurie, heureuse et plus confiante que jamais en l'avenir. Elle rentrait chez elle.

***

L'Anglaise gardait une réserve farouche. Vêtue comme une veuve, insensible et froide comme le marbre, elle accomplissait machinalement son service auprès de la seigneuresse ; le cœur n'y était plus.

Elle regagna sa chambre, ouvrit toute grande la fenêtre, huma longuement les effluves venant du fleuve et s'assit à sa table. Elle prit sa plume, son encrier et son journal, et y nota, d'une écriture serrée et uniforme, les sentiments qui l'habitaient. Puis elle termina sur ces confidences troublantes : « Depuis mon arrivée au manoir de Berthier, je cherche désespérément l'amour. Je dois admettre que la bataille est perdue, mais la guerre est loin d'être terminée. Mon intuition me dit que l'arrivée inattendue de George Madison me fournira l'arme pour les détruire. Tous. L'heure de la vengeance n'est pas loin… »

21

La fin de l'été 1774 s'annonçait fort agitée dans la colonie riveraine du Saint-Laurent. Pour le capitaine Henry Cairns et pour William Faye, la permission accordée tirait à sa fin ; ils étaient attendus à Saurel le dernier jour du mois d'août. La missive, portée par une recrue, précisait qu'ils devraient d'abord s'arrêter à Ticonderoga, pendant quelques semaines, le temps de regrouper les troupes et, avant le retour de l'hiver, il était prévu qu'ils rejoindraient l'armée britannique cantonnée à Boston.

Les adieux furent pénibles, tant pour les militaires que pour les épouses qui vivaient chaque heure à venir dans la crainte de ne jamais retrouver la quiétude des longues soirées en tête-à-tête, ni la complicité des regards de tendresse, ni l'ardeur brûlante des ébats amoureux.

Refoulant leurs larmes, les amants se désirèrent, s'étreignirent et se détachèrent à l'aube d'un matin frisquet de cette fin d'été. Dès que les lourds bagages furent rangés dans la chaloupe par un serviteur, Mathilde et Henry se rendirent à l'embouchure de la rivière Bayonne ; ils s'arrêtèrent sur la pointe de terre offerte en cadeau de noces par James Cuthbert. Ils avaient choisi ce lieu, face au large, là où s'élèverait un jour leur maison, où naîtraient leurs enfants, où ils s'aimeraient jusqu'à la fin de leur vie.

— Je reviendrai !... promit Henry, triste et tourmenté, sachant fort bien que seul le destin déciderait de la suite des choses.

— Je prierai la Vierge Marie à chaque instant pour qu'elle vous protège et vous ramène auprès de moi.

La main sur le cœur, bousculée entre la peur qui rongeait ses espoirs les plus insensés et la foi d'être exaucée, Mathilde peinait à retenir ses larmes. Un dernier baiser, une étreinte émouvante, un silence pesant, et l'inévitable départ sépara les époux pour un temps qui leur paraissait déjà éternel.

Henry rejoignit William qui arrivait seul, les traits ravagés par les larmes. Les deux militaires firent virer la chaloupe en direction de Saurel et, sans se retourner, ramèrent entre les îles. Mathilde les observa jusqu'à ce qu'ils disparaissent en contournant l'Île Du Pas, et, dans l'aube fraîche, elle versa toutes les larmes si sagement retenues.

* * *

Là-haut, la lune gibbeuse éclairait chichement le chenal entre les îles d'où Mathilde ne pouvait détourner le regard. Son amant, son amour, son homme venait de disparaître dans le labyrinthe habité par la vie qui s'éveillait entre les joncs, qui s'étirait entre les rives, qui nageait et barbotait sous les flots. Qu'en serait-il désormais de sa vie à elle, Mathilde de l'Île Du Pas, épouse du capitaine Cairns, parti servir son roi sous le drapeau de l'Angleterre ?

La jeune femme s'attarda un long moment sur leur lopin de terre et, caressant son ventre infécond, regretta amèrement d'avoir bu les potions offertes par Sagawee. «Je serais plus jamais seule si j'avais laissé la nature agir selon ses lois éternelles, se reprocha Mathilde. Si je portais la vie, je trouverais bien la force d'élever ma famille toute seule, comme les femmes apprennent à le faire quand leur homme part dans les bois, aux champs ou à la guerre. Je dois être forte et courageuse, comme ma mère et mes aïeules l'ont été avant moi. "Mathilde, la force dans le combat", m'a appris Henry, en m'expliquant l'origine de mon prénom, à l'aube de nos amours. Quand mon bel et héroïque amour reviendra sur ses terres, je lui ferai un fils ou une fille dont il sera fier, ça, je le jure sur la tête de ma propre mère ! » promit-elle, s'agenouillant sur le sol humide.

Elle se recueillit un long moment, imaginant son existence de femme et de mère, sa vie tout entière passée entre les rives du fleuve qui l'avait vue naître ; mais pour réussir et être heureuse, elle devait tracer sa propre route, car il était souvent plus difficile d'accorder ses pas à ceux des autres que de battre son propre chemin.

D'une démarche assurée, Mathilde revint vers le manoir, dans le jour qui se levait et qui retirait lentement le voile opaque de la nuit. L'aube laissait peu à peu toute la place au soleil qui irradiait le bout de l'île Randin d'une luminosité particulière, teintée de reflets rosés qui miroitaient dans la vapeur d'eau. À plusieurs reprises, presque avec volupté, la jeune femme huma l'humidité tiède qui montait du fleuve. Elle s'imprégna du silence matinal qui emplissait l'air riverain, cueillit un lys d'eau et, rassurée par la force immuable de cette nature qui l'entourait, entra au manoir par la porte centrale, où Sarah l'accueillit avec un sourire affectueux.

Catherine et James devisaient déjà, assis à la table avec les aînés qui attendaient sagement que Geneviève et Rose leur servent le petit déjeuner.

— Venez, Mathilde, l'invita la seigneuresse. Je vous vois bien chagrinée ce matin.

— Mon époux est déjà loin, rappela la jeune femme, essuyant quelques larmes du coin de son tablier.

— Henry est un vaillant soldat qui sert bien sa patrie, vous devrez vous montrer aussi courageuse que lui, Mathilde. Il doit pouvoir compter sur votre force, rappela James, trempant son pain bis dans sa tasse de thé.

— Vous savez ben que je lui demanderai jamais de renoncer à sa carrière militaire. J'ai épousé un soldat en sachant qu'il quitterait jamais l'armée tant que durera cette guerre. Je saurai ben me faire une raison.

— Et vous habiterez avec nous tant que vous voudrez : mon frère demande que nous veillions sur vous tant qu'il ne reviendra pas.

— Merci ! J'aime mieux vivre sur cette terre de paix plutôt que de le suivre sur le chemin de la guerre, comme le fait Angélique. Jamais je m'habituerais aux tirs de canons, aux blessés qui se plaignent, aux morts enterrés dans une terre inconnue. Ma cousine m'a raconté ces épouvantables escarmouches entre les rebelles et vos troupes, jamais je voudrais être témoin de pareils conflits.

— Rassurez-vous, les troupes sont en état d'alerte seulement ; aucun engagement n'est prévu pour les prochains mois, affirma James, affichant une page de *The Gazette* dans laquelle il était écrit que des députés des colonies américaines s'affairaient à rédiger un long document où seraient énumérés tous les griefs qu'ils comptaient présenter rapidement au roi George III. Tant que les parties discuteront, dit Cuthbert, les troupes resteront cantonnées dans les forts.

— Dieu vous entende !

— Et la vie doit continuer ! Catherine et moi avons le bonheur de vous annoncer que, d'ici quelques jours, une partie de la seigneurie de Maskinongé, notre voisine, s'ajoutera à celle de Berthier.

— Vos terres s'agrandissent, James. L'avenir de votre famille semble assuré, conclut la jeune femme en se levant. Je voudrais partir vers les neuf heures pour me rendre chez mon père ; me cherchez pas pour quelques jours.

***

Elle rentrerait chez elle pour s'y reposer et y retrouver la quiétude qui avait nourri son enfance. La maison des Guillot était encore tout imprégnée de chaleur, de rires d'enfants, de silences réparateurs, de taquineries, de tout ce qui avait fait de Mathilde la femme épanouie qu'elle était devenue. Plus que jamais, elle éprouvait le besoin de retourner à sa source, de s'y abreuver, de se laisser bercer par les voix connues et aimées. Elle avait faim et soif de la tendresse de son enfance, amoureusement sauvegardée entre les murs de « sa » maison. Antoine y veillait jalousement.

Le matin brumeux de cette fin d'été s'était ragaillardi, et seul un mince ruban de brouillard traînait encore sur les berges. Le soleil triomphait et parait les grands joncs de dorures échancrées ; il mettait en lumière les familles de canards qui s'approchaient des troncs d'arbres et révélait toute la beauté de la nature qui prenait peu à peu ses couleurs automnales. Ce paysage aimé et apprivoisé, qui faisait partie de la vie de Mathilde depuis toujours, assagissait son imagination débridée ; la féerie qui se déployait devant elle, avec tant de grâce et de simplicité, la pacifiait et apaisait ses craintes. Souriante et enjouée, elle entra chez les siens et, le temps de déposer un panier rempli de pains et de pâtisseries, elle rejoignit Marguerite qui terminait la lessive.

La grande sœur observa la paisible Marguerite, qui essorait une couverture, et conclut qu'elle ne devait envier ni la sage Sagawee ni sa sœur qui connaissaient, toutes deux, une autre destinée que la sienne. Au fond d'elle-même, elle savait qu'elle avait eu raison, car elle avait suivi l'appel de son cœur, appel auquel elle n'avait pu résister. Elle se savait assez forte et courageuse pour affronter son destin. « À chacun sa voie », raisonna Mathilde, puis elle prit le panier de vêtements mouillés et sortit les étendre sur la clôture de perches qui séparaient les prairies d'Antoine.

***

L'encre de la signature de l'Acte de Québec n'était pas encore séchée que des marchands anglais de Montréal réclamaient haut et fort le respect des « *British rights* ». Ils étaient de plus en plus mécontents et craignaient de voir leurs pouvoirs réduits au profit du gouvernement, des nobles Canadiens et du clergé catholique. La colonie semblait s'engager dans une impasse politique, et des affrontements entre divers groupes d'intérêts se préparaient dans les auberges ainsi que dans les commerces.

Alerté par toute cette agitation, le gouverneur Carleton fit un long séjour à Londres, négociant des arrangements susceptibles de satisfaire les appétits des commerçants, tout en s'assurant la loyauté de l'évêque de Québec et des seigneurs. Les droits de dîmes et de redevances seigneuriales, restitués lors de l'application de l'Acte de Québec, se heurtaient aux ambitions des marchands qui s'intéressaient de plus en plus aux propos des rebelles des colonies du Sud.

La sympathie qu'éprouvaient plusieurs marchands relativement à la propagande des rebelles, distillée de plus en plus librement dans les villes et les campagnes, se traduisit bientôt par une aide concrète qui fut accordée aux Bostonnais. Des hommes d'affaires de Québec firent transporter, par voie terrestre, mille boisseaux de blé vers Boston, où sévissait la disette. Les commerçants de Montréal, ne voulant pas être en reste, s'entendirent pour y expédier, à leur tour, au cours de l'hiver 1775, une rondelette somme d'argent afin de soutenir les insurgés. Certains même osèrent appuyer publiquement les rebelles du Sud et se joignirent aux espions qui sillonnaient les campagnes, sous divers prétextes, tout aussi fallacieux les uns que les autres.

« Le despotisme de vos anciens maîtres vous appauvrira et les riches continueront à voler les biens que vous gagnez à la sueur de votre front. Joignez-vous à l'armée du Sud qui vous promet la liberté, l'égalité et la fraternité ! » clamaient ces agitateurs. Mais ils recevaient un accueil plutôt réservé de la population canadienne ; les habitants souhaitaient vivre en paix, et il leur importait peu sous quel drapeau coulait le long fleuve impassible.

Inquiètes, les élites politiques et religieuses réagissaient à ces provocations. *The Gazette* invitait ses lecteurs à jurer fidélité au roi George III, et monseigneur Jean-Olivier Briand, évêque de Québec, insistait auprès des curés afin d'obtenir leur soutien dans la lutte contre les rebelles. Il espérait ainsi s'assurer la liberté de la pratique de la religion catholique, promise par Londres, en appui à la Couronne britannique. Jeux politiques, jeux habiles dont le but premier était de reconquérir les droits perdus à la signature du traité de Paris, en 1763, en faisant abolir le Serment du test, qui privait les catholiques de charges civiles et qui menaçait la langue et la culture françaises dans la colonie. Monseigneur Briand souhaitait ardemment que son peuple reste attaché à la Couronne britannique, car il craignait que, noyés dans une mer anglaise et protestante, les Canadiens ne soient rapidement et définitivement assimilés. Il s'en ouvrit à son vicaire :

— Si Jefferson et Franklin réussissent à convaincre nos fidèles de se rallier à leur cause, nous serons perdus. Prions afin qu'ils suivent nos sages conseils et soutiennent notre bon gouverneur.

— Qu'il en soit ainsi, monseigneur ! approuva le prêtre.

***

Julia, sans cesse aux aguets, ne perdait rien de toutes ces manigances : elle entendait et voyait tout. Elle notait les événements, les lieux des rencontres, les réactions des Canadiens, analysait leur intérêt à se joindre soit à l'armée anglaise, soit à celle des colonies, ou encore à rester neutres dans le conflit qui opposait deux factions d'Anglais. Elle scrutait tous les articles publiés dans *The Gazette*, espionnait les conversations, épiait les moindres gestes, les adresses des lettres postées, les visiteurs reçus par les Cuthbert. Elle portait attention dès que quelqu'un prononçait le nom de Xavier, car dans sa dernière missive George lui avait confié : *« Veillez bien sur notre ami canadien X.H. ; si vous croyez que vos maîtres entretiennent quelques soupçons à son endroit, faites-le aussitôt prévenir, il nous est bien utile… »*

Toujours aussi méthodique, Julia classait les renseignements ; le soir venu, elle les écrivait avec soin et rangeait ensuite scrupuleusement, sous clé, ces précieuses informations. Animée tant par le désir de retrouver ses racines que par le sentiment équivoque qu'elle entretenait envers ses maîtres,

Julia se consacrait aveuglément à sa nouvelle responsabilité : seconder les rebelles des colonies dans leur quête d'indépendance. Elle était fière que G.M. ait songé à elle pour mener à bien cette mission ; elle était maintenant devenue importante, et cet espoir nouveau lui insufflait une énergie jusque-là inconnue.

***

Tout le long de l'automne 1774, les insurgés parcoururent la colonie, confondant les habitants qui ne savaient plus que penser de cette insurrection naissante qui semait la peur, l'incertitude et la mort.

En octobre, le Congrès de Philadelphie lança ouvertement une offensive en rédigeant une résolution dans laquelle il fut voté qu'une lettre serait envoyée aux Canadiens afin de leur démontrer que l'Acte de Québec, qui venait tout juste d'être ratifié, n'était qu'un leurre : *« Vous n'êtes qu'un petit nombre en comparaison de ceux qui vous invitent à bras ouverts à vous joindre à eux ; un instant de réflexion doit vous convaincre qu'il convient mieux à vos intérêts et à votre bonheur de vous procurer l'amitié constante des peuples de l'Amérique septentrionale que d'en faire vos implacables ennemis. Votre pays est naturellement joint à celui des Amériques. Joignez-vous aussi à eux dans vos intérêts politiques, leur propre bien-être ne permettra jamais qu'ils vous abandonnent et vous trahissent. Le Congrès s'engage à respecter votre langue et votre religion. Signé : Henry Middleton, président. »*

La confusion régnait, la colère grondait. La ville de Boston était en effervescence : dans les tavernes, les auberges et les granges se tenaient des réunions secrètes ; des espions se lancèrent dans des chevauchées épiques pour livrer des messages aux chefs des rebelles, qui comptaient sur la surprise pour subjuguer l'ennemi anglais. Chacun restait sur ses gardes, se méfiait de son voisin, de son ami ou de son frère ; même des femmes étaient engagées dans la quête de la liberté.

Un certain nombre d'habitants, favorables aux arguments des membres du Congrès américain, désertèrent les rives du Saint-Laurent et s'enrôlèrent dans l'armée rebelle, convaincus de pouvoir contribuer au retour du drapeau français sur les rives du Saint-Laurent.

***

Xavier Huguenin, lui, préférait mener la lutte à sa manière, sournoisement, insidieusement, en espionnant les faits et gestes des Anglais au profit des coloniaux. Son père l'observait, sans dire un mot ; il était fier de son fils et appuyait silencieusement l'action secrète de Xavier.

— Laissons-les se battre jusqu'à ce qu'ils disparaissent tous, grommela Olivier Huguenin, pis qu'ils nous fichent la paix !

— Dis pas des choses de même, mon homme, si quelqu'un t'entendait, tu finirais en prison.

— Les prisons sont pas assez grandes pour garder tous ceux qui voudraient voir les Anglais quitter nos terres. Mais rassure-toi, ma femme, je travaillerai encore demain, pis ben longtemps encore, pour Cuthbert. C'est ben damné qu'un Anglais nous fasse vivre astheure !

— Blasphémez pas, grand-père, le reprit la jeune Anne, attristée d'entendre Olivier qui, une fois de plus, montrait ouvertement sa haine à l'égard des Anglais.

L'enfant s'ennuyait de William, son père, parti depuis des semaines combattre les ennemis de l'Angleterre. Au début de l'automne, sa mère était allée rejoindre son mari, avec les deux garçons, au fort Ticonderoga, là où ils vivraient ensemble, à l'abri des remparts. Marie avait supplié Angélique de laisser sa fillette à l'Île Du Pas, bien protégée des dangers de la guerre.

— Anne me rend des services, elle m'est aussi précieuse que ma propre vie. À sept ans, elle est bien trop jeune pour traîner avec des soldats.

— Je sais pas si elle voudra rester avec toi, elle est ben attachée à son père et à ses petits frères.

— Entraîne-la pas dans tes folies. Faut pas qu'elle grandisse chez les Anglais, ta mère va en faire une vraie Canadienne, trancha Olivier.

Anne, tiraillée entre deux amours, avait regardé sa mère partir en direction de Saurel, jusqu'à ce que l'embarcation disparaisse, avalée par les flots. Marie lui avait pris la main, et elles étaient revenues par le sentier, silencieuses, essuyant leurs larmes. Ni l'une ni l'autre ne comprenaient le choix d'Angélique, qui quittait de nouveau la maison paternelle, si paisible et si accueillante, pour risquer sa vie et celle de ses fils dans une guerre qui ne les concernait pas.

— Je suis ben fier de mon Xavier, il est ben plus raisonnable que sa sœur, se disait Olivier, voyant revenir sa femme et sa petite-fille. Il a meilleure souvenance qu'elle de ce que ces maudits Anglais nous ont fait. Si j'étais plus jeune… ronchonna l'homme, qui regrettait sa jeunesse perdue.

***

Profondément attachée à sa grand-mère, l'enfant reprit vite son entrain, ensoleillant la maison par son sourire et sa bonne humeur. Elle chantait d'une voix juste des refrains appris de Marie, trop heureuse de transmettre à sa petite-fille l'héritage du vieux pays. Souvent, Mathilde, maintenant libérée de la gouvernance des enfants Cuthbert, se rendait chez sa tante qu'elle aidait dans ses travaux domestiques ; elle écoutait ses confidences, lui racontait la vie au village et s'occupait de l'enfant avec beaucoup d'attention et de tendresse.

— Qu'est-ce que tu veux faire aujourd'hui ? Des dessins ou de l'écriture ?

— Des biscuits, la recette de mère, c'est la meilleure, suggérait parfois Anne.

Et Mathilde se pliait à la fantaisie d'Anne qui apprenait, sous le regard attendri des deux femmes, à manier la cuillère de bois, à calculer les quantités de farine, de sucre, de saindoux et de fruits séchés. Intelligente et curieuse, Anne questionnait, s'informait, prenait des initiatives en utilisant d'autres épices, d'autres ustensiles, d'autres formes. Elle travaillait en chantonnant, parfois en anglais, parfois dans sa langue maternelle. Un véritable rayon de soleil ! Il arrivait quelques fois que grand-mère Marie accepte de se priver de la présence de la fillette pour lui permettre d'accompagner Mathilde à la seigneurie, où elle se plaisait à partager les jeux des enfants de son âge.

22

Les montagnes arrondies qui entouraient le fort Ticonderoga avaient revêtu leurs plus beaux habits d'or, d'ocre, de vermillon, d'ambre et de jade. Jamais Angélique n'avait vu autant de couleurs réunies que dans ce panorama saisissant qui ceinturait le fort. Même si la présence du fleuve lui manquait, elle se consolait en cherchant du regard les eaux lointaines du lac Champlain, qu'elle devinait, du haut de la palissade où elle laissait vagabonder ses folles pensées jusqu'aux îles qu'elle avait quittées récemment.

Dans ce monde isolé, elle savait toutefois apprécier la douceur du temps plus clément que celui de l'Île du Pas où elle avait grandi, le chatoiement des rayons du soleil levant sur la crête des montagnes et les colorations flamboyantes qui incendiaient le ciel en fin de journée. À l'heure où les bruits s'éteignaient peu à peu, où les oiseaux regagnaient leur nid en piaillant, elle aimait profiter de la tiédeur du moment en marchant sur les hauteurs du mur d'enceinte. Elle se plaisait à respirer l'ivresse des grands espaces en compagnie de ses fils qui couraient comme des lièvres en quête de liberté.

— Vous éloignez pas, les enfants ! Faut pas sortir de l'enceinte, par ordre du commandant. Il paraît que les montagnes cachent de dangereux bandits.

— Les sauvages qui vivent dans les forêts sont pas des méchants, mère, précisa Gustave, ils sont nos amis. Père me l'a dit.

— À moi aussi, il me l'a dit, s'indigna Charles.

— Cessez de vous obstiner, c'est le temps de rentrer.

— Pourquoi je peux pas pêcher dans le ruisseau là-bas ? demanda l'aîné.

— Tu dois obéir au commandant qui veut pas que nous nous éloignions du fort.

— Je pourrais apporter un fusil.

— T'es encore qu'un gamin et tu saurais même pas t'en servir.

— Moi, si, affirma Gustave du haut de ses quatre ans.

— P'tite peste ! dit la mère, caressant la chevelure ébouriffée de l'enfant.

Ce dernier échappa à Angélique et courut vers le ruisseau ; elle l'appela, chercha à l'attraper, mais il zigzaguait dans la prairie et, bondissant comme une gazelle, disparut de sa vue.

Saisie par des cris stridents, Angélique se retourna et n'eut que le temps de voir une main qui empoignait son fils, avant qu'un poing solide ne se referme sur elle. Des hommes imberbes, aussi colorés que les montagnes, ligotèrent prestement la mère et les enfants ; silencieux, ils s'enfoncèrent dans les bois avec leurs prises.

Les yeux agrandis par la peur, Angélique essayait de crier, d'appeler au secours, mais elle restait muette, paralysée de terreur. Les petits sanglotaient tout bas, soumis à la pression constante des mains qui les enserraient ; instinctivement, ils tentaient de ne pas perdre leur mère de vue ; ils avaient besoin de sa présence pour garder courage. Au loin, elle entendit des cris, suivis d'un coup de feu, puis plus rien. Elle était désespérée.

Les prisonniers furent amenés, comme de précieux butins, dans la forêt habitée de mille dangers et, rapidement, ils furent attachés à des arbres. Angélique savait qu'il était bien inutile d'essayer de dénouer ses liens pour s'enfuir : deux gardiens terrifiants fixaient sur elle un regard dissuasif. Elle ne pouvait qu'attendre le secours des forces anglaises qui, espérait-elle, entreprendraient des recherches dès que leur disparition serait signalée au commandant du fort.

« Doux Jésus, sainte Mère Marie, venez-nous en aide », priait silencieusement la prisonnière, secouée de spasmes nerveux. Elle respirait lentement, afin de retrouver son calme ; d'instinct, elle comprenait qu'elle ne devait pas exciter la colère de ses geôliers par des gestes brusques ou des cris qui révéleraient leur position.

— Mère, j'ai envie de pipi, gémit Charles, le benjamin, qui se tortillait comme une anguille prise dans un filet.

Se rendant compte que leurs prisonniers étaient des Canadiens, le Shawnee sourit et s'adressa à son compère.

— Femme Canada.

— Canada, répéta son comparse en touchant les longs cheveux et le visage livide de la captive. Belle, dit l'homme, maintenant plus amène.

Sans ajouter un mot, un des Shawnees disparut dans la forêt de plus en plus sombre, tandis que l'autre, tendu, aux aguets, surveillait ses otages. Angélique perçut qu'il redoutait l'assaut des Anglais qui tenteraient de les libérer. Elle écoutait les bruits inquiétants du soir qui tombait, espérant entendre les aboiements des chiens et les cris des soldats partis à leur recherche, mais ce fut plutôt un chef tout emplumé qui se présenta à eux. Un Visage pâle, qui marchait un peu en retrait, l'accompagnait.

Le Shawnee ordonna au veilleur de détacher les prisonniers et de les surveiller à distance. L'homme recula et se plaça derrière Angélique, qui essayait de décrypter les agissements de ses cerbères ; elle fit signe à son fils d'être patient, mais l'enfant, effrayé, ne put se retenir plus longtemps et mouilla sa culotte. Sa mère le rassura en esquissant un sourire qui n'échappa pas au grand chef qui lui intima :

— Toi, venir avec moi. Tes enfants avec femme à moi.

L'homme blanc traduisit l'ordre du chef.

— Dis-lui que je laisserai jamais mes petiots ; plutôt mourir tous ensemble, bande de chiens, cria Angélique.

— Je vais dire ça autrement, reprit l'homme blanc, d'une voix moqueuse, ça vaudra mieux si tu veux pas que mes amis fassent un beau scalp avec ta chevelure de blé. Calme-toi, femme !

L'homme parlementa avec les Shawnees qui gesticulaient en regardant leurs prisonniers.

— Le chef veut savoir pourquoi tu vis au fort anglais ?

Angélique comprit rapidement que cette tribu était amie des Français, donc ennemie de son époux anglais ; il fallait alors taire la vérité. Comme elle n'avait rien à perdre et tout à gagner, elle répliqua d'une voix assurée :

— Un soldat anglais m'a violée et enlevée il y a plusieurs années. Je suis jamais retournée chez moi, mentit Angélique, pour s'attirer la clémence de leurs ravisseurs. Mes enfants sont français comme moi ; ils parlent même pas anglais.

S'adressant à Gustave, l'homme blanc demanda :

— C'est vrai, mon garçon ?

— Oui, m'sieur, pis ma grande sœur…

— … restée au fort, coupa Angélique, craignant que, dans sa naïveté, l'enfant ne la trahisse.

— Bien, le chef sera content. N'essaie pas de te sauver, les Shawnees sont sans pitié pour les déserteurs, même pour les belles femmes comme toé.

***

Mère et enfants furent ensuite amenés au campement rudimentaire des Shawnees où quelques dizaines de sauvages se partageaient un repas de poissons grillés sur le feu.

— T'en veux ? demanda le Visage pâle.

— J'ai pas faim, mais laisse-moi en préparer pour les petits. Tu t'appelles comment ?

— Niquet, dit Bellehumeur. Pis toé ?

— Angélique.

— Le chef shawnee te trouve belle, t'as des yeux dépareillés ; pis des cheveux d'or comme les tiens, ça vaut ben cher. Si tu restes tranquille, vu que t'es Canadienne, t'as des chances d'être ben traitée. Ils voudront pas te maganer.

Se rappelant avoir entendu raconter que des Canadiens, prisonniers de tribus amies, valaient cher sur le marché très lucratif des colonies du Sud, Angélique comprit qu'elle et ses enfants étaient désormais considérés comme une monnaie d'échange inestimable. Dorénavant, elle devrait s'en souvenir et déployer mille ruses pour susciter la sympathie des Shawnees, qui tenteraient de négocier leur valeur marchande aux plus offrants.

La nuit, lourde d'humidité automnale, faisait frissonner les petits, qui tardaient à s'endormir sur une couche faite de branches de sapin, improvisée par Niquet. Sur un signe du chef shawnee, Angélique rejoignit ses fils et les berça doucement, en murmurant une prière à la Vierge Mère. Elle pleura sur son imprudence qu'elle craignait maintenant payer de sa vie et de celle de ses enfants. Elle essayait d'interroger les étoiles, afin de pouvoir s'orienter au lever du jour, mais le ciel était couvert d'une épaisse couche de nuages, et elle s'assoupit, découragée.

À peine venait-elle de glisser dans le sommeil qu'un bruit léger la réveilla, la mettant sur ses gardes ; Niquet s'approcha et lui fit signe de le suivre. Méfiante, elle ignora l'invitation, mais l'homme insista et la força à se lever.

— Touche-moi pas, grinça-t-elle tout bas.

— T'as rien à craindre, j'ai ma squaw pour me servir ; je te ferai pas de mal, je suis plus poli que l'Anglais qui t'a engrossée de force. Le chef veut te parler ; fais pas tant de bruit, tu vas réveiller tes gamins.

Impassible, le Shawnee fixait le feu, drapé dans son long manteau de peau. Trop légèrement vêtue, Angélique grelottait de froid et de peur. Ses dents claquaient, elle tenait à peine debout. L'Indien lui fit signe d'approcher et s'adressa à Niquet, qui traduisit à l'intention de la prisonnière.

— Il te demande combien les Anglais ont de canons à l'intérieur du fort.

— Plusieurs, je sais pas trop.

— Fais pas l'idiote, tu dois ben savoir compter.

— Je te dis que je sais pas exactement combien de canons sont dans le fort. C'est vrai, je le jure sur la tête de mes enfants ! Les guerres, les armes, c'est pas l'affaire des femmes, tu le sais ben !

— Y en a dix, vingt, ou ben plus ?

— Une vingtaine, j'cré ben.

— Combien de soldats ? T'as intérêt à le dire.

— Une centaine.

— D'autres femmes ?

— Trois autres, avec leurs enfants. Ils vont nous chercher.

— T'occupes pas de ça, c'est notre affaire.

Les Shawnees semblaient satisfaits des informations fournies par la Canadienne. Le chef lui offrit une couverture et une toile, pour s'abriter avec ses enfants, et donna un ordre que traduisit Niquet.

— Va dormir, nous partirons à l'aube.

***

Dès que la disparition d'Angélique et des enfants avait été signalée aux autorités, la garnison s'était mise en état d'alerte. Un guetteur avait cru les voir s'enfoncer dans la forêt, tandis que d'autres militaires les cherchaient à l'intérieur de l'enceinte. Mais connaissant les habitudes d'Angélique, qui marchait souvent sur les remparts, on conclut rapidement qu'ils avaient dû sortir du fort et qu'ils avaient été capturés. Le commandant sonna aussitôt le rassemblement et informa les soldats des risques d'une attaque imminente qui menaçait le fort.

Affolé, William n'avait qu'un but : retrouver sa femme et ses enfants, peu lui importaient les dangers qu'il courrait en se portant à leur secours. Il devait se mettre à leur recherche sans plus tarder et, fou de douleur, il s'indigna des consignes formelles données par le commandant :

— Puisque nous n'avons retrouvé ni la femme ni les enfants à l'intérieur des murs, le guetteur avait raison : ils ont été enlevés. Mais personne ne sort de l'enceinte du fort ; il serait bien inutile d'exposer nos vies à la poursuite des ravisseurs qui connaissent la forêt mieux que nous. Ce sont des sauvages féroces et sans pitié qui n'attendent qu'une bonne occasion comme celle-là pour nous massacrer. Nous ne sommes pas assez nombreux pour assumer notre défense et pour laisser partir des militaires à la recherche des disparus, opération d'ailleurs bien inutile : ils sont déjà très loin. L'ordre de rester dans les fortifications a été transgressé, les conséquences doivent être assumées. Merci, messieurs !

William enrageait et refusait de laisser sa femme et leurs deux fils seuls, entre les mains de ces barbares ; il devait sortir de l'enceinte et tenter de les retrouver. S'il était capturé à son tour, il saurait bien les protéger, du moins l'espérait-il. Le temps pressait, il devait agir avant qu'ils ne soient amenés plus loin dans les villages ennemis. Sans réfléchir plus longtemps, il se dirigea vers la porte du fort protégée par des gardes qu'il osa menacer de son arme. Il fut rapidement maîtrisé et aussitôt mis aux arrêts. On l'enferma dans un cachot, surveillé par des soldats munis de fusils. Il gémissait et pleurait son désespoir. Qu'arriverait-il à sa femme et à ses fils ? Angélique avait-elle été rudoyée, violée ? Peut-être étaient-ils tous déjà morts ? Il bouillait de colère devant l'inaction de la garnison. Du fond de sa geôle, il laissa échapper un cri inhumain et s'affaissa ensuite comme un arbre abattu par la force de la tempête. C'était le vide autour de lui ; sans eux, il n'était plus rien.

Le capitaine Cairns le trouva ainsi prostré et profondément désespéré, terré au fond de sa sombre cellule.

— Mon ami, murmura doucement Henry, tout en posant sa main sur l'épaule de William. Tiens, bois une bonne rasade de whisky et laisse couler tes larmes. En Écosse, on dit : « Les larmes qui coulent sont amères, mais plus amères encore sont celles qui ne coulent pas. »

Un long moment de silence unit les deux hommes, impuissants devant la force inéluctable du destin. Toute parole semble bien vaine quand le cœur déborde de chagrin, quand la tête éclate de sombres pensées, quand le délire tend vers la folie de la désespérance. Mais Henry se rappela qu'une présence, un regard, un geste d'amitié pouvaient apaiser une âme broyée par les dents acérées de la fatalité. Il regarda longuement son ami dans les yeux et se fit rassurant.

— Le commandant a eu raison de défendre toute sortie ce soir, dans la nuit, les sauvages nous réduiraient en charpie. Il serait vain de sacrifier nos vies en partant à la recherche d'Angélique et des enfants ; il faut plutôt élaborer un plan stratégique qui a quelques chances de réussir sans faire de victimes.

— J'aurais jamais dû accepter qu'elle vienne me rejoindre au fort.

— Ce qui est fait est fait, c'est impossible de revenir sur le passé, maintenant. Envisageons froidement comment les sortir de leur mauvaise posture. Il faudra peut-être un peu de temps, hésita Henry, ne sachant comment trouver les mots qui apaisent et rassurent.

Comment convaincre son ami d'attendre le bon moment ? Il compatissait à la douleur de William, qui vouait un amour toujours aussi tendre et profond à la belle fille des îles, son épouse aimée ; il n'osait imaginer ce qu'il éprouverait lui-même si un tel malheur frappait sa Mathilde adorée…

Assis sur un banc de pierre crasseux, les deux hommes réfléchissaient. William agitait nerveusement le pied gauche, qui martelait le sol dur et froid, émettant un bruit saccadé et agaçant. Henry, posant sa main sur la cuisse de son ami, proposa :

— Puisque le commandant ne veut pas entreprendre des recherches, du moins dans l'immédiat, il faudrait peut-être informer sa famille de cet incident.

— Xavier et son père vont chercher à me tuer, c'est sûr, eux qui me détestent depuis toujours. Ils ne me pardonneront jamais d'avoir entraîné Angélique dans un pays ennemi.

— Tant que tu resteras au fort, tu ne risques rien.

— C'est ça, je vais me cacher lâchement pendant que ma femme et mes fils courent le plus grand danger ! s'emporta William.

— Tu es un soldat et tu dois obéir aux ordres ; je suis ton supérieur et, bien que tu sois aussi mon ami, et surtout à cause de cette amitié, je ne te permettrai pas de m'accompagner ni de participer aux prochaines missions de reconnaissance.

— Peux-tu au moins demander qu'on m'apporte du papier et un encrier ?

— Inutile d'écrire un message à sa famille, je compte partir vers l'Île Du Pas, à l'aube demain matin, avec deux soldats.

— Je dois y aller avec toi, je t'en supplie. Je ne peux rester ici à me torturer, tout seul dans une cellule. Je dois prendre mes responsabilités, debout comme un homme, pas prisonnier, au fond d'un cachot.

— Tu me donnes ta parole d'honneur que tu ne chercheras pas à t'enfoncer dans les bois, à la recherche de ta femme ?

— Je le jure, par tous les dieux !

— Je dois d'abord obtenir la permission du commandant ; tu as commis une offense grave en menaçant des soldats, tu dois en payer le prix. Mais je te promets d'intercéder en ta faveur. Essaie de retrouver tes sens ; je reviendrai aussitôt que j'aurai une réponse, quelle qu'elle soit.

***

Un rai d'aube pénétrait par l'étroite ouverture du cachot où William avait passé la nuit entre cauchemars, espoirs, larmes et torpeur. Bien avant le chant du coq, il arpentait sa cellule, écoutant les pas monotones des soldats qui montaient la garde, espérant à chaque instant l'arrivée d'Henry. Durant cette triste nuit, il avait eu tout le temps d'élaborer de multiples stratégies pour libérer Angélique et les enfants. Il était même prêt à échanger sa vie d'Anglais contre celles de ses amours. Mais la venue du jour rendait ces idées folles, et la réalité crue et implacable se révélait à lui dans toute sa cruauté en même temps que les premières lueurs de ce matin d'automne.

Henry entra discrètement dans sa cellule :

— Le commandant te permet de m'accompagner, mais ne me fais pas fausse route, car tu n'obtiendrais jamais un deuxième pardon. Nous avons une semaine, il faut faire vite, ordonna Henry en ouvrant la porte de la cellule. Va à ta caserne, prends des habits chauds et des munitions ; le soldat Mc Duff se chargera des provisions.

Rapidement, sans faire de gestes ni prononcer de paroles inutiles, les trois hommes préparèrent le matériel nécessaire à cette expédition imprévue. Le canot renversé sur le dos, ils se dirigèrent vers la rivière qui les mènerait jusqu'au lac Champlain ; les eaux étaient nappées d'une brume glaciale qui imprégna aussitôt leurs vêtements de laine. Voyager en cette saison incertaine comportait son lot de désagréments : le froid, l'humidité, les pluies abondantes, les journées écourtées, tout contribuait à rendre chaque déplacement pénible, voire risqué.

— Droit devant, indiqua Henry, maintenant habitué à ce lac immense et imprévisible.

Il arrivait que de forts courants, venus de ses affluents, fassent enfler les vagues du lac Champlain ; celles-ci devenaient alors menaçantes et pouvaient facilement faire chavirer les canots des voyageurs, même ceux des plus aguerris. Henry et ses hommes connaissaient ces dangers et gouvernaient avec précaution, longeant les rives quand la prudence l'imposait ou naviguant au cœur du lac, loin des remous, des souches, des traîtres récifs. Le lac traversé, ils descendirent la rivière Richelieu, poissonneuse et parfois large comme un fleuve, gonflée par les pluies d'automne.

Les trois hommes ne s'arrêtaient que pour s'accorder de brefs repos et repartaient, le cœur de plus en plus serré devant la pénible tâche qui attendait William : affronter les larmes de sa fille, de sa belle-mère Marie, et l'hostilité croissante d'Olivier et de Xavier.

Quant au capitaine Cairns, accablé par la disparition d'Angélique et de ses garçons, il apaiserait ses tourments auprès de sa bien-aimée, le temps d'une ou deux nuits, moments fugaces volés aux impératifs de la guerre, moments de grâce et de beauté qui annihileraient les horreurs des combats, du sang et de la mort.

23

Pendant que William se dirigeait vers les rives du Saint-Laurent, Angélique et ses fils étaient entraînés plus loin vers le sud, sur des eaux inconnues. Les Shawnees naviguaient habilement sur la petite rivière La Chute où des cascades tumultueuses faisaient, ici et là, obstacle au passage des canots. Sur un signe de leur chef, ils accostèrent, déchargèrent les embarcations et, lourdement chargés, longèrent les sentiers escarpés jusqu'à ce qu'une rive accueillante leur permette de poursuivre leur voyage sans risque.

Les enfants suivaient sagement leur mère ; ils se montraient curieux devant les paysages nouveaux, les plantes inconnues et les montagnes qui, de loin, ressemblaient à des meules de foin. Le temps était beau, doux comme une fin d'été, et, n'eût été les demains incertains, Angélique aurait été presque sereine en se laissant porter vers le lac qui lui semblait infini.

— Comment s'appelle ce lac ? demanda-t-elle à Niquet.

— Les Anglais viennent d'en changer le nom. Du temps de la Nouvelle-France, c'était le lac Saint-Sacrement, mais les nouveaux maîtres l'appellent maintenant « *lake George* » en l'honneur de leur roi.

— Il mène où, ce lac ?

— À une grande rivière. Tu verras ben !

Angélique s'efforçait de trouver des repères, des références, des ressemblances, mais elle nageait dans l'incertitude et la peur instinctive qui minaient son courage. Gustave et Charles, bien nourris de pemmican et chaudement recouverts de peaux de castors, se laissaient prendre au jeu de la découverte ; ils s'émerveillaient des arbres en feu qui laissaient paresseusement traîner leurs feuilles dans l'eau de la rivière, des loutres agiles qui batifolaient en bordure des rives, et ils s'amusaient des gouttes d'eau qui les aspergeaient quand une vague venait lécher leur canot.

— Du calme, les moussaillons ! lança Angélique à l'enfant qui essayait d'attraper un méné. Faut pas chavirer.

— T'en fais pas, femme, lui dit Niquet, le canot va pas se retourner. Un peu de patience, les Shawnees vont s'arrêter dans la baie que tu vois en direction du midi ; tes marmots pourront se déraidir un peu, pis toé aussi.

— Où est-ce qu'ils nous amènent, ces barbares ?

— Parle plus poliment, ils sont des amis des Canadiens et comprennent un peu notre langue ; s'ils t'entendent, ils aimeront pas ben ben tes grossièretés.

— Je te demande où ils nous amènent !

— Dans leur village où des mères de clans se chargeront de vous trois ; les hommes aiment pas s'embarrasser des mioches pis des femmes.

— Ah, Seigneur ! gémit Angélique.

— Tu ferais ben de prier un peu pour avoir du temps clément, le voyage sera long.

La jeune femme resserra sa couverture autour de ses épaules, emprisonna ses deux fils entre ses jambes engourdies et détourna les yeux vers la montagne éblouissante de couleurs qui se réfléchissait dans la luminosité des eaux calmes du *lake George*. La magnificence des lieux et la douceur du temps mirent un peu de baume sur la douleur qui la tenaillait sans cesse ; rongée par la culpabilité, elle tournait et retournait les événements dans son esprit troublé, comme la meule implacable qui broie le blé pour le réduire en poudre. Les remords l'accablaient, et elle ne connaissait pas de repos depuis qu'elle était en captivité.

Où les conduisait-on ? Comment les enfants survivraient-ils dans un milieu si hostile ? Et William qui devait mourir d'inquiétude... Et sa mère, et sa fille ? « Ah, mon Dieu ! qu'ai-je fait ? » regrettait intérieurement Angélique, éplorée. Un bref instant, elle tressauta, ses lèvres frémirent, ses épaules s'affaissèrent et quelques larmes furtives se glissèrent sous ses paupières à demi closes. Elle croyait rêver. Elle donnerait tout ce qu'elle possédait pour se retrouver blottie contre William, les petits près d'eux, sur leur paillasse. Elle se laissa un moment distraire par cette chimère, mais un ordre qu'elle ne comprit pas la ramena durement à la réalité.

— Les Shawnees font un arrêt dans la baie, traduisit Niquet. Tout le monde descend.

— Pour longtemps ? s'enquit Angélique.

— Une coupl' d'heures. Toi, tu videras les poissons aussitôt que tu les auras, moi, je m'occuperai du feu.

— Et après, quelle direction prendrons-nous ?

— Vers leur grand village, en Pennsylvania. Tu seras ben traitée, les petiots aussi. Je peux pas t'en dire plus, les Shawnees aiment pas les paroles inutiles.

Refoulant ses larmes, Angélique prit ses fils par la main et ils s'enfoncèrent au creux de la forêt pour y faire leurs besoins, sous la discrète vigilance des sauvages, maintenant certains de la totale soumission de leurs prisonniers. Les enfants rejoignirent ensuite la rive en jouant à qui arriverait le premier ; puis ils s'amusèrent dans l'eau peu profonde de la baie. Aussi insouciants qu'une brise d'été, ils gambadaient, cueillaient des fruits encore accrochés aux arbustes, faisaient des ronds dans l'eau, se cachaient derrière les arbres en riant.

Charles et Gustave ne ressentaient nullement le poids de leur captivité, trop occupés à chasser des papillons, à déterrer des lombrics, à jouer à cache-cache avec les écureuils ; ils entraient dans cette nature inconnue comme dans un musée, ébahis, curieux et surtout ravis d'être traités comme de petits hommes à qui les Shawnees enseignaient patiemment, depuis leur départ, les rudiments de la vie en forêt. Angélique se consolait un peu de son étourderie devant le candide bonheur de ses fils.

Après s'être rassasiés et reposés, les Shawnees donnèrent le signal du départ ; peu à peu les rives se rapprochèrent, et Angélique conclut qu'ils entraient dans la rivière dont lui avait parlé l'homme blanc. Le temps était doux, et le ciel, libre de nuages, se mirait dans la rivière que Niquet nommait « Hudson », quand il s'adressait aux Shawnees qui semblaient bien connaître les lieux. « J'ai déjà entendu Xavier prononcer ce nom-là… Où cette voie navigable peut-elle bien nous mener ? Nous descendons droit vers le sud, le soleil du mitan du jour me le dit, mais jusqu'où iront les canots ? Pis qu'est-ce que mon frère serait venu faire dans les parages ? » s'interrogeait Angélique, de plus en plus troublée par les mystères qui entouraient la vie secrète de son frère.

***

Depuis quelques jours, à des kilomètres de la rivière Hudson, Mathilde éprouvait un étrange pressentiment, une impression venue du plus profond de son être, de son instinct animal et primitif, une sorte de sentiment diffus qui, comme une main invisible, enserrait son âme et son corps alanguis. Le cœur accablé par une angoisse oppressante, elle se laissait engourdir dans sa torpeur comme une noyée à la dérive. Même après la mort de sa mère, elle n'avait jamais connu pareille appréhension et elle ne pouvait s'expliquer le trouble qui l'attristait.

Serait-ce l'automne lourd et sombre de cette année 1774 ou l'absence prolongée de son mari qui hantait ainsi ses jours et ses nuits d'images troublantes ? Il lui était impossible de définir l'origine du tourment dont elle essayait de se distraire ; la pluie, qui gonflait les cours d'eau et qui rendait les sentiers et les routes boueuses et incertaines, accentuait sa tristesse résignée. À cause du froid précoce, la faune ailée avait déjà déserté les îles, laissant un grand vide dans le ciel de la seigneurie et dans la vie quotidienne de Mathilde qui, depuis l'enfance, s'intéressait aux migrations automnales des oiseaux familiers des îles de Berthier. Le jour se repliait plus tôt et l'obscurité hâtive assombrissait encore davantage l'humeur de la jeune femme.

Assise à la table posée devant sa fenêtre, face au fleuve, la nouvelle épouse occupait ses trop longues soirées à écrire à son mari une chronique quotidienne. Elle y décrivait la vie familiale des Cuthbert, ses visites à sa famille de l'Île Du Pas, à tante Marie ; elle lui confiait aussi ses inquiétudes concernant la révolte qui grondait tout autour, les insinuations à la rébellion, la désobéissance civile. Elle lui faisait part du mécontentement de James Cuthbert, qui tentait en vain de convaincre les habitants de ses terres de soutenir les Britanniques, dans le conflit qui s'aggravait avec les *insurgents*. Elle terminait ainsi sa lettre :

« … et pour ajouter à mes peines, le jardinier a dû se résigner à faire abattre son fidèle Groggy, malade depuis la fin de l'été. Le pauvre chien ne mangeait plus et maigrissait chaque jour, il refusait même la purée de poissons préparée par Sarah. Votre beau-frère a convaincu le jardinier de mettre fin au calvaire de son vieux compagnon, et c'est avec tristesse que nous lui avons fait nos adieux.

Maintenant, la cuisine est vide et trop calme ; même Peluche, son fidèle ami de toujours, cherche en vain la présence rassurante de cette bonne bête. Il nous manque ; Rose, qui s'y était particulièrement attachée, essuie quelques larmes chaque fois qu'elle entre dans la pièce. Il y a beaucoup de chiens errants aux alentours qui pourraient le remplacer, mais les maîtres se font exigeants dans leur choix ; ils cherchent un animal à la fois docile et éveillé qui saura monter la garde, protéger les personnes et les biens, un chien à la fois sage et courageux, affectueux et câlin.

Groggy restera longtemps dans nos mémoires ; il connaissait tout de chacun de nous, il avait même l'intelligence d'ignorer Julia ; il avait compris, dans sa tête de chien, que cette femme avait un cœur aride comme un désert, et que, même s'il lui avait manifesté quelque intérêt, elle n'aurait jamais osé une brève caresse sur sa grosse tête poilue. Il a été enterré à la limite ouest du jardin, une énorme pierre marque l'emplacement de sa sépulture.

Je connais votre cœur généreux, et vous ne vous moquerez pas de la nostalgie qui m'envahit, en ce jour triste, de ce trop long automne.

Je me languis de vous à chaque instant… Comment passerai-je l'hiver qui vient sans votre présence, mon unique amour ?

Mes salutations à ma cousine Angélique et à sa famille,

Votre Mathilde bien-aimée, qui vous embrasse avec tendresse. »

L'encre était à peine séchée sur la feuille posée près de la lampe que l'attention de Mathilde fut attirée par des bruits de pas et des paroles d'hommes. Un va-et-vient inhabituel, à cette heure tardive, troublait la quiétude du manoir. Quand Groggy veillait, chacun se savait en sécurité, mais tant qu'il n'y aurait pas d'autre chien sur la propriété, tout mouvement insolite ferait naître une certaine inquiétude, surtout en cette période d'agitation politique.

Intriguée, Mathilde tendit de nouveau l'oreille et reconnut aussitôt le pas d'Henry qui montait l'escalier. Stupéfaite, elle croyait rêver quand il entra en trombe dans leur chambre et l'entoura de ses bras, posant ses lèvres sur ses cheveux défaits. Mille questions se bousculaient dans la tête de la jeune épouse, mais aucune parole ne fut prononcée, afin de ne pas rompre le charme de cet instant inespéré.

Henry lui prit la main et l'invita à s'asseoir sur leur lit ; puis il enleva ses bottes et ses vêtements militaires tout mouillés, enfila prestement une longue chemise de flanelle pour se réchauffer et, sans dire un mot, sous le regard médusé de sa femme, s'installa confortablement au creux de la paillasse. Mathilde s'accroupit à l'indienne devant lui, attendant des explications. Lentement, en choisissant les mots qui feraient le moins mal possible, le capitaine Cairns commença le déchirant récit de l'aventure qui l'avait mené jusqu'à Berthier.

— Bonne Sainte Vierge ! s'affola Mathilde, que pouvez-vous faire pour les retrouver ?

— Hélas, rien pour les mois à venir, je le crains. L'hiver viendra rapidement, et les sauvages auront déjà amené leurs captifs dans leur village, probablement plus au sud.

— Tante Marie en mourra de chagrin ! William sera banni de leur maison, oncle Olivier lui pardonnera jamais !

— Le pauvre homme est très malheureux. Il imagine le pire… Il aurait voulu courir tout de suite à leur recherche, mais c'eût été bien inutile, les sauvages ont certainement déguerpi au loin, dès qu'ils ont eu leurs prises.

— Et Anne ne reverra peut-être plus jamais sa mère ni ses petits frères ! C'est horrible ! gémit Mathilde, blottie comme une enfant blessée dans les bras d'Henry. Je comprends maintenant pourquoi j'avais le cœur si lourd depuis quelques jours. Angélique et moi, nous sommes comme deux sœurs, j'ai ressenti sa souffrance malgré la distance. Pauvre Angélique ! Que faire ?

— Prier notre Dieu de veiller sur eux, en attendant que les sauvages présentent leurs demandes, comme ils le font habituellement dans des circonstances semblables. Échange, rançon ? Ils sont bien rusés et négocieront le meilleur prix pour leurs précieux otages.

— Angélique et les enfants sont offerts comme des marchandises… C'est une folie !

Il faut vous consoler en pensant que les ravisseurs voudront sans doute vendre leurs prisonniers et, dans ce cas, ils prendront bien soin d'eux.

— Et qui serait intéressé à acheter ces Canadiens ?

— Tout s'achète…

— Mon Dieu ! sanglotait Mathilde, enfouie dans les bras d'Henry qui la berçait avec tendresse.

— Ma mie, pardonnez-moi de vous causer tant de chagrin, mais je ne pouvais vous garder dans l'ignorance. J'ai cru bon vous mettre au courant d'abord, et demain, après avoir informé Catherine et James, je me rendrai voir la famille Huguenin avec William.

— Il est venu avec vous ?

— Il dormira à la maison de la veuve Piet, où je l'ai laissé, avec le soldat qui nous accompagne. Il restera avec moi, pour sa protection, jusqu'à ce que nous retournions à Ticonderoga.

— Vous serez là pour quelques jours ?

— Deux nuits, pas plus.

— Ce sera trop bref, soupira Mathilde, esquissant un triste sourire.

— Venez, ma femme, mon amour, ma muse… Ne perdons pas un seul instant de ce temps qui nous est donné.

Et lentement, comme la brise qui gonfle les voiles, Henry caressa sa femme, son lys, son ancre ; il laissa courir ses mains sur la poitrine ferme de sa bien-aimée, sur ses cheveux dorés, sur son ventre encore vide, sur ses cuisses qui s'ouvrirent pour accueillir fébrilement le germe de l'amour.

24

L'homme longea la rivière qui dévalait avec fracas vers le fleuve gonflé par les fortes pluies des derniers jours de novembre. L'obscurité de la nuit sans lune et la rive visqueuse comme une purée de pois le firent hésiter à quelques reprises : devait-il monter sur la terre ferme ou continuer sa marche en s'agrippant aux branches d'arbres pour éviter de tomber dans l'eau glaciale ? Il trébuchait sur les racines tendues comme des pièges, glissait sur les feuilles mortes, mais se raccrochait aussitôt avec l'agilité d'un félin ; puis, voulant écarter tout risque d'une rencontre fâcheuse, il remonta ainsi la Bayonne par la rive jusqu'au moulin banal. Tapi sous les grandes ailes immobiles du bâtiment qui se découpaient dans la pénombre, il surveillait les alentours, afin de s'assurer que personne ne l'avait suivi. Ce soir, viendrait-elle par la rive, à l'abri des regards, ou par le sentier qui borde les prairies ?

Un bruit, une ombre qui s'avançait vers lui avec assurance, le fit sursauter.

— *Unity.*

— *Street*, répondit l'homme. *Hey ! Julia !* Je vous apporte quelques gâteries… Nous avons, semble-t-il, une amie commune, Françoise Morant, ma nouvelle belle-soeur ; elle vous envoie ces colis, petites douceurs de femmes, m'a-t-elle dit, et une longue lettre.

— Vous connaissez Françoise depuis longtemps ? demanda Julia, un brin suspicieuse.

— Depuis peu ; je vous raconterai ça un jour.

— George, si vous saviez tout le bonheur que vous me procurez, tout l'espoir que vous faites naître en moi depuis l'été dernier. Ma vie a changé depuis que vous êtes venu…

— Je sais, vous m'êtes très précieuse aussi, confia G.M., relevant une mèche de cheveux bouclés sur le front de la jeune femme. Il y posa ses lèvres avec douceur.

Moment si longtemps attendu et désiré. Déchirée entre l'espoir d'être aimée et la crainte d'une cruelle déception, Julia éprouvait, depuis l'été, un sentiment étrange, une émotion troublante et enivrante. Qu'elle aimerait que la flamme que venait d'attiser G.M. s'embrase et les unisse à jamais dans un amour incomparable, exalté et romantique, cérébral et sensuel ! « Le temps est peut-être venu », espéra-t-elle. Mais, percevant une légère pression sur son bras droit, elle revint vite au moment présent.

— Les minutes me sont comptées, venons-en rapidement aux faits. Avez-vous de nouvelles informations à me transmettre ?

— Bien sûr ! Tout est soigneusement noté dans ce cahier que je vous remets ; certains renseignements sont peut-être sans importance, vous en déciderez vous-même. Vous avez appris l'enlèvement d'Angélique Huguenin, au fort Ticonderoga ?

— Certains observateurs ont parlé d'événements qui se sont passés dans cette région, mais je ne connais pas les détails. Huguenin, vous dites ? La sœur de Xavier… ?

— C'est exact, et ses deux petits garçons. Tout est raconté fidèlement ici, dans ces notes. C'est le capitaine Cairns qui est venu porter la nouvelle au manoir

— Merci, Julia.

« Ces prisonniers pourraient nous être utiles… », déduisit G.M. Il poursuivit : « Selon vos observations, est-ce que les habitants de cette seigneurie sont dociles et soumis à leur maître ? »

— Soumis est un bien grand mot, mais James Cuthbert est un seigneur juste et respecté par les habitants de la seigneurie.

— Selon d'autres sources, votre maître fait pression sur ses censitaires afin de former un groupe de miliciens. Vous savez quelque chose à ce sujet ?

— Vous êtes bien informé : *Mr* Cuthbert est très attaché à ses terres et fidèle au roi George III, et il a gardé des liens étroits avec les autorités militaires. Il invite la population à répondre aux demandes du gouverneur Carleton et soutient l'effort de guerre du général Thomas Gage, qui espère obtenir deux régiments pour appuyer l'armée britannique, en allant défendre la région de Boston contre les révolutionnaires. Et notre gouverneur a assuré le général de pouvoir rassembler assez de volontaires pour former ces nouvelles troupes. D'où l'insistance du seigneur Cuthbert. Vous lirez ce que j'ai noté dans le cahier à ce sujet : «Je suis convaincu qu'on peut compter sur leur fidélité et sur leur zèle », a écrit Carleton au général.

— Ce n'est pas ce qu'on entend dans les campagnes où l'habitant canadien est bien plus intéressé à cultiver ses terres et à chasser qu'à défendre les envahisseurs.

— Ces Canadiens sont assez paresseux parfois et ils n'aiment pas trop se faire donner des ordres, alors le service militaire et la discipline ne les attirent pas beaucoup. Ils préfèrent la liberté de la vie dans les bois ; ils sont comme leurs amis les sauvages.

— Mais s'ils décident de se ranger de notre côté, ils l'auront, cette liberté et cette égalité. Finie la tutelle de l'Angleterre ! fulmina G.M.

— Vous vous emportez, *my friend !*... Je dois vous avouer que j'éprouve encore quelque scrupule à vous fournir des renseignements qui pourraient causer du tort à mes maîtres.

— Choisissez votre camp, Julia ! La servitude avec eux ou la liberté avec nous.

— Je ne sais plus… car depuis que vous êtes venu, je ne rêve que de rentrer chez moi, à Boston.

— Vous ne serez pas déçue. Je viendrai vous chercher dès que nous serons libérés de l'Angleterre.

— Je vous attendrai. Soyez prudent !

— Vous aussi. Je vous enverrai un autre messager avant ma prochaine visite, qui tardera peut-être à cause de la saison d'hiver. Continuez de tout voir et de tout entendre. Merci au nom des *patriots* !

À peine leurs lèvres s'étaient-elles effleurées qu'il était déjà loin, silhouette d'ombre dans la nuit étoilée. Le reverrait-elle, cet homme mystérieux qui pouvait modifier le cours de sa vie, jusque-là si terne et si futile ? Grâce à lui, elle avait maintenant un but, une mission. Elle était quelqu'un.

***

Julia avait bien changé depuis sa première rencontre avec G.M., elle avait retrouvé un passé et songeait à un avenir, à un retour possible au pays de son enfance. Elle passait tous ses moments libres à écrire à son amie, imaginant sa vie dans les colonies du Sud, au milieu de son monde *«pas comme avec ces papistes ignorants»*, confiait-elle parfois à Françoise. Elle s'acquittait désormais de ses fonctions de gouvernante et de dame de compagnie avec autant de compétence, mais avec un certain détachement et sans obséquiosité.

Ses devoirs accomplis, Julia se retirait dans sa chambre ou faisait de longues promenades, seule avec ses rêves de jeune femme. Elle soignait davantage sa chevelure bouclée, enduisait son corps gracile de pommades et surveillait les ridules qui naissaient à la commissure de ses lèvres. Parfois, elle se surprenait à sourire devant sa glace et se trouvait encore belle ; lentement, elle s'emprisonnait dans les filets de l'amour et se laissait bercer d'illusions.

Après ses adieux à G.M. en cette nuit de novembre 1774, Julia revint au manoir en faisant un large détour ; le froid gorgé d'humidité la fit frissonner, la neige ne tarderait pas à venir. Elle se drapa dans son long châle et s'engagea sur le sentier boueux. L'herbe trempée s'égouttait sur son passage, les flaques d'eau nées de la dernière pluie formaient des cerceaux argentés qu'elle tentait d'éviter en faisant des écarts d'un côté ou de l'autre. Des chiens, surpris par une présence humaine sur leur territoire nocturne, aboyaient leur mécontentement, effarouchant les oiseaux de nuit qui s'enfuyaient à toute volée vers les arbres dénudés.

Tout était silencieux aux alentours du manoir, et Julia se compta chanceuse que Groggy ne soit plus là pour veiller sur la propriété ; elle pouvait ainsi gagner sa chambre discrètement, à pas de souris, sans attirer l'attention. Elle resta un long moment plongée dans l'obscurité ; songeuse, elle effleura du bout des doigts le paquet que lui avait remis G.M. Voulant préserver tout le charme du mystère, elle hésita avant d'ouvrir la grande enveloppe qui abritait un pan secret de ses origines.

Les lettres furent d'abord décachetées. Trois d'entre elles racontaient la vie de son amie ; la dernière, plus longue, écrite sans fioriture et sans mots d'affection, décrivait en détail la réunion tumultueuse à laquelle Françoise avait participé en compagnie de son mari, David Madison : *« Les insurgés sont plus décidés que jamais et sont prêts à sacrifier leurs biens et leur vie pour la cause. Tu seras avec nous, chère Julia ? Ton amie pour toujours, Françoise. »*

Julia ne pouvait plus reculer.

Transportée bien loin, en pensée, dans un pays qu'elle ne connaissait plus, Julia ouvrit le colis joliment enrubanné par son amie : un parfum de France, un savon d'Espagne, du thé de Chine et un bijou très ancien, accompagné de cette note : *« Ce camée appartenait à ta défunte mère ; il m'a été remis par une de ses vieilles amies. »* Brusquement projetée dans son lointain passé, Julia chercha en vain, dans les années de son enfance, les traits de sa mère, la forme de sa silhouette, le son de sa voix, mais elle ne trouva que le vide, comme si elle n'avait pas de passé.

Elle se consola de l'infidélité de sa mémoire en caressant ce bijou qui lui prouvait, malgré l'absence de souvenirs, qu'il existait bien, quelque part, un lieu qui l'avait vue naître, une maison et un jardin qui l'avaient vue grandir et quelqu'un qui se rappelait d'elle. Désormais, elle ne serait plus jamais la même. À genoux, elle remercia son Dieu, se releva et, devant son miroir, chercha à reconnaître un profil, une particularité qui lui rappelleraient ses parents. Lentement, comme dans un rituel religieux, elle porta le camée à son cou, souffla la chandelle et se mit au lit, apaisée et réconciliée avec son étrange destin.

***

Une pluie glaciale fouettait les vitres des fenêtres du manoir, en ce matin de novembre, laissant entrer la froidure et l'humidité. Mathilde toussait, les enfants Cuthbert aussi. « Il faudrait calfeutrer les ouvertures dès aujourd'hui », proposa-t-elle à *lady* Catherine. Les journées étaient mornes et tristes en ce mois des morts, et la vie mondaine, entre parenthèses. Seule la fête de la Saint-Martin avait su égayer un peu la seigneurie, le temps des festivités. Dès les réjouissances terminées, le seigneur était parti à Québec, chez le gouverneur, et c'est Alexandre Cairns qui assurait la gouvernance des terres. Les récoltes étaient engrangées, les animaux de boucherie, abattus, les vaches laitières étaient enfermées pour l'hiver et les chevaux, confinés dans les écuries, sous les soins attentifs du palefrenier Jean Malouin, jusqu'au retour de l'herbe fraîche.

Mr Thomas, l'instituteur, entraînait les aînés de la famille Cuthbert au pays de la connaissance ; il les instruisait des règles qui régissaient les langues, il stimulait leur intelligence en les éveillant aux sciences, il nourrissait leur imagination en les faisant voyager sur les cartes du monde.

Alexander venait de terminer la lecture des aventures du célèbre corsaire Francis Drake, le dragon des mers ; sans peur et sans scrupules, ce redoutable pirate avait attaqué les galions espagnols et vidé leurs cales de leur précieux butin pour remplir les coffres de la reine de joyaux et de pièces d'or. Favori d'Élisabeth Ire, il avait été fait chevalier.

Séduit par ce fabuleux personnage, Alexander proposa le nom de « *Draky* » pour le chiot récemment offert par leur père. Le jeune animal fougueux, au long poil frisé, avait un œil de pirate, cerclé de noir, et le reste de la tête était tout blanc. Rarement au repos, Draky attaquait ses adversaires imaginaires et chassait Peluche hors de son territoire. Il s'imposait dans son royaume et faisait rire les enfants par ses grognements inoffensifs et ses cabrioles.

Mathilde s'amusait du plaisir des enfants ; souvent, elle assistait à leurs cours et perfectionnait ses connaissances, en accompagnant les garçons dans leurs travaux scolaires. Elle aimait ce monde magique, évoqué dans les livres, et elle partageait souvent ses découvertes avec Firmin, toujours dévoué aux œuvres paroissiales, sous la tutelle bienveillante du curé Papin.

* * *

Aux derniers jours de novembre, alors que Sarah aidait Mathilde à ranger sa chambre, l'esclave fut prise de malaises qui l'obligèrent à s'asseoir ; son souffle saccadé et son air effaré inquiétèrent Mathilde.

— Regarde-moi, Sarah.

L'esclave, affolée, garda le silence.

— Où as-tu mal ?

Tenant son ventre dans un geste de protection, la femme noire secoua la tête, les yeux baissés et pleins de larmes.

— Tu… attends un bébé ?

Un air gêné fut sa seule réponse.

— N'aie pas peur, Sarah. Regarde-moi, insista Mathilde, s'agenouillant devant l'esclave.

Les questions se bousculaient dans la tête de Mathilde car, n'ayant jamais vu sa servante avec un courtisan, elle s'interrogeait : « Qui pouvait bien être le père de l'enfant de Sarah ? Son propre frère, Joshua ? Un habitant qui avait abusé d'elle ? Un employé de la seigneurie ? James et Catherine voudront-ils la maintenir à leur service quand ils apprendront la nouvelle ? Pourra-t-elle garder l'enfant ou devra-t-elle l'abandonner ? » Mathilde fut prise de pitié pour cette femme qui n'avait aucun pouvoir sur sa propre vie.

Immobile comme une sculpture d'ébène, Sarah avait peur ; maintenant que son état était connu, elle se savait à la merci des Cuthbert, ses maîtres. Quel serait désormais son destin ? Serait-elle condamnée sans être jugée ? Rejetée ou, pire encore, vendue à de mauvais propriétaires ? Comme elle ne pouvait rien attendre du père de l'enfant qu'elle portait, elle devait se résigner à son triste sort d'esclave.

— Tu dois prendre soin de toi et de l'enfant, rappela Mathilde ; si tu veux, j'irai dès demain consulter Sagawee qui me donnera des plantes qui vous aideront, toi et le bébé.

— Merci, m'dame Mathilde. Bébé naître dans trois lunes, précisa Sarah, les yeux baissés comme une coupable.

— N'aie plus peur, les maîtres sont généreux, ils te soutiendront. Je vais veiller à ce que tu ne manques de rien.

— Merci, m'dame Mathilde. Vous, bonne.

— Dieu vous protège tous les deux ! Va maintenant te reposer à ton logis, je peux fort bien me priver de tes services pour le reste de la journée ; je passerai te voir un peu plus tard.

— Suis servante à vous…

— M'est idée que tu es aussi une femme et une mère. Allez, ne crains rien.

Intimidée par tant d'égards, Sarah regagna sa case sans faire de bruit. Elle évita de croiser Julia, qui la terrorisait encore par son regard froid et mauvais, et ce regard lui rappelait sans cesse le poids de leur coupable secret.

Le soir même, Mathilde observait Joshua, tout en brodant une nappe de lin ; l'esclave nourrissait le foyer de bûches de chêne. Il ferma ensuite les volets, enferma le jeune chien, poussa les verrous des portes et, sans dire un mot ni poser un regard sur les deux femmes assises devant l'âtre, regagna discrètement son logis. Son attitude réservée ne révéla aucun secret à propos de la grossesse de Sarah ; Mathilde devrait chercher ailleurs pour connaître la vérité.

***

Depuis son enfance, Mathilde avait toujours aimé l'ambiance feutrée de ces soirées de broderie et de bavardages en bonne compagnie.

— Vous savez que Sarah attend un enfant ? confia Mathilde, levant les yeux vers sa belle-sœur, entre deux points de feston.

— Vous me l'apprenez… C'est un peu embêtant… réfléchit la seigneuresse, prise de court par cette confidence.

— Vous êtes la maîtresse des lieux, Sarah fera ce que vous déciderez.

Les deux femmes restèrent silencieuses pendant un long moment, l'une brodant, l'autre lisant le célèbre roman d'Henry Fielding, *Tom Jones*.

— Je vous conseille de lire ce bouquin, Mathilde. L'auteur y présente une juste satire et une apologie discrète des mœurs de notre époque. Fort intéressant… *Well !*

— Je trébuche encore trop souvent sur des mots inconnus pour entreprendre pareille besogne, regretta Mathilde qui, patiemment, embellissait son ouvrage de broderie.

— *Mr* Thomas vous aidera, les garçons sauraient aussi vous guider dans cette lecture ; ne vous privez pas de ce plaisir, je vous prie… Et pour Sarah, dites-lui qu'elle pourra rester à notre service et garder son enfant.

— Merci, Catherine. Sarah est vaillante et généreuse, fidèle aussi. Elle mérite d'être bien traitée.

— Nos esclaves sont bien nourris et logés convenablement, rappela la seigneuresse, bien mieux que dans les États du Sud.

— Mais ils sont tout de même privés de leur liberté.

— J'en conviens, c'est un problème qui n'est pas de notre ressort, reconnut Catherine, posant son livre sur le guéridon.

— Parlant de liberté, j'ai remarqué que votre dame de compagnie vous délaisse de plus en plus depuis l'été dernier ; elle se permet des escapades inhabituelles.

— Julia occupe ses heures libres à lire et à écrire, m'a-t-elle dit. Depuis son arrivée au manoir, elle entretient une fidèle correspondance avec une amie d'enfance.

— Elle a beaucoup changé, elle est moins présente auprès du personnel ; personne ne s'en plaint… ironisa Mathilde en repliant sa broderie.

— Julia n'est pas heureuse avec nous, elle est comme un poisson hors de l'eau ; elle ne s'adapte ni à vos mœurs ni à vos traditions.

— Et elle n'a pas eu la chance d'épouser le meilleur homme venu d'Écosse, ajouta Mathilde en riant. C'est moi qu'il a choisie.

— Vous rendez mon frère si heureux ; il remercie notre Dieu chaque jour de vous avoir rencontrée.

— Je suis heureuse aussi. Bonne nuit, Catherine. Et… merci pour Sarah, qui sera réconfortée de pouvoir rester à mon service.

— Si vous en assumez la responsabilité, je n'y vois pas d'inconvénient.

— Merci, Catherine. Dieu vous le rendra !

Des pas légers, presque aériens, et une voix somnolente attirèrent l'attention de la seigneuresse et de sa belle-sœur.

— *Come*, Mary Ann, viens chauffer tes petits pieds tout gelés, murmura Catherine à l'oreille de l'enfant, qu'elle prit sur ses genoux.

Elle la berça en chantonnant et fit signe à Mathilde qu'elle pouvait se retirer pour la nuit. Elle s'occuperait elle-même de sa fillette jusqu'à ce qu'elle s'endorme.

Les deux femmes, unies dans leur solitude, écrivaient chaque jour une page de leur destinée, fidèles à leur mission, comme des phares qui rassurent le voyageur un jour de tempête. Catherine comprenait l'importance de l'engagement de son époux à sauvegarder la paix et la prospérité dans la colonie, elle acceptait patiemment ses trop longues absences, ses combats politiques, ses décisions, tout en essayant de ne pas se laisser blesser par les propos malveillants qui se rendaient jusqu'à sa porte.

Et Mathilde, comme les fidèles épouses des combattants du Moyen Âge, occupait ses interminables soirées d'hiver à exécuter de fins travaux d'aiguille, pendant que son fier chevalier défendait la couronne du roi d'Angleterre, bien loin dans les colonies du Sud.

25

— Douze *Brown Bess*, des munitions, des ustensiles, un chaudron et trois chevaux rapides, énumérait laconiquement Niquet, assis à la droite du chef shawnee. L'homme à la coiffe emplumée restait imperturbable devant les hommes blancs qui marchandaient la libération de ses prisonniers. Niquet, dit Bellehumeur, connaissait les exigences des Indiens et parlementerait en leur nom, sans embrouille, sans duperie. Les Shawnees lui avaient accordé leur confiance, il ne les trahirait pas.

Après un moment de réflexion, G.M. échangea quelques signes complices avec Xavier, tapi dans la pénombre de la grande tente, et poursuivit la négociation :

— C'est trop cher, nos hommes n'ont pas beaucoup d'argent et ne peuvent payer ce prix pour la femme et ses enfants. Six fusils avec les munitions, les ustensiles et le chaudron devraient suffire ; pour les chevaux, il faudra voir avec le commandant.

Niquet traduisit l'information pour le chef indien, qui refusa la contre-proposition et insista pour obtenir toutes les armes demandées et les chevaux.

— Vous les aurez, trancha Xavier sans s'adresser à G.M. Les Anglais du Canada possèdent de bons chevaux, je vais vous en trouver. Sacré bonguenne, ma sœur vaut plus cher que trois chevaux ! Pis ses bâtards aussi !

— Et les fusils ? s'enquit Niquet.

— J'en ferai mon affaire, promit G.M. Les renseignements que le Canadien nous fournit valent bien la liberté de sa sœur et de ses enfants.

— Dis à ton chef que je lui apporterai peut-être ben quelques couvertures faites par ma mère, pis elles seront pas contaminées par la petite vérole, celles-là. Parole de Canadien ! jura Xavier.

Le chef shawnee, jusque-là impassible, hocha la tête en signe d'assentiment et conclut le marché en allumant le calumet, qu'il présenta ensuite aux trois hommes assis à l'indienne autour du feu. Pour célébrer cette entente, Niquet ouvrit la gourde d'eau-de-vie, qui circula d'une main à l'autre, tandis qu'ils échangeaient quelques informations recueillies au Canada et dans les colonies rebelles afin de pouvoir organiser, tant par l'union des forces subversives que par l'astuce, la lutte contre la puissante armée britannique.

***

Xavier était à l'aise dans le village des Shawnees, il commençait à se familiariser avec leurs mœurs et à apprendre leur dialecte ; il y venait pour le commerce mais aussi pour tisser des liens utiles dans la poursuite de ses objectifs. Cette nation amérindienne, fidèle alliée des Français, acceptait mal la présence anglaise qui cherchait à s'imposer toujours plus loin sur les terres de l'Ouest.

Or, pour chasser les Anglais du territoire, il semblait essentiel que des ententes soient scellées entre les Shawnees et les rebelles, et Xavier dit le Renard était tout à fait qualifié pour inspirer confiance aux chefs des tribus amies et créer une alliance tactique avec eux. De plus, un pacte conclu entre Shawnees, *insurgents* et Canadiens était redouté par les armées anglaises, qui craignaient plus que tout la barbarie des sauvages, ces chasseurs de scalps qui collectionnaient ces trophées en témoignage de leur intrépidité.

Le Canadien savait se faire respecter, il en imposait aux autres aventuriers par son endurance, sa perspicacité, sa fidélité à la parole donnée et sa totale discrétion. Jamais de mots inutiles ni d'hostilité gratuite. Ce soir de janvier 1775, il se félicitait de la tournure des événements : il avait habilement négocié la liberté d'Angélique et des enfants, tout en enrichissant ses amis shawnees, qui avaient traité leurs prisonniers avec déférence. Perdu dans ses pensées, il songeait à ses parents, à sa mère surtout, qui ne cessait de pleurer sur le sort de sa fille et de ses petits-enfants, et il se félicitait de savoir combien leur retour à l'Île Du Pas soulagerait tout le monde. « Jamais je laisserai l'Anglais la ramener avec lui. Pus jamais », se promit Xavier en secouant sa pipe sur le sol durci.

— T'es ben morose, le Renard, remarqua Niquet dit Bellehumeur. C'est le sort de ta sœur qui t'inquiète ?

— Non, je sais que nos amis l'ont ben traitée.

— Tu veux une belle squaw pour te réchauffer ?

— Vaudrait mieux te taire, Niquet, plutôt que de dire des bêtises.

— Qu'est-ce que tu mijotes alors ...

— Tu le sauras si j'ai besoin de toi. Astheure, je m'en vais me coucher, je verrai ma sœur demain matin.

***

Angélique et ses deux petits garçons, toujours détenus dans un village sur les rives de la Susquehanna, partageaient la vie des femmes de la tribu. La femme blanche participait aux travaux d'entretien, apprenait les rudiments de leur langage, confectionnait de belles pièces d'artisanat et enseignait à ses compagnes quelques mots de français, ainsi que différentes techniques de travail. Quant à Gustave et Charles, ils vivaient comme les enfants du clan, libres et beaux. N'eût été l'absence de son époux et de sa fille, ainsi que l'inquiétude qu'elle causait à ceux qu'elle aimait, Angélique, qui aurait pu se dire heureuse de sa nouvelle existence, ignorait que, dans la grande tente du chef, son frère venait de négocier les modalités de sa libération.

La prisonnière sourit en regardant ses enfants pelotonnés l'un contre l'autre sur leur tapis de branches et sortit dans cette nuit de doux hiver. Autour des habitations, il n'y avait pas âme qui vive, excepté les chiens chassés des cabanes par les mères de clans et les quelques guerriers chargés de la surveillance de la tribu. Ils ne portèrent aucune attention particulière à la jeune femme ; ils étaient certains qu'elle ne tenterait pas de s'évader sans ses enfants.

La pleine lune, solidement accrochée au velours sombre de la voûte céleste, trônait au-dessus des Appalaches, éclairant le village endormi. Lumineuse, elle projetait sur le sol, à peine blanchi par une neige mouillée, l'ombre mouvante des nuages épars. La femme blanche descendit lentement vers la Susquehanna, qui coulait en serpentant vers la baie de Chesapeake, nom de lieu qu'elle entendait parfois quand Niquet versait dans les confidences.

Il arrivait souvent qu'Angélique s'amuse à lui tirer les vers du nez et l'encourage subtilement à faire étalage de ses expériences de voyageur. Il échappait alors des révélations spontanées et fort précieuses pour la prisonnière. Elle accumulait ainsi maintes informations utiles et préparait discrètement sa fuite, si l'occasion espérée se présentait.

Revêtue de sa pelisse de renard et de chauds mocassins aux pieds, Angélique souhaitait rester le plus longtemps possible hors de la tente, où la proximité des autres lui pesait. Elle aurait préféré dormir à la belle étoile, respirer l'air tiède de la forêt, entendre le bruissement de l'eau, mais il faisait trop froid en ce début de janvier pour qu'elle se permette ce caprice. « Quand le printemps viendra, si nous sommes encore icitte, je vais m'installer près de la rivière avec mes marmots », se promit Angélique.

Envoûtée par le calme de la nuit, si vaste et si pleine en ce pays, la femme captive jouissait de cette heure de liberté et profitait de la clarté lumineuse du ciel pour étudier la position des étoiles. Elle reconnut le même ciel que celui de son île et, à partir de l'éclatante Sirius, elle se rappela les constellations qui lui étaient familières ; par ailleurs, elle ne sut nommer l'amas d'étoiles chevelues regroupées au sud du manche de la Grande Ourse. « Cette constellation ressemble à des cheveux de femme. Étrange, je n'ai jamais vu le ciel si rempli d'étoiles, on dirait une coupole sertie de milliers de diamants », déduisait Angélique, perdue dans ses rêveries.

La nuit l'apaisait, avec ses secrets, ses ombres et ses lumières, avec ses animaux sauvages qui erraient dans la nature au repos, ces êtres mystérieux qui hantaient les forêts, avec ses amours, ses complots, ses bruits insolites et ses silences réparateurs. La nuit sur les rives de la Susquehanna lui plaisait ; cette nuit paresseuse semblait vouloir durer l'éternité et s'attardait entre les brumes de la rivière et les nuages qui chatouillaient la cime arrondie des Appalaches.

La lune disparut un instant derrière des cumulus et, alors que tout s'assombrissait, Angélique remonta lentement vers le campement, sous le regard détaché des gardes et des chiens, qui se disputaient une carcasse de raton laveur. En soulevant la toile de la tente, une forte odeur de corps endormis, de restes de nourriture et de fumée la fit reculer, mais elle n'avait d'autre choix que de regagner sa couche entre celle de ses enfants à gauche et, à droite, celle de Niquet et de sa compagne shawnee.

***

Très tôt le lendemain matin, une main amicale se posa sur sa chevelure en désordre, esquissant une caresse.

— Tu dors comme une marmotte, p'tite sœur !

— Xavier ! Mais grand Dieu, qu'est-ce que tu fais par icitte ? Comment tu nous as retrouvés ? Il est arrivé malheur à quelqu'un ? Raconte… Vite, des nouvelles de William, de mère, d'Anne…

Les mots déferlaient en cascade, se bousculaient, se perdaient dans les larmes douces et chaudes qui ruisselaient sur le beau visage d'Angélique ; son cœur battait à tout rompre. Elle croyait rêver !

— Chut ! Habille-toi et viens. J'ai à te parler, chuchota Xavier pour ne pas éveiller les dormeurs.

Près de la rivière engourdie par le froid, le Renard relata brièvement à Angélique les principaux événements qui s'étaient produits depuis son enlèvement et lui exposa ensuite les conditions de leur libération.

— Les Shawnees te garderont jusqu'au printemps, dans leur village, avec les enfants, et, quand les rivières seront navigables, je r'viendrai pour te ramener chez nous, à l'Île Du Pas.

Angélique l'écoutait, tout à fait captivée par le flegme et l'assurance de son mystérieux frère qui, ce matin, lui semblait à la fois familier et étranger. Elle reconnaissait les yeux sombres de son aîné, ses longs cheveux tressés, son corps robuste et trapu, sa voix ferme et sa démarche altière. Il circulait dans le village shawnee comme en pays connu, mais cet homme vêtu comme un sauvage la déconcertait. Il s'imposait par sa prestance, son autorité morale, son aplomb renversant, son intrépide sang-froid. Angélique voyait son frère sous un jour nouveau, il lui apparaissait aujourd'hui comme un véritable chevalier sans peur, un fin négociateur qui savait convaincre, séduire et gagner la mise.

— Niquet m'a confirmé que vous êtes bien traités, c'est vrai ? s'informa Xavier.

— Il a raison, mais la captivité me pèse, pis je m'ennuie de ceux que j'aime, mais je suis ben traitée, les petits aussi. Tu m'as pas parlé de mon époux…

— J'ai rien à dire, pis j'ai pas démenti ce que t'as laissé croire à Niquet, ça valait mieux comme ça. Je dois retourner chez nous pour informer nos parents que vous serez de retour avec les beaux jours. Je partirai dans quelques jours, ça te laisse du temps… si tu veux envoyer des choses à ta fille et à notre mère.

— À Mathilde aussi, qui doit se morfondre pour nous. Ta visite est comme une nouvelle naissance pour moi, je saurai jamais comment te remercier de…

— … de rien ! T'as qu'à être docile jusqu'à ce que je revienne et te montrer reconnaissante envers les Shawnees, qui sont nos amis.

— Tu fais du commerce avec eux ? Tu nous as échangés ?

— T'occupe pas de ça, c'est des affaires d'hommes. Je m'en vais trapper le reste de la journée, je verrai les enfants plus tard.

— Merci, Xavier ; la journée sera belle !

***

À des kilomètres du paisible village shawnee, William rongeait sa peine, maudissant le sort qui lui avait ravi sa femme et ses fils.

— Dès que le printemps viendra, j'engagerai des voyageurs anglais et nous les retrouverons, confia-t-il à Henry.

— Voyager avec des Anglais en pays ennemi n'est pas la meilleure idée, et tu ne pourras déserter l'armée une fois de plus sans être condamné à mort ; souviens-toi que les autorités militaires t'ont amnistié une fois, non par compassion mais par besoin de soldats. Conseil d'ami : reste tranquille et attends son retour, si Dieu le veut ! Prépare-toi plutôt à combattre les rebelles, qui ne manqueront pas de reprendre les hostilités dès que l'hiver tournera le dos.

— Je ne suis pas de la même trempe que toi, je n'ai jamais voulu de cette vie de soldat ; je ne demandais rien d'autre que d'habiter mon petit lopin de terre avec ma femme et mes enfants, de prendre le temps de vivre sans peur, sans faim, sans grondement de canons. Vivre en paix, est-ce encore possible en Amérique ?

— Tant qu'il y aura des hommes sur terre, il y aura aussi des guerres. Et le sage Hérodote disait: « Personne n'est assez insensé pour préférer la guerre à la paix ; en temps de paix, les fils ensevelissent leurs pères ; en temps de guerre, les pères ensevelissent leurs fils. » La guerre fait partie de la vie des hommes.

— Des rumeurs de négociation entre les deux parties circulent. Souhaitons que nous pourrons retourner dès le printemps auprès de nos familles.

— Je l'espère aussi, mais rendons-nous à l'évidence ! Tu sais combien Mathilde me manque à moi aussi, combien j'aimerais me retrouver auprès d'elle à la seigneurie de Berthier, mais il faut croire nos observateurs, qui ont de bonnes raisons de penser que les *patriots* préparent une grande offensive pour la fin de l'hiver. Il vaut mieux rester sur nos gardes plutôt que de rêver à un retour prochain dans nos foyers.

— J'ai très mal en dedans de moi, j'éprouve une peur permanente, tapie loin dans mon inconscient, une peur morbide, une sorte de désespoir que je n'arrive pas à raisonner.

— La disparition d'Angélique et des garçons a sans doute éveillé ce sentiment qui mine ton courage. Je comprends ta tristesse, ta colère même, car si Mathilde se faisait enlever, je ne connaîtrais plus de repos, aucune parole de consolation ni aucun conseil judicieux ne me réconforteraient. Seule l'amitié atténuerait ma peine ; je t'offre la mienne, sans condition et dans la confiance totale que tu sauras trouver la lumière et la force de revivre…

Partageant une dernière bière, les deux hommes scellèrent leur amitié en se serrant vigoureusement la main, assurés de la fidélité de leur engagement, quelles que soient les circonstances à venir.

* * *

Le temps doux du début de janvier 1775 avait fait place à la bise mordante, qui soufflait sans arrêt depuis quelques jours, soulevant des tourbillons de neige poudreuse qui s'amusaient à effacer tout indice de présence humaine dans la région du fort Ticonderoga. Le capitaine William De Laplace tenait à garder ses troupes en état d'alerte au cas où les rebelles tenteraient un assaut avec leurs alliés.

Les soldats s'employaient donc à déblayer les sentiers qui menaient aux casernes, tout en respectant les heures consacrées à l'entraînement et à l'entretien des armes. Ils se partageaient les corvées à la cuisine, à la buanderie et aux écuries. Il leur restait alors peu de temps pour l'oisiveté qui minait le moral des troupes. Les tâches accomplies, des militaires jouaient aux dés ou aux cartes, tandis que d'autres lisaient ou rédigeaient de longues lettres à leur femme aimée. William se laissait parfois tenter par l'écriture, souhaitant qu'un jour sa bien-aimée Angélique reçoive ces mots d'amour livrés avec tant d'espérance. Le cœur serré, il rangeait ensuite soigneusement ses lettres, ses poèmes et ses récits dans la sacoche de cuir qui ne le quittait jamais.

Le capitaine Henry Cairns, rongé par l'ennui, dessinait lentement les traits de sa femme, accentuant l'expression de ses yeux, la chaleur de son sourire, les courbes séduisantes de ses hanches, la rondeur de ses seins, l'ondulation de ses cheveux. Ce soir tout particulièrement, Mathilde lui manquait. Était-ce la plainte du vent ou le silence troublant de la nuit qui chassait le sommeil ? Empreint de nostalgie, il ralluma la bougie et, par-delà l'espace et le temps, il combla l'absence en écrivant à sa bien-aimée :

Fort Ticonderoga, 25 janvier 1775

Mon amour, mon lys d'eau, my love,

L'hiver s'étire dans l'attente de vous retrouver, précieuse épouse ; chaque battement de mon cœur me rappelle tout l'amour qui me lie à vous à jamais. Tout le long de mes trop longues journées, je me demande à quels travaux vous vous occupez, quelle broderie vous inventez, quels livres vous lisez.

Dans ses lettres, Catherine me raconte vos journées passées au manoir, les progrès des enfants, les actions politiques de James, la vie campagnarde des habitants. Il semble aussi que Julia soit devenue plus coquette… Aurait-elle succombé aux charmes du maître Thomas Mandeville, qui paraissait sensible aux qualités de la dame de compagnie de ma sœur, ou à un soupirant anglais nouvellement installé à la seigneurie de Berthier ?

La dernière esquisse de vous, que je viens tout juste de terminer, m'inspire pour préparer notre nid. Épouse et mère aimante et aimée, je vous imagine dans chacune des pièces, vaquant à vos occupations, nourrissant nos enfants des récits de vos îles fabuleuses, du fleuve infini et de rives habitées pour qu'ils restent attachés à vos racines. Dès que mes travaux me laissent un peu de liberté, je dessine les plans de notre logis (copie incluse dans cette lettre). La façade de notre maison donnera sur le fleuve de votre enfance ; de notre chambre, nous verrons le soleil se lever avec la promesse de chaque jour à inventer et, devant la vaste cuisine, la Commune s'étendra à perte de vue.

En rêve, je vous vois près de l'âtre, belle de nuit, vos cheveux de soleil et de miel retombant en boucles dorées sur vos épaules nues, berçant notre dernier-né en fredonnant, lisant ou brodant, et moi, à vos côtés, me délectant de vous, ma belle épouse. Est-ce trop demander à la vie de nous laisser tout le temps de nous aimer, de fonder une famille et de vieillir ensemble près du fleuve éternel où nos âmes et nos cœurs se rejoindront dans une communion ineffable ? Le maître qui se joue de nos destinées nous sera-t-il favorable ? Je crois profondément que, quel que soit notre destin, la force de notre amour résistera à toutes les tempêtes.

Vous lisez sans doute dans « The Gazette » des nouvelles au sujet de la guerre, qui hiberne comme une marmotte pendant la dure saison. Mais il faut nous méfier de l'eau qui dort et nous préparer pour la reprise des hostilités. Hier, le commandant a informé les officiers que la majeure partie de nos troupes devra partir prochainement : les appels à la mobilisation des rebelles se feraient apparemment plus insistants. William n'est pas encore au courant de ce changement, je ne sais si cela lui sera salutaire ou néfaste. Il ne se console pas de la disparition d'Angélique, rien ne réussit à lui faire oublier ses malheurs. Je comprends ses sentiments, car comment pourrais-je vivre sans vous, ô ma bien-aimée ?

Ma prochaine lettre vous parviendra probablement d'une autre destination, que je ne peux vous révéler maintenant. Vous pourrez adresser les vôtres au fort Ticonderoga, on me les fera suivre. Prenez bien soin de vous, mon bel amour. Chaque soir, avant de m'endormir, mon corps vous cherche, mes pensées vous rejoignent et mon cœur vous aime.

Votre époux bien-aimé, Henry

26

À la fin de cet interminable hiver, le temps du carême revint tout enveloppé de sacrifices, de prières et d'aumônes. Les habitants étaient rentrés chez eux, après avoir festoyé d'une maison à l'autre, entre Noël et le Mardi gras, passant de rigodons et de chansons à boire aux jeux de cartes, de dés et de dominos. Le temps des fêtes, qui était bel et bien fini, laissait toute la place au recueillement. En ce mercredi des Cendres, l'église austère, drapée dans ses vêtements de deuil, était remplie de pénitents, venus demander au Père du ciel de les sanctifier par la prière et le jeûne ; ces quarante jours, qui commençaient par la célébration de la liturgie, invitaient tous les catholiques à la pénitence et à l'humilité.

— « *Immutémur hábitu, in cínere et cilício*… Changeons de vêtements, couvrons-nous de la cendre et du cilice… », entonna le chœur dirigé par Firmin.

Recueillis, les fidèles inclinaient la tête devant leur curé, qui signait d'une croix chacune de ses ouailles en déposant un peu de cendre sur leur front : « Souviens-toi, ô homme, que tu es poussière et que tu retourneras poussière », répétait le curé Papin, s'arrêtant devant chacun de ses paroissiens. Et la longue cérémonie se termina par une oraison : « *Humiliáte cápita vestra Deo*… Inclinez vos têtes devant Dieu… » Un silence empreint de respect flottait dans l'assistance comme un voile retenu ; même à la sortie de l'église, les voix se faisaient discrètes, et les gestes, mesurés. La Marie-Louise resterait muette jusqu'à la Pâque, ne laissant entendre que les tintements lents et tristes des glas funèbres. Toute la durée du carême, elle résonnerait avec une certaine réserve, et ce, seulement pour appeler les habitants à l'angélus, aux offices religieux ou pour annoncer les baptêmes des nouveau-nés.

L'hiver croulait de toutes parts, la neige fondait, les rivières s'emballaient, les jours s'allongeaient, signes tangibles que reviendrait bientôt la saison de l'espérance. Le temps s'adoucissait, les ornières devenaient de vrais ruisseaux et, par endroits, la chaussée disparaissait sous l'eau mêlée de glace qui se perdait dans la profondeur des fossés. Les chevaux s'engluaient dans cette bouillasse épaisse, les voitures s'enlisaient, les cochers juraient. Les croix mouillées du cimetière pleuraient goutte à goutte, sur le sol retourné, la mort de quelques habitants, laissant de grands vides dans les familles endeuillées. Tous souhaitaient le retour de l'été, des journées lumineuses, des champs généreux, des fêtes foraines, des orages et des arcs-en-ciel.

Après la cérémonie des Cendres, Mathilde s'esquiva discrètement. Elle avait besoin de solitude pour relire encore une fois la dernière lettre d'Henry, reçue il y avait quelques jours à peine. Le cœur chaviré comme les rivières en débâcle, elle marcha lentement vers le lopin de terre où s'élèverait bientôt leur maison et où naîtrait l'enfant qui s'installait bien au chaud dans son ventre fécond. Repérant une souche sur la rive, à l'embouchure de la Bayonne, elle s'y assit et contempla une fois de plus le paysage familier qui s'étalait à perte de vue devant elle.

La rivière, enfin libérée, avalait avec appétit les morceaux de glace, les branches cassées, les débris accumulés durant l'hiver ; elle fonçait ensuite vers le fleuve comme un animal en colère, dans une course furibonde. Mathilde faisait sien ce déchaînement de la nature, elle s'appropriait ce bruit tumultueux, cette violence des eaux qui faisait taire et apaisait sa propre tourmente. Dans un geste de tendresse, elle posa les mains sur son ventre arrondi et imagina les traits qui se dessinaient dans le secret de ses entrailles. « Mon cher petiot, c'est au pays de mes ancêtres que tu verras le jour et c'est près des eaux de ce grand fleuve que tu grandiras ; tes racines se mêleront aux miennes et traverseront les océans pour se joindre à celles de ton père bien-aimé, venu d'un lointain pays. »

Reposée et apaisée, elle arpenta le lot offert par James Cuthbert le jour de leur mariage. Des arbres avaient déjà été abattus et les repères marquant l'emplacement de la maison avaient été plantés par Alexandre Cairns. Il avait informé Mathilde que les travaux de construction commenceraient dès que le sol serait prêt à recevoir les fondations. Pris par ses obligations militaires, Henry avait légalement délégué son cousin Alexandre pour faire exécuter les travaux. Il ne verrait donc pas leur maison s'ériger jour après jour ni leur enfant déformer peu à peu la taille élégante de sa femme.

Mathilde le plaignait, c'était elle qui avait hérité de la meilleure part : elle dormait bien au chaud chaque nuit, vivait entourée d'enfants, de paix et d'amour. Elle prenait le temps d'observer le soleil se lever au petit matin et se coucher dans la splendeur des soirs, tandis que son amour devait partager sa couche dure, sous la tente, avec ses compagnons d'infortune, privé de tendresse, constamment menacé de balles meurtrières.

— Hou, hou ! T'es là, Mathilde ?

— Oui, viens, Firmin ! Par icitte ! Près du fleuve.

— J'ai pensé que je te retrouverais sur ton lopin de terre. Ce cadeau était un geste ben généreux de la part du seigneur Cuthbert.

— En effet, mais c'est presque rien pour mon beau-frère, qui peut ben offrir un bout de ses terres, c'est un riche propriétaire qui continue d'acheter des seigneuries des alentours.

— Malheureusement, l'invasion probable des armées rebelles retardera la réalisation de ses projets.

— Il croit fermement que les armées anglaises vaincront rapidement les rebelles, qui s'enfuiront comme des lapins, et que rien ne l'empêchera d'acquérir prochainement une partie des seigneuries Dautray et de Maskinongé.

— Est-ce qu'on verra votre maison icitte dès le printemps ? demanda Firmin.

— Si Dieu le veut ! Viens, regarde le dessin qu'Henry m'a envoyé, dit Mathilde, déployant devant son frère le plan détaillé de leur futur foyer. Vois ici, cette grande pièce. Tu aimerais y habiter ?

— Tu m'invites à venir vivre avec vous ?

— Cette offre plaira aussi à mon époux, qui sera sans doute très souvent parti. Te savoir près de moi et de nos enfants le rassurerait. Ben sûr, c'est à toi seul qu'appartient la décision ; penses-y, rien ne presse, mais j'aimerais tant que tu vives chez nous.

— Merci, je vais peser le pour pis le contre et en discuter avec le curé Papin. Je passe deux jours par semaine à l'Île Du Pas où je fais la classe, pis je souhaite aussi continuer à servir la paroisse où je suis ben utile.

— Je vais pas t'emprisonner, petit frère ! plaisanta Mathilde, enlaçant Firmin avec tendresse. Pis ce serait juste en attendant que tu trouves une épouse.

— Ce sera pas pour demain, je rêve toujours de partir en mission dans les pays d'en haut… Je pourrais être utile là-bas aussi.

— Tu dois suivre ton cœur, toi aussi, mais t'auras toujours ta place dans notre maison.

— Merci, Mathilde. Rentrons maintenant, c'est encore frisquet.

***

Dès qu'elle eut une minute libre, Mathilde sortit la plume, l'encrier et ses plus belles feuilles de papier. Henry devait savoir. Si elle avait décidé de garder le secret jusqu'à ce jour, c'est qu'elle voulait d'abord s'assurer qu'elle ne perdrait pas le fœtus au cours des premiers mois et aussi pour préserver son époux le plus longtemps possible des soucis que lui causerait sa grossesse. Mais les changements évidents de son corps ne pourraient plus être dissimulés sous ses larges jupes ; elle ne pouvait plus tarder à lui annoncer la venue de l'enfant, et ce, rapidement.

Manoir de Berthier, 30 mars 1775

Mon tendre amour,

Où serez-vous quand vous lirez cette lettre que je vous écris au retour d'une promenade sur notre lopin de terre ? Vous me manquez tant. C'est avec une infinie tendresse que je cherche les mots les plus précis, les plus beaux, les plus riches, mots que vous n'oublierez jamais, mots qui vous combleront de bonheur, vous, mon cher époux. Je n'ai pas votre habileté ni votre aisance pour exprimer mes sentiments, mais soyez assuré que c'est avec tout l'amour que j'ai pour vous que je vous annonce qu'à votre dernière visite, en novembre, vous avez fait de moi une mère. Notre vœu le plus cher se réalisera, je porte notre enfant qui naîtra à la fin de l'été.

Il ne prend pas encore beaucoup de place, mais il occupe déjà toutes mes pensées et remplit mon cœur. Je lui parle de vous et, chaque matin, j'implore le ciel de vous protéger, de vous préserver la vie afin que notre enfant puisse vous connaître et vous aimer. Je rêve qu'un jour vous lui ferez traverser les océans et que vous lui apprendrez le pays de vos ancêtres, les ciels azurés et les montagnes sauvages que vous dessinez si finement. Je rêve aussi d'une vie douce et paisible sur les rives du fleuve, entre le soleil et le brouillard, mais toujours à vos côtés, partageant nos projets, nos échecs, nos joies et nos peines.

Je n'ose imaginer toutes les privations que vous vous imposez, toutes les souffrances que vous endurez, le froid, l'humidité, le manque de confort et, par-dessus tout, la mort qui vous guette constamment. Je n'envie pas votre sort, mon bel amour, ni vos exploits héroïques. Oui, la paix m'est plus chère que la guerre. Craignant d'apprendre ce que je veux ignorer, je ne lis plus « The Gazette » et je me soustrais aux conversations portant sur les engagements militaires ; depuis que j'attends un enfant, je tremble davantage à la pensée que la mort vous guette. Comme vous me manquez alors que tout autour de moi s'éveille à la vie !

Que notre sainte Mère Marie, la mère de toutes les mères, vous protège et vous ramène jusqu'à nous. Je vous aime plus que jamais,

Votre épouse aimée,

Mathilde

Partagée entre divers sentiments qui l'habitaient, Mathilde ouvrit la fenêtre de sa chambre et s'attarda à regarder le fleuve pressé qui charriait le reste de l'hiver vers les grandes eaux du large. Elle repensa avec émotion à leur voyage à Québec, l'été précédent, à la vastitude du monde, qu'elle découvrait un peu plus chaque jour, grâce à ses lectures et à ses conversations avec Catherine et l'instituteur des gamins. Elle sourit à l'enfant qu'elle portait, espérant que l'avenir lui serait favorable dans ce monde en perpétuel mouvement. « Maintenant, je peux annoncer la bonne nouvelle à Firmin et à mon amie Adèle, décida Mathilde, qui referma la fenêtre sur le soleil du midi. Et à Catherine aussi, quand je lui remettrai la lettre pour Henry. »

L'esclave entra avec un plateau de fruits. Elle respirait avec peine, des gouttes de sueur perlaient sur son front d'ébène.

— Sarah, tu sembles fatiguée. Va te reposer, je vais préparer ma chambre moi-même ce soir.

Aux derniers jours de sa grossesse, la pauvre femme avait bien besoin de repos, et Mathilde, qui compatissait à ses inquiétudes et à ses malaises, veillait sur elle avec sollicitude.

***

James Cuthbert était de mauvais poil depuis quelques jours, car ses projets n'avançaient pas aussi vite qu'il le souhaitait. L'atmosphère au pays était pesante comme un ciel lourd de nuages précurseurs d'orages ; on eût même cru que le tonnerre grondait au loin.

Quand il n'était pas à Québec, le seigneur, préoccupé par la situation précaire de la colonie britannique, restait la plupart du temps dans son bureau, à rédiger de longues lettres ou à discuter avec Alexandre Cairns des affaires courantes de la seigneurie. Il arrivait souvent que la femme de l'intendant, Rebecca Mc Connell, passe la soirée avec Catherine, et parfois, comme ce soir, que Mathilde se joigne à elles pour jouer aux dés, aux dames ou aux cartes tout en parlant de sujets divers.

Jetant un regard vers Rebecca, Catherine glissa dans la conversation :

— Vous savez que Mathilde porte un enfant ?

— Oh ! Vous m'en voyez ravie, chère Mathilde. Mais je suis un peu jalouse, confia Rebecca. Maintenant que nous sommes bien installés à Berthier, nous pensons aussi à élever une famille.

— C'est un bien grand bonheur, vous verrez, enchaîna Catherine, tout en distribuant les cartes.

Elle se plaisait à raconter, une fois de plus, l'enfance choyée d'Henry et faisait rire ses compagnes en rappelant les espiègleries du temps qu'il était gamin. Elle évoquait leurs chevauchées dans les landes arides d'Écosse et leur complicité fraternelle, qui remontait aussi loin que son souvenir la portait vers les terres ancestrales. Mathilde sourit à l'évocation de ces souvenirs, en caressant son ventre habité.

— À qui tu ressembles, petit ? Je t'imagine aussi séduisant que ton père.

— Ce sera peut-être une fille, rectifia Rebecca.

— Une femme aussi peut être charmante ! rappela Mathilde. Une fille qui hériterait des qualités d'Henry se verrait ouvrir toutes les portes de la noblesse !

— Vous avez raison, et si mon frère retrouve, en votre enfant, la finesse de vos traits, il en sera heureux, il vous aime tant ! Allons dormir maintenant, nous avons besoin de repos.

***

Mathilde venait à peine de s'assoupir qu'un timide froissement, tout près d'elle, la surprit dans sa torpeur.

— M'dame Mathilde, venez. Sarah, besoin, bredouilla Rose, affolée.

Rapidement, elle suivit l'esclave et rejoignit leur logis, chichement éclairé. Sarah marchait péniblement dans la modeste pièce, retenant son souffle.

— C'est le temps de la délivrance. Je vais rester avec toi. Crains rien, je suis là, murmura Mathilde, tentant de rassurer la pauvre femme.

Au regard épouvanté de Sarah, Mathilde sut tout de suite que sa servante n'avait pas saisi ses propos ; elle répéta lentement :

— Petit arrive. Moi rester avec toi.

De grosses larmes coulaient sur le visage émacié de l'esclave qui frissonnait et gémissait. Son frère, Joshua, se tenait coi dans l'ombre de la pièce, tortillant ses doigts et murmurant une incantation. Mathilde devait prendre la situation en main, et vite.

— Joshua, va chercher la veuve Nolan. CU-NÉ-GON-DE. Dis-lui : bébé va arriver, venez vite. Elle saura ce qu'il faut apporter. Fais vite, et toi, Rose, mets de l'eau à chauffer.

Un filet gluant coula entre les jambes de Sarah, qui retint un cri en serrant les poings. Mathilde l'invita à se coucher sur la paillasse mais, instinctivement, l'esclave préférait s'accroupir en gémissant.

— Viens, Sarah, il vaut mieux marcher lentement, je vais t'aider. Ferme les yeux, respire profondément… C'est bien. Recommence… Il faut plus de lumière, Rose, allume d'autres bougies.

Épuisée, Sarah consentit à s'allonger sur le lit de paille et se détendit entre deux contractions. Mathilde essayait de la rassurer en lui parlant posément et en essuyant son front moite, priant pour que Cunégonde ne tarde pas trop.

Dès que la sage-femme entra dans le logis, elle s'occupa de l'esclave qui recommençait à se plaindre. Sans perdre un instant, la veuve Nolan posa son oreille sur le ventre tendu de Sarah. Percevant à peine les faibles battements du cœur de l'enfant, elle sut que le temps pressait ; alors, d'une main sûre, elle explora le col étroit où le bébé semblait en détresse, coincé dans ce passage exigu.

— Il faut des linges propres, de l'eau chaude, des ciseaux. Demande à Rose de les mettre à chauffer, pour tuer les saletés.

Une plainte voilée et de grosses gouttes de sueur, qui perlaient sur le front de Sarah, trahissaient sa souffrance. Cunégonde massait vigoureusement le bas-ventre de l'esclave avec un baume composé d'huile de menthe, tout en surveillant la fréquence des contractions utérines. D'une voix rassurante, elle encourageait l'esclave à pousser pour expulser le bébé avant qu'il ne meure étouffé.

— Tiens, bois cette infusion de verge d'or, très lentement, proposa la veuve Nolan, guidant Sarah dans cette expérience à la fois affolante et émouvante.

Après quelques heures de poussées et de gémissements retenus, Sarah laissa échapper un cri effrayé ; une petite tête crépue s'engagea alors vers la sortie, mais la mère manquait de force, il fallait de toute urgence aider l'enfant à venir au monde. Réagissant à la manipulation efficace de Cunégonde, l'enfant émit un faible cri ; satisfaite du travail accompli, la sage-femme le déposa ensuite sur le sein de Sarah et coupa le cordon.

— C'est un garçon. Sarah, tu as un fils. Comment vas-tu l'appeler ?

— Euh…

— Daniel, proposa Mathilde. Je pourrai être sa marraine ?

L'esclave sourit faiblement en signe d'acquiescement; inquiète de la santé de cet enfant si fragile, elle le serra contre elle.

— Mathilde, occupe-toi du petiot; j'vais surveiller les saignements de la mère.

Le bébé chétif ne cherchait pas à téter comme les autres nourrissons. Il gémissait faiblement et ne paraissait pas en très bonne santé. Sarah l'approcha de son sein, qu'elle pressa entre ses doigts pour en faire jaillir le précieux liquide, et insista pour qu'il en avale quelques gouttes.

— Rose, viens ici, dit Cunégonde. Je vais te laisser du fenouil à infuser. Tu en prépareras chaque jour pour Sarah, c'est pour le lait, précisa-t-elle. Je reviendrai au cours de la journée, mais si quelque chose d'anormal se passe avant mon retour, envoie Joshua.

— Je peux veiller sur eux dans les prochains jours; je suis inquiète du petit, chuchota Mathilde.

— S'il réussit à téter, il va se réchapper, mais il semble ben feuble, ce négrillon. Il faudra aussi le garder au chaud et masser souvent ses poumons pour qu'il respire mieux.

— Je ferai comprendre ça à Sarah, vous inquiétez pas. Allez dormir, je resterai avec elle.

— Tu portes un enfant? Je le vois dans ta démarche.

— Un petit, qui fera le bonheur de mon capitaine et le mien, assura Mathilde en souriant.

— Votre mariage aura longue vie, affirma la veuve Nolan, accrochant son regard trouble à celui de Mathilde.

— Merci d'être venue; je vous ferai appeler s'il y a quelques complications.

— Ce sera difficile pour elle et le petiot. Surveille-les bien tout en ménageant tes forces. Bonne nuit !

***

La nuit fut longue. Mathilde veilla, pendant que Joshua et Rose se reposaient. Dans quelques mois, ce serait elle qui donnerait la vie, qui tiendrait sur son sein le premier héritier d'Henry Cairns… À maintes reprises, elle prit le nouveau-né, le réchauffa, le frictionna avec le baume de menthe laissé par Cunégonde ; elle tenta, par des gestes tendres, de revivifier ce petit, qui semblait refuser la vie qui lui était offerte.

Pendant sa veille, Mathilde songea que, vu la santé précaire de l'enfant, il était urgent de le conduire à l'église pour le baptême. Dès le lendemain, après la messe matinale, Adèle porta l'enfant vers les fonts baptismaux, où le curé Papin prononça la formule consacrée : « Daniel, je te baptise au nom du Père, du Fils et de l'Esprit-Saint. » Mathilde et Firmin acceptèrent la responsabilité d'être marraine et parrain de ce bébé mulâtre, enregistré comme appartenant à Cuthbert, et né de père inconnu.

Sarah peinait à reprendre ses forces et Mathilde, soucieuse du bien-être de l'esclave, proposa de veiller sur elle toute la nuit suivante, en partageant les heures d'accompagnement. Rose resterait près de Sarah jusque vers minuit, et Mathilde, après quelques heures de sommeil, viendrait la remplacer.

Il faisait froid dehors, le vent entrait par les interstices des ouvertures et, à l'aube naissante, la neige commença à tomber mollement. Mathilde remplit de nouveau le poêle de bonnes bûches de chêne, emmaillota Daniel et le coucha près de sa mère. Les yeux fatigués, elle s'assoupit et sombra ensuite dans des rêves échevelés qui la menèrent vers sa cousine Angélique, dont elle s'inquiétait tant depuis sa disparition.

***

Mathilde ignorait que Xavier et quelques sauvages étaient partis au village shawnee vers la mi-février pour finaliser l'échange conclu quelques semaines plus tôt, car son cousin avait exigé des membres de sa famille le secret absolu en ce qui concernait ses actions et ses stratégies.

— Gardez-vous bien d'informer qui que ce soit de mes démarches pour ramener Angélique et les enfants : une parole de trop et tout pourrait échouer, avait ordonné Xavier. Si ma sœur tombait entre d'autres mains, cette fois, ni elle ni les petits en reviendraient vivants.

— Même Mathilde, qui se fait tant de peine pour Angélique, doit rester dans l'ignorance ?

— Surtout elle ! Les Anglais de Ticonderoga doivent jamais savoir qui a enlevé Angélique et encore moins qui l'a aidée à revenir. Compris ?

— Bouche cousue, promit Marie, qui voulait tout faire pour que le retour de sa fille ne soit en rien compromis.

La nuit précédant son départ, Xavier avait emprunté le chemin du fleuve, afin de se rendre au cimetière, près de la dalle funéraire de Guillaume Piet, où Julia avait dissimulé une liasse de lettres adressées à G.M. et à son amie bostonnaise. Après s'être assuré de ne pas être vu, il avait saisi le paquet et avait filé comme un renard vers la chaloupe cachée sous un tronc d'arbre. Ramant sans faire de bruit, il avait suivi le chenal du nord vers l'est et longé ensuite l'Île Du Pas, jusqu'au quai qui menait au sentier de leur maison.

La froide obscurité de cette nuit brouillée de nuages lui avait permis de remplir efficacement son engagement auprès des rebelles des colonies, et ce, avec la secrète complicité de Julia. Et jamais le taciturne et discret Xavier ne chercherait à connaître les raisons qui poussaient l'Anglaise à trahir ses maîtres, pas plus qu'il ne jugeait George, qui jouait de séduction auprès d'elle, afin d'obtenir les renseignements fort utiles à la réussite de la rébellion.

Il savait que G.M. n'avait aucune intention de ramener Julia à Boston où il partageait sa vie avec une certaine Harriett. À chacun ses secrets !…

***

Marie, comblée de bonheur, s'était fait un devoir de ne pas laisser Xavier partir les mains vides ; elle se devait de récompenser la générosité des Shawnees en leur offrant ses meilleures provisions dont elle avait rempli la besace de son fils.

Et chaque dimanche depuis le départ de Xavier, à la fin de la messe, Marie allumait un cierge devant la statue de la madone pour la remercier d'avoir exaucé ses ferventes prières. Depuis quelques jours, fébrile, accompagnée de sa petite-fille, elle scrutait l'horizon, interrogeait le ciel sur le temps qu'il ferait et attendait le canot qui ramènerait sa fille à la maison.

La saison des promesses s'annonçait belle.

27

Autant le mois de mars s'était fait lumineux, autant le début d'avril se montra maussade. Il crachait une pluie épaisse et collante sur les terres en jachère depuis l'automne précédent. Ce début de printemps se moquait des habitants en retardant la libération des champs emprisonnés par le froid. Il dupait, par les gels et dégels inopinés, tous ces voyageurs qui attendaient fébrilement le retour de la belle saison pour retrouver leur liberté perdue pendant tout l'hiver.

Le fleuve belliqueux, retenu dans son long voyage pendant toute la saison hivernale, se vengeait de la présence envahissante des humains sur ses rives millénaires en étendant avec insolence ses eaux froides sur les terres des riverains, inondant les îles, aussi loin qu'il pouvait déployer ses bras. C'était lui le maître. Il arrachait les troncs d'arbres morts, bousculait les embarcations amarrées, charriait les blocs de glace dans la plus totale cacophonie, indifférent aux drames qui se jouaient entre ses eaux traîtresses.

Marie s'inquiétait de ses enfants, retardés par le mauvais temps qui rendait la navigation périlleuse. Elle terminait avec peine ses tâches domestiques, oubliait d'attiser le feu, repassait cent fois au même endroit, absorbée dans ses pensées.

— Arrête de tourner autour de la cuisine, ma femme. Ton énarvement les fera pas arriver plus vite, batinche !

— Depuis le temps que Xavier est parti, ils devraient être là depuis quelques jours déjà, se désolait Marie.

— Fais confiance à Xavier pis aux sauvages : ils connaissent ben les rivières, ils reviendront, c'est sûr ! Il nous a pas dit clairement où Angélique et les petits étaient tenus prisonniers, mais j'ai idée que c'est ben loin d'icitte. Faut juste être patients, ma femme, pis je peux te garantir qu'elle partira pus avec son Anglais, ça je le jure devant le bon Dieu ! dit Olivier en se signant.

— Que l'bon Dieu t'entende !

— Mère s'en vient ? demanda Anne, comprenant que ses grands-parents discutaient du retour des voyageurs attendus.

— Pas encore, mais ça tardera pas, affirma grand-père Olivier en caressant les cheveux de l'enfant.

***

La Semaine sainte ramena le soleil et la chaleur du midi qui faisaient s'échapper des volutes de fumée de la terre humide ; les loriots picoraient les branches nues pour y trouver quelques insectes, et les merles gourmands se repaissaient des vers de terre, à peine sortis de leur hibernation. Les vaches retrouvaient leurs prairies où elles mettaient bas dans la liberté des grands espaces. Leurs veaux gambadaient, sous l'œil protecteur de leur mère ; ils s'éloignaient un moment et revenaient, affamés, vers le pis gorgé de lait, qu'ils tétaient effrontément, sans aucun égard envers la mamelle nourricière. Les vaches meuglaient, secouaient la tête de désespoir, comme découragées devant la maladresse de leur petit. Elles ruminaient lentement, soumises à leur destin, attendant la fin de la tétée.

Les bœufs et les chevaux reprenaient le travail aux champs. Ils trimaient dur, arrachant les souches, transportant les billots ou nivelant les routes cahoteuses. Sur les rives de la Bayonne, plus sage que le fleuve encore impétueux, des femmes s'activaient à battre le linge, dans une joyeuse cacophonie, alors que les enfants, contents de retrouver leur liberté, poussaient leurs cerceaux avec des baguettes autour des maisons encore enchaussées de paille ou de fumier.

***

L'assistance aux célébrations liturgiques occupait une bonne partie des journées des paroissiens, tradition religieuse que Julia jugeait rétrograde et improductive. Elle en fit la remarque à Catherine, tout en préparant l'heure du *tea* au petit salon.

— S'ils travaillaient, plutôt que de respecter toutes ces journées fériées, les habitants gagneraient plus d'argent ! Mais l'oisiveté semble faire leur affaire, ils sont si paresseux !

— Vous êtes trop sévère envers les Canadiens, lui reprocha la seigneuresse ; appréciez plutôt tout le travail qu'ils font pour augmenter les revenus de la seigneurie.

— Mais ils refusent tout de même de se joindre à la milice pour la défense de la colonie, malgré la volonté de votre époux de former un corps de miliciens à Berthier, pour répondre aux attentes du gouverneur. Ces Canadiens n'aiment pas les Anglais et souhaitent vivement le retour des Français.

— Vous semblez bien informée, observa Catherine, presque inquiète.

— Ça crève les yeux, on en parle partout autour du manoir ! Je n'ai aucun doute sur leurs intentions ; il faudrait vous méfier davantage de cette population hypocrite et déloyale.

— Je ne partage pas vos idées ni vos observations à propos des Canadiens qui nous entourent et qui nous servent fidèlement depuis notre arrivée à la seigneurie de Berthier. Mon époux est du même avis que moi, j'en suis persuadée.

— L'avenir prochain nous dira qui a raison, ironisa Julia en servant le *tea* et les *scones* à la seigneuresse, pendant que Thérèse s'affairait aux fourneaux pour préparer les festivités de Pâques.

***

La cuisinière régnait en souveraine sur son royaume ; formée de main de maître par Adèle, Thérèse accomplissait son travail avec compétence et ingéniosité. Au besoin, elle savait déléguer les tâches plus légères à Mathurine Piet, à qui elle enseignait tous les secrets appris des années plus tôt; il fallait bien assurer la relève. Heureuse de rapporter à sa mère le salaire gagné à la cuisine du manoir Cuthbert, Mathurine s'appliquait à maîtriser les pratiques culinaires qu'on lui avait montrées, en faisant le potage ou le pot-au-feu, en pétrissant le pain, en ajoutant des assaisonnements de persil, d'oseille, de girofle ou de la muscade, selon les plats préparés par Thérèse.

Mais en cette Semaine sainte, la table était plus frugale, il fallait bien respecter le jeûne sévère imposé par le cinquième commandement de l'Église: « Quatre-temps, vigiles jeûneras, et le carême entièrement. » Il en serait ainsi jusqu'à ce que la Marie-Louise annonce joyeusement la résurrection du Christ, moment que les fidèles attendaient impatiemment, pour se rassasier de viande, de pâtisseries et de tous ces délicieux caprices proscrits pendant les quarante jours de pénitence.

Marie Huguenin n'échappait pas à la mortification ni à la prière; elle intensifiait ses suppliques, afin que ses enfants reviennent à temps à la maison pour célébrer la fête de Pâques. Son cœur lui disait qu'ils étaient tout près, qu'ils descendaient la rivière Richelieu et qu'ils s'approchaient des environs de Saurel.

Elle ne se trompait pas car, à l'heure où les cloches sonnaient la fin du carême, Xavier et Angélique, à bord d'un rabaska bien rempli, longeaient l'île de Grâce et ramaient allègrement vers l'île Saint-Ignace-de-Loyaula. Il ne restait qu'une dernière lieue à naviguer avant d'accoster au quai de la famille Huguenin, à l'Île Du Pas.

Les voyageurs tant attendus revenaient en même temps qu'apparaissaient, dans les marais des îles, les milliers d'oiseaux migrateurs, qui s'arrêtaient là, quelques semaines, pour s'alimenter dans les champs et dormir sur les eaux du fleuve en se laissant bercer au rythme du courant. Ces grands bourlingueurs, tout comme Xavier et Angélique, avaient parcouru une longue et épuisante route, affronté les vents froids, traversé les tempêtes, cherché leur nourriture; ils s'étaient réchauffés au soleil printanier et avaient enfin posé leurs ailes fatiguées sur les rives du fleuve.

Ti-Loup fut le premier à flairer l'odeur des voyageurs qu'il accueillit par des aboiements joyeux. Charles et Gustave, intimidés, n'osaient sauter sur le quai ni cajoler le chien, qui tournait autour d'eux comme une girouette agitée par le vent, la queue frétillante, en quête d'une caresse. Olivier reconnut à peine ses petits-fils, qui avaient un teint beaucoup plus basané qu'à leur départ ; de plus, ils étaient vêtus comme de petits sauvages.

— Vous avez ben grandi, les gars ! Pépère vous reconnaît pus ! Laissez la jupe de votre mère, pis venez me voir !

Angélique poussa ses fils vers son père et courut vers Anne, qui sautillait d'une jambe sur l'autre, impatiente de retrouver sa mère. Mère et fille, enlacées et silencieuses, communiaient aux mêmes sentiments, dans l'intensité de ces retrouvailles tant attendues. Dans ces moments de grâce, la présence seule remplissait tout l'espace. Et Marie, un peu à l'écart, laissait couler des larmes de joie qui se mêlaient sans honte aux larmes de regrets.

— J'aurais jamais dû les laisser partir l'été passé, rappela-t-elle à Xavier qui amarrait l'embarcation chargée de bagages.

— Je m'occuperai ben de lui faire entendre raison, s'il y a une prochaine fois, ça, je vous le jure !

— Que l'bon Dieu t'entende, mon fils !

Enhardis, les deux garçons rejoignirent leur sœur, et les trois enfants coururent ensemble vers la maison en jouant avec Ti-Loup, tandis que Marie se tournait vers Angélique.

— Après un si long voyage, vous devez ben mourir de faim et de fatigue.

— Nous avons trouvé à manger chaque jour, mère, la rassura Angélique en se blottissant dans les bras de Marie.

Trop émue pour pleurer, la jeune femme, qui avait tant rêvé à ce jour où elle remonterait le sentier de sa maison, humait à pleins poumons l'odeur de la terre mouillée qui bordait le fleuve, encore trop plein, et elle se laissa envelopper de toute la beauté de son île, enfin retrouvée.

* * *

Xavier, fort et agile, déchargea le rabaska, aidé des deux Shawnees qui les avaient accompagnés jusqu'à son île. Il maîtrisait parfaitement leur langue et communiquait toujours avec eux par signes ou dans leur dialecte. Il avait épousé avec aisance le mode de vie de ses amis, il aimait leurs coutumes, usait de la même liberté et affichait comme eux un mépris non déguisé envers les envahisseurs anglais. Indépendant et fier, il se laissait attirer par l'appel du vaste continent et refusait de jeter définitivement l'ancre à l'Île Du Pas. Il vivait comme ses compagnons et se surprenait même à parler, avec Gustave et Charles, dans cette langue qui lui venait tout naturellement et que les enfants avaient apprise pendant leur captivité. Marie était stupéfiée devant ce fils qu'elle ne reconnaissait plus ; elle comprit qu'elle l'avait perdu et qu'il appartiendrait désormais à un monde qui lui était étranger.

Depuis qu'il avait posé son havresac dans le coin de sa chambre, Xavier cherchait un moyen sûr de rencontrer Julia sans éveiller de soupçons. L'hiver, il leur était plus facile de sortir sans être vus, les habitants étant enfermés bien au chaud devant l'âtre ; mais depuis le retour des journées plus chaudes et plus longues, il était plus risqué de croiser quelque rôdeur nocturne ou quelque paysan trop curieux, qui pourraient compromettre la réussite de leur mission secrète. Tout en réfléchissant à la situation, Xavier rangea méticuleusement tous ses effets personnels, classa les renseignements recueillis et les dissimula sous son lit, en soulevant une planche menteuse ; il mit de côté le colis bien ficelé que G.M. lui avait remis pour Julia.

«Je vais prendre le vent de face, se dit-il, et faire donner ce paquet-là à Julia par *lady* Catherine, qui se doutera de rien.

Ouais, ben pensé, mon Xavier ! Jean-Baptiste ou Thérèse pourra l'apporter au manoir, le confier ensuite à la seigneuresse, qui le remettra en mains propres à sa fidèle servante. Elle saura ben quoi répondre si sa maîtresse la questionne. Ouais, ben pensé ! » sourit le Renard, toujours prêt à déjouer ses adversaires à son profit.

* * *

Chose pensée, chose faite et, dès le lendemain, Julia reçut, des mains de Catherine elle-même, une enveloppe pansue en provenance de Boston.

— Des voyageurs ont remis cela pour vous, Julia.

— Mon amie Françoise ! s'exclama Julia en regardant franchement Catherine, le sourire dans les yeux.

— Je suis heureuse que vous entreteniez cette amitié qui date de votre enfance ; vraiment heureuse pour vous, Julia.

— Moi aussi, *lady* Catherine. Puis-je me retirer maintenant pour lire ces lettres ?

— Bien sûr ! Allez reprendre ces années perdues, ma bonne Julia.

En refermant à clé la porte de sa chambre, la dame de compagnie de la seigneuresse éprouva un certain dégoût d'elle-même, un malaise indéfinissable émanant de la trahison qu'elle commettait par dépit, sentiment méprisable qui l'habitait depuis le premier jour où Mathilde était entrée au manoir, un certain jour de juillet 1766. Tel un poison insidieux, la jalousie avait asséché son cœur, obscurci son jugement et délié peu à peu les liens d'affection qu'elle avait noués avec *lady* Catherine et la famille Cuthbert qui, pourtant, l'avaient toujours considérée comme une des leurs.

Elle avait vu, dans la proposition présentée par G.M. à l'été 1774, le signe du destin, la main tendue, l'antidote parfait pour chasser tout le subtil venin distillé dans son esprit tourmenté par l'indifférence de celui qui resterait toujours son premier, son plus grand amour, celui dont le nom sera à jamais gravé sur la pierre brisée de son cœur. Inoubliable, unique et impossible amour. « Le jour où vous payerez tous approche », jura Julia en dénouant les ficelles qui retenaient les messages de ses amis bostonnais.

Un mouchoir de soie, quelques sachets de *tea*, un livre ancien aux coins écornés… voilà tout le contenu de l'enveloppe identifiée comme « *Gifts for Julia* ». Elle déposa sur sa table ces présents venus du pays de son enfance et commença par la lettre de George : *« Excusez le peu de cadeaux que je vous envoie, les denrées sont rares à Boston, nous manquons de tout… »* Elle poursuivit ensuite avec empressement la lecture des pages qui résumaient les enjeux de l'échange d'Angélique et des enfants, récit où G.M. se donnait la meilleure part en exagérant son rôle, tandis qu'il passait sous silence l'art de la persuasion du Canadien à qui il devait, en grande partie, le succès de cette mission.

Elle décoda ensuite attentivement les sous-entendus, mémorisa les dates des événements racontés et se réjouit de l'invitation qui terminait cette missive de George Madison. *« Pourriez-vous faire valoir auprès de vos maîtres la nécessité de vous rendre à Montréal où je séjournerai jusqu'à la fin de mai ? Ils ne sauraient vous refuser quelques jours de repos après tant d'années à les servir si fidèlement. Vous inventerez bien un prétexte pour me rejoindre au port de Montréal. Un messager vous indiquera quel jour je vous y attendrai. Nous logerons ensuite chez des amis qui m'hébergeront pendant toute la durée de mon passage. Leur adresse se trouve dans l'enveloppe scellée ci-jointe. Retenez-la et brûlez ensuite cette information. Je vous attendrai avec impatience ; trouvez le moment opportun pour venir me retrouver sans attirer l'attention. Je me languis de vous, dear Julia. »*

« *Dear Julia*, se répéta la jeune femme. M'aimerait-il vraiment ? Je le saurai en le retrouvant à Montréal ; mon cœur ne me trompera pas. Mais je devrai trouver le bon prétexte pour me rendre là-bas par le prochain bateau », se dit Julia, qui dépouilla ensuite tout le courrier que son amie avait accumulé dans la même enveloppe, écrit sur plusieurs feuillets et à des dates différentes.

Tout au cours de l'hiver, Françoise avait noté les événements, les réunions politiques, les décisions prises, les actions entreprises, tout en relatant sa vie quotidienne, ses amitiés, ses projets, ses échecs aussi. Elle exprimait ses regrets de savoir son amie « en pays ennemi » et insistait pour qu'elle revienne à Boston dès que la rébellion serait terminée. *« Je te plains de vivre sous la tutelle d'un maître, soumise aux lois d'un pays qui t'est étranger. Reviens-nous, chère Julia, reviens à Boston. »*

La jeune femme approcha de la fenêtre, qu'elle ouvrit toute grande, et laissa entrer les rayons du soleil qui éclairaient et égayaient la pièce. Elle ferma les yeux et s'abandonna à la chaleur qui pénétrait tous les pores de sa peau dénudée, respirant les effluves enivrants qui montaient de la terre encore humide. Citant de mémoire un extrait de *Roméo et Juliette*, de William Shakespeare, elle glissa momentanément dans une rêverie : *« M'aimes-tu ? Je sais que tu vas dire OUI et je te croirai sur parole. Ne le jure pas : tu pourrais trahir ton serment : les parjures des amoureux font, dit-on, rire Jupiter… Oh ! gentil Roméo, si tu m'aimes, proclame-le royalement : et si tu crois que je me laisse trop vite gagner, je froncerai le sourcil, et je serai cruelle, et je te dirai NON, pour que tu me fasses la cour : autrement, rien au monde ne m'y déciderait… »*

***

Déterminée à retrouver G.M., Julia dupa la seigneuresse, le soir même, en l'informant que son amie Françoise l'invitait à la rejoindre à Montréal.

— Une voiture partira pour la ville dans deux jours ; vous voulez que je retienne une place pour vous ?

— Merci à vous, *lady* Catherine. Je me proposais plutôt de m'y rendre en bateau ; le voyage sur le fleuve sera plus plaisant et, de plus, mon amie habite tout près du port, chez des amis.

— Faites comme bon vous semble. Que cette visite vous soit agréable, ma bonne Julia !

Seule dans l'obscurité de sa chambre, Julia éprouvait de nouveau un certain embarras devant l'affection sincère que lui témoignait la seigneuresse de Berthier. Une évocation, fugace comme un battement d'ailes, lui rappela une scène biblique… Judas trahissant son maître et ami Jésus, au mont des Oliviers. Elle eut honte, mais le fiel de l'amertume, qui corrompait son cœur et son esprit, l'emporta sur le remords. Étouffant ses scrupules, elle estima qu'elle ne devait rien à la famille Cuthbert et que, désormais, elle se dévouerait corps et âme à ses amis bostonnais qui luttaient pour une noble cause. G.M. recevrait, comme convenu, tous les documents demandés.

Julia alluma son bougeoir et relut, une fois encore, la lettre de George. Plus aucun doute ne subsistait dans son esprit : elle commença à préparer son premier voyage, en femme libre, sans autre obligation que la poursuite de sa mission et la conquête de l'amour.

28

— Bien l'bonjour, Firmin ! T'as appris le retour d'Angélique ? Je meurs d'impatience de la revoir. Tu pourrais m'accompagner chez ses parents, au cours de la journée ? demanda Mathilde.

— Je venais te le proposer. Dans ton état, c'est plus prudent que tu t'aventures plus toute seule sur le fleuve. Je t'attendrai au quai, devant le manoir.

Mathilde se rendit aussitôt chez Adèle et remplit un panier de pains, de brioches et de *scones*, pâtisseries toutes chaudes encore, fraîchement sorties du four du boulanger Chaviot.

— Ta cousine et ses enfants auront plaisir à retrouver les odeurs et les saveurs des mets de Berthier, badina Adèle. Et dis-lui que nous nous languissons de l'entendre nous raconter leur mystérieuse aventure.

— J'y manquerai pas ; elle aura tout son temps ; si j'en crois oncle Olivier, elle repartira pas de sitôt ! promit Mathilde, prenant son panier débordant d'odeurs alléchantes. Je me sauve ; Firmin m'attend sur la rive.

Leur courte traversée fut agrémentée par la présence d'oiseaux qui besognaient à préparer leur couvée ; le ciel de printemps, net et lumineux, laissait paraître la pureté de l'azur, où se profilaient les arbres bourgeonnants, encore privés de leurs feuilles. Quelques nuages flânaient au-dessus du fleuve, faisant quelques tâches d'ombre sur les vagues.

— Beau temps pour retrouver notre cousine, commenta Mathilde, à la fois fébrile et quelque peu inquiète. Tu penses qu'elle aura beaucoup changé ?

— Peut-être qu'elle se sera un peu assagie, blagua Firmin, mais son cœur sera sans doute resté le même.

— J'le pense aussi. Tiens, c'est oncle Olivier qui se dirige vers les champs avec deux petits garçons, sans aucun doute Gustave et Charles. Comme ils ont grandi !

— J'irai à leur rencontre pendant que vous échangerez vos confidences. Je soupçonne que vous avez mille choses à vous raconter, loin des oreilles indiscrètes. Je vous connais bien toutes les deux !

— Angélique et moi sommes à jamais unies par les souvenirs, les secrets et les rêves partagés. Elle m'a beaucoup manqué, surtout l'hiver dernier.

— Elle est là maintenant, la voilà qui vient. Elle t'attendait !

***

Les deux jeunes femmes ne pouvaient retenir leurs larmes. Mathilde et Angélique, enlacées, partageaient le poids de la trop longue séparation et de tous les événements qui s'étaient succédé depuis l'été précédent. Le temps perdu n'avait plus d'importance et l'allégresse du retour suffisait à effacer tous les tourments des derniers mois. D'un pan de leur jupe, elles essuyèrent leur visage et, encore émues, elles éclatèrent d'un rire nerveux.

— En voilà des manières ! s'exclama Angélique, prenant la main de sa cousine, qu'elle fit tourner sur elle-même. T'es encore plus ravissante que dans mon souvenir.

— Et toi, tu es plus femme qu'avant ton départ, l'été dernier. William sera un homme comblé quand il reviendra. Et maintenant, viens et dis-moi tout ; vous avez dû vivre des mois terribles.

— Allons nous promener comme quand nous étions gamines, la tête pleine de rêves fous et fidèles aux promesses échangées. Je vais tout te raconter.

Les deux cousines marchèrent lentement vers la rive boueuse de l'Île Du Pas ; comme il faisait beau temps, elles avaient délaissé leurs lourds vêtements d'hiver et étaient vêtues de robes de coton, enveloppées d'un long châle et coiffées d'un bonnet de dentelle. Habituellement si volubiles quand elles se retrouvaient, elles cherchaient aujourd'hui les mots familiers qui effaceraient les traces du temps qui les avait tenues éloignées depuis l'automne 1774.

Se dirigeant vers le cimetière, elles se laissèrent apaiser par les eaux du fleuve, qui s'étaient enfin calmées et qui défilaient paresseusement dans le chenail, inondant au passage le pied des arbres enracinés sur les rives.

— Arrêtons-nous sur la tombe de ma mère, proposa Mathilde ; y a pas meilleur endroit pour les confidences.

Recueillies, les deux femmes prièrent leurs défunts de leur venir en aide, se signèrent et s'assirent ensuite sur le banc de pierre appuyé contre le mur de l'église, face au fleuve. Et dans ce lieu de paix, elles retrouvèrent la sérénité de leur complicité et la force de leur amitié ; elles partagèrent sans retenue les expériences heureuses et les heures plus difficiles des derniers mois.

— La naissance de ton enfant sera le plus beau moment de ta vie, dit Angélique. Il te rappellera son père et fera ta joie. Je sais pas ce que je ferais sans les miens ! Je suis ben heureuse pour toi. Est-ce qu'Henry est au courant ?

— Je lui ai écrit, v'là quelques semaines déjà, mais je peux pas savoir s'il a reçu la lettre que *lady* Catherine a adressée au quartier général à Saurel. J'ai reçu aucune missive de lui depuis des lustres.

— C'est très difficile pour nous, les femmes, d'ignorer où sont nos hommes. William me manque tant, et dire qu'il doit même pas être informé que nous sommes revenus à l'Île Du Pas !

— Henry me répète, à chacune de ses visites, que les armées doivent garder secrètes certaines informations pour préserver la vie des hommes et gagner cette guerre. Il paraît qu'il circule beaucoup d'espions dans nos campagnes et dans les villes. Ils s'empressent ensuite de rapporter des renseignements aux rebelles. C'est pour ça que l'armée britannique fait des mystères, m'a expliqué récemment *lady* Catherine.

— C'est si compliqué, toutes ces guerres ! Il y a tellement longtemps que William m'a serrée dans ses bras ; il m'a aimée en me voyant, qu'il me redit souvent, soupira Angélique.

— Alors il faut pas tarder à lui écrire pour le rassurer et lui donner espoir. Dans ses dernières lettres, Henry me faisait part de la détresse de William et à quel point il regrettait de vous avoir exposés à tant de dangers. Je peux t'aider à rédiger ta lettre, si tu veux.

— Je suis capable, astheure ; une amie anglaise me l'a enseigné, au fort Ticonderoga. Ce soir même, je vais adresser une lettre à mon bien-aimé, en espérant qu'il la recevra betôt.

— Quand ces lettres arriveront auprès de nos époux, ils seront des hommes comblés : William en apprenant votre retour, et Henry par l'annonce de la venue d'un héritier, dit Mathilde en effleurant son ventre rondelet.

***

Avril avançait, les jours se faisaient plus longs, plus doux et plus ensoleillés. Les habitants préparaient les champs pour les moissons. Gorgés de vie, les bourgeons éclataient sur les branches encore dénudées ; dans les sous-bois, l'érythrone d'Amérique transperçait le tapis de feuilles mortes, la nature tout entière invitait à l'espérance de jours meilleurs. Et les deux femmes, s'abandonnant à leurs confidences, foulaient le sol de leur île natale, confiantes en la clémence de leur destin.

Elles ignoraient que, des centaines de lieues plus au sud, le général britannique Thomas Gage venait tout juste de donner l'ordre à sept cents soldats, dirigés par le lieutenant-colonel Francis Smith, de détruire les munitions des rebelles des Treize colonies et de capturer leurs chefs, Samuel Adams et John Hancock.

Mais les révolutionnaires veillaient, et par cette nuit sans lune, une lanterne allumée et suspendue dans le clocher du Old North Church de Boston signalait aux veilleurs que les troupes britanniques approchaient. Les insurgés préparaient secrètement leur défense. Les vrais combats des Treize colonies américaines contre le royaume du roi George III, ayant pour objectif d'obtenir leur indépendance, venaient de s'engager. Le temps des pétitions était révolu, la guerre était déclarée.

29

« … *En vérité, beau Montagüe, je suis trop éprise, et tu pourrais croire ma conduite légère ; mais crois-moi, gentilhomme, je me montrerai plus fidèle que celles qui savent mieux affecter la réserve…* », se rappelait Julia, debout, face au vent du large. L'amour pur et total que se vouaient Juliette et Roméo l'inspirait et nourrissait son imagination de scènes attendrissantes. Pourquoi n'aurait-elle pas droit, elle aussi, à sa part de bonheur ? Elle respira profondément et se surprit à sourire à une fillette qui l'observait. Elle soutint le regard de l'enfant, presque heureuse.

Le bateau vogua sur des eaux calmes jusqu'à la pointe est de l'île de Montréal où les vagues se gonflèrent à l'approche d'un orage ; le bateau tangua un moment, provoquant un début de panique parmi les voyageurs. Quelques enfants pleuraient. Julia, imperturbable, restait en retrait, voulant éviter la promiscuité de gens un peu trop curieux. Les ordres étaient formels : elle devait passer inaperçue et s'abstenir de lier une conversation avec quiconque ; c'était un fait reconnu, le pays fourmillait de conspirateurs. Elle feignit l'insouciance, fouillant dans son sac de toile pour en ressortir un objet, mais un premier coup de tonnerre la fit sursauter. Elle ramena sa cape sur ses épaules et concentra son attention, en observant le ciel où couraient de sombres nuages, chargés d'électricité.

Le vent s'éleva subitement et la pluie s'abattit avec force, inondant le pont du navire. Les passagers se bousculaient, courant s'abriter sous le toit, le temps que passe la tempête. Le capitaine, débordé par la soudaineté de l'orage, hurlait des ordres que personne ne semblait comprendre. Julia était fascinée par les éclairs qui zébraient le ciel, générant, quelques secondes plus tard, de bruyants roulements de tambour. Ce premier orage de la saison se donnait de l'importance, il s'annonçait à grands coups de canons. La nature déchaînée troubla Julia ; pendant un moment, elle craignit que ce ne fût là un mauvais présage, un signe prémonitoire. Où sa trahison la mènerait-elle ? Était-ce de la folie que de suivre ses sentiments plutôt que sa raison ?

La jeune femme en était encore à se tourmenter que déjà la pluie cessa de tomber aussi brusquement qu'elle était venue ; poussés par le vent, les nuages se dispersèrent et le soleil reparut, chaud et lumineux. À coups de balai, les marins nettoyèrent les planchers qui séchèrent rapidement sous l'action conjuguée du vent et du soleil. Les passagers, de nouveau regroupés sur le pont, bavardaient en attendant l'approche au port de Montréal, où un parent ou un ami s'était peut-être déplacé pour les accueillir. À quelques minutes de l'accostage du bateau, la fébrilité était palpable ; des mains qui s'agitaient, des voix qui appelaient un être aimé se confondaient avec les ordres du capitaine qui préparait l'arrivée.

Julia chercha en vain une silhouette connue ; G.M. n'était pas au rendez-vous. Dépitée, elle prit ses bagages et suivit la foule. Les rues étaient sales, ruisselantes de fange qui s'écoulait, en coulées brunâtres, vers le fleuve trop plein. D'un geste impatient, elle retint sa longue jupe, évitant de frôler quelque voyageur pressé et discourtois. Décidément, elle devrait adapter son humeur à la ville trop agitée ; la promiscuité de la populace indisciplinée de Montréal lui répugnait. Elle dut contenir son agacement, geste qui aurait pu attirer l'attention, et poursuivit son chemin sans s'attarder.

Attentive, Julia s'efforçait de reconnaître une voix, un signe, mais il n'y avait autour d'elle que des inconnus, surtout des habitants, des sauvages et quelques esclaves qui transportaient des bagages. Elle s'immobilisa devant l'église Notre-Dame-de-Bon-Secours, posa sa valise et regarda autour d'elle… Personne n'était venu à sa rencontre. Elle ravala sa déception et marcha jusqu'à un bâtiment qu'elle jugea être un marché public. Elle s'y arrêta.

D'un côté, des étals à demi vides confirmaient que la saison des récoltes était encore loin, et seuls des enclos remplis de vaches, de quelques veaux, de brebis, de lapins et de poules attiraient la clientèle. L'odeur désagréable qui s'en dégageait rebuta Julia ; elle se dirigea plutôt de l'autre côté du marché, où on y offrait des œufs, de la farine, du pain et d'appétissantes pâtisseries. Elle fut saisie d'une fringale qu'elle eut envie de satisfaire sur-le-champ. Elle vérifia la bourse qu'elle dissimulait sous sa jupe et s'en alla, d'un pas décidé, vers la boulangère qui marchandait avec un client.

Elle le reconnut et attendit.

***

L'homme portait un chapeau sombre, à larges bords, et un manteau noir qui retombait sur ses bottes maculées de boue. Ses cheveux reposaient sur ses épaules carrées et, comme il lui tournait le dos, Julia ne put observer l'expression de son regard. Elle entendit sa voix : il parlait fort, d'un ton impérieux et froid, qui intimidait ses interlocuteurs. La marchande, qui semblait s'impatienter, lui tendit deux pâtisseries ; il jeta une pièce de monnaie et partit sans demander son reste.

Il prit la direction de l'entrée du marché, là où les gens s'entrecroisaient, se saluaient ou s'ignoraient ; d'un pas résolu, l'homme au manteau noir s'approcha de Julia. Son flair d'agent secret lui avait signalé, il y avait déjà quelques minutes, que Xavier avait bien livré le message et, comme il ne doutait de rien, il savait donc qu'elle était là…

— Voici pour vous, *dear friend*, pour me faire pardonner mon retard, dit George en lui offrant la plus alléchante tartelette. Il se réserva l'autre et invita Julia à le suivre.

Ils marchèrent une quinzaine de minutes, longeant la rue Saint-Paul, aussi insalubre que les autres. La pluie avait formé de grands trous d'eau visqueuse, où pataugeaient des pigeons, heureux de cette aubaine. G.M. avait un pas rapide et se montrait vigilant, alerte au moindre regard équivoque, à toute présence suspecte. Il salua, d'un geste retenu, un Canadien dissimulé dans une impasse ; Julia crut reconnaître Xavier, le Renard, mais se garda de questionner George, craignant de le contrarier. Même si elle ne le connaissait pas beaucoup, elle avait l'impression qu'il n'aimait pas les filles trop curieuses, et elle voulait tellement lui plaire…

— Venez, Julia, entrons dans cette auberge. C'est une maison bien tenue, les jeunes femmes y sont respectées. À l'abri des oreilles indiscrètes, vous pourrez me présenter les fruits de votre récolte, *my dear*, murmura George en tirant une chaise devant sa complice. Mais avant, je vais demander qu'on nous prépare un copieux repas : *Mister, please*…

Julia était dans un autre monde. Elle était une demoiselle comme toutes les autres : elle usait de son pouvoir pour retenir l'attention des hommes qui entraient à l'auberge, elle tenait compagnie à un ami avec qui elle avait partagé quelques pages de son passé. Il lui était permis de caresser le plus beau des rêves, celui de s'attacher l'amour et la fidélité de George. Forte de ces certitudes, elle éprouvait un sentiment de plénitude qu'elle avait cru jusque-là impossible. Une main posée sur la sienne et un regard qui cherchait le sien firent monter des larmes dans ses yeux tout plein de mystère ; son compagnon en fut ému.

— *Dear friend*, racontez-moi ce qui vous trouble.

— Vous m'ouvrez les portes d'un avenir que je n'osais plus espérer ; je ne vous en remercierai jamais assez.

— Vous savez ce que nous attendons de vous ; si vous parvenez à nous livrer tous les renseignements dont nous avons besoin, vous aurez payé votre dû envers moi. Et quand nous aurons obtenu notre indépendance, vous reviendrez parmi les vôtres. À vous de jouer, maintenant. Je vous écoute.

— Vous ne serez pas déçu. J'ai eu tout le loisir de recueillir des noms, de noter des événements, des impressions, de rapporter des conversations tenues au manoir. Ma maîtresse me fait confiance et parle ouvertement en ma présence ; par ailleurs, il en est autrement de James Cuthbert, qui se montre soupçonneux envers moi depuis un certain temps déjà, mais je vous raconterai cela un autre jour.

Baissant le ton à l'approche du serveur, George enchaîna :

— Vous m'êtes précieuse, Julia. Jamais je n'aurais espéré rencontrer une femme comme vous. Mangeons, maintenant, tout en échangeant nos confidences.

***

Partageant un succulent repas dans une charmante auberge, George et Julia, attablés dans un coin tranquille, ressemblaient à tous les couples d'amoureux du monde. Leurs regards s'attardaient, leurs mains se rapprochaient et leurs silences se faisaient aussi éloquents que leurs paroles. Rien dans leur apparence, leur maintien ou leurs gestes ne dénotait une attitude subversive ; G.M. s'étant habilement soustrait à toute filature, tous deux pouvaient se permettre de discuter librement, loin des oreilles indiscrètes.

Par mesure de précaution, Julia avait mémorisé ses notes et déroulait le fil des événements survenus à la seigneurie au cours des premiers mois de l'année 1775. Elle s'attarda longuement à décrire la réaction des habitants qui résistaient à prendre parti ; ils étaient partagés entre leur devoir de fidélité aux autorités britanniques et leur indifférence, dans ce conflit qui n'était pas le leur.

— Mes sources m'ont assuré que leur évêque invitait les curés à demeurer loyaux au roi d'Angleterre. Ces prêtres exercent-ils une si grande influence qu'on dit, chez les habitants ? s'enquit George, curieux de sonder le cœur des Canadiens.

— Selon mes observations, ils se montrent méfiants à l'égard de ceux qui leur promettent le retour aux anciennes lois. Depuis le traité de Paris, les habitants ont un peu plus d'argent dans leur gousset, la plupart des paroissiens refusant de payer la dîme et les rentes seigneuriales. Qui s'en plaindrait, dites-moi ? Il faut me croire, ils ne s'agenouillent pas tous devant leur curé.

— Ces paroles me rassurent, car selon les propos qui m'avaient été rapportés, les Canadiens sont soumis à leur curé qui a toute autorité sur sa paroisse.

— Je n'ai pu observer comment vivent les Canadiens des villes, poursuivit Julia. Dans les campagnes, ils préfèrent atteler leur bœuf, tracer les sillons, ensemencer leurs champs et, le soir venu, fumer leur pipe en regardant tomber le soleil, plutôt que d'écouter les prêtres et de reprendre les armes pour défendre la couronne du roi George III.

— Voilà une observation qui va réjouir mes amis de Boston, qui craignent que les habitants s'enrôlent dans la milice et se joignent à leurs alliés sauvages pour nous attaquer. Ils ont souvenir de certaines expéditions sanglantes perpétrées par ces barbares, à la suite de quelques malheureuses invasions de nos troupes dans leur territoire. Personne ne veut revivre de telles représailles.

— N'avez-vous pas pensé amadouer ces nations indigènes comme l'ont fait les Français ?

— Certains de leurs clans nous appuient, mais il est difficile de nous assurer leur loyauté. Ils craignent, si jamais le roi George n'était plus le maître en Amérique, de perdre leurs terres.

— Je lis dans *The Gazette* de longs écrits qui racontent que des colons défrichent sans gêne les terres des sauvages ; si cette information est vraie, n'ont-ils pas raison de se liguer contre vous, les envahisseurs ?

— Les choses ne sont pas si simples, expliqua George ; il faudra tout d'abord gagner notre indépendance, après quoi nous pourrons négocier avec eux. Et notre ami Xavier, qui parle les langues de plusieurs tribus, serait notre meilleur ambassadeur.

— Vous voyez loin, mon ami… Le temps fuit, revenons au sujet que je connais le mieux, soit l'insistance de mon maître, le seigneur Cuthbert, à former une milice à Berthier. Il croit son influence plus importante que celle du curé Papin, plus occupé à sauver les âmes de sa paroisse que la Couronne britannique.

— Votre seigneur a-t-il plus de succès que l'évêque des catholiques auprès des habitants de sa seigneurie ?

— Il semble bien que non. *Mr* Cuthbert enrage devant le peu d'intérêt de ses censitaires dans la défense de la colonie. Il use de son autorité pour convaincre les hommes les plus forts, les plus sûrs, de s'engager dans la milice, mais il se heurte chaque fois à un refus catégorique. Souvent accompagné de son agent des terres, Alexandre Cairns, le cousin de sa femme, il visite ses censitaires, se fait pédagogue en expliquant les enjeux et les trahisons des rebelles, mais bien peu d'habitants répondent à l'appel. Il essaie de les persuader, en leur lisant les nouvelles publiées dans *The Gazette*, en insistant sur l'avancée des troupes des insurgés, mais aucun effort ne réussit à éveiller un sentiment patriotique dans la population canadienne. Nombre d'entre eux affichent même une certaine fierté devant les progrès des Américains, qui repoussent les armées anglaises. Le seigneur est fort mécontent, croyez-moi, du peu d'appui qu'il obtient des villageois.

— En ce moment même, confia G.M. à voix basse, nos hommes ont rassemblé des armes et des munitions, et recruté des sympathisants autour de Concord et de Lexington. Vous vous souvenez de ces deux villes, à l'ouest de Boston ?

— Vaguement, je n'ai pas beaucoup voyagé, dit à regret la jeune femme, qui se rappela brièvement ses années passées entre les quatre murs d'un orphelinat.

— Nos hommes surveillent les déplacements des armées britanniques. Il est donc important que nous sachions si vous savez où est cantonnée la troupe du capitaine Cairns. Vous qui êtes dans les confidences de votre maîtresse, vous avez peut-être cette information à me dévoiler ?… J'en ferais bon usage, *dear* Julia.

Prise au dépourvu, Julia hésita un moment, mais devant le sourire enjôleur de George, elle alla jusqu'au bout de sa trahison et articula, à voix retenue : « *Lexington.* »

— Vous méritez toute mon estime, chère amie. Partons, maintenant, avant que la nuit ne tombe sur la ville.

G.M. s'entretint un moment avec le serveur, qui lui semblait familier, et régla l'addition. Il y ajouta une somme appréciable en lui faisant comprendre de rester discret sur sa présence à Montréal. Il offrit le bras à Julia et ils sortirent. La soirée était douce ; l'orage avait fait tomber l'humidité et rendait le temps agréable. Ils partirent en direction de la chapelle Notre-Dame-de-Bon-Secours, évitant la rue du Port, trop fréquentée par des matelots en goguette et des voleurs à la tire.

Les étoiles s'installaient les unes à côté des autres, et le premier quartier de la lune s'élevait au-dessus du clocher, comme une virgule, détachant le bon du mauvais, pensa Julia, prise de vertige. Sa félonie lui répugnait ; elle entendait presque le chant du coq, comme Pierre après sa faute. Elle s'accrocha plus fort au bras de G.M. et accéléra le pas.

30

Depuis six mille ans la guerre
Plaît aux peuples querelleurs,
Et Dieu perd son temps à faire
Les étoiles et les fleurs

– VICTOR HUGO
(Les chansons des rues et des bois)

Lexington, 19 avril 1775

Les troupes britanniques, sous la direction du lieutenant-colonel Francis Smith, étaient sur le qui-vive ; cantonnées sur les collines de Boston, elles s'apprêtaient à défendre l'unité du royaume d'Angleterre, menacée par les partisans de l'indépendance des Treize colonies américaines.

Des sentinelles, postées tout autour du campement, montaient la garde. Le temps était doux ; le ciel constellé aurait invité à la rêverie n'eût été le bruit troublant des tirs lointains, les aboiements répétés et lugubres des chiens errants, les branches qui craquaient, les galopades inquiétantes qui attiraient l'attention des soldats en patrouille.

William, une arme chargée en bandoulière, venait tout juste de prendre son tour de guet devant la tente de Smith ; peu habitué à l'obscurité, il clignait des yeux, pour mieux saisir le paysage qui s'étirait devant lui. Malgré les herbes nouvelles et les bosquets courtauds qui cachaient les quelques maisons regroupées autour d'une chapelle, il devinait des champs cultivés et des bêtes en pacage. Il n'y percevait aucun mouvement, aucune bougie allumée, aucun signe de vie, comme si toute présence humaine était effacée, disparue à jamais.

En militaire averti, il savait bien que l'ennemi se terrait, pour mieux attaquer, quand l'heure serait venue ; inquiet, il restait aux aguets. Son esprit bien éveillé était envahi par les souvenirs qui le hantaient et qui lui transperçaient le cœur. Levant les yeux vers le firmament d'un bleu profond, il s'adressa au Tout-Puissant : « Où sont-ils ? Sont-ils vivants ou avec Vous dans Votre ciel ? Mon Dieu miséricordieux, donnez-moi un signe », implorait William, troublé par l'obscurité qui enveloppait le campement où seule une faible lueur, venue de la tente du lieutenant-colonel, laissait deviner les préparatifs d'une attaque imminente.

Un craquement furtif fit tressaillir William. Il s'accroupit et plissa les yeux pour mieux identifier la source du bruit. D'abord inquiet, il sourit aussitôt devant la scène évocatrice qui se jouait dans l'obscurité de cette nuit d'avril : une mère raton laveur et ses deux petits grimpaient agilement dans le gros pin qui bordait le campement provisoire. Ému et attendri à la vue de ce tableau vivant, William se signa, tout en suivant du regard la montée des bêtes qui regagnaient la cime de l'arbre. « Ils sont vivants ! Je le sais maintenant, se consola l'époux, le père obsédé par la disparition des siens. Merci, mon Dieu ! J'ignore encore où ils sont, mais je ressens désormais une grande paix au fond de moi ; grâce à ce message clair que Vous m'avez envoyé, je sais maintenant que Vous les protégez. »

***

Depuis l'enlèvement d'Angélique et de leurs deux fils, William n'avait jamais éprouvé un tel apaisement, une telle quiétude. Il respira profondément, s'imprégna du mystère de la nuit et fit le vœu de demander au lieutenant-colonel Smith d'être relevé de ses obligations militaires dès cet engagement terminé. Sa longue errance d'une caserne à l'autre durait depuis trop longtemps ; il avait assez donné à son roi, il se devait maintenant de rentrer à la maison. « Ma vie avec Angélique et nos enfants, sur un lopin de terre à l'Île aux Foins ou à l'Île Du Pas, c'est tout ce que je Vous demande, mon Dieu. Rien de plus. Ma guerre finira avec le siège de Boston et je retournerai ensuite auprès des miens. Je ne suis pas fait pour me battre plus longtemps. »

La nuit tiède semblait vouloir s'attarder, bien enveloppée de brume ouatée qui montait des eaux de l'Atlantique. Mais l'aube naissante finit par triompher et éteignit les étoiles une à une, laissant place à un ciel bleu pâle, encore assoupi. Les jambes fatiguées par le guet prolongé, William s'étira sans faire de bruit, heureux qu'un nouveau jour se lève tout en douceur et en teintes diffuses qui se confondaient sur les eaux infinies de l'océan. « Le réveil des troupes ne tardera pas », constata le guetteur en entendant le chant des coqs, au-delà des trois collines, tandis qu'une sterne s'envolait très loin, portée par le souffle du vent marin. William la suivit du regard ; elle semblait ne plus vouloir se poser, volant aussi longtemps qu'elle pourrait tenir le ciel à grands coups d'ailes. Il s'en émerveilla.

Plus loin, dans le sentier rocailleux qui ceinturait les hauteurs, des cavaliers galopaient à bride abattue vers le campement encore endormi. Le capitaine Henry Cairns sauta de son cheval et mit pied à terre, tout juste devant William, qui retint aussitôt la bête écumante.

— Ils nous ont échappé, enrageait Henry. Le lieutenant-colonel est levé ?

— Il n'a pas dormi ; il a veillé toute la nuit en attendant votre rapport.

— J'y vais.

* * *

Le jour n'était pas encore né que la garnison, équipée de canons, des tout nouveaux *Brown Bess*, de vivres et de munitions, se mit en marche vers Lexington, pour y rejoindre un bataillon de renfort qui, dès les premières lueurs de l'aube, était déjà prêt à riposter. Henry rassembla aussitôt sa troupe, donna ses ordres, encouragea chacun de ses soldats qu'il respectait pour leur courage et leur loyauté. Tous ces jeunes gens venaient d'Écosse, comme lui, sauf son ami William.

Le capitaine Cairns savait que ces jeunes hommes, qui avaient traversé l'Atlantique, aspiraient à une vie de liberté, à la conquête d'un nouveau pays, à l'amour partagé, mais que, depuis leur engagement dans l'armée britannique, ils se heurtaient plutôt à la faim, à la souffrance, à la solitude et à la peur. Mais sans avenir, avaient-ils d'autre choix que de se laisser conduire docilement vers la gueule des canons ennemis ? Henry comprenait le prix de leur sacrifice et tentait de rendre leur existence moins pénible. Mais, hélas, les exigences de la guerre les malmenaient sans pitié. Dans leurs yeux remplis de naïveté brillaient encore les étincelles de leur vie antérieure, innocente et simple, passée loin des fusils et des baïonnettes. Savaient-ils, ces hommes à peine sortis de l'enfance, qu'ils s'en allaient défier la mort, eux qui souriaient béatement, parfois, à ce qu'ils ne connaissaient pas encore et sifflotaient gaiement sur les routes poussiéreuses ?

Parmi tous ces jeunes combattants, seuls Henry et William avaient expérimenté la terreur qui saisissait tout humain, debout devant les bouches béantes des canons chargés et l'odeur de la mort qui emportait avec elle tous les rêves, tous les souvenirs, toutes les souffrances, toutes les peurs. Le capitaine Cairns avait pitié de ces jeunes gens téméraires, menés bien malgré eux sur le sentier de la guerre ; partis de leur patrie pour échapper à la misère, ils n'avaient connu que les casernes militaires, les ordres à respecter et le maniement des armes. Le capitaine regarda chacun de ses braves soldats et pria le ciel qu'ils soient tous épargnés.

***

Dans la grande plaine de Lexington, entre collines et forêts, environ soixante-dix miliciens coloniaux, mal armés et commandés par le capitaine John Parker, s'apprêtaient à affronter les quelque huit cents soldats des troupes britanniques, bien armés et rompus aux tactiques militaires. Parker, voulant éviter de sacrifier inutilement la vie de ses hommes, leur intima l'ordre de ne pas attaquer les premiers : « Restez sur vos positions ; ne tirez que si l'on vous tire dessus, mais s'ils veulent la guerre, commençons-la ici. »

De son côté, le Britannique Francis Smith, soucieux d'éviter un bain de sang inutile, demanda aux rebelles de quitter les lieux. Ces derniers, déterminés à arrêter les troupes anglaises, refusèrent de se disperser ; les Britanniques ouvrirent alors le feu et tuèrent quelques miliciens. Devant les forces imposantes de l'armée anglaise, les autres rebelles se replièrent, dans le désordre, vers North Bridge où de tenaces *minutemen* s'étaient regroupés, tentant de repousser vigoureusement les Anglais qui contre-attaquèrent. Smith donna aussitôt à Henry l'ordre d'engager son bataillon d'Écossais dans la poursuite des rebelles qui battaient en retraite vers la ville.

La route qui menait à Boston était encombrée et parsemée d'obstacles : ponts détruits, troncs d'arbres couchés sur la terre graveleuse, animaux en liberté, familles qui fuyaient devant les soldats britanniques. La confusion créait l'affolement parmi les insurgés en fuite qui couraient vers les maisons pour s'y barricader. Ils connaissaient bien les lieux et, de leurs abris, ils comptaient répliquer et refouler leurs assaillants. Henry déjoua leurs plans en ordonnant de mettre le feu aux granges et aux résidences des insurgés, qui n'eurent bientôt d'autre choix que de se disperser comme des rats pris au piège. Une odeur de feu, de sang chaud et de mort emplit tout l'espace ; il n'y avait plus d'herbe verte ni de ciel bleu, tout était couleur de sang et de cendre.

Les combats furent sans pitié ; de part et d'autre, les hommes rechargeaient leurs fusils et luttaient furieusement pour repousser l'ennemi. Des femmes et des enfants demandaient grâce, les chevaux tombaient sous les balles des rebelles, laissant les militaires des troupes britanniques à la merci des patriotes qui reprenaient du terrain. Pendant plusieurs heures, les coups fusaient de tous les côtés ; des cris, des ordres, des détonations, tous ces bruits insoutenables s'emmêlaient dans un tourbillon infernal de fumée et de poussière. Intrépides, les Écossais tiraient et frappaient, sans regarder ni devant ni derrière eux ; dans cette lutte impitoyable, plusieurs insurgés s'écroulèrent sous l'assaut.

***

Le cheval d'Henry s'effondra sous les balles ennemies ; le tireur rata de peu le capitaine anglais, qui se replia et ordonna à ses hommes de se regrouper derrière lui. Afin de prendre un peu de recul et de mieux préparer la riposte, Henry imposa à ses soldats quelques minutes de repos près d'un verger à peine sorti de sa dormance, fleurant bon les bourgeons cotonneux prêts à éclater. Ce bref temps d'arrêt permit aux combattants d'assouvir leur soif, de reprendre leur souffle et de recharger leurs armes.

Un peu plus loin, pendant ce temps, sur une route encombrée, les adversaires continuaient de se livrer une lutte acharnée. La mort ne prenait aucun repos ; elle guettait ses proies au détour d'une route ou aux lisières d'un fourré ; sournoise et imprévisible, elle se rassasiait de jeunes vies comme une louve nourricière. De son poste d'observation, Henry voyait des hommes qui tombaient, morts ou gravement blessés, mêlant le sang de leur race à la terre foulée par les pas de leurs ancêtres communs, tandis que le son lugubre des cornemuses se mélangeait aux gémissements des estropiés et au désespoir des vaincus. La mort venait, et avec elle son lot de souffrance, de corps déchiquetés, de cris de détresse, de faim, de soif, de froid, de peur viscérale et de tragédie.

Silencieusement, Henry fit signe à ses hommes de le suivre pour tenter de maîtriser quelques rebelles qui couraient vers la seule grange encore debout. L'un des ennemis fit une habile pirouette et se retrouva face à Henry, qu'il mit en joue. Instinctivement, William se jeta entre les deux hommes et reçut une balle en pleine poitrine. La riposte vint très vite et le rebelle fut aussitôt abattu par un Écossais qui vida son arme avec la rage au cœur. William était vengé.

Henry, atterré, tomba à genoux et tenta de porter secours à celui qui venait d'offrir sa vie pour sauver la sienne. Mais en voyant le sang qui, bouillonnant comme une lave chaude, giclait de la blessure béante de William, Henry comprit tout de suite qu'il ne pouvait plus rien pour lui. Les yeux du moribond se révulsèrent tandis que ses lèvres murmuraient une dernière fois le nom de sa bien-aimée Angélique. Avec une infinie tendresse, et malgré les balles qui siffaient autour de lui, Henry colla son oreille sur la poitrine de son ami pour y entendre les ultimes battements du cœur de cet homme si aimant et si dévoué, qui se vidait de son sang sur une terre étrangère. Mort brutale et bien inutile.

***

William s'était endormi, étendu sur l'herbe dans la clarté lumineuse d'un jour de printemps ; indifférent aux parfums de la terre, il souriait presque, soulagé de ses tourments, un grand trou perçant sa redingote écarlate. Pendant que les soldats poursuivaient leurs assaillants jusque dans leur retranchement, Henry resta seul avec William ; il ferma les yeux de son ami, encore ouverts sur le ciel trop bleu. Pendant un bref instant, il berça, en pleurant à chaudes larmes, le corps inerte de cet homme qui avait tant aimé la vie et les siens.

Le capitaine Cairns avait froid, il n'entendait plus le grondement des canons ni les galops des chevaux, encore moins l'ordre de son commandant de se mettre à l'abri. Il ne pouvait ni ne voulait abandonner William sur cette terre ingrate, loin de la chaleur des bras de sa bien-aimée Angélique qu'il avait tant souhaité retrouver. Dix minutes ? Quinze minutes ? Henry ne saurait dire combien de temps il était resté ainsi prostré, le corps de son ami serré contre le sien, leurs habits imbibés du même sang, couverts de poussière, de sueurs et de larmes. Immobiles comme des statues, leurs corps meurtris se confondaient avec la terre chaude, tandis que leurs âmes fraternelles se perdaient dans les limbes de l'inconnu.

Ô cruelle douleur ! La perte d'un frère, d'un ami ne ressemble à aucune souffrance. Cette douleur creusait dans l'existence d'Henry un vide infini qui bouleversait ses certitudes, qui le faisait basculer dans le monde irréel et faisait naître en lui un profond sentiment de solitude et de culpabilité. « Pourquoi ne l'ai-je pas protégé comme je devais le faire, moi, son supérieur ? se tourmentait Henry devant la dépouille de son compagnon. Pourquoi ? Pourquoi ? » criait le capitaine devant le champ muet, couvert de cadavres, où seuls lui répondaient un lointain écho et les gémissements des blessés.

Henry ne pouvait se résigner à abandonner son ami. Ne voyant tout près aucun cheval pour le transporter, il le hissa sur son dos et fit quelques pas en direction de Boston. Il n'était plus le capitaine qui dirigeait une troupe de combattants, mais un homme brisé, indifférent au silence lugubre et à l'odeur de brûlé qui empestait l'air du vaste champ de bataille près de Lexington. Les lieux déserts ressemblaient maintenant à un cimetière à ciel ouvert, où hommes et chevaux tombés au combat reposaient entre les canons muets et les bâtiments incendiés.

Les hommes, atterrés, se regroupèrent autour de leur capitaine, silencieux et respectueux de son chagrin.

***

— Nous avons trouvé des chevaux, ils nous conduiront à Boston ; nous allons vous aider à installer William, proposa un jeune soldat en rejoignant son supérieur.

— Merci, les gars, pour votre courage. Vous êtes tous là ?

— Oui, mon commandant, et aucun blessé. William est le seul soldat qui a perdu la vie, se désolait le plus jeune des hommes, les yeux remplis de larmes. Nous l'aimions tous.

— Il nous manquera, et les siens ne se consoleront jamais de sa mort, déplora Henry. Il faut maintenant l'enterrer dignement, il mérite une place au cimetière militaire. Je veux que vous soyez tous présents à sa mise en terre, ordonna Henry.

— Nous y serons tous. Promis.

Les hommes longeaient en silence une rivière paresseuse qui serpentait vers l'est. Ils contournèrent des maisons désertes, aperçurent des cochons, des poules et des chiens qui aboyaient à leur passage. Mais des êtres humains ? Aucun ! Terrés au creux de la forêt, les habitants avaient tous été chassés par la peur. Un lourd chagrin pesait sur les soldats qui n'osaient poser leur regard sur le cadavre de William, ficelé à la selle du cheval, ballottant comme un sac de farine.

Henry guidait l'animal avec assurance, évitant les pièges du sentier. Mais il ne pouvait soustraire le corps inerte de son ami aux secousses provoquées par les pas de la monture. Après quelques heures de marche ponctuées d'arrêts, le cortège arriva enfin à Boston où les hommes d'Henry, recueillis comme des pèlerins, convergèrent sans tarder vers le cimetière militaire *Granary Burying Ground*, où William, leur infortuné compagnon d'armes, serait mis en terre.

Tandis que quelques hommes creusaient une fosse, Henry et l'un de ses soldats déposèrent William avec précaution sur le sol tout chaud de ce jour de printemps. Était-ce le capitaine ou l'ami qui prenait les documents que le défunt gardait dans sa sacoche ? Pièce d'identité, monnaie, esquisses de ses enfants et d'Angélique ainsi qu'une lettre, adressée à sa femme, furent soigneusement rangées dans le havresac du capitaine Cairns. « Pardon, mon ami, je n'ai pas su te protéger. Je te fais la promesse de me rendre auprès de ta femme et de lui remettre moi-même ces précieux trésors. Va en paix vers la maison de notre Dieu ! Adieu, mon ami ! »

* * *

— Que notre Dieu t'accueille dans son éternité, prononça l'aumônier anglican, bénissant la dépouille de William.

Les soldats se signèrent, adressèrent un dernier salut militaire à leur camarade et jetèrent une poignée de terre sur le corps, qui reposerait à jamais dans cette fosse béante, grande ouverte comme une gueule affamée.

— Demain, je viendrai planter une croix en signe de respect. J'y graverai son nom et la date où il a donné sa vie. Ce héros mérite qu'on ne l'oublie jamais, rappela Henry, brisé par le chagrin.

Et dans les grands arbres qui veillaient sur les morts endormis dans ce cimetière, les oiseaux, insouciants de toutes ces vies sacrifiées, de ces vies à jamais éteintes, gazouillaient et se courtisaient, en bâtissant leurs nids, tout simplement, comme si la sottise des hommes n'avait aucune emprise sur le cycle éternel de la nature.

31

Les coups de hache, portés par Alexandre Cairns sur des arbrisseaux buissonnants, résonnaient, en ce doux matin d'avril, et faisaient voltiger les copeaux qui tombaient comme des duvets de canetons sur la terre chaude. À l'aide de quelques hommes, il déboisait le terrain où commenceraient, dès le lendemain, les travaux de construction de la maison d'Henry et Mathilde. Il hésita un moment avant d'abattre le majestueux saule qui tendait ses rameaux dénudés au-dessus de la rive.

— Dommage de couper ce bel arbre, se désolait Mathilde. Vous ne pouvez vraiment pas l'épargner ?

— Si vous voulez le garder, il faudra construire la maison un peu plus près de la Bayonne, sinon cet arbre vous cachera la vue sur le large.

— Vaudrait mieux alors nous installer quelques verges plus loin, où le terrain est un peu plus élevé. Conservons ce vieil arbre ; l'ombre de ce saule nous protégera des grandes chaleurs. Henry aimerait sans doute, lui aussi, le préserver.

— C'est vous qui décidez, madame Mathilde, rappela l'intendant qui pouvait commencer à nettoyer le terrain maintenant que le fleuve, plus sage, s'était retiré entre ses rives.

Mathilde besognait à entasser les branches coupées et les débris charriés par les eaux, afin de libérer l'emplacement où leur maison serait bientôt construite. Il faisait chaud pour une fin d'avril, et ce soleil qui dardait ses rayons, au milieu du jour, la faisait transpirer sous son bonnet de coton. De son tablier replié, elle essuya les gouttes de sueur qui perlaient sur son front et s'accorda quelques minutes de repos.

Assise sur une souche, elle anticipait l'avenir qui l'attendait dans cette maison en devenir, entourée d'enfants, d'oiseaux, d'arbres et de flots qui chatouillaient les rives. Elle sourit au bonheur qu'elle partagerait avec l'homme qu'elle aimait et qui lui ouvrait les portes d'un avenir qu'Anne avait tant espéré pour elle. « Vous êtes près de moi, mère, je le sais, et vous me guidez sur ma route de femme. Du haut du ciel, protégez chacun de nous… »

Détendue, confiante en des lendemains prometteurs, elle reprit allègrement le travail tout en devisant avec Alexandre :

— Vous comptez pouvoir creuser les fondations dans les prochains jours ?

— Si le temps reste au beau fixe, les ouvriers viendront dès demain matin.

— Je me lèverai à l'aube pour être là quand vous enlèverez la première pelletée de terre. Je voudrais pas manquer ça pour tout l'or du monde !

— Puisque Henry n'est pas là, vous aimeriez poser ce geste symbolique vous-même ?

— Pour sûr ! Vous êtes ben attentionné, mon ami, je vous en remercie. Avoir notre maison juste pour nous, c'est le début de notre rêve qui se réalise, évoqua Mathilde, posant sa main sur son ventre de plus en plus rond.

— Si mon cousin a appris que vous portiez son enfant, il doit s'inquiéter pour vous et trouver difficile de rester sur les champs de bataille, si loin de vous. Tiens, il semble qu'on ait un visiteur, fit remarquer Alexandre, pointant une embarcation qui sillonnait entre les îles. Un militaire, on dirait…

Les yeux fixés sur l'homme qui ramait vers eux, Mathilde n'eut aucun doute et s'écria en s'élançant vers le rivage :

— Mais, doux Jésus, c'est lui !

Le cœur battant, elle courut en retenant les pans de sa robe trop longue, pour ne pas trébucher sur les souches encombrantes. Elle ne comprenait pas… Pourquoi revenait-il, alors que *The Gazette* informait la population canadienne que les troupes de Sa Majesté étaient engagées dans une guerre sans merci, qui faisait rage au sud de la frontière ? Ne devrait-il pas être avec son bataillon ? Peut-être avait-il été estropié ? Ou peut-être avait-il reçu la lettre lui annonçant qu'elle attendait un enfant et qu'il profitait d'un moment d'accalmie pour fêter cet événement avec elle ?

Les questions se bousculaient dans l'esprit de la jeune femme, partagée entre la joie du retour inattendu de son époux et un sentiment confus, qui s'insinuait en elle comme une eau trouble. Une sorte de pressentiment lui enserra le cœur et embrouilla un instant son esprit d'idées sombres et nébuleuses.

***

Ramant dans le chenal du Nord, Henry reconnut rapidement Mathilde, parmi les hommes qui besognaient sur leur terre ; debout, resplendissante dans un halo de lumière, elle l'attendait. Il hésita un bref instant, de peur de briser le charme, mais déjà elle courait vers la rive où il amarrait la barque. Leur étreinte silencieuse s'éternisa. Le temps avait disparu ; n'existaient plus pour eux que le moment présent, le soleil, les oiseaux, le fleuve, elle et lui…

Alexandre soupçonna rapidement que le retour fortuit du capitaine Cairns cachait une mauvaise nouvelle, peut-être même un drame et, après l'avoir salué d'un geste de la main, il poursuivit son travail, préoccupé et attentif aux moindres signes. Il entendit quelques paroles échangées entre les deux époux qui s'avançaient lentement vers lui, enlacés.

Henry s'adressa à son cousin en anglais, conduite contraire à ses habitudes en présence de sa femme. Il gesticulait et parlait vite, d'une voix rauque et saccadée. Mathilde, qui ne lui connaissait pas ce ton, essayait de décrypter le sens de cette conversation. Bien qu'elle reconnût quelques mots – *battle, is dead, cemetery, Boston, Saurel* –, elle ne réussissait pas à comprendre l'essentiel du message que le capitaine venait livrer. Captivée, elle restait accrochée aux mouvements des lèvres de son époux, cherchant à saisir ce qu'il disait. L'expression du visage des hommes laissait deviner la tristesse, la souffrance, la détresse même. Mathilde se rapprocha davantage et comprit le nom qu'elle ne voulait pas entendre : William.

— Non, pas lui ! Henry, dites-moi que ce n'est pas lui !

— Ma mie, j'aurais tant voulu ne jamais devoir vous apprendre la triste fin de notre ami.

— Angélique le sait ?

— Pas encore. Je suis venu vers vous avant de voir Angélique et les garcons qui sont de retour.

— Mon Dieu, mais c'est pas possible ! se lamentait Mathilde.

Ne pouvant supporter le poids trop lourd de ce deuil, elle tomba à genoux, secouée de spasmes. Elle gémissait, en se berçant comme une enfant, et sanglotait tout bas, perdue dans sa souffrance. Ce matin annonçait pourtant un jour si beau, si plein de promesses avant qu'Henry n'accoste sa barque sur la berge. Décontenancé, il s'accroupit auprès d'elle et l'enserra dans ses bras. Et tous deux, sans dire un mot, laissèrent couler les larmes de pitié sur le tragique destin de William et sur l'avenir d'Angélique, privée à jamais de l'amour de son époux.

Les hommes, par respect pour Henry et Mathilde, s'étaient arrêtés, et seuls quelques bruissements, d'une douceur infinie, se mêlaient aux sanglots qui se perdirent sous l'effet apaisant des mots prononcés par Henry qui racontait, avec justesse et sobriété, les circonstances de la mort héroïque de William.

— Vous affirmez qu'il s'est jeté devant vous ?

— Tout s'est déroulé trop vite pour que je puisse le retenir ; il s'est affaissé à mes pieds, une balle au milieu de la poitrine. Il a donné sa vie pour sauver la mienne, et je m'en veux, je n'ai pas su le protéger et le ramener à sa femme et à ses enfants. Me laissant à ma propre destinée, il est parti dans un matin plein de lumière. Le sort s'est joué de lui, car tout juste avant cet engagement il avait adressé une lettre au général Gage pour obtenir sa démobilisation et revenir vivre auprès de siens. Il n'aspirait qu'à mener une vie de simple paysan aux îles où il avait choisi de finir sa vie avec sa famille qu'il aimait tant. La fatalité s'acharne sur eux ; c'est triste, si triste de mourir ainsi au milieu de ses rêves. Reste maintenant à terminer ma mission et, à titre de capitaine et surtout d'ami de William, je dois me rendre tout de suite auprès d'Angélique pour lui offrir mon soutien et celui de l'armée qu'il a si bien servie.

— Je désirerais vous accompagner, si c'est possible.

— J'y compte même. Vous êtes forte et courageuse, vous saurez mieux que moi, sans doute, réconforter votre cousine dans cette terrible épreuve.

— Comment pourrais-je abandonner Angélique, au pire moment de sa vie, alors que nous avons toujours tout partagé ? Mais avant de partir, j'ai quelque chose à vous dire.

— Vous m'inquiétez, ma mie.

— Marchons en silence jusqu'à la rivière, proposa Mathilde, séchant ses larmes, maintenant inutiles.

Elle lui prit la main et précisa, avec un doux sourire qu'il ne remarqua pas : « Ce que j'ai à vous confier n'est pas inquiétant. Venez ! »

***

Pourquoi la vie et la mort se laissaient-elles ainsi enchevêtrer dans la douceur d'avril, défiant toute logique, toute cohérence ? Pourquoi le deuil venait-il assombrir l'allégresse de la vie qui croissait au creux de ses entrailles et se heurter, dans une folle cavalcade de sentiments troubles et divers, aux sages projets et aux rêves caressés ? Mathilde, comme une acrobate sur un fil ténu, cherchait son équilibre entre joie et désespoir ; elle interrogeait son cœur et son esprit afin de trouver les mots les plus simples et les plus doux pour traduire ce qu'elle ressentait devant cet abîme affolant. Vie, mort, vie, mort… Et la troublante question : POURQUOI ?

Elle repéra un large tronc d'arbre et s'y assit, contemplant les eaux lisses de la Bayonne, à la surface belle et douce comme une peau d'enfant. Elle respira profondément, les yeux fermés, écoutant le babillage des oiseaux qui besognaient à préparer le nid de leur couvée. Henry prit place à ses côtés et l'attira à lui ; il posa ses lèvres sur les siennes, avides d'amour.

— Comme j'aurais aimé vous épargner cette peine, ma tendre amie.

— Et moi, mon aimé, comme j'aurais préféré un autre moment pour partager un événement plus heureux ! enchaîna Mathilde en guidant la main de son époux sur son ventre plein de vie.

— Vous… vous attendez un enfant ? Pourquoi ne pas m'en avoir informé plus tôt ?

— Je vous ai écrit dès que j'ai eu la certitude que j'étais enceinte. Les lettres de votre sœur et les miennes se sont sans doute perdues ; tout heureuses de notre bonheur, nous vous avons écrit à quelques reprises, mon ami, n'en doutez point.

— Je vous crois, mon bel amour. Est-ce que vous prenez bien soin de vous ? Avez-vous consulté le docteur Généreux ?

— Tout va bien, rassurez-vous. Porter un enfant est l'événement le plus naturel du monde. Votre sœur ainsi qu'Adèle et Sagawee s'occupent bien de ma santé et de celle de notre enfant.

— Sagawee… ne vous avait-elle pas fourni des herbes pour ne pas concevoir d'enfant ?

— Vous vous en souvenez ? J'ai cessé de les prendre avant votre dernière visite, je désirais plus que tout au monde avoir un enfant de vous, un enfant qui vous ressemblerait et qui ferait votre joie tout autant que la mienne !

— Oh, Mathilde, mon tendre amour ! Je vous aimerais encore davantage si c'était encore possible.

— Nous l'appellerons William, en souvenir de l'héroïsme de notre ami.

— Tout à fait d'accord avec vous, ma mie. Et si c'est une fille ?

— Nous lui choisirons un prénom qui convient tant en français qu'en anglais : Sara, Rachel, Élizabeth…

— Elle sera aussi jolie que sa maman, murmura Henry en embrassant sa femme avec toute la fougue de leur amour inassouvi.

Se référant à sa dernière visite à la fin de novembre, il calcula rapidement et conclut :

— Notre enfant devrait naître à la fin de l'été ?

— À la mi-août, selon Cunégonde, qui garde le secret sur le sexe de notre enfant.

— Peu importe que ce soit un fils ou une fille ! La naissance de ce bébé fera de moi le plus heureux des hommes, ma belle et tendre épouse. Mais en attendant ce jour de bonheur, nous devons accomplir une tâche pénible et délicate. Allons dès maintenant voir votre cousine avant que la rumeur de la mort tragique de William ne nous précède auprès d'elle. Et si vous le voulez, je viendrai ensuite jeter un œil sur l'emplacement où s'élèvera notre *home* et sur les travaux en cours.

— Faites, mon ami ! Votre cousin vous attend sans doute. Allons le saluer avant de traverser à l'Île Du Pas.

***

Des nuages légers, brodés d'or, suspendus très haut au-dessus des îles, s'effilochaient en prenant leur temps, laissant de longues traînées blanches dans le ciel d'azur. Le printemps était jeune encore, les arbres bourgeonnaient à peine, l'air restait tiède et les eaux du fleuve, frissonnantes. Les canards fouillaient les buissons des rives, à la recherche du meilleur abri pour leurs petits. Les rats musqués creusaient patiemment leur tanière, tandis que les castors s'amusaient entre leur barrage et le large. Toute cette nature, que Mathilde avait apprivoisée depuis l'enfance, la rassurait sur la bonté des êtres humains, malgré la cruauté du sort qui avait fait de sa cousine une si jeune veuve.

Le trajet, entre la seigneurie et le quai du terrain de la famille Huguenin, fut rapidement effectué, et c'est le cœur serré et les yeux rougis que Mathilde et Henry escaladèrent, enlacés et soucieux, le sentier qui menait à la maison. Angélique était occupée à suspendre le linge mouillé sur une corde à linge improvisée, tout en surveillant Gustave et Charles qui s'amusaient avec Ti-Loup. Les draps faseyaient sous le souffle du vent léger qui donnait vie aux vêtements accrochés, laissant au soleil la mission de les assécher. Tout chez la jeune femme respirait l'harmonie ; tant ses gestes familiers que son regard franc et expressif traduisaient la quiétude et le bonheur tranquille de quiconque accomplissait son devoir dans la fidélité de son engagement.

Henry s'arrêta. Il hésita un moment devant l'émouvant tableau d'une famille heureuse ; il savait que par un seul mot, fatidique, il allait faire basculer ce bonheur dans le vide, tout démolir. Il possédait ce pouvoir inhérent à son devoir de capitaine, mais en avait-il de droit ? Il détestait ce qu'il s'apprêtait à dire, mais avait-il le choix ?

Le poids de la culpabilité pesait lourd sur ses épaules d'homme et d'ami, mais celui du devoir à accomplir lui pesait bien plus encore. Prenant la main de Mathilde, il reprit courage et, dominant sa peine infinie, remonta le sentier jusqu'à Angélique. Le chien, qui se mit à aboyer de joie, attira l'attention de la femme, surprise de voir Mathilde, les yeux baissés, dissimulant son chagrin, venir vers elle. Remarquant Henry à ses côtés, son cœur s'affola.

— Henry ? William n'est pas avec vous ?

Tout venait de s'arrêter ! Un simple regard avait suffi à Angélique pour comprendre le but de cette visite inopinée. Saisie de stupeur, elle laissa échapper une longue plainte et, comme une bête blessée, courut vers la maison, vers sa mère, son asile, son refuge. Mathilde voulut s'élancer sur ses pas mais, d'un geste, Henry la retint.

— Laissons-la seule un moment ; elle a besoin de pleurer, de rager, de crier sa douleur. Respectons sa peine... Nous la rejoindrons plus tard.

Lentement, ils se dirigèrent vers la maison, bavardant distraitement avec les enfants encore inconscients du malheur qui venait d'anéantir leur mère.

Henry vivait l'expérience la plus difficile de sa vie de capitaine de l'armée de Sa Majesté, mais il ne pouvait changer la réalité : ainsi en avait décidé le destin. Sans mot inutile, mais avec une empathie empreinte d'une grande tendresse, il serra Angélique dans ses bras. Elle sanglotait tout bas, terrassée par la douleur, tandis que Mathilde cherchait les paroles les plus tendres, les plus douces, les plus affectueuses pour dire à Anne, Charles et Gustave que leur papa ne reviendrait jamais.

Les garçons, encore trop jeunes pour avoir mal, avaient presque oublié le père aimant qu'ils n'avaient pas revu depuis leur enlèvement, tandis que l'aînée, qui l'adorait, éclata en sanglots et courut se jeter dans les bras de sa grand-mère, impuissante, elle aussi, devant un tel drame.

Henry, le militaire, qui avait vu la mort briser des rêves et faire basculer des vies dans la désespérance, savait par expérience et instinct que la blessure infligée par la disparition de William ne guérirait jamais dans le cœur d'Angélique. Avec le temps, la plaie se refermerait, mais, même cicatrisée, elle demeurerait à vif tant qu'il lui resterait un souffle de vie. Le moindre souvenir évoqué, le moindre regard posé sur ses enfants nés de l'amour raviveraient la douleur térébrante enfouie au fond de son être ; rien ni personne ne pourrait effacer l'empreinte gravée à jamais dans la chair et l'âme d'Angélique.

Le temps s'était arrêté au même moment que le bonheur simple et limpide de cette jeune famille. Pour Angélique, il n'y avait plus de soleil, plus de rires d'enfants ni de cabrioles de Ti-Loup, plus de bourgeons ni de fleurs printanières, plus d'oiseaux ni de poissons, plus de ruisseaux ni de fleuve. Que la mort, la tristesse, la fin d'un rêve trop beau, d'une vie trop douce sur les rives du Saint-Laurent où étaient nées leurs folles amours, à jamais inassouvies. La vie était injuste et cruelle ; sans préavis, la mort fauchait les fleurs de l'amour avant même qu'elles ne s'épanouissent, elle mutilait l'avenir d'enfants orphelins, elle emportait dans un torrent déchaîné tous les projets, tous les rêves, tous les espoirs et laissait un vide immense au cœur de l'existence qui ne trouvait plus son sens.

***

William Faye, l'époux d'Angélique, reposait dans un cimetière de Boston, seul parmi des étrangers. Elle aurait tant aimé revoir son visage adoré, une fois, une seule, une dernière fois ; pouvoir presser contre ses seins le corps inerte de son mari, toucher la plaie béante par où il s'était vidé de son sang et, plus que tout, elle aurait aimé lui rendre un dernier hommage par une sépulture chrétienne et rédemptrice. Cette juste consolation lui était même refusée. La femme rieuse, taquine, libre et heureuse n'était plus ; elle était morte en même temps que son amour.

Vêtue de noir, drapée dans son deuil, Angélique avait besoin de se retrouver seule à l'Île aux Foins, lieu où s'était écrit le premier chapitre de leurs amours. Elle lisait et relisait la dernière lettre de William. Les yeux fermés, elle humait les quelques objets remis par Henry, derniers souvenirs qu'elle cachait soigneusement dans la maisonnette désertée de son époux. Elle errait ensuite sur la rive de l'île et portait sa peine comme un joug cruel ; elle pleurait, des nuits entières, sur son malheur, dans son lit froid.

Le retour au labeur des champs, l'éclatement des bourgeons, la floraison des premières fleurs sauvages, les vents qui gonflaient les eaux du fleuve, la prolongation des jours qui s'irisaient dans les splendeurs des couchers de soleil, tout renaissait sauf la jovialité légendaire d'Angélique. Perdue dans le brouillard, elle restait insensible à la beauté du monde qui tournait sans elle, et même l'immuabilité de l'alternance des saisons, qui ramenait le mois de mai, toujours si beau, si lumineux, l'indifférait.

Les volets s'étaient refermés sur sa vie ; veuve d'un soldat de Sa Majesté britannique, elle se voyait désormais comme une femme bannie de la société canadienne-française, condamnée à traîner sa solitude entre les saisons mortes. Amour, mort, deuil, larmes et solitude hanteraient désormais ses jours et ses nuits comme des fantômes obsédants, la laissant brisée sur sa rive déserte. À moins, qu'une fois de plus, le destin ne lui ouvre une autre fenêtre sur un monde meilleur.

32

La dame de compagnie de *lady* Catherine affichait maintenant la plus grande indifférence envers Henry, qui séjournait au manoir de Berthier jusqu'à ce qu'il ait réglé, avec Angélique, les affaires concernant la mort de William. Julia, étant à la fin de la vingtaine, incarnait déjà une femme mûre, usée par la vie. Lorsqu'elle rencontrait G.M., elle se faisait plus coquette, mais au quotidien, toujours vêtue d'une longue robe sombre, elle ne portait jamais de dentelle ni de bijoux qui auraient pu égayer sa silhouette austère ; à peine osait-elle, de temps à autre, nouer un ruban dans ses cheveux.

Les autres domestiques, indifférents à son inexorable dérive, ne prêtaient plus attention à son existence morne, à ses silences pesants, à ses regards hostiles ; ils s'y étaient habitués. « C'est rien qu'une Anglaise ! » disaient-ils parfois dans un complet détachement.

Loin de pleurer la mort de William, Julia se réjouissait plutôt de la douleur de ces Canadiens qui portaient le deuil de cet Anglais déloyal qui avait couché avec une ennemie. « Traître, tu as eu ce que tu méritais ! » pensait-elle, le cœur bien ancré dans sa rancune, plus décidée que jamais à collaborer, à sa manière, à la défaite des Anglais. Elle n'éprouvait que du mépris pour ces êtres qu'elle qualifiait de veules et se félicitait de sa propre force de volonté qui lui permettait de voguer contre vents et marées.

***

Pendant ce temps, préoccupé par l'organisation de la défense de son coin de pays, le seigneur de Berthier restait aveugle devant les conspirations ourdies par cette orpheline à qui il avait offert un toit, un gagne-pain honorable et une protection teintée de bienveillance. James Cuthbert avait bien d'autres chats à fouetter : la guerre se préparait, l'ennemi était aux portes de sa seigneurie. Il laissait Julia agir à sa façon ; il n'avait rien à lui reprocher, si ce n'était cette tenace rancune envers Mathilde, attitude regrettable qui, croyait-il, ne nuisait nullement à l'accomplissement de ses devoirs envers *lady* Catherine.

Julia pouvait épier à sa guise, voire moucharder ses maîtres ; tant qu'elle saurait garder leur confiance, elle ne serait pas inquiétée. Son intelligence rusée étant son meilleur atout, elle userait donc de prudence et de finesse pour ne pas semer le doute. Elle avait déjà goûté une fois à la médecine du juge de paix, il fallait donc, à tout prix, qu'elle évite de faire une erreur, de dire un mot de trop, de laisser échapper un commentaire discourtois. Elle s'ingéniait, avec un art consommé, à ne montrer que le côté vernis de sa troublante personnalité ; l'autre, le plus sombre, lui servait à assouvir sa vengeance dans le secret de la délation.

Ignorant le danger qui couvait sous son toit, James Cuthbert surveillait étroitement les opérations guerrières des rebelles ; leur étau se resserrait. Les émissaires confirmaient ses craintes : les insurgés des colonies du Sud allaient bientôt faire des attaques sournoises dans les villes et les villages sis le long des rives du Saint-Laurent. Deux armées se préparaient à s'infiltrer au Canada : l'une, venant par les rivières Kennebec et Chaudière, souhaitait s'emparer de Québec, tandis que l'autre s'approcherait de Montréal, en descendant le Richelieu. Le seigneur n'en dormait plus tant il se savait en péril.

Les nouvelles publiées dans *The Gazette* ne cessaient d'alimenter ses inquiétudes ; il lisait tous les articles et tous les rapports des combats, il consultait les listes des morts et des blessés. Le récit de la terrible bataille de Lexington, qui avait coûté la vie à William, le mettait en rogne et lui faisait regretter de n'être plus assez jeune pour reprendre les armes. « Ces traîtres verraient de quel bois je me chauffe », s'enflammait le seigneur en frappant rageusement le dossier d'une chaise avec le journal replié dans sa main gauche. Catherine tentait d'apaiser ses craintes et lui rappelait qu'il valait mieux lutter avec des actions politiques plutôt qu'avec des canons, mais il persistait toutefois à croire que « la meilleure défense, c'est la pointe du fusil », clamait-il haut et fort.

Même le 24 avril, quand le gouverneur Carleton l'invita à se joindre au Conseil législatif, aux côtés de treize compatriotes et huit Canadiens, dont ses voisins Charles-François de Lanaudière et Roch de Saint-Ours, le seigneur de Berthier ne parvint pas à dissiper les nuages qui assombrissaient son existence, jusque-là fort prometteuse. James Cuthbert, tout heureux de partager l'honneur de cette nomination avec Catherine et Alexandre Cairns, qui s'en réjouissaient avec lui, perdit rapidement son optimisme en parcourant un article publié le même jour dans *The Gazette* : *« Le camp de Boston préparerait-il l'attaque du fort Ticonderoga ? »* Aussitôt la flamme du guerrier, prêt à se battre pour défendre son roi et ses terres, se raviva ; il s'engagea sur-le-champ à former une compagnie de miliciens, recrutés parmi les hommes les plus valeureux de sa seigneurie et des alentours, quoi qu'il lui en coûte.

— Les armées des colonies vont se buter à une résistance inattendue, j'en donne ma parole ! Il faut les intercepter avant qu'elles n'atteignent les portes de Québec et de Montréal. Je m'y engage devant notre Dieu et notre roi, déclara solennellement le seigneur de Berthier, main droite posée sur la Bible, devant sa femme et son agent des terres.

Julia entendit ces propos qui seraient notés le soir même. Elle prenait de plus en plus de plaisir au jeu de la trahison…

* * *

Les événements politiques et militaires se précipitaient. Alors que des éclaireurs confirmaient l'avancée des troupes de rebelles, dirigées par Benedict Arnold et le colonel Ethan Allen, qui se préparaient à attaquer le fort Ticonderoga, l'Acte de Québec entrait en vigueur le 1er mai 1775. Les Britanniques et l'élite canadienne se réjouissaient de l'application de cette nouvelle constitution et escomptaient en tirer rapidement tous les bénéfices et gagner l'appui des habitants dans leur lutte contre les envahisseurs.

Mais les Canadiens suivraient-ils aveuglément les exhortations des curés des paroisses qui, à l'instigation de leur évêque, les invitaient à la fidélité envers le roi George III dont on venait tout juste de profaner le buste, érigé à la place d'Armes, à Montréal, en octobre 1773 ? En effet, malgré la présence militaire qui veillait au maintien de la paix dans la colonie, des malotrus avaient réussi, dans la soirée du 30 avril, à s'approcher de la sculpture du roi. Par dérision, ils avaient noirci la figure du buste royal, suspendu à son cou un chapelet de patates, une croix de bois et une inscription où il était écrit : « Le pape du Canada ou le sot Anglais. » Un journaliste commentait ainsi l'affaire : *« On a voulu créer, il n'y a pas de doute, de la jalousie, de l'animosité et du trouble chez les Canadiens, surtout entre les Anglais et les Canadiens. »*

En apprenant ce méfait, Julia soupçonna immédiatement Xavier d'avoir commis cet outrage et nota ainsi l'événement dans son carnet : « Un intrépide individu vient de poser un geste de bravoure qui exprime sans ambiguïté les sentiments des habitants d'ici envers le roi d'Angleterre ! » Par prudence, elle omit de préciser le nom de l'homme ; seul George, satisfait de son intrépide collaborateur, en serait informé.

Dans les jours qui suivirent, le gouverneur promit « deux cents piastres » à qui dénoncerait les coupables, mais il semble que l'attrait de l'argent sonnant n'était pas assez fort, car personne ne fut arrêté, et le buste du roi, oublié pour quelques années.

* * *

Ce même jour, Sarah pleurait la mort de son fils Daniel. L'enfant, né quelques semaines plus tôt, était resté chétif et, malgré les herbes médicinales préparées par la veuve Nolan et les incantations de l'esclave, fut pris de fortes fièvres et s'éteignit, comme une mèche d'amadou, dans les bras de sa mère, le soir du premier mai. Sarah laissait entendre un gémissement déchirant, une mélopée plaintive qui arrachait les larmes. Rose se lamentait, prostrée aux pieds de son amie. Joshua, tapi dans le coin de la chambrette, roulait ses grands yeux blancs, impuissant devant la détresse de sa sœur qui avait espéré, jusqu'à la fin, pouvoir sauver son fils. À l'aube, il alla frapper discrètement à la porte de la chambre de madame Mathilde.

— Qu'y a-t-il, mon pauvre Joshua ? C'est bébé Daniel ?

L'esclave fit un signe de la tête et essuya une larme.

— Viens, dit Mathilde, l'invitant à se rendre à la cuisine.

Elle lui prépara un thé tout en le questionnant sur les dernières heures de l'enfant :

— Tu aurais dû venir me prévenir ; je me serais rendue tout de suite auprès de Sarah.

— Sœur, pas vouloir.

— Je comprends. Attends-moi icitte, je m'habille et je viens avec toi.

La cérémonie des anges fut célébrée le jour même. La seigneuresse offrit la tombe où fut déposée la dépouille du bébé. Se montrant compatissante envers son esclave, elle s'était elle-même déplacée jusqu'à leur logis, en compagnie du menuisier Pierre Fafard, pour remettre le minuscule cercueil à Joshua. Firmin et Mathilde, Adèle, ses enfants et quelques autres domestiques se rendirent à l'église, auprès de Sarah, Rose et Joshua, esclaves sans droit ni papier.

Le curé Papin fit une cérémonie toute simple, bénit le petit cercueil blanc et invita l'assistance à l'accompagner au cimetière pour y inhumer Daniel, fils de Sarah, négresse de James Cuthbert. Une humble croix, taillée par Firmin, marquait le lieu de la sépulture. Le parrain y avait gravé « Daniel, 31 mars 1775-1er mai 1775 ».

Sarah reprit son service le soir même. Mathilde refusa qu'elle remplisse la cuve pour sa toilette, préférant que sa servante lui tienne seulement compagnie.

— Reste, Sarah. Viens t'asseoir pendant que je lave mes cheveux ; ensuite, tu pourras préparer mes vêtements, je les passerai moi-même.

— Bien, m'dame Mathilde.

— Ensuite, tu pourras rejoindre Rose et ton frère Joshua.

— Vous, bonne, m'dame.

— Ton cœur est bon, Sarah. Je vais veiller sur toi, sur Rose et sur Joshua. Si quelqu'un vous fait du mal, fais-moi assez confiance pour me le dire.

— Oui, m'dame.

— Promis ?

— Promis !

Les grands yeux tristes de Sarah exprimaient sa reconnaissance envers sa maîtresse ; sa blessure restait vive, mais la bienveillance de Mathilde adoucissait quelque peu son chagrin. L'esclave avait été mère à peine quelques semaines, mais cette expérience, à la fois bouleversante et consolante, demeurerait imprégnée à jamais dans sa chair et son âme. Mère un jour, mère pour toujours… Mère au cœur en miettes, soumise et éplorée. Mère sans fils, qui jamais ne se ferait dire « maman » ni n'entendrait les éclats de rire de son enfant. Jamais elle n'aurait à panser les blessures de Daniel, jamais il ne tendrait les bras vers elle qui, pourtant, avait tant souffert pour le porter et l'amener vers la vie. Elle payait cher une joie à peine effleurée, et maintenant refusée.

Les jours qui suivirent la mort de Daniel, les domestiques montrèrent de la compassion pour la pauvre femme ; un silence gêné, un regard de pitié, une main tendue lui fournirent un certain réconfort. Julia eut la décence de s'abstenir de tout commentaire devant les autres serviteurs, mais ne put retenir une remarque acerbe, à l'endroit de l'esclave, devant *lady* Catherine.

— Quand on est un être inférieur, on devrait toujours être traité comme tel. Pourquoi avoir agi envers cette bête négresse comme si elle était une femme blanche ?

— Julia ! reprit Catherine, vous n'avez donc aucune pitié pour cette mère éplorée ? Imaginez quel serait mon chagrin si je perdais l'un de mes enfants ?

— De grâce, *lady*, ne vous comparez pas à cette vile esclave, vous, si distinguée, si éduquée !

— Vous faites honte à notre peuple, Julia. Je vous invite à faire la lecture de l'Évangile, vous y trouverez matière à nuancer vos pensées. Que faisait Jésus, le Christ, devant le pauvre, l'infirme, le rejeté ? Dites ?

Julia ne put soutenir le regard réprobateur de sa maîtresse ; elle tourna les talons et regagna sa chambre. Elle ouvrit sa Bible, la feuilleta rapidement et ne tomba sur aucun texte qui retienne son intérêt. Elle revint vers son journal intime, son meilleur allié : discret et toujours accessible, il recevait ses confidences, taisait ses turpitudes et abritait ses rêves. Elle remplit quelques pages, referma son journal et ajouta dans son cahier de notes, à l'intention de G.M. : « *May 1st*. Mort du bâtard de l'esclave et nouvelle constitution. Le seigneur Cuthbert, récemment nommé membre du Conseil législatif, croit que les habitants se montreront reconnaissants envers le gouverneur en s'engageant dans la milice. Il se fourvoie… Ces Canadiens sont trop indolents pour se battre. Et, bonne nouvelle : le colonel Thomas Gage rappelle tous les bataillons. Le capitaine Cairns quittera donc le manoir pour rejoindre les troupes dans les jours qui viennent, mais avec, cette fois, le titre de “major”. L'armée britannique avait cru bon récompenser l'intrépidité d'Henry lors de la dernière campagne en lui conférant le premier grade d'officier supérieur. En assumant de nouvelles responsabilités, il ne dormira pas souvent dans le lit de la Canadienne, son épouse bien-aimée ! »

En paix avec sa conscience, Julia déplia et relut les dernières missives de George et de son amie, Françoise. Elle se réjouissait des avancées des rebelles et s'imaginait rentrer prochainement à Boston, au bras de G.M. L'éventualité d'un retour au pays qui l'avait vue naître valait bien quelques risques et trahisons, se disait-elle. Lissant les plis de sa jupe, elle rejoignit sa maîtresse qui faisait la lecture à ses fillettes, sur la galerie, face au fleuve, Draky couché sagement à ses pieds. Il leva la tête et grogna. Avait-il compris que Julia s'apprêtait à donner le baiser de Judas à ses maîtres, pour quelques bénéfices douteux ?

33

La nouvelle de l'avancée des Bostonnais se répandit aussi rapidement que les éclairs dans le ciel d'été. Si *The Gazette*, par souci de protéger les secrets militaires, était avare de détails, il en était autrement des aventuriers canadiens et indiens qui vendaient leurs renseignements, à fort prix, à l'un ou l'autre camp, sans aucun scrupule.

Xavier était l'un de ces conspirateurs aux grandes oreilles qui, lorsqu'il n'était pas en cavale avec les rebelles, fréquentait les auberges et les marchés publics. Il était attentif, vigilant, méfiant et alerte à se saisir des moindres potins. Doué d'un instinct sûr, il savait discerner le vrai du faux, détecter la loyauté et la fourberie, reconnaître l'ami et l'ennemi. Le Renard s'arrêtait partout où il pouvait sonder l'humeur de ses compatriotes, sauf à l'église qu'il avait désertée depuis ses premières escapades en pays indien. Croyait-il encore au Dieu que Marie, sa pieuse mère, lui avait appris à vénérer et à prier chaque jour ? Croyait-il davantage au Dieu des peuples amérindiens qui respectait la liberté de chacun, en accord avec la nature et ses lois immuables ? Son indépendance d'esprit et d'action le gardait loin des temples auxquels il préférait les vastes cathédrales des forêts de sapins.

Par ailleurs, de passage à l'Île Du Pas, Xavier comprit l'importance de cette inestimable source d'information qu'était l'église paroissiale ; il ne pouvait plus négliger d'y glaner les précieux renseignements dont il avait besoin. Le jeune homme se remit alors à fréquenter les églises de Berthier et de l'Île Du Pas. Mine de rien, il analysait les propos des curés, décodait les expressions des fidèles et, à la sortie de l'église, écoutait palabrer les paroissiens, épiait leurs conversations, mendiant ici et là une confidence, un commentaire.

Le dernier dimanche de mai, sur le perron de l'église, les paroissiens discutaient de l'intervention directe de monseigneur Briand, évêque des catholiques canadiens qui, dans son mandement promulgué le 22 de ce mois, pressait les fidèles de demeurer sous la protection de la Couronne britannique. Le curé Papin se vit obligé de lire ce texte en chaire, mais jugea préférable de le faire juste avant d'entonner l'*Ite, missa est*: *«Fermez donc, chers Canadiens, les oreilles et n'écoutez pas les séditieux qui cherchent à vous rendre malheureux et à étouffer dans vos cœurs les sentiments de soumission à vos légitimes supérieurs que l'éducation et la religion y avaient gravés. Portez-vous avec joie à tout ce qui vous sera commandé de la part d'un gouvernement bienfaisant qui n'a d'autres vues que vos intérêts et votre bonheur. Il ne s'agit pas de porter la guerre dans les provinces éloignées, on vous demande seulement un coup de main pour repousser l'ennemi et empêcher l'invasion dont cette province est menacée. La voix de la religion et celle de vos intérêts se trouvent ici réunies et nous assurent de votre zèle à défendre nos frontières et nos possessions.»*

Dès la fin de la messe, les habitants réagirent, chacun à sa manière, aux propos de l'évêque.

— Pis toi, le Louis à Antoine, tu vas donner un coup de main pour repousser l'ennemi en t'engageant dans la milice, comme le demande le monseigneur de Québec? insinua Jos Courchesne, le père de Guillemette, la promise du jeune homme.

— Père Courchesne, j'ai passé tout l'hiver dans les pays d'en haut à chasser avec les sauvages, j'en ramène un bon magot. J'ai même des piastres espagnoles que je compte bien utiliser pour acheter un lopin de terre à l'île de Grâce. Mes projets de mariage avec votre fille Guillemette ont pas changé.

— C'est ben ça que je voulais entendre de ta bouche, mon Louis. De mauvaises langues disaient à ma Guillemette que tu prendrais les armes pour défendre le parti de ton beau-frère, le major Cairns.

— Mon fusil me sert seulement pour la chasse, jamais contre des hommes. Tirer sur des humains ? Jamais !

— Ma fille sera ben contente d'entendre ça. Les épousailles, c'est don' pour c't'année ?

— Aussitôt que j'aurai acheté ma terre, je vous ferai la grande demande, père Courchesne.

— Ce sera un honneur pour moi de t'accorder sa main. T'es un bon parti !

C'est ainsi que, de l'un à l'autre, les paroissiens s'encourageaient à résister au mandement de monseigneur Briand, « trop proche des Anglais », comme le rappelait avec morgue le bedeau, Daniel Blondin. Xavier était content d'appartenir à ce peuple fier et indépendant qui savait se tenir debout, même devant la crosse et la mitre.

***

Le mois de mai venait de retraiter dans un éclatement de fleurs sauvages qui s'épanouissaient en lourdes corolles en bordure des champs, à l'orée des bois, et parfois devant les maisons des habitants. McPherson, le jardinier du manoir, attendait avec impatience ce temps sacré qui venait avec le mois de mai. Depuis l'hiver, il s'y préparait ; il avait semé, dès la mi-mars, les graines, devenues des plants, qu'il mettait maintenant en terre, religieusement, comme s'il participait à la création du monde.

Ce petit homme silencieux, au visage creusé de rides et flétri par le grand air, savait créer des harmonies de couleurs et d'odeurs qui avaient fait sa renommée bien au-delà de la seigneurie de Berthier. Le potager et le jardin n'avaient plus de secrets pour lui. Le choix des arbustes, l'alternance de plantes vivaces et de plantes annuelles, disposées en une composition qui retenait les regards, séduisait la seigneuresse, qui aimait se promener dans les allées, toujours bien sarclées, de son nouvel éden. Elle y venait tôt le matin ou au crépuscule, moments privilégiés pour apprécier les nuances des couleurs et la subtilité des parfums qui embaumaient les alentours.

C'était devenu un rituel, un passage obligé où elle se délestait du poids des jours. Les six jeunes enfants exigeaient une présence constante et, bien qu'elle disposât de personnel compétent, Catherine ne connaissait pas de repos. La vie sociale avait ses obligations, elle devait souvent accompagner son époux lors de réceptions, à Québec, Montréal ou Trois-Rivières, le remplacer lors de ses nombreuses absences et, surtout, depuis le début de l'insurrection des colonies du Sud, tempérer le caractère belliqueux du seigneur.

James Cuthbert digérait mal l'indifférence des Canadiens devant la progression des troupes ennemies. Même les menaces proférées par l'évêque de Québec n'avaient pas incité les habitants à sortir de leur maison pour défendre un bien qui ne leur appartenait plus. Le seigneur était à la fois humilié et blessé ; il s'isolait, parlait peu, montait son plus fougueux étalon et galopait de longues heures sur ses terres et le long du fleuve. Il cherchait les moyens à prendre pour garder tous ses biens ; il voulait vivre et mourir là où grandissaient ses enfants. Il se refusait à l'échec.

Un soir de juin, il rejoignit sa femme qui buvait le *tea* au jardin, assise sur le banc, près de la tonnelle. Des roses commençaient à s'y agripper ; le temps était doux et l'air, parfumé. James était songeur ; il prit place auprès de Catherine qui sut, cette fois encore, respecter son recueillement. Une chenille patiente longeait la bordure d'une plate-bande, quelques oiseaux faisaient la fête, en gobant les moustiques qui tournoyaient au-dessus des fontaines. Tout était silence, à part les bruits des criquets et des grillons qui stridulaient. Avant de se confier à sa femme, James attendit que les ombres de la nuit commencent à se faufiler entre les feuilles des arbres et que pointent quelques étoiles dans le ciel assombri.

— Un proche du gouverneur m'a appris que ce dernier entend sévir envers les habitants qui refusent de rejoindre la milice des villages. La loi martiale sera promulguée dès la semaine prochaine, si la population résiste aux demandes pressantes des capitaines de milice. Le parlement de Londres a pourtant tendu la main aux Canadiens en adoucissant le régime politique. Pourquoi tant d'ingratitude envers nous ? Sommes-nous de si mauvais administrateurs ? Étaient-ils mieux nantis sous la gouverne du roi de France ? À voir l'état des lieux quand nous nous sommes installés ici, permettez-moi d'en douter !

— Vous vous emportez, James. Vos amis, les commerçants de Montréal, ne se montrent-ils pas, eux aussi, assez favorables à la cause des Bostonnais en soutenant financièrement la rébellion ? Souvenez-vous que notre ami Murray disait de certains d'entre eux qu'ils étaient « des fanatiques déréglés qui font commerce ».

— Vous avez raison, ils font honte à notre peuple.

— Soyez juste envers les habitants canadiens ; ils ne sont pas les seuls à refuser de s'engager dans une lutte coloniale qui ne les concerne pas. L'ancien gouverneur n'affirmait-il pas, en parlant du peuple conquis, « qu'il constitue la race la plus brave et la meilleure du globe, peut-être... » ?

— Je partage votre avis, Catherine, les Canadiens sont pacifiques et généreux. Par ailleurs, les tribus indiennes m'inquiètent, car on m'a rapporté que si la majorité des sauvages reste neutre dans ce conflit, les Iroquois du Sault-Sainte-Marie penchent davantage du côté des Bostonnais. Le gouverneur enverra des émissaires pour rencontrer le grand conseil des Six-Nations. Prions pour qu'ils ne se battent pas contre nous, dit James, las de tant de soucis.

— Craignez-vous vraiment que les colons du Sud se séparent de l'Angleterre ?

— Impossible de prédire l'issue de cette rébellion. Dans cette lutte pour l'indépendance, plusieurs éléments entrent en jeu, dont le nombre d'insurgés, leurs armes et leurs appuis. Ils cherchent des renforts de ce côté-ci de la frontière et en France aussi ; si la majorité des Canadiens croit en leurs promesses et embrasse leur cause, nous serons perdus.

— La France les soutiendra, croyez-vous ?

— Permettez-moi d'en douter... Le roi de France n'a pas d'argent pour nourrir son peuple, comment pourrait-il s'engager dans une autre guerre ?

— Et l'armée anglaise n'a plus assez d'hommes pour résister à des envahisseurs bien déterminés à gagner leur indépendance. Les généraux ne vont tout de même pas obliger les enfants à prendre les armes !

— Je tiens une information, confirmée de source sûre ; tout récemment, une entente entre le roi George III et les autorités allemandes, notamment de la principauté de la Hesse, a été conclue. Cet accord permettra l'ajout de quelques milliers de jeunes mercenaires, qui viendront remplir les rangs dévastés de notre armée. Cette aide étrangère semble nécessaire pour combler les besoins de notre défense, puisque nos nouveaux sujets refusent de s'engager avec les troupes britanniques.

— Si l'invasion des insurgés se propage davantage, que deviendrons-nous, James ?

— Je songe à vous installer dans un lieu mieux défendu. Lors de ma prochaine visite à Québec, où les troupes sont concentrées, je verrai à acheter une propriété où vous viendrez vivre avec nos enfants. La seigneurie de Berthier, située juste en face de l'embouchure de la rivière Richelieu, est trop vulnérable. Des ennemis naviguent sous notre nez. Qui sait s'ils ne s'en prendront pas à nos enfants !

— Vous vous alarmez peut-être bien inutilement, mon ami.

— Qui est pour nous et qui est contre nous ? Je ne sais pas toujours faire la différence entre un habitant loyal et un traître. Alors, pour éviter un malheur, je tiens à vous éloigner des dangers, tant que la paix ne sera pas assurée. Je ne veux pas faillir à mon devoir de vous protéger, vous, ma précieuse épouse, et nos enfants. J'aurais pourtant souhaité pour vous un pays pacifique où il fait bon vivre.

— Nos enfants sont heureux et en bonne santé, James, c'est là l'essentiel.

— Mais je ne trouverai le repos que lorsque je vous saurai en sécurité, sous la protection de l'armée, loin des espions qui se promènent sans gêne dans tout le pays.

— Ce serait dommage de quitter ce paradis, mais vous avez raison, James, il vaudra peut-être mieux vivre loin d'ici, tant que la seigneurie sera menacée. Rentrons, maintenant, c'est un peu frisquet.

Les deux époux s'attardèrent encore un moment au jardin, goûtant pleinement la quiétude de cette soirée de juin. La conversation avec Catherine avait apaisé l'impatient seigneur, qui embrassa tendrement sa femme, près de la roseraie odorante.

— James, si on nous voyait...

— Pas âme qui vive autour de nous... Seules les étoiles, qui remplissent ce ciel de juin, sont témoins de notre amour. *I love you, dear Catherine.*

— *I love you too, James.* Vous me rendez heureuse.

***

James faisait erreur, ils n'étaient pas seuls sous les étoiles. Julia venait de sortir, sans faire de bruit ; elle se rendait au rendez-vous que lui avait donné Xavier, derrière le moulin seigneurial. En entendant les voix de ses maîtres, elle s'était tapie derrière les buissons, espérant qu'ils rentreraient bientôt au manoir. De sa cachette, elle avait pu saisir quelques phrases échangées entre les époux. Les derniers mots l'intriguèrent : « Ce serait dommage de quitter ce paradis, mais vous avez raison, James, il vaudra peut-être mieux vivre loin d'ici, tant que la seigneurie sera menacée. » « Que savent-ils des dangers qui les guettent ? s'inquiéta Julia. Où iraient-ils s'installer ? Exigeraient-ils que je parte avec eux ? Il faut que j'en informe Xavier dès ce soir », décida Julia. Elle attendit encore un moment avant de se diriger vers la Bayonne, dissimulée sous un voile noir, sa silhouette se fondant dans l'obscurité de cette nuit sans lune.

La jeune femme marchait rapidement, elle courait presque même, pressée de se confier à son informateur. Elle était craintive aussi, car elle n'avait jamais pu apprivoiser l'obscurité brute de la campagne berthelaise. Les hululements des hiboux, le craquement des branches, le clapotement des grenouilles dans la rivière : tous ces bruits, pourtant si familiers à Xavier, demeuraient, pour Julia, une source de peurs irraisonnées.

Dès que Julia sortait dans la nuit noire, la pensée de la veuve Nolan ressurgissait dans son esprit comme l'ombre d'un fantôme qui venait la hanter. Elle percevait presque sa présence derrière elle… Un questionnement traumatisant l'obsédait alors : « Cette sorcière qui sait tout, connaîtrait-elle mes sombres projets ? » Distraite, Julia fit un geste brusque pour éviter de se blesser sur une souche écorchée et glissa sur le sable mouillé ; elle dut se retenir à une branche pour ne pas tomber dans l'eau de la Bayonne. Elle jura. Décidément, elle détestait ce pays et était prête à tout pour retourner à Boston où, espérait-elle, l'amour lui sourirait enfin.

* * *

L'homme, caché sous les ailes du moulin, vit sa complice s'approcher et attendit qu'elle le voie pour faire un pas dans sa direction.

— Personne ne m'a suivie, chuchota Julia, persuadée de la méfiance instinctive de Xavier.

— Bonsoir, Julia. Allons à l'essentiel : du nouveau pour nous ?

— Tout est noté, bien en ordre, dans ce cahier, précisa Julia, remettant le document à cet aventurier peu avenant qui scrutait, de ses yeux sombres, l'énigmatique jeune femme.

— Bien. À la prochaine nouvelle lune, George viendra lui-même au rendez-vous. Je vous ferai savoir où et quand il vous rencontrera. Mais il préférerait vous revoir à Montréal. Croyez-vous que ce sera possible ?

Julia baissa la tête, ennuyée par cette éventualité.

— Je dois vous livrer une information de première importance, dit Julia, se rapprochant de Xavier. Je viens d'entendre les Cuthbert discuter d'un départ prochain afin de protéger la seigneuresse et les enfants.

— Vous êtes certaine d'avoir bien entendu ?

— Tout à fait ! Ils prenaient le frais dans le jardin quand je suis sortie et, les entendant murmurer, je me suis cachée dans la roseraie. J'ai entendu *lady* Catherine dire ceci : « Ce serait dommage de quitter ce paradis, mais vous avez raison, James, il vaudrait peut-être mieux vivre loin d'ici, tant que la seigneurie sera menacée. »

— Rien d'autre ? Pas de lieu ni de date ?

— Non, mais cette décision signifie probablement que je devrai partir avec ma maîtresse, au service de laquelle je suis attachée.

— Laissez-moi réfléchir à cette situation. Faites rien tant que je vous aurai pas rencontrée au marché et essayez, dès demain, d'en savoir davantage.

— Comptez sur moi. Je noterai tout, comme à l'habitude.

— Et restez vigilante. Faut pas éveiller les soupçons.

La chouette hulula, l'écho lui répondit. L'air était tiède, le vent dormait. Julia eût pu aimer ces lieux si seulement Henry

Cairns lui avait ouvert son cœur. Elle aurait pu devenir une femme aimante, dévouée et comblée, si seulement… Mais la volonté d'un autre avait décidé de son avenir, et son destin avait été tracé sur les ruines d'un amour déçu. «La différence entre l'amour et la haine est bien mince», se dit Julia, à la fois triste et honteuse de sa conduite. Elle était au bord des larmes.

D'un laconique signe de tête, elle salua Xavier, replaça sa cape et descendit lentement vers la rivière. Des lucioles s'entrecroisaient en clignotant autour des herbes folles qui poussaient en bordure des rives de la Bayonne. «Une danse d'amour», pensa la jeune femme, fascinée par cet étrange ballet incessant. Consciente que Xavier la suivait, elle maintint le rythme et rentra au manoir endormi. Draky ouvrit l'œil mais, reconnaissant l'Anglaise, il se rendormit.

34

La canicule incommodait Mathilde, car l'enfant pesait lourd sur ses jambes enflées ; lasse, elle cherchait la fraîcheur de l'ombre, assise sous le saule pleureur qui répandait son feuillage au-dessus d'elle, comme une chevelure éparse. Dissimulée à la vue de Firmin, elle l'entendit venir sur le sentier et sut, à sa démarche empressée, qu'il lui apportait une bonne nouvelle.

— Bien le bonjour, ma grande sœur ! Voici une lettre pour toi ! Et quelle chaleur !

— Mon état me fatigue plus que je l'imaginais… Encore quelques semaines et ce petit montrera le bout de son nez, rappela Mathilde, se levant pour accueillir son frère, qui lui tendit la main pour l'aider tout en lui remettant la lettre d'Henry.

— Tu es inquiète, en pensant à mère ?

— Pas trop… La naissance d'un enfant est un événement ben naturel. Mère a eu plusieurs enfants sans y laisser sa vie ; Adèle, *lady* Catherine et bien d'autres femmes ont des enfants, sans difficulté. Et jusqu'à cette chaleur, j'étais pleine d'énergie ; Sarah et Sagawee veillent sur moi, et je m'abandonne à notre sainte Mère Marie. Je suis sûre que la délivrance se passera bien. Mais malgré toute l'attention dont on m'entoure, Henry me manque…

— Un militaire a apporté le courrier à la seigneuresse ce matin. Elle m'a tout de suite fait mander au manoir pour me remettre cette lettre en mains propres. Je suis venu sans tarder.

— Tu es le meilleur des frères, Firmin ; ton cœur est généreux, tu devines toujours ce qui fait plaisir aux autres.

— J'aurais été ben égoïste de venir qu'en fin de journée pour te donner cette lettre que tu espérais avec impatience. Va, ouvre-la ; je retourne au presbytère. Le curé Papin prépare les funérailles de la veuve Généreux et compte sur moi. À ce soir, ma grande sœur, et attends-moi pas pour le repas, je mangerai avec le curé et l'instituteur, Thomas.

— Il courtise encore Julia ?

— Certes pas, l'Anglaise le dédaigne parce qu'il est catholique. Elle est partie visiter des amis à Montréal, m'a appris Thérèse quand je suis passé au manoir ce matin. Elle est bien étrange, cette femme ; elle me fait un peu peur.

— À moi aussi, et je suis ben contente de plus habiter sous le même toit qu'elle.

— Tu es heureuse icitte, dans votre maison, n'est-ce pas ? Ton bonheur est évident, même si tu t'ennuies de ton mari.

— En épousant Henry, je consentais à vivre ses fréquentes absences ; c'est pourquoi j'ai demandé qu'on prévoie une place pour toi dans notre maison. Tant que tu resteras près de moi, nous serons rassurés.

— J'habiterai sous votre toit pour l'hiver qui vient seulement ; je te rappelle que j'arrive à la vingtaine et que le moment de suivre mon propre chemin est arrivé. Sous la tutelle du curé Papin, je me prépare à servir en mission dans les pays d'en haut. Mon rêve est encore bien vivant ; je partirai l'an prochain, si des voyageurs acceptent de m'y mener.

— Tu es encore ben frêle, petit frère, et la vie chez les sauvages est si rude…

— Mais il y aura aussi un bon côté à vivre chez les Indiens. Angélique et ses deux garçons ont été bien traités chez les Shawnees, j'en ai discuté avec elle quelques fois. Pis Xavier connaît maintenant leurs us et coutumes, et il se plaît dans ces contrées lointaines. Avec la grâce de Dieu, je m'y installerai le cœur joyeux, confiant en la beauté de ma mission.

— Mère serait à la fois inquiète et fière de te voir enseigner la foi chrétienne chez les sauvages. Qu'elle te protège chaque jour !

— Elle le fait, je lui parle de mes projets, sans manquer une seule journée. Je file, maintenant, et je te laisse avec la lettre de ton époux bien-aimé.

— Merci, frérot, dit Mathilde, serrant le délicat Firmin dans ses bras.

***

C'est avec fébrilité que Mathilde se hâta de décacheter la lettre adressée par son époux adoré. Assise sur la galerie, face au long fleuve, elle porta d'abord attention à l'élégance de la calligraphie du major Cairns et parcourut rapidement, d'un œil avisé, l'ensemble harmonieux de cette missive. Des majuscules artistiquement formées, une écriture lisse et claire, agrémentée de dessins au fusain, illustrant des fleurs ou des petits animaux, étaient en eux-mêmes fort éloquents. Elle ferma les yeux, se recueillit un moment, lut et relut ensuite ces mots qui lui livraient, une fois de plus, la quintessence de l'amour.

May, 1775

Mon épouse bien-aimée,

Mai s'achève sans que j'aie pu obtenir une permission de quelques jours pour me rendre à Berthier ; cela me prive de vous porter dans mes bras et d'entrer dans notre maison où naîtra notre enfant. Je vous écris en me languissant de vous, sans savoir où vous habiterez quand vous lirez cette lettre. Vivez-vous encore au manoir de Berthier ou dormez-vous chez nous, dans notre grande chambre, située du côté du soleil couchant ? J'anticipe l'instant où, pour la première fois, nous nous aimerons au creux du nid que vous aménagez avec tant d'amour et d'attente. Je souhaite de tout cœur de ne jamais vous décevoir et d'être, pour vous, l'amant, l'époux, l'ami que vous méritez.

Mes talents d'artiste peintre sont utiles pour élaborer les plans de campagne de notre armée ; il me sera donc impossible, pour les semaines à venir, de quitter la garnison. À chaque instant qui nous rapproche de la naissance de notre premier enfant, vous me manquez davantage ; vous occupez constamment mes pensées. Fort heureusement, ma bien-aimée sœur Catherine veille affectueusement sur vous et m'assure que vous vous portez bien. Je l'en remercie dans chacune de mes lettres. Mais Catherine s'inquiète pour vous et propose que la dévouée Sarah reste désormais toujours à votre service et habite sous notre toit, si vous le souhaitez. Je vous demande d'accepter cette offre, tant pour le bien de l'esclave que pour le vôtre.

Si vous saviez combien il m'est pénible d'être privé de votre présence aimante ! Cet interminable engagement contre les insurgés des colonies me vole des instants précieux qui ne reviendront jamais. Il m'est refusé d'être témoin privilégié de la transformation de votre silhouette, de votre ventre plein, de vos seins gonflés de lait. Que vous devez être belle dans votre épanouissement, ma tendre Mathilde !

Je comble ma faim de vous en sortant les pinceaux pour tracer votre portrait, amoureusement, à petits traits, comme je vous caresse quand vous dormez à mes côtés, ô ma bien-aimée. Vous imaginant habiter notre « home », je vous dessine parfois, sur le pas de la porte de notre maison, votre regard câlin rivé sur les eaux du fleuve, cherchant la barque qui me ramènera vers vous. À d'autres moments, je vous représente, m'écrivant, assise à votre table, devant la fenêtre ouverte sur les lilas en fleurs. Je reproduis alors sur ma toile l'expression de droiture qui se reflète sur votre doux visage, la plénitude de votre profil dissimulé sous les plis de votre robe couleur de champagne. D'un trait de crayon, j'ombrage les mèches de vos cheveux, j'illumine votre regard, j'effleure vos lèvres rieuses.

Si le travail du peintre s'avère précis, jamais l'époux aimant ne se satisfera de l'aquarelle exposée sur le chevalet. Jamais je ne pourrai rendre justice à votre beauté pure, semblable à une soie brute, à une perle nacrée née du fond des océans. Vous m'êtes plus précieuse que tous les trésors du monde, et je rêve de cet instant où je dormirai de nouveau à vos côtés.

Mon intérêt pour tout ce qui se passe à la seigneurie de Berthier fait naître en moi une certaine inquiétude. Puis-je vous faire une confidence ? Dans la dernière lettre que Catherine m'a écrite, elle me racontait, comme à son habitude, les événements quotidiens de la vie au manoir, précisant que Julia se montrait moins servile qu'avant, qu'elle sortait parfois à des heures indues et qu'elle demandait fréquemment de se rendre à Montréal pour y visiter des amis. Catherine ne semble pas s'inquiéter des agissements quelque peu intrigants de sa dame de compagnie, mais je vous conseille de vous méfier de notre ennemie commune. Vous et moi savons combien son sentiment de vengeance peut être tenace et destructeur ; nous avons déjà goûté à son venin… J'aimerais me tromper, mais mon instinct me dicte qu'il vous faudra rester sur vos gardes. Soyez très vigilante et alertez James au moindre soupçon.

Peut-être vous tourmentez-vous en suivant les déplacements des armées, rapportés soit par « The Gazette », soit par des informateurs qui sont, me dit-on, fort nombreux à se disputer le territoire. Pour ma part, je ne peux vous fournir aucun renseignement qui nuirait à nos plans d'intervention. La consigne reste la même : vous pouvez toujours envoyer toute missive à la garnison de Saurel ; on m'achemine régulièrement tous les documents qui m'y sont adressés.

Prenez bien soin de vous, de notre enfant. I miss you… Je vous aime plus que ma vie.

Major Henry Cairns

* * *

La lettre d'Henry, datée du mois de mai, n'avait été livrée qu'au début de juillet, le service postal étant interrompu depuis la progression de la guerre des colonies. Craignant qu'il ne se glisse des missives secrètes ou subversives dans le transport du courrier, Carleton avait dès lors confié la totalité de la distribution des documents aux autorités militaires ou à des commissionnaires reconnus responsables par son gouvernement. Une inspection exhaustive du courrier, y compris celle des lettres d'amour et des colis, était effectuée rigoureusement, opération qui en retardait la livraison.

Cette lettre était la quinzième que Mathilde recevait de son époux ; elle les avait toutes mémorisées, avait cherché le sens des mots lus pour la première fois et en avait étudié le style poétique. Qu'elle était heureuse de pouvoir désormais démystifier les symboles qui cachaient de si douces confidences ! Reconnaissante envers Adèle, sa bienfaitrice, elle implorait chaque jour la Vierge Marie de bénir son amie, qui lui avait ouvert toutes grandes les portes de la connaissance de l'univers. Manquant d'habileté à jouer avec les mots, la jeune épouse écrivait plus rarement qu'Henry et devait parfois recourir aux services d'Adèle ou de Firmin pour apprendre à tourner les phrases aussi joliment qu'on le faisait en France. Et chaque fois qu'elle se livrait aux joies subtiles de la lecture ou de l'écriture, elle se croyait au sommet du monde. Chaque lettre de son amour la rassurait en lui rappelant qu'il était toujours le même homme aimant et enjoué qui l'avait séduite à l'aube d'un certain dimanche d'été. Il n'avait rien perdu de sa perspicacité en lui conseillant de jeter un œil sur Julia ; il avait sans doute raison : elle redoublerait de vigilance.

L'enfant bougea, Mathilde sourit et posa la lettre sur son ventre habité. *« Prenez bien soin de vous, de notre enfant »*, chuchota-t-elle, s'adressant au petit qui s'étirait en elle comme s'il voulait prendre toute la place. Le dos endolori, Mathilde se leva et se rendit jusqu'au fleuve, enleva ses chaussures et marcha pieds nus le long de la rive, devant leur singulière maison.

La demeure du major Cairns et de Mathilde Guillot, construite avec le bois venant des terres seigneuriales de Berthier, mariait les influences française et anglaise en matière d'architecture. Inspiré par la mode pittoresque, Henry avait dessiné les plans de façon à permettre la distribution symétrique des pièces autour d'un hall central. Un escalier ouvragé conduisait aux quatre chambres du premier étage. À l'extérieur, la pente du toit se prolongeait de larmiers incurvés qui recouvraient, sur les deux façades, de spacieuses galeries, surmontées de toits qui donnaient à la résidence une silhouette souple et novatrice. De la vaste cuisine et du salon, Mathilde pouvait regarder le fleuve par les larges fenêtres et la porte vitrée. Cette maison, ouverte sur la nature, face aux îles, retenait l'attention de tous ceux qui naviguaient sur le fleuve.

Et juste sur la pointe est du domaine, Firmin avait érigé une croix qui tendait les bras vers le fleuve. Mathilde enjoliva ce lieu que vint bénir le curé Papin, en plantant quelques annuelles et trois lilas offerts par le jardinier McPherson. Pour auréoler le bonheur de Mathilde, il ne manquait qu'Henry.

Une goélette filait vers Québec, laissant de longs sillons rouler jusqu'à la berge où Mathilde, méditative, se promenait en remerciant sa protectrice, la Vierge Marie. La fin de sa grossesse la ramenait souvent vers le souvenir de sa mère. Anne avait donné huit enfants à Antoine, huit vies qui s'épanouissaient sans elle, mais à qui elle avait donné l'exemple du courage et du don de soi. Et se rappelant l'abnégation et la foi de ses aïeules, la future mère se promit de se montrer digne de ces femmes qui avaient affronté les mers, le froid, les maladies, la mort, sans perdre confiance en un avenir meilleur.

Mathilde, qui avait hérité de l'intrépidité et de la joie de vivre de ses valeureuses ancêtres, remit ses chaussures et, après avoir jeté un dernier regard vers le fleuve, regagna sa maison. Le soleil dorait les crêtes des vagues qui roulaient vers le couchant. C'était l'heure sereine du crépuscule, Firmin rentrerait bientôt.

35

En visite à Montréal, Julia Scott, habituellement suspicieuse et méfiante, s'était laissé prendre, comme une ingénue, dans le filet manipulateur de l'énigmatique espion bostonnais, tout en conservant envers lui une attitude réservée. Il avait tenté subtilement, une seule fois, de jouer le jeu de la séduction, mais la prude jeune femme avait protesté :

— Mon ami, nous n'en sommes pas encore là ; je ne suis pas une dévergondée comme certaines Canadiennes. Apprenons à mieux nous connaître avant de nous aimer.

— Pardonnez mon impertinence, *dear* Julia, je ne recommencerai plus, je vous le promets. C'est vous qui avez raison, dit il, l'air contrit.

Cet événement plutôt anodin n'avait pas assombri leurs rapports, et George n'avait eu aucun mal à cueillir ensuite les fruits des observations de sa complice. Julia les lui avait présentés, presque avec volupté, tant son geste de vengeance lui donnait satisfaction.

Pleinement conscient de l'ascendant qu'il exerçait sur sa compatriote exilée, G.M. exploitait la dévotion qu'elle lui vouait, tant par ses actions que par l'expression tacite de ses sentiments. Nul doute, elle s'était entichée de lui, croyant que ce ténébreux rebelle était célibataire. Cet homme la fascinait, mais dès qu'elle se montrait un peu trop curieuse, sous prétexte de confidentialité, il évitait habilement de répondre aux questions qui lui auraient révélé sa véritable personnalité. Julia s'était peu à peu amourachée d'un fantôme, d'une ombre, sur la promesse d'un retour sur sa terre natale. George, la tenant par les sentiments, se l'attachait de plus en plus, en lui livrant quelques renseignements concernant les opérations militaires à venir, confidences qu'elle jura de ne jamais divulguer, « croix sur le cœur ! »

Le rebelle avait appris à Julia que les troupes des insurgés avançaient vers le Canada ; ils avaient déjà pris quelques forts le long du Richelieu. Le commandement du fort Ticonderoga était passé aux mains du major général Philip Schuyler ; si « l'invasion du Canada était praticable et point désagréable aux Canadiens, jugeait-il, il était autorisé à l'entreprendre ».

Xavier, source inépuisable de renseignements sûrs et dignes de foi, avait confirmé à George que certains militaires américains élaboraient un plan de conquête de la province de Québec par l'action coordonnée des deux armées. Si ce projet d'invasion réussissait, l'étau étranglerait la colonie anglaise établie sur les rives du Saint-Laurent, qui deviendrait alors la quatorzième colonie américaine. Tel semblait être le but premier de la poussée des envahisseurs.

Les deux complices, la tête penchée au-dessus des documents, rapprochés comme deux amoureux, analysaient ces données, discutaient des plans, étudiaient des cartes, échafaudaient des théories, persuadés que les tenants de l'indépendance des colonies gagneraient les terres du Canada.

— Dès que les armes seront déposées et les traités signés, je vous amènerai loin de ce pays, promit George, tout en posant un chaste baiser sur le front de Julia, rougissant de bonheur.

— Mon cœur s'affole en pensant que dans peu de temps, grâce à vous, je reverrai le quai, la ville et la mer qui borde Boston. Soyez assuré, mon ami, que je ne faillirai pas à ma tâche ; vous pouvez compter sur mon dévouement et ma totale discrétion.

— Je n'ai jamais douté de votre désir de collaborer à notre projet d'indépendance et de liberté, et vous méritez toute ma gratitude pour votre inlassable allégeance à la cause.

— Notre lutte n'est pas terminée ; devant l'avancée des troupes ennemies, le seigneur Cuthbert s'active à recruter des habitants pour former un corps de milice. Je veillerai au grain et suivrai de très près ce qui se passera ensuite à Berthier.

— Notre ami Xavier m'a dit que vos maîtres, les Cuthbert, préparaient leur départ pour une destination inconnue. Que comptez-vous faire quand ils vous inviteront à partir avec… comment dites-vous, *lady* ?

— Catherine Cairns. Xavier m'a proposé de faire valoir que ma tâche auprès des Cuthbert n'était pas limitée à servir comme dame de compagnie auprès de la seigneuresse, mais que je dois aussi voir à l'approvisionnement des vivres, à l'organisation de la vie au manoir, à gérer l'emploi du temps des domestiques qui, sans gouvernail, ne sont pas très disciplinés. J'essaierai de me faire convaincante en invoquant ces arguments.

— Et si vous restez à Berthier, qui occupera alors la fonction de dame de compagnie auprès de *lady* Catherine et qui prendra en charge l'organisation de la vie sociale de la famille Cuthbert ? Peut-être voudront-ils absolument vous amener avec eux, là où ils iront s'installer.

— Je crains qu'ils insistent pour que je demeure auprès de *lady* Catherine, du moins tant qu'une nouvelle gouvernante ne connaîtra pas les us et coutumes de la famille. Il me faudra négocier finement, afin de ne pas semer le doute.

— Montrez-vous persuasive : le succès de votre mission en dépend, car à Berthier il est facile, pour Xavier et moi, d'établir des contacts avec vous, mais il en sera autrement si vous quittez la région.

— Oui, je sais… Mais rappelez-vous que mes sources d'information les plus sûres sont les Cuthbert ainsi que leurs relations sociales et politiques. Je suis, comme disent les Français, « le loup dans la bergerie ». Pour ne pas perdre ce lien privilégié, je devrai peut-être trouver un arrangement qui me permette de partager mon temps entre la maison de villégiature et le manoir de Berthier. Je vais bien réfléchir à tout ça…

— Vous avez réponse à tout, *dear* Julia. Vous êtes une précieuse recrue ; nous nous montrerons reconnaissants pour tout ce que vous faites à vos risques et périls.

— Nous gagnerons cette guerre et vivrons ensemble, à Boston, un bonheur bien mérité.

— Si Dieu le veut ! conclut George, satisfait du déroulement de la situation.

Julia Scott revint de Montréal à la mi-juillet, la tête heureuse. À chacune de leurs rencontres, G.M. s'était montré galant et attentionné, déterminé et débrouillard. Il s'était tout de même réservé un coin sombre et mystérieux qui intriguait la jeune femme, sans toutefois éveiller ses soupçons.

Nourrie de l'espoir de ce retour à Boston, Julia était retournée au manoir par la voie fluviale, observant chacun des passagers, analysant leur comportement, épiant leurs conversations. Elle se délectait de ce jeu dangereux, trahissant ses valeurs et sa nature propre. Comme une comédienne campant un personnage maléfique, Julia incarnait parfaitement le dilemme cornélien, opposant la passion au devoir et à la probité. L'orpheline de Boston dérivait lentement entre des rives inconnues.

***

En voyant de grosses malles ficelées et empilées dans les couloirs et dans les chambres, Julia comprit, dès son entrée au manoir, que le départ de la famille Cuthbert était imminent. Geneviève et Rose s'occupaient des enfants, tenus à l'écart des préparatifs, tandis que les autres domestiques s'affairaient à jardiner, à cuisiner, à laver les vêtements et à ranger tout ce qui ne servait plus pendant la saison estivale.

Les seigneurs, rigoureux, exigeaient que le manoir soit entretenu avec soin, même en leur absence. Ils aimaient l'ordre et la propreté, et ne toléraient aucune négligence, tant sur leurs terres que dans leur vaste maison. Les serviteurs, qui connaissaient l'intransigeance de leurs maîtres, avaient appris, sous l'intendance de Guillaume Piet, à servir efficacement ces seigneurs sévères, mais justes et reconnaissants.

Julia s'empressa de se rendre au jardin, où Catherine s'entretenait avec Allen McPherson ; souriante, elle s'informa de la santé de sa maîtresse et des progrès de Jane, qui commençait à prononcer ses premiers mots et qui se promenait, plus solide maintenant sur ses petites jambes. La conversation anodine était amicale ; *lady* Catherine s'enquit distraitement du séjour de sa dame de compagnie à Montréal, sans faire aucune allusion à leur départ prochain. Déconcertée, Julia trouva cette omission quelque peu suspecte et tourna un moment autour du pot avant de tendre la perche.

— Vos domestiques ont entrepris des travaux imprévus pendant mon absence…

— Le désordre qui règne à l'intérieur et l'agitation des domestiques, que vous avez sans doute remarqués à votre arrivée, annoncent notre départ imminent. Vu les dangers qui guettent notre famille et nos propriétés, mon époux et moi avons pris la décision de quitter le manoir de Berthier, tant que durera cette guerre, répondit la seigneuresse en prenant Jane dans ses bras. Maintenant que vous êtes là, le temps est venu de m'entretenir avec vous à ce sujet.

Julia, impassible comme un roc, attendit que la seigneuresse poursuive la conversation.

— Allons en discuter à l'intérieur ; il fait moins chaud qu'au jardin, proposa *lady* Catherine.

Faisant signe à Geneviève d'approcher, elle déposa Jane dans ses bras en lui rappelant de rester à l'ombre avec les enfants et de ne pas s'avancer trop près du fleuve.

— Entendu, *lady* Catherine, dit la gouvernante, saluant la seigneuresse d'une gracieuse révérence.

— Geneviève montre plus de raffinement que les Canadiennes à votre emploi, observa Julia avec un brin d'ironie dans la voix.

— Nos domestiques, d'où qu'ils viennent, méritent votre respect, Julia. Je ne croyais plus être obligée de vous rappeler à votre devoir.

— *I am sorry!*

— Traitons maintenant l'affaire qui vous concerne…

La discussion fut brève ; *lady* Catherine avait déjà demandé à Geneviève et à Rose de suivre la famille pour s'occuper des enfants. Les consignes étaient claires, et Adèle avait accepté de voir sa cadette accompagner la famille Cuthbert : « Loin d'ici, elle sera peut-être plus protégée que nous », avait conclu la boulangère.

— Nous partirons donc bientôt pour Québec, enchaîna la seigneuresse ; le gouverneur Carleton y a convoqué tous les membres du Conseil législatif dont mon mari fait désormais partie. La cérémonie officielle est prévue pour le 17 août. Vous nous y accompagnerez vous aussi et verrez à préparer les réceptions célébrant cette nomination.

— Vous me voyez quelque peu bousculée par ces changements inattendus, *lady* Catherine. Devons-nous prévoir une absence prolongée ?

— Nous n'en savons rien, à vrai dire. Nous devrons, hélas, nous adapter aux événements, se contenta de répondre *lady* Cuthbert, songeuse. Mon époux et moi souhaitons revenir au manoir le plus tôt possible, croyez-moi.

Julia n'insista pas. Prudence et patience, devait se rappeler la Bostonnaise.

Les jours suivants, les pourparlers entre les deux femmes furent menés comme une danse complexe : deux pas devant, un pas derrière, un pas de côté… Julia obtint de revenir au manoir de Berthier dès qu'elle aurait formé une dame de compagnie qui satisfasse *lady* Catherine, et la seigneuresse consentit à lui confier l'entière responsabilité de la gestion des domestiques de leur manoir de Berthier tant que durerait leur absence.

— Je vous fais confiance, Julia ; souvenez-vous de traiter chacun de nos serviteurs avec justice et bienveillance.

— Bien, *lady*, je ne l'oublierai pas.

— J'informerai mon époux de notre entente ; dès son retour de la visite de ses terres, il s'entretiendra avec Alexandre pour la gestion de la seigneurie.

— Je préparerai mes malles dès ce soir et les déposerai près de la porte de ma chambre.

— Une vie nouvelle, bien imprévisible, nous attend. *May God protect us !* pria la seigneuresse, d'un ton mélancolique.

— *God bless you !* ajouta Julia qui s'empressa de quitter la pièce, de crainte qu'un regard, un mot échappé, un geste maladroit ne la trahissent. La comédienne devait rester en contrôle de son jeu de scène : vigilante, éveillée, attentive.

* * *

Juillet se terminait dans une chaleur orageuse qui rendait pénibles tous les travaux des champs et les tâches domestiques. C'était le cœur de l'été, le temps de faire les provisions pour l'hiver. Les cuisinières besognaient à préparer les conserves, à remplir les caveaux, à cuire le pain, et transpiraient sous leur coiffe amidonnée. Les hommes coupaient, fanaient, engrangeaient le fourrage, et suaient abondamment, même protégés par de larges chapeaux de paille. Les animaux, en quête d'ombre, s'abritaient à l'orée des bois ; même l'infatigable Draky, allongé sous la galerie, restait sourd à l'appel du jardinier.

La famille Cuthbert venait de quitter le manoir ; les domestiques avaient transporté les coffres et les malles dans le bateau qui les amènerait à Québec. Julia, les six enfants, Geneviève de Beauval, de même que l'esclave Rose, embarquèrent au milieu du dernier jour de juillet. Catherine tardait à les rejoindre. James était déjà en selle, attendant que le bateau appareille pour donner le signal du départ à son cheval impatient de galoper sur le chemin du Roy. Tous les autres serviteurs accompagnaient Alexandre Cairns, ainsi que le curé Papin, l'instituteur et Firmin ; ils étaient tous regroupés sur le quai de la seigneurie. Une pensée unissait tous ces gens venus saluer la famille Cuthbert : « Habiteraient-ils de nouveau le manoir déserté ? »

Chacun, pour des raisons différentes, s'était attaché à cette famille étrangère, venue librement s'établir à la seigneurie de Berthier qui progressait au fil des ans. La seigneuresse, hésitante, resta un long moment sur le quai, regardant son manoir, le cœur serré. Mathilde et Sarah pleuraient.

— Quand reviendrons-nous ? demanda Catherine à Mathilde.

— Dieu seul le sait !

— Je suis peinée de ne pouvoir attendre la naissance de votre enfant. James est attendu à Québec pour l'assermentation des conseillers législatifs, prévue pour la mi-août. Nous ne pouvons retarder ce départ.

Elle s'approcha davantage de Mathilde et lui glissa à l'oreille : « J'attends un autre enfant ; cette fois, je suis inquiète… »

— Faites attention, chère Catherine, n'abusez pas de vos forces. Vous pouvez confier davantage de responsabilités à Geneviève ; elle saura veiller sur vos enfants. Vous me manquerez, Catherine.

— Prenez bien soin de vous et écrivez-moi à cette adresse, dès que le bébé sera né.

— Promis, jura Mathilde, embrassant la seigneuresse en larmes.

— Il faut partir maintenant, ordonna l'aride Julia sans ménagement.

— Au revoir ! dirent les deux femmes, unies à jamais par un attachement mutuel qui déplaisait tant à Julia.

***

La famille Cuthbert quittait le manoir de Berthier, alors que des espions ennemis infiltraient la ville de Saurel et les campagnes environnantes.

Toujours à la recherche d'informations, Xavier Huguenin se mêlait incognito à ces étrangers ; vêtu à l'indienne, il ne connaissait aucun maître et n'exerçait aucun métier. « Un vrai sauvage ! » disait-on de lui. Il disparaissait de l'Île Du Pas pendant des jours sans donner signe de vie à ses parents. Son père, Olivier, n'était pas dupe : il avait depuis longtemps compris et approuvé les agissements de son fils rebelle, alors que sa mère, la douce Marie, inquiète pour son garçon, encore célibataire, priait sans cesse pour qu'il trouve enfin une épouse qui le ramènerait dans le droit chemin.

Xavier vagabondait d'un village à l'autre, de rive en rive, d'île en île. Il observait le va-et-vient des étrangers, analysait leur comportement, acceptait parfois de boire une chope avec l'un de ces comparses, s'il s'avérait utile à la cause. Physionomiste, il enregistrait les traits de toute personne qu'il rencontrait ; fin renard, il discernait au premier coup d'œil le bon grain de l'ivraie. Ses yeux perçants et vifs ne lâchaient aucune proie ; il se souvenait de tout.

Avec un adversaire aussi déterminé, aussi rusé, les Anglais étaient davantage menacés de perdre leurs terres, leurs ressources, leur colonie au Canada ; l'ennemi était sournois, invisible, imprévisible. James Cuthbert avait été bien avisé de quitter le manoir de Berthier, trop près de la rivière Richelieu, route navigable des insurgés. Cette décision contrariait Xavier, car il serait privé, du moins pour un temps, de sa précieuse collaboratrice.

Dès que Xavier apprit le départ de la famille des seigneurs, il envoya un messager en informer G.M. Sans l'aide de Julia, il leur faudrait désormais placer leurs pions différemment sur l'échiquier.

36

Sarah courut jusqu'à la boulangerie ; la porte était déjà grande ouverte. Elle y entra et aperçut Adèle en train de faire de la confiture de framboises. Elle chercha ses mots et, confuse, bégaya :

— Venez, m'dame Adèle ! Bébé Mathilde arrive !

Sans perdre un instant, la boulangère confia les enfants à Paul-Henri, prit les quelques victuailles qu'elle avait préparées – « parce que le travail peut être long ; c'est un premier bébé » avait-elle dit à son mari – et sortit avec l'esclave. Elles s'arrêtèrent au presbytère et demandèrent à Firmin de se rendre à l'Île Du Pas, sans tarder, quérir Sagawee.

Le jour déclinait dans une apothéose de couleurs qui se mariaient dans la beauté du couchant. Mathilde marchait sur la galerie, face au fleuve tout irisé ; haletante, un brin inquiète, elle était partagée entre l'excitation fébrile de l'événement qui approchait et la peur de la souffrance qui déchirait déjà ses flancs. Elle était femme, elle devenait mère, expérimentant à son tour les joies et les tourments de l'enfantement.

L'utérus se contracta ; Mathilde se courba sous la douleur, retint un cri et s'agrippa un moment à la rampe. Elle se redressa, prit une longue respiration et s'apaisa. Sarah courait vers elle, suivie d'Adèle, plus lente, qui portait un panier rempli d'objets divers. Au loin, un canot s'avançait vers la rive ; Firmin et Sagawee pagayaient en coupant les vagues. Mathilde était maintenant rassurée : tout se passerait bien.

Un peu maladroit dans ce monde incertain, Firmin plongea son regard dans celui de sa sœur :

— Je vais prier pour que tout aille bien, dit-il pour la réconforter. Que Dieu te bénisse !

— Et la Vierge Marie, ajouta Mathilde. Va, crains pas, mes anges gardiens sont avec moi.

***

Sagawee prit aussitôt la situation en main ; en peu de mots, elle demanda à Sarah de faire bouillir l'eau de la marmite, déjà placée sur le réchaud du poêle, et d'y ajouter les linges rangés dans le coffre. Adèle tira l'eau du puits et remplit ensuite une cuve dans laquelle l'Abénaquise parsema quelques racines de framboisiers sauvages ; elle en utiliserait la décoction pour tonifier l'utérus de la future mère et faciliter la délivrance.

La nuit s'infiltrait peu à peu dans la maison. Adèle chercha une lampe et l'alluma ; la mèche hésita quelques secondes avant de répandre une lueur rassurante dans la pièce sombre. La soirée était chaude, Mathilde suffoquait. Sagawee posa son oreille sur le ventre durci de la femme en couches, palpa le bas-ventre et, d'instinct, évalua l'avancée du travail.

— L'enfant, pas pressé ; arrivera au cœur de la nuit. Viens, marchons sur la rive, air du large faire bien à toi.

Adèle souffla la lampe et offrit son bras en guise d'appui pour son amie. Soumise aux lois millénaires de la maternité, Mathilde obéit et se laissa guider comme une enfant docile. Les quatre femmes sortirent, silencieuses et recueillies comme si elles pénétraient dans un lieu sacré ; un mystère allait s'accomplir dans le silence douillet de l'obscurité. Au-dessus de leur tête fleurissaient les étoiles, qui se regroupaient en constellations. La Grande Ourse disputait une place à Cassiopée, située tout près de la Voie lactée, large bande blanchâtre, un peu floue, constituée d'innombrables astres piqués sur le velours sombre de la voûte céleste.

Les coassements des grenouilles, le plongeon d'un castor, le suçotement des eaux de la Bayonne qui se perdaient dans celles du fleuve, le bref meuglement d'une vache dérangée dans son sommeil, le babillage d'un oiseau de nuit : tous ces faibles bruits ambiants magnifiaient la quiétude de ces moments d'intimité.

— C'est une belle nuit pour une naissance, fit remarquer Adèle.

— Une nuit d'étoiles filantes, précisa Sagawee ; l'enfant aura destin heureux.

— Ounche… se plaignit Mathilde, courbée sous le poids de la souffrance.

Un liquide chaud s'écoula entre ses cuisses ; elle se mit à trembler. Sagawee repéra un endroit discret pour la délivrance de Mathilde, tout près de la grève, et demanda à Adèle et Sarah de l'aider à soutenir la future mère jusque-là. L'Abénaquise mima la position idéale que devait adopter Mathilde et l'incita à faire de même. Des gouttes de sueur perlaient sur le front de la jeune femme, qui frissonnait, malgré la douceur de cette nuit de la mi-août. Sagawee se plaça derrière elle, l'entoura de ses bras et la berça en chantonnant, dans sa langue maternelle, une mélopée lente et douce, qui fit taire tous les bruits de la nuit. La voix de la sauvagesse se perdit entre les rives du fleuve jusqu'aux îles où se trouvait l'âme de ses ancêtres. Mathilde s'était apaisée ; elle reposait, les yeux mi-clos.

— Faire un feu, icitte, proposa Sagawee ; bébé va naître sur la rive.

Sarah, figée, ne savait comment réagir, elle semblait terrorisée et murmurait des paroles incompréhensibles. Adèle lui fit signe de garder le silence, de chercher du bois et des brindilles, et de les entasser sur la grève, à l'embouchure de la rivière Bayonne et du fleuve. Accroupie à l'indienne, Sagawee frotta deux morceaux de bois bien secs l'un contre l'autre ; elle reprit l'exercice, patiemment, et des étincelles jaillirent enfin, puis une flamme, d'abord vacillante, ensuite plus vive, se traça un chemin parmi les copeaux et les branches. Le feu crépita, hésita encore et s'anima enfin ; il illuminait la grève tandis que des flammèches montaient vers le ciel rejoindre leurs sœurs, les étoiles.

* * *

Un bruit de pas feutré attira le regard des femmes dans la direction de l'est ; Cunégonde venait, pieds nus sur la grève. Elle avait compris, en suivant le parcours d'une étoile filante, que le moment de la naissance de l'enfant de son amie était venu ; elle n'avait eu aucun doute qu'elle se devait d'être là, à ses côtés. Elle salua d'un signe de tête et s'assit sur le sable tiède, près de Sarah qui, profondément troublée, pleurait doucement.

Le rituel de la délivrance, qui se déroulait sous les yeux de l'esclave, lui faisait revivre la triste naissance de son fils Daniel. Les larmes muettes qui inondaient son visage ébène émurent la veuve Nolan qui, avec douceur et tendresse, l'enveloppa dans son châle et la serra contre elle. Sarah entendait des mots doux, adressés à elle seule, et, lentement, comme l'enfant qu'elle était encore, s'abandonna entre les bras de la sorcière. Ces deux âmes, qui se rejoignaient dans l'art secret et mystérieux de la prescience, garderaient à jamais les liens qui venaient de se tisser sur la rive du grand fleuve.

Adèle ranima le feu et offrit des galettes à ses compagnes ; Mathilde refusa, préférant boire l'infusion de feuilles de framboisiers, préparée par Sagawee, afin d'adoucir les contractions utérines. L'Abénaquise, attentive, surveillait les progrès de l'enfantement ; dès qu'elle jugea le moment venu, elle l'invita à se tenir accroupie tout près de l'eau de la Bayonne et lui dit doucement :

— Pousse, Mathilde, plus fort.

D'un même élan, les autres femmes entourèrent Mathilde avec sollicitude. Respectueuses de la solennité du moment, ses amies attendirent, avec sérénité et confiance, que l'enfant se libère de son cocon et présente sa tête, rousse et ronde comme une pleine lune. Une étoile filante, venue du nord-est, traversa le ciel en direction de la pointe de l'île au moment même où un vagissement rompait le silence religieux de la nuit. Ce cri de nourrisson, qui évoquait un chant sacré, aussi beau qu'un cantique, chavira le cœur de Sarah qui éclata en sanglots.

— Fille, dit Sagawee, remettant le bébé dans les bras de sa mère.

D'un coup de dent, elle coupa le cordon ombilical, prit le placenta tout chaud et l'enterra près de la croix, entre les lilas.

— Elle ressemble à son père. Notre fille, née le 15 août, fête de l'assomption de la Vierge Marie, s'appellera Marie-Rose, annonça la nouvelle maman, bouleversée de tant d'émotions.

— Marie-Rose, tu es fruit de l'Écosse et des rives du Saint-Laurent, dit Adèle avec gravité ; tu es lys et rose à la fois.

— Et ton étoile te conduira sous des cieux lointains. Tu auras une longue vie, prédit Cunégonde.

Passant autour du cou du nourrisson un cordon dans lequel était suspendu un talisman, elle tendit les mains vers le ciel et pria : « Que l'esprit du bien t'habite à jamais ! »

Le feu chantait, invitant ; Sagawee offrit la main à ses compagnes et les entraîna dans une danse lascive qui ensorcela Mathilde, emportée par l'ivresse d'un indicible bonheur. Marie-Rose tétait déjà goulûment au sein de sa mère, les deux petits poings bien fermés. Mathilde pensa à Henry, privé de cette scène dont il avait tant de fois rêvé. Elle eut pitié de lui. Épuisée et fascinée par le tableau vivant qui se déployait sur la grève, elle ferma les yeux et son esprit assoupi rejoignit celui de sa mère qui venait, diaphane, sur les eaux du fleuve-mère. Elle souriait, belle comme un ange, et tendait les bras vers l'enfant. Un sentiment de plénitude éveilla en Mathilde la certitude qu'elle venait, à sa manière, de participer à la création du monde. Un anneau s'ajoutait à la longue chaîne qui reliait les générations de femmes depuis la nuit des temps : la mission de ses aïeules se poursuivrait au cours des siècles à venir, la descendance était assurée.

Quand elle ouvrit les yeux, les femmes, enveloppées dans des couvertures, étaient assises autour du feu qui mourait alors que l'aube naissait dans la quiétude d'un matin de fin d'été. Le ciel rosissait, illuminant la crête des vagues où des oiseaux se reposaient avant de déployer leurs ailes vers la terre nourricière.

La couleur de l'aurore ne mentait pas, la journée serait belle et chaude, conclut Mathilde.

***

Portée sur les fonts baptismaux par sa tante Marguerite, Marie-Rose, toute de blanc vêtue, fut baptisée à la fin de la messe, le matin du 15 août 1775, en présence de la famille Guillot. Tradition obligeant, Jean-Baptiste et Thérèse avaient préalablement accepté d'être le parrain et la marraine, si le bébé était une fille. Ils promirent solennellement de veiller à ce que l'enfant soit éduquée dans la foi catholique et signèrent le registre des baptêmes, avec application et fierté. En raison de l'absence du père, Alexandre Cairns avait été désigné pour apposer sa signature à côté de laquelle le curé ajouta : « Par procuration ». Et quand la cérémonie fut terminée, Firmin fit carillonner la Marie-Louise qui chanta la naissance de l'enfant de l'amour, jusqu'au-delà des îles.

Mathilde était lasse et recommençait sans cesse la lettre destinée à son époux ; elle devait faire vite, car Alexandre, qui se rendrait à Saurel dans les prochains jours, lui avait offert de porter lui-même la lettre à la caserne de Saurel, avec la mention « Urgent ».

Comprenant qu'elle ne parviendrait pas à raconter, avec des mots choisis, la merveilleuse histoire de la naissance de leur fille, elle demanda à Sarah de se rendre à la boulangerie porter un message à Adèle. « Elle saura mieux que moi », admit Mathilde. La boulangère, qui avait prévu la requête de son amie, avait rédigé, la nuit même, une description imagée de la naissance de Marie-Rose à l'intention du major Henry Cairns. L'enveloppe n'était pas scellée afin que Mathilde puisse y ajouter quelques mots.

Elle raccompagna Sarah, emportant quelques portions de soupe à l'orge et un pain chaud, « présent de Paul-Henri », dit-elle à Mathilde en déposant le panier sur la table de la cuisine.

Tout était bien rangé, Sarah avait terminé la lessive et préparé le poisson qui cuisait à petit feu. Mathilde se reposait ; à ses côtés, le bébé dormait à poings fermés.

— Je t'apporte une lettre que j'ai écrite pour annoncer à ton époux l'arrivée de votre fille. Après l'avoir lue, tu y écriras ce que ton cœur te dicte. Henry comprendra ta fatigue ; quelques mots de toi suffiront à le rassurer. L'important est qu'il reçoive rapidement la bonne nouvelle.

— Comment te remercier, mon amie ?

— Ton amitié me comble déjà. Repose-toi ; je reviendrai chaque jour, pendant les relevailles, pour prendre soin du bébé.

— Donne-toi pas cette peine, Sarah veille sur Marie-Rose jour et nuit. C'est un ange !

— Si tu permets, je passerai quand même demain et vous apporterai quelques plats tout prêts.

— Merci ! Je te revaudrai ça un jour !

— C'est déjà fait, conclut Adèle, en embrassant son amie. Elle caressa la joue de l'enfant endormie et sortit.

Mathilde parcourut la lettre que son époux lirait en pleurant, elle n'en doutait nullement ; la scène de la naissance de leur premier enfant, racontée si habilement par Adèle, lui arracha des larmes. Elle ajouta : *« Ma douleur la plus grande fut de vous savoir si loin de moi en cette nuit inoubliable. Notre enfant vous ressemble ; ses sourcils et ses cheveux, doux comme une soie, sont blond roux, comme les vôtres, mon aimé. Notre fille est forte et gourmande. Sarah, ma précieuse servante, est toute dévouée à l'enfant ; j'ai peine à la lui enlever pour la bercer à mon tour. Mon bonheur sera complet quand vous serez de retour auprès de nous. Vous me manquez, mon unique amour.*

Votre femme pour l'éternité, Mathilde»

* * *

Depuis le début d'août, le major Cairns était comme un fauve en cage. Il s'inquiétait de Mathilde, à chaque instant ; il appréhendait la pire des situations, ne pouvant oublier la mort tragique d'Anne Guillot. Il n'était pourtant qu'à quelques heures de Berthier, on aurait pu lui octroyer quelques jours de permission, mais la loi de la guerre étant rigoureuse, il dut se plier aux ordres de l'armée de Sa Majesté. Son supérieur, prétextant le risque d'invasion trop élevé, lui avait refusé un congé pour des raisons familiales. Lui qui aimait tant la vie militaire doutait maintenant de son choix de carrière.

Assis devant le bureau mis à sa disposition, empêtré dans ses lourds vêtements, Henry avait chaud ; le temps était à l'orage. Il se versa un grand verre d'eau, s'appuya sur le dossier de sa chaise et ferma les yeux. Une image apparut sous ses paupières closes… Mathilde berçant un enfant, son enfant. Des larmes tièdes vinrent mouiller ses joues ; il les essuya et reprit distraitement le dessin du paysage qu'il voyait de sa fenêtre. Il passait et repassait le pinceau sur le bois du bouleau, accentuait les couleurs des feuilles, revenait au cours d'eau qui coulait plus loin.

Incapable de se concentrer, il rangea son aquarelle et résolut d'écrire à sa bien-aimée. Il allait ouvrir son encrier quand il fut surpris par le galop d'un cheval et reconnut le soldat qui portait les messages. Il comprit qu'il lui apportait la nouvelle tant attendue et son cœur ne fit qu'un bond ; ne sachant que dire, il figea sur place.

— Major, une lettre du Canada pour vous.

— Merci. Autre chose ?

— Non. Bonne journée, major !

Henry mit quelques minutes avant de se décider à ouvrir le message qui pouvait annoncer le meilleur… ou le pire. Sa vue s'embrouilla quand il reconnut l'écriture d'Adèle, il hésita un moment encore et courut vers les derniers mots adressés par Mathilde. « Elle est vivante ! Merci, mon Dieu ! » Il pleura à chaudes larmes ; ne pouvant poursuivre la lecture de la lettre, il alla s'asseoir près de la rivière qui murmurait entre ses rives rapprochées. Le chant de l'eau le calma ; il reprit sa lecture, passant d'un sentiment à l'autre, de l'exaltation de se savoir père à la déception d'avoir été privé des instants privilégiés de la naissance de son premier enfant.

Hanté par le désir irrépressible de connaître sa fille et de retrouver sa bien-aimée, il décida sur-le-champ de présenter au lieutenant-colonel de son régiment les arguments rationnels qui réussiraient à le convaincre de lui accorder une permission pour enfin prendre ses deux amours dans ses bras. Devrait-il, pour cela, se rendre jusqu'au gouverneur Carleton ? Un homme, fût-il soldat, avait ce droit, croyait-il, et il ne s'en priverait plus.

37

En cet après-midi de la mi-septembre, le déluge déferlait sur le village, et le vent du nord poussait violemment les vagues sur les rives du fleuve en colère. Les feuilles, lourdes de pluie, tombaient et tourbillonnaient en tous sens, dénudant les arbres qui se courbaient comme des arcs tendus. Il faisait sombre ; même au milieu du jour, le ciel était aussi obscur qu'au début de la nuit.

Une grosse branche se détacha de l'orme qui jouxtait la galerie et s'abattit avec fracas entre le fleuve et la maison. Sarah, effrayée, priait devant la statue de la Vierge, tandis que Mathilde berçait Marie-Rose, profondément endormie, ignorant la menace de la nature déchaînée. La nouvelle maman, qui ressentait tout le poids de sa solitude, était lasse et n'arrivait plus, malgré son bonheur tout neuf, à déployer ses ailes engourdies par la déprime passagère.

Un cheval galopait dans la tempête, vers la maison de Mathilde, poussé par un cavalier bien pressé de rentrer chez lui. Henry, manteau secoué par le vent, tenait les rênes de Gus, heureux de retrouver son maître. Mathilde ne reconnut pas tout de suite l'homme qui arrivait, mais dès qu'il posa le pied à terre, elle n'eut plus de doute… C'était bien lui.

Henry jeta un coup d'œil à la fenêtre et courut mettre Gus à l'abri dans l'appentis. Son cœur battait à tout rompre. Il rentrerait dans sa maison, chez lui, pour la première fois, dans cette demeure dont il avait dessiné les plans et qui abritait sa femme bien-aimée et leur enfant. Comment étaient-elles ? Il hésita un bref moment et décida d'entrer par la porte de ce qu'il devinait être la cuisine. Silence… personne… Puis des pas pressés, une étreinte, des larmes, des caresses... Et enfin des mots tout remplis d'un amour qui savait se faire patient...

— Vous me faites une belle surprise ! Je vous attendais pas aujourd'hui, surtout avec ce temps de chien ! dit Mathilde, un sourire enjoué illuminant son visage expressif.

— Dès que j'ai lu votre lettre, j'ai tout tenté afin de m'esquiver quelques jours pour courir vers vous, ma bien-aimée Mathilde. Comme vous m'avez manquée, confia Henry, enlaçant sa femme avec fougue. Vous êtes de plus en plus séduisante, ma mie. Et notre fille, où est-elle ?

— Je viens de la déposer dans les bras de Sarah. Venez, major Cairns ; voici Marie-Rose, notre fille.

— Elle est belle comme sa mère, observa Henry, tout fier d'avoir engendré une enfant aussi jolie.

— À mon avis, elle vous ressemble, elle peut donc pas être « belle comme sa mère... », reprit Mathilde, le regard rieur. Maintenant, venez vous sécher. Avec cette pluie, qui dure depuis le matin, le fleuve va gonfler, c'est sûr !

— Et je serai avec vous pour vous protéger, ma tendre épouse, reprit Henry, étreignant longuement Mathilde à nouveau.

Elle s'abandonna, comme une enfant, dans les bras de son homme. L'absence ne comptait plus, le temps n'existait plus ; rien d'autre que leurs cœurs qui battaient à l'unisson et leurs corps qui cherchaient à se souvenir du langage de l'amour.

Elle lui tendit la main et l'entraîna vers Sarah qui remit l'enfant à son père. Il baisa avec tendresse les paupières closes de cette enfant qu'il aimerait à jamais. Il enlaça Mathilde ; les bras pleins de ses deux amours, il pleura, bouleversé par tant de bonheur. Sarah s'était discrètement retirée dans la cuisine ; elle attisa le feu, étendit les vêtements trempés du major et prépara le thé.

La pluie avait diminué d'intensité, le vent s'était calmé et le ciel s'éclaircissait lentement ; l'orage s'essoufflait, alors que Marie-Rose se réveillait en geignant, laissant son père perplexe devant sa fragilité. Il la déposa très doucement dans les bras de Mathilde, comme s'il se fût agi d'une délicate poupée de porcelaine ; l'enfant s'étira et, avec une vigueur qui surprit son père, réclama le sein de sa mère. Sarah accourut, prit l'enfant, changea en hâte ses langes souillés, l'emmaillota et la confia à sa maman.

— Venez, dit-elle à son époux.

En le guidant dans les pièces de la maison, elle l'invita sur sa couche. Ils s'étendirent tous les deux, bien serrés l'un contre l'autre, pendant que Marie-Rose tétait avidement le sein de sa mère, bientôt assoupie.

Henry releva lentement la tête, s'appuya sur le coude droit et, le cœur chaviré d'émotion, observa la scène. Il en mémorisa chaque détail et se promit d'immortaliser ce moment fugitif sur une toile qu'il offrirait à sa bien-aimée, en remerciement pour l'enfant qu'elle lui avait donnée, avec tant d'abnégation. Et de crainte de rompre le charme de ce tableau attendrissant, le major Cairns n'osait caresser la femme qu'il désirait, la femme mère qu'il vénérait autant qu'il l'aimait.

* * *

Le soir même, Henry et Mathilde, bras dessus, bras dessous, Marie-Rose suspendue dans le dos de sa mère à la manière indienne, se rendirent au manoir ; ils souhaitaient rendre visite au seigneur Cuthbert, rentré seul de Québec la veille. La famille était restée dans la capitale ; James avait acheté une résidence à Beauport, très loin des rives du Saint-Laurent. Plusieurs chefs de familles anglaises et écossaises, soucieux de protéger les leurs des aléas de la guerre, s'étaient installés loin du fleuve.

En acquérant une propriété dans la région de Québec, James Cuthbert avait compté faire d'une pierre deux coups : mettre sa famille en sécurité, tant que dureraient les hostilités, et éviter les dures séparations pendant qu'il assumerait ses obligations politiques. Il se félicita de son choix : une belle résidence, entourée d'arbres ; un endroit calme et idéal pour y passer une partie de l'année avec les enfants. Le précepteur, les gouvernantes, Geneviève et l'esclave Rose ainsi qu'une dame de compagnie écossaise seconderaient la seigneuresse de Berthier dans ses tâches quotidiennes.

Bien que cette propriété fût située à proximité de la capitale, elle ne sut plaire à Julia, désormais privée de ses sources d'information. Incapable de poursuivre sa mission auprès de G.M., elle devra insister auprès de la seigneuresse pour reprendre, le plus tôt possible, ses fonctions auprès des domestiques du manoir de Berthier.

***

James était heureux d'être rentré au manoir, même si l'absence de Catherine et le silence inhabituel de la maison lui pesaient. La visite inattendue de son beau-frère, vêtu d'un habit civil, décontracté et visiblement comblé, le mit de bonne humeur. Cette nouvelle famille, qui venait fleurir les rives du fleuve, ravivait son rêve de voir la paix revenir de nouveau dans la colonie.

Mathilde, après avoir pris des nouvelles de Catherine et des enfants, s'excusa et demanda si elle pouvait se rendre un moment à la boulangerie Chaviot, saluer son amie Adèle.

— Allez, Mathilde. Henry et moi avons beaucoup de sujets à discuter, sujets qui ne vous passionneront pas, je le crains.

— Vous pourrez m'attendre chez les Chaviot, suggéra Henry, je vous y retrouverai plus tard. Il me faudra donner une bise à votre charmante amie, si vous me le permettez, dit-il, rappelant l'amitié qu'il éprouvait pour ces Canadiens chaleureux et si généreux.

— Adèle et Paul-Henri seront ravis de vous revoir, assura Mathilde, embrassant son mari, qui caressa tout doucement la frimousse de Marie-Rose.

— Vous faites de moi le plus heureux des hommes. Allez, je ne m'attarderai pas trop avec James ; j'ai déjà hâte d'être en compagnie de vos amis.

Une fois seul avec Henry, James versa un doigt de whisky dans deux verres de cristal et invita son beau-frère à s'asseoir devant l'âtre. Il ranima le feu ; l'air était frais en cette soirée de septembre, et les averses de la journée avaient rendu l'air très humide.

— Il fait bon de rentrer à la maison, même si ce n'est que pour quelques jours, confia Henry, à regret.

— C'était la première fois que tu mettais le pied dans votre maison et, dans les circonstances, je suppose que tu en fus très ému.

— Notre maison, construite sur un terrain que tu nous as si gracieusement offert, est le plus bel endroit sur terre. Merci d'avoir veillé si étroitement à la réalisation de notre rêve.

— Tut, tut, tut… Votre bonheur et celui de ma chère Catherine valent largement le lopin de terre où s'élève votre magnifique demeure. Ta sœur me rappelle constamment sa joie de savoir qu'un jour tu reviendras vivre à Berthier, tout près d'elle.

— Mais mon engagement militaire me gardera loin de ma famille tant que la paix ne sera pas signée entre nos deux pays.

— Chose qui n'est pas encore faite, hélas ! Lors de mon dernier séjour à Québec, j'ai fait le plein d'informations, et je n'aime pas ce qui se passe actuellement.

— C'est-à-dire ?

— Nos éclaireurs affirment que, dans quelque temps, des troupes rebelles avanceront vers Québec par la vallée de la Beauce et qu'une armée, venue par la rivière Richelieu, attaquera Montréal avant l'hiver. Mais tu dois déjà connaître tous ces mouvements de troupes, *isn't*?

— *Sure*... confirma Henry, songeur. J'ai passé les derniers mois tout près de la frontière canadienne, au sud du lac Champlain, à préparer des plans de défense avec l'état-major. J'ai été un témoin impuissant de l'avancée des insurgés, qui nous combattent avec acharnement et prennent les forts érigés sur les rives de la rivière, les uns après les autres. Schuyler campe à l'île aux Noix, avec une armée d'un millier de soldats, et n'attend que le moment favorable pour s'attaquer au fort Saint-Jean.

— Le propriétaire de l'auberge de la Rivière-du-loup, où je me suis arrêté au retour, m'a rapporté que des escarmouches se sont produites entre éclaireurs, faisant quelques victimes de part et d'autre. Je crains que ce ne soit qu'une question de temps avant que les Américains se rendent aux portes de Montréal.

— Notre gouverneur ne semble pas prendre la menace assez sérieusement, maugréa Henry, et néglige de renforcer suffisamment la présence militaire, d'autant plus que plusieurs habitants canadiens se montrent plutôt ouverts à la cause des rebelles.

— Le major Prescott a insisté auprès des capitaines de milice des paroisses environnant Montréal pour qu'ils forment, de toute urgence, des compagnies d'une quinzaine d'hommes. Mais ils ont refusé d'obéir, prétextant que les Canadiens n'étaient pas concernés par cette guerre d'Anglais, fulmina Cuthbert, ulcéré par l'indifférence du peuple.

— Je comprends ton mécontentement, James. Et, autre fait qui nuit au succès de nos opérations, selon mes observations sur le terrain, c'est que nos braves soldats anglais hésitent à tirer sur un ennemi, issu du même peuple, qui, il n'y a pas si longtemps, était encore un ami, un cousin, un camarade. Les liens de sang et d'amitié qui existent entre nos deux nations rendent encore plus ignoble cet engagement militaire.

— Ce serait l'une des raisons, dit-on, qui inciteraient notre roi George à négocier plus étroitement encore avec son cousin, le comte Wilhelm de Hesse-Hanau, et trois autres princes allemands, « l'ardeur et le sang de leurs sujets ». Ces milliers de mercenaires allemands qui viendraient se joindre à nos troupes plutôt restreintes se montreraient peut-être moins scrupuleux à mener des combats contre les troupes américaines, fit remarquer James avec un brin d'amertume dans la voix.

— Je plains déjà ces jeunes hommes qui s'engageront dans un combat qui ne sera pas le leur. Je me souviens, avec nostalgie, des soldats écossais qui composaient ma valeureuse troupe lors de la bataille de Lexington.

— Là où le brave William a laissé sa vie ?

— Hélas oui. Une mort bien inutile, dit tristement Henry. Je rendrai visite à sa jeune veuve et à ses enfants ; ils sont bien éprouvés.

— Que sais-tu des activités de son frère, Xavier ?

— Il semble se montrer très efficace dans le réseau d'espionnage ; nos troupes le surveillent de près. Je vais te confier que si je suis officiellement en permission, la véritable raison de ma présence à Berthier est la collecte d'informations sur les récentes activités de ce « renard ». Mais je dois cacher cela à Mathilde.

— *Sure. I understand.* On dit que ce jeune homme est rempli de rancune envers les Anglais et qu'il fomente notre perte. S'il se fait prendre, c'est la pendaison qui l'attend ; la justice n'a aucune clémence pour les traîtres.

— J'espère que sa ruse le sauvera, car je voudrais éviter ce drame à sa famille ; ces braves gens ont connu leur part de malheur. Sa mère est une femme aimante qui ne mérite pas cette épreuve, et comment Angélique pourrait-elle survivre à la mort de son unique frère après avoir tragiquement perdu son mari ?

— La guerre est impitoyable, reconnut James. Je ne doute pas que tu sauras accomplir ton devoir envers ta patrie et ton roi.

— Bien sûr, James, bien sûr, conclut Henry en serrant vigoureusement la main de son beau-frère. Et toi, ne te fais pas trop de soucis ; l'hiver approche et le froid obligera sans doute à une accalmie salutaire à tous.

— Souhaitons-nous une trêve qui permettra à Catherine de revenir au manoir avec les enfants ; ma vie, loin d'eux, est bien monotone.

— Je formule le même voeu : passer l'hiver auprès de mes deux amours.

— Qu'il en soit ainsi ! souhaita James en accompagnant son beau-frère jusqu'au portique du manoir.

Il faisait déjà nuit noire ; un voile grisâtre masquait la lune, annonçant un temps humide et chaud pour la saison. Henry marcha lentement jusqu'à la boulangerie Chaviot, se rappelant, avec nostalgie, les doutes, les illusions, les espoirs, les refus, les attentes, les rêves qui l'avaient mené vers son destin.

Il frappa à la porte de la maison de la famille Chaviot, résolu à profiter de chaque seconde de sa permission pour choyer ses deux êtres chers et remplir sa mémoire des merveilleux moments passés dans son *home* si douillet.

38

Le seigneur de Berthier avait plus que jamais des raisons de s'inquiéter. La menace venant par la rivière Richelieu se précisait de plus en plus ; le temps pressait, James devait organiser la défense de sa seigneurie. Il se sentait bien seul, la présence rassurante de Catherine lui manquait terriblement ; il n'avait personne avec qui il pouvait partager ses soucis, sauf son homme de confiance, Alexandre. La visite d'Henry, militaire dans l'armée de Sa Majesté le roi George III, le réconforterait, le temps de son congé. Bien informé, pragmatique, le major Cairns était une mine de renseignements pour le seigneur de Berthier qui entendait former une compagnie de milice pour défendre les rives de sa seigneurie. Il n'allait pas se laisser vaincre sans combattre. *«Never!»*

James aurait souhaité pouvoir compter sur son beau-frère pour convaincre ses censitaires de se joindre à la milice ; Henry était apprécié et respecté de tous, tandis que lui, le belliqueux seigneur, s'attirait souvent les foudres des habitants qui n'aimaient pas qu'on leur imposât la volonté du conquérant. *Mr* Cuthbert était reconnu comme étant un homme d'honneur, mais dès qu'il faisait face à des enjeux politiques, son caractère s'assombrissait et il s'emportait facilement.

Mais le major Cairns avait d'autres projets ; une mission secrète l'appelait sur l'autre rive. Il se leva avec le jour et jeta un coup d'œil par la fenêtre entrouverte sur le panorama enchanteur qui s'étirait à perte de vue dans la brume matinale. Il frissonna sous la brise venue du fleuve mouvant. La lune pâle tardait à disparaître alors que le soleil montait paresseusement au-dessus de l'île aux Castors ; le ciel était habité par des milliers d'outardes qui amorçaient leur longue migration. Le major était heureux d'avoir librement choisi ces rives où il élèverait sa famille avec la plus merveilleuse des femmes de ce pays.

Henry se tourna ensuite vers le lit et resta un moment à contempler Mathilde. Elle dormait encore profondément, les cheveux dénoués, un sein tout gonflé de lait débordant de sa chemise de nuit. La chaîne en or, offerte au tout début de leurs amours, reposait entre ses deux seins. Qu'elle était belle ! Où trouverait-il le courage de la quitter de nouveau ? Il savait bien où il puiserait sa force de poursuivre sa mission ; son rocher, c'était la volonté tranquille de Mathilde, son indéfectible dévouement envers ceux qu'elle aimait et son profond respect du destin de chacun. Il la chérissait parce qu'elle le laissait être lui-même, parce qu'elle ne verserait pas de larmes devant lui quand il la serrerait dans ses bras avant de partir, parce qu'elle saurait lui donner l'impression qu'elle pourrait vivre heureuse en son absence, et ces qualités suffisaient à elles seules à la rendre si désirable, si indispensable.

Le berceau bougea ; Marie-Rose s'étira, fit une grimace et se rendormit sans réveiller sa mère. Henry embrassa ses petites mains toutes chaudes et sortit à pas de souris. Sarah avait mis quelques bûches dans le poêle qui ronronnait doucement ; le thé était déjà prêt.

Le major Cairns mangea en silence et écrivit un mot qu'il laissa sur la table. Mathilde ne manquerait pas de le trouver.

«Mathilde chérie,

Je pars à l'instant pour Saurel. Ne vous inquiétez pas, je serai de retour dès demain. Je vous aime et vous embrasse.

Votre époux à qui vous offrez tant de bonheur,

Henry»

* * *

D'une auberge à l'autre, le major Cairns, déguisé en *minutemen*, cueillit quelques renseignements utiles, certains même qu'il entendait partager avec le seigneur de Berthier. Bien qu'il n'ait pu recouper aucune information précise concernant les activités suspectes de Xavier Huguenin, Henry arracha toutefois une demi-confidence à un Abénaquis qui croyait savoir que le « Renard » était retourné au pays des Shawnees ; il n'en apprit pas davantage.

Le cousin de Mathilde avait-il découvert qu'il était surveillé ? Était-il parti se cacher chez ses amis indiens ou plutôt recruter des partisans pour poursuivre sa lutte ? Tout compte fait, Henry ne chercherait pas à enquêter davantage sur ce Canadien rebelle ; il était même soulagé du départ de Xavier : ainsi, il ne se verrait pas obligé de le livrer lui-même à la justice. Il se demandait, songeur, si Mathilde lui aurait pardonné cette dénonciation.

À son retour à Berthier, Henry se rendit d'abord au manoir, où il retrouva James à l'écurie, occupé à discuter avec le palefrenier, Jean Malouin. Il semblait soucieux : le poulain, né l'été précédent, lui causait quelques inquiétudes.

— Un problème succède à un autre, sans arrêt. Quelle année difficile ! se plaignit le seigneur, le dos légèrement voûté.

Henry remarqua, pour la première fois, que son beau-frère avait vieilli ; ses cheveux étaient maintenant poivre et sel, et son visage fatigué était strié de petites rides qui exprimaient nettement que le temps avait chassé la jeunesse de cet homme jadis si vigoureux. Craignant de l'accabler davantage, Henry hésita un moment avant de lui transmettre l'information qu'il se devait de partager avec lui.

— Aurais-tu une minute à me consacrer ?

— Ce ne sera pas très long. Tu peux m'attendre, répondit James, tout en administrant un remède au poulain retiré dans sa stalle.

Henry sortit ; le temps était bon. Le ciel pâle de ce début d'automne était rempli de milliers de feuilles que le vent dispersait aux quatre coins du terrain, très loin de leurs branches mères, maintenant dénudées. Le major Cairns porta le regard sur les grands champs déserts, vidés de leurs récoltes et en repos jusqu'aux prochaines semences ; tout près du manoir, quelques habitants besognaient autour des maisons. Henry aimait ces gens et ce pays ; il comprenait et acceptait même les réticences des Canadiens à s'enrôler dans la milice.

Il faisait si bon vivre dans ce lieu où l'on n'entendait ni le tir des canons ni le sifflement des balles de fusils ; on s'y laissait plutôt bercer par les appels des oiseaux migrateurs, les rires des enfants, le meuglement des vaches qui cherchaient leur veau, le murmure du fleuve… Le major Cairns, dans son cœur d'homme, acceptait le fait que les Canadiens refusent de renoncer à un seul jour comme celui-là pour s'engager dans une guerre révolutionnaire qui les indifférait. Pourquoi abandonneraient-ils un jour pareil, qui sent le chaud de l'automne, l'odeur de la terre retournée et des feuilles mouillées, pour protéger les intérêts du roi d'Angleterre ? Henry admettait l'attitude des habitants même si son esprit cartésien lui rappelait son inéluctable devoir de soldat : défendre sa nouvelle patrie et servir son roi.

— Tu sembles bien songeur, Henry. Tu as appris des mauvaises nouvelles à Saurel ?

— Nul doute que les insurgés se rapprochent d'ici. J'ai soutiré quelques renseignements utiles, mais rien de nouveau au sujet du cousin de Mathilde ; il est disparu depuis plusieurs semaines déjà. Mais, à quelques reprises, j'ai rencontré un jeune homme qui, par son accent, ne laisse aucun doute sur ses origines ; ce Bostonnais rôdait dans les auberges et tavernes de Saurel. Il changeait souvent de compagnons, conversait de façon fort naturelle, comme s'il voulait passer inaperçu, mais son attitude singulière m'a semblé suspecte.

— Pourquoi me parles-tu de cet homme ? Ce serait un espion ?

— Comme j'entretenais quelques doutes, j'ai payé une chope à un marchand qui s'était attablé avec lui, la veille, et qui lui avait tiré les vers du nez, et…

— *And?*

— As-tu déjà vu, au village, un jeune homme aux cheveux longs, aux épaules carrées, à la démarche sûre, et qui s'exprime avec l'accent des colons du Sud ?

— Non… hésita James, je ne vois pas qui pourrait correspondre à cette description.

— Cet homme, selon mon informateur, aurait rencontré, à quelques reprises, une personne habitant la seigneurie. Je n'ai pu savoir ce qu'il tramait ni avec qui il avait des rendez-vous.

— Sais-tu s'il compte traverser le fleuve, cette fois ?

— Je l'ignore. Mais je te conseille de garder l'œil ouvert. En qui peux-tu avoir confiance ?

— Alexandre, bien sûr, les Chaviot, Thérèse et Jean-Baptiste, Firmin et quelques fidèles domestiques.

— Si tu le juges nécessaire, demande-leur de veiller, même la nuit, et de signaler toute présence étrangère. Les insurgés s'infiltrent partout.

— Je crois qu'il est essentiel de recruter et de former quelques hommes fidèles pour les envoyer observer ce qui se passe de l'autre côté du fleuve. Il faut espionner ceux qui nous épient.

— Et surveiller les visiteurs qui semblent bien innocents ; ce sont les meilleures sources d'information.

— Tu as bien raison. *The Gazette* vient de publier un avis : il a été décidé de fermer la ville de Québec aux étrangers, mais à Montréal, on hésite encore à sévir. Je me demande si j'ai bien fait d'amener ma famille à Beauport, s'interrogeait le seigneur, soucieux du bien-être des siens.

— Tu as été prudent de les éloigner de Saurel où des coloniaux ne se privent pas pour inciter les Canadiens à la rébellion. Ils ont juré d'envahir le Canada et d'en chasser les Britanniques. Je crains que ce conflit ne s'éternise, déplora Henry, bien au fait des événements. Je te rappelle de rester vigilant, James ; l'ennemi veille aux portes de ta seigneurie.

— Merci, Henry. Va, ton épouse t'attend.

— Et notre enfant qui commence à sourire… Je suis un homme heureux, assura Henry, donnant l'accolade à son beau-frère.

* * *

George Madison n'eut pas besoin de traverser le fleuve jusqu'à la seigneurie de Berthier. Son nouvel informateur, un certain Alexis Dutaud, arrivait tout juste de Québec où il lui serait facile de retrouver Julia pour lui transmettre les consignes précises pour la cueillette de renseignements. Si ce collaborateur s'avérait digne de confiance, George n'aurait donc pas à prendre de risques inutiles pour rencontrer secrètement Julia ; ce nouveau messager remettrait les documents à la Bostonnaise, après s'être assuré de lui donner rendez-vous dans un endroit discret.

Ce gentilhomme, Alexis Dutaud, s'était présenté à George comme marchand de bois, faisant commerce dans les Treize colonies du Sud. Ce personnage curieux, trop sûr de lui, avait déplu à Mathilde dès leur première rencontre, sur le bateau menant à Québec, à l'été 1774. Son intuition ne l'avait pas trompée ; elle avait eu raison de s'en éloigner comme on fuit la peste. Le sieur Dutaud menait la grande vie, il avait ses entrées tant chez les gouverneurs que chez les généraux et savait, comme pas un, soutirer des renseignements qu'il vendait ensuite au plus offrant. G.M., qui avait la bourse bien garnie et se montrait généreux envers celui qui lui réservait les primeurs, serait bien servi.

Les présentations faites, les deux hommes entrèrent à l'auberge du Père Toussaint, rue du Quai. Attablés au fond de la salle, George et Alexis parlaient à voix basse ; ils avaient l'impression que les murs avaient des oreilles.

— *Unity*, dit le Bostonnais en levant sa chope de bière.

— *Street*, compléta Dutaud.

Les liens de confiance établis, les deux hommes échangèrent d'abord quelques phrases sibyllines ; ils partagèrent ensuite des informations de première importance, au milieu du bruit monotone des conversations, des rires et des cris, qui couvrait le son de leur propre voix.

— Tu es bien certain que Julia est encore dans la capitale ?

— Absolument, elle accompagnait la seigneuresse de Berthier chez un antiquaire de Québec, rue du Fort, la semaine dernière.

— Ça m'embête car, de la capitale, elle ne peut nous être utile, pour le moment. Comme nos troupes avancent, nous avons besoin de savoir si des milices se sont formées dans les villages au nord du fleuve, et surtout de quel côté penchent les Canadiens de la seigneurie de Berthier.

— Selon mes observations, la cause anglaise au Canada semble désespérée, mais la capitale est encore l'endroit le plus sûr. Je vis la plupart du temps à Québec où l'on voit la défense renforcée, et les autorités, tant religieuses que civiles, sont toujours aussi dévouées à l'Angleterre.

— Dans les villages et les campagnes, selon vos renseignements, reste-t-il encore beaucoup de royalistes ? s'enquit G.M.

— Parmi les Canadiens, je n'en connais aucun ; ils demeurent neutres dans ce conflit. Mais depuis le traité de Paris de 1763, plusieurs Anglais, Écossais, Allemands et même quelques familles juives se sont installés dans cette nouvelle colonie anglaise ; la loyauté de ces nouveaux venus est toujours acquise à la Couronne britannique, j'en mettrais ma main au feu, insista Alexis Dutaud, élevant un peu trop la voix.

— Prudence, marchand, conseilla G.M., qui considérait que son informateur parlait un peu trop fort. Il faut nous séparer, mais avant, je vais te confier des lettres pour *Miss* Scott. Il faudrait que tu la voies pour les lui remettre le plus tôt possible.

— Marché conclu !

Alexis Dutaud appela l'aubergiste, paya les deux repas, salua le Bostonnais et sortit. Il loua une monture et prit la direction de Québec.

39

L'automne 1775 était maussade; les rafales de vent fouettaient les pluies froides contre le visage des soldats qui se dirigeaient laborieusement vers Québec, en descendant la rivière Chaudière. Le passage sur la Kennebec, au début de l'automne, avait été si pénible que plusieurs hommes avaient déserté devant la maladie et la mort qui affligeaient leurs compagnons avant même de livrer bataille. Le gel et surtout la famine risquaient de décimer le reste de la troupe d'un millier d'hommes, découragés et exténués par cette interminable marche.

Aux derniers jours d'octobre, leur commandant, Benedict Arnold, aperçut les premières maisons d'habitants canadiens et s'empressa d'envoyer un émissaire pour négocier l'achat de victuailles. *«Dès qu'ils sont passés par nos villages, ils ont été servis avec courtoisie par nos habitants, qui pouvaient vendre, à bon prix, tout ce que ces soldats voulaient acheter»*, nota un Beauceron. Certains paysans, trop heureux de profiter de bonnes affaires, affichaient même ouvertement leur sympathie pour la cause des rebelles.

Aucun de ces événements n'avait échappé à Alexis Dutaud, qui, toujours à l'affût de nouvelles, savait si bien faire délier les langues. Toutes les circonstances étaient bonnes pour remplir sa mallette de rumeurs, d'anecdotes, de prévisions, de faits, d'échecs et de victoires. Il vit, dans l'invitation du major Nairne qui recevait des amis pour célébrer le retour de Carleton à Québec, une bonne occasion d'entrer dans la bergerie. Élégamment vêtu, fin causeur, parfaitement à l'aise dans la langue des conquérants, il allait d'un invité à l'autre, soutirant ici et là quelques confidences.

Le repas terminé, des couples se formèrent pour s'élancer sur la piste de danse ; Alexis parcourut la salle d'un regard attentif, à la recherche de conquêtes. Tout au fond de la pièce généreusement illuminée, il crut reconnaître Julia Scott, discutant en élégante compagnie. Il se dirigea vers elle, d'un pas sûr.

— Mesdames, dit-il en français. Je vous présente mes hommages.

— Monsieur ? demanda Julia.

— Dutaud, Alexis, marchand. Vous permettez, *lady* ?

— *Lady* Catherine, seigneuresse de Berthier, dit Julia, présentant sa maîtresse.

— Mes respects, *lady* Catherine. Et vous, belle dame ?

— Julia Scott ; j'accompagne *lady* Cuthbert.

— Autorisez-vous *Miss* Julia à m'accorder cette danse, *lady* Catherine ?

— *Miss* Julia peut accepter elle-même de vous accompagner, monsieur. *Miss* Scott danse avec beaucoup de grâce, répondit Catherine, dans un fort accent qui fit sourire le courtisan.

— *Miss*, vous acceptez ? insista Alexis en offrant le bras à la jeune femme qui salua la seigneuresse et suivit son cavalier.

Le gentilhomme français, galant et bon danseur, enlaça Julia et l'entraîna dans une gavotte, danse populaire dont les mouvements étaient parfois vifs et gais, quelquefois lents et plus tendres. Leurs pas s'accordèrent rapidement et, peu à peu, le cavalier, de quelques paroles aimables, sut gagner la confiance de sa partenaire qu'il dirigea vers un petit salon. Elle allait résister quand il lui glissa à l'oreille : « *Unity Street, Miss* Julia ? » Elle figea sur place, décontenancée.

— *Unity Street ?* Qui êtes-vous ?

— C'est G.M. qui m'envoie vers vous, Julia. Je vous prie de me suivre tout en feignant la camaraderie ; *lady* Cuthbert ne doit y voir que du feu.

— Parlez, monsieur Dutaud, répliqua Julia, suspicieuse. Faites vite.

— Il m'a remis quelques lettres pour vous ; les voici. Cachez-les sans tarder ! Je dois vous informer aussi de l'avancée des Bostonnais, par la rivière Chaudière ; ils se préparent à entrer dans Québec avant la fin de l'année.

— Bien fait pour tous ces royalistes ! Mais est-ce que la famille de mes maîtres serait en danger, ici, dans la ville ?

— Voudrait peut-être mieux qu'ils retournent à leur seigneurie avant l'hiver, quoique les troupes bostonnaises s'approchent aussi de Saurel et de Montréal. Laissez le seigneur en décider lui-même. Mais par prudence, vous ne devez pas laisser entendre que vous savez l'assaut de la capitale imminent.

— Je vois, mais ils ne sont pas dupes, *The Gazette* fait état de la situation, *lady* Catherine et moi en discutons chaque jour. Mes maîtres connaissent mon intérêt pour l'invasion des troupes bostonnaises, souligna Julia, sans ajouter davantage à la confidence.

La discrétion étant sa meilleure arme, elle estima en avoir suffisamment dit à cet inconnu.

— Au fait, votre maîtresse avait bien raison, vous dansez fort bien, belle amie.

Il lui offrit le bras et ajouta : « Allons, maintenant, la musique nous invite. »

— Merci pour les lettres, monsieur, dit Julia, radoucie.

Elle enfouit le paquet ficelé au fond de sa poche et accepta de suivre son compagnon. D'un geste de la main, ils saluèrent la seigneuresse, qui conversait avec des compatriotes, et rejoignirent les autres danseurs qui se trémoussaient dans une gigue écossaise qui les fit rire comme des gamins.

***

Pour la première fois depuis son arrivée à Québec, Julia voyait sa vie reprendre les teintes de l'espoir ; George pensait donc encore à elle, il ne l'avait pas abandonnée dans une ville qu'elle n'aimait pas, qui lui rappelait trop vivement les rêves évanouis. Elle y rencontrait trop souvent la pétillante Esther, la première flamme d'Henry, qui, par sa présence flamboyante, remplissait à elle seule les salons de la noblesse de la capitale.

À chacune de ses visites entre les murailles de la ville, Julia éprouvait un étrange sentiment de solitude, d'abandon ; jamais elle n'était parvenue à lier des amitiés, à attirer des regards attendris, à joindre ses lèvres à d'autres lèvres amoureuses. Dans cette ville trop pleine de luttes de pouvoirs, elle se voyait comme un banal petit poisson dans une mer de sirènes ; jamais elle n'y trouverait un soupçon de bonheur. La veille même, elle avait confié à son journal qu'elle « ne voulait pas passer l'hiver à Québec, encore plus loin de G.M., mon insaisissable amour ».

De loin, elle préférait la solitude du manoir de Berthier, là où elle exerçait son autorité, où elle était reconnue, contestée, parfois détestée, mais toujours saluée. « *Miss* Julia », disait-on en la croisant dans la rue. Ce soir, elle espérait qu'en ouvrant les lettres remises par Alexis Dutaud elle trouverait une raison à invoquer pour prendre le premier bateau en direction de Berthier.

Lady Catherine, comprenant que sa dame de compagnie était fatiguée de tous ses pas de danse, lui donna congé et se prépara elle-même pour la nuit. Julia, libérée plus tôt, se dirigea aussitôt vers sa chambre et décacheta la première enveloppe, sur laquelle elle reconnaissait l'écriture concise de George ; les autres, elle s'en occuperait plus tard. Elle alluma une deuxième bougie, dénoua ses cheveux d'ébène et défit son corsage. Ses pieds étaient en feu ; elle enleva ses chaussures. Maintenant seule, elle s'assit sur son lit et lut, à petites doses, la lettre de son ami.

George y relatait, avec circonspection, les exploits des troupes rebelles, racontait brièvement les événements de la vie bostonnaise et lui rappelait son désir de la soustraire à l'autorité des Britanniques en la ramenant à son lieu d'origine. Il terminait ainsi : *« Ma chère Julia, votre retour à Berthier est ardemment souhaité ; il nous serait alors possible de nous revoir avant l'hiver. Restez forte, l'heure de la délivrance approche. Nos vaillants soldats libèrent le pays, forteresse après forteresse, du joug des Britanniques. Et quand arrivera le jour attendu, je vous ramènerai au pays de vos parents. Ne désespérez pas, nous touchons presque la victoire finale.*

Votre ami, G.M. »

Julia était déçue, elle avait envie de pleurer ; elle relut plusieurs fois les quelques pages de cette lettre étrange, analysa chaque mot, retourna le sens de chaque phrase, mais nulle part elle ne pouvait déceler la moindre preuve de l'attachement profond de son George. Elle imagina les lettres passionnées que s'échangeaient la Canadienne et le séduisant major Cairns. Elle en voyait parfois sur le secrétaire de *lady* Catherine, mais celle de George n'exprimait aucun sentiment amoureux. Elle avait le cœur tourmenté et, désillusionnée, douta que de pareilles lettres de feu ne lui soient un jour adressées.

Pourquoi George restait-il indifférent à sa prose poétique ? Bien éduquée, elle avait la plume agile ; elle savait faire jouer le sens des mots, traduire avec précision les sentiments les plus nobles, illustrer ses rêves et exprimer ses désirs de femme. Elle lui avait pourtant maintes fois manifesté, en lettres élégantes, son désir de partager le reste de ses jours avec lui. « Pourquoi n'use-t-il pas, à son tour, du pouvoir des mots pour m'apprendre les jeux subtils de l'amour ? » se tourmentait Julia, désemparée comme un oiseau qui a perdu une aile. Sans lui, pourrait-elle s'envoler vers le ciel de son enfance ?

La jeune femme, qui n'en était pas à sa première déception, s'efforça cependant de garder la tête froide ; elle enferma la lettre de George dans l'enveloppe et mit sur le compte de la prudence la réserve de cet homme qui l'attirait et l'intriguait à la fois. « Il veut sans doute me protéger, au cas où ses lettres seraient interceptées et lues par l'ennemi. Je dois m'inquiéter inutilement… » Elle décacheta la missive suivante, celle de Françoise. Son amie la fit sourire par ces derniers mots : *« Un papillonnement chatouille mes entrailles ; le petit s'amuse avant de se montrer le bout du nez, au milieu de l'hiver 1776. Mon époux, David, est ravi et me traite comme une reine. Et j'aimerais tant que tu sois à mes côtés ; tu me manques, chère amie.*

Françoise »

La nuit était à son apogée, mais Julia n'arrivait pas à sombrer dans les profondeurs du sommeil. Elle s'assoupissait, sans parvenir à se détendre complètement ; fatiguée de lutter contre ses idées vagabondes, elle se leva, prit sa plume et son encrier, ouvrit son journal et laissa les mots révéler librement toutes les pensées qui se chevauchaient dans son esprit débridé. Elle écrivit jusqu'à ce que l'aube adoucisse le ciel et que les étoiles disparaissent une à une. Au matin, ses idées étaient aussi limpides que les eaux du fleuve qui paressait devant Québec : elle était résolue à retourner au manoir de Berthier. *Lady* Catherine qui se montrait satisfaite des services de Ruth, agréable dame de compagnie, comprendrait l'importance de son retour auprès des domestiques, laissés trop longtemps à eux-mêmes.

* * *

En rentrant au manoir, Julia apprit que des censitaires récalcitrants avaient refusé de répondre à l'invitation du seigneur Cuthbert, qui les avait convoqués à une assemblée devant son manoir. Devant l'attitude impérative de James, les habitants s'étaient rebiffés et refusaient toute ingérence étrangère dans leur vie paisible. Hostiles à l'autorité du seigneur, ils lui avaient dépêché un émissaire pour lui remettre le message suivant : *« Si vous voulez nous communiquer quelque chose, venez vous-même nous retrouver à la croix du chemin, au Pont-Jouette, à trois milles du village. »*

James Cuthbert, bon joueur, s'y était rendu en compagnie d'Alexandre Cairns et leur avait adressé une demande pressante : vu la menace d'une invasion imminente, en sa qualité de seigneur, et selon le système français qui leur était cher, il exigeait sur-le-champ la formation d'une milice pour la défense de la seigneurie et de la colonie. Les habitants, se sentant bousculés par l'autorité, jugée abusive, de leur seigneur, lui avaient aussitôt répondu que si c'était là ce qu'il voulait, il ferait mieux de retourner chez lui et de ne plus les importuner, car personne parmi eux ne marcherait à sa suite.

James était en colère ; il savait que ses censitaires ne reviendraient pas sur leur décision et que seule la force les obligerait à obéir à ses ordres. Cependant, jamais il ne pointerait une arme contre les habitants de ses terres. Il s'était retrouvé dans un cul-de-sac, seul devant l'adversaire, contraint à se défendre par ses propres moyens. Il avait rebroussé chemin en éperonnant son fougueux étalon.

Dès qu'il fut parti, les hommes avaient juré sur la croix autour de laquelle ils s'étaient réunis de ne jamais prendre les armes, de brûler immédiatement la maison, les bâtiments et les animaux de ceux d'entre eux qui offriraient leurs services au gouvernement anglais et de repousser aussi, par la force, si nécessaire, tout émissaire du gouverneur Carleton qui essaierait de les contraindre au service militaire.

Des incidents semblables avaient aussi été relevés dans d'autres villages. Julia se réjouissait de la tournure des événements et notait avec satisfaction chacun des faits observés. *« Serait-ce là le signe que les Canadiens auraient tourné le dos aux Anglais ? Le jeu devient intéressant »*, écrivit Julia, espérant que sa vigilance soutenue saurait plaire à G.M. pour qui elle déroulait quotidiennement le fil des événements. Il viendrait sans doute cueillir ces précieux renseignements avant que l'hiver n'isole la colonie dans sa couverture d'hermine.

40

L'hostilité larvée des habitants se répandait sournoisement entre les rives du fleuve, comme une vague de fond qui soulevait un vent de tempête. Les Canadiens évitaient toute familiarité avec les occupants, se montraient polis, mais restaient distants. Qu'elle se rende au marché ou au magasin général, tenu par une famille d'origine juive, les Joseph Joseph, Julia, l'Anglaise, se heurtait à l'accueil glacial des villageois. Tout en faisant discrètement ses achats, elle portait attention aux rumeurs qui circulaient : la reddition du fort Saint-Jean, le campement des troupes rebelles à Laprairie, aux portes de Montréal, et, en novembre, la capitulation de la ville de Trois-Rivières. Tous ces événements présageaient des jours difficiles pour les armées britanniques, rapportait-on.

Julia, encore meurtrie par l'amour refusé, priait pour que le major Cairns tombe sous les balles des rebelles et laisse Mathilde aussi éplorée que sa cousine, la veuve Angélique. « *Go to hell, bastard !* » jura l'amère Julia en refermant *The Gazette*.

Vers la fin de novembre, un incident insolite vint nourrir les espoirs de Julia : une flottille, partie de Montréal, qui ramenait le gouverneur Guy Carleton à Québec, tomba aux mains des rebelles américains cantonnés à Saurel. À l'aide de quelques hommes et d'un peu de chance, Carleton échappa miraculeusement aux insurgés. Les opposants allumèrent aussitôt de nombreux et gigantesques feux de rivages, pour éclairer le fleuve, à la recherche des fugitifs. Ces signaux, visibles à de très grandes distances, illuminaient la fenêtre de la chambre de Julia qui comprit que des événements graves se passaient à l'embouchure de la rivière Richelieu. « Que Dieu puisse venir en aide au peuple des colonies du Sud ! » pria-t-elle, les mains jointes sur sa félonie.

Il faisait froid, une giboulée cinglait les visages et obstruait la vue des hommes ; des chiens jappaient et faisaient craindre à Carleton et à ses soldats d'être débusqués par des sentinelles ennemies. Le gouverneur se tapit au fond de l'embarcation et, sans faire de bruit, ramant avec leurs mains, ses hommes se laissèrent dériver le long des rives de la seigneurie de Berthier. Ils descendirent le courant jusqu'à Trois-Rivières, qui venait de tourner le dos aux Britanniques, mais le gouverneur y trouva toutefois un habitant sympathique qui accepta de lui offrir le gîte, et c'est déguisé en paysan qu'il regagna enfin Québec quelques jours plus tard.

Cette mésaventure de Carleton et de ses hommes alimenta l'inquiétude croissante du seigneur de Berthier, fort préoccupé au sujet des siens restés à Beauport. Il ne pouvait se résoudre à les laisser à la merci des rebelles qui approchaient de la capitale.

— Peux-tu m'accompagner à Québec ? proposa-t-il à Alexandre Cairns, qui finissait d'étudier un contrat de vente de terres. Il faut ramener Catherine et les enfants au manoir.

— Sans doute. Quand partirions-nous ?

— Dès demain, au petit jour, proposa James. C'est déjà la fin de novembre, il ne faut pas tarder, l'hiver arrive.

— Je serai prêt. Je vais confier quelques affaires courantes à Jean Malouin, le palefrenier, et à Fafard, qui sait lire. Déchiffrer un article de journal ou lire une missive peut être parfois fort utile, rappela Alexandre, pragmatique.

— *Sure. Six o'clock*, précisa James.

— Entendu, mon cheval sera sellé. *Six o'clock !*

* * *

Les malles de Catherine, bien ficelées, étaient entassées dans la cale du dernier bateau qui se risquait à remonter le fleuve, aux premiers jours de décembre. Le gel n'avait pas encore enfermé le fleuve dans sa prison d'hiver ; seules quelques dentelles de glace folle semblaient cousues sur les rivages, là où allaient mourir les vagues. Geneviève et Rose occupaient les enfants, dans la grande salle chauffée, tandis que Catherine conversait avec des passagers ou lisait.

En entrant dans les vastes eaux du lac Saint-Pierre, ils croisèrent un bateau chargé de militaires et de canons ; la seigneuresse craignit, un moment, d'être la cible des rebelles, mais le capitaine la rassura, c'était un vaisseau britannique qui se rendait à la défense de Québec.

— Le 13 novembre, vers neuf heures du matin, les troupes américaines, sous le commandement de Montgomery, sont entrées par la porte des Récollets et se sont emparées de Montréal, sans effusion de sang, rappela le capitaine. Nos troupes seront maintenant plus utiles à Québec, si elles n'arrivent pas trop tard, dit-il, découragé.

— Prions Dieu de protéger notre pays, ajouta la seigneuresse en se signant.

— Que Dieu vous entende, madame !

L'homme la salua courtoisement et retourna à son poste de pilotage. C'était un marin d'expérience, dont le regard large comme le fleuve possédait la science de sonder l'infinitude de la ligne d'horizon. Il manœuvra habilement et débarqua Catherine et ses enfants au quai de Berthier, juste comme se levait le redoutable nordet, présage de la première tempête de l'hiver. Le seigneur, rentré la veille, les attendait impatiemment. Il remercia le capitaine et lui remit une généreuse gratification pour avoir veillé sur les siens tout le long de ce trajet risqué, en cette saison de tourmente.

La famille Cuthbert, de retour au manoir de Berthier, se préparait à célébrer les fêtes de cette fin d'année 1775, entourée de parents et d'amis. Le major Cairns avait obtenu une permission prolongée ; tant que durerait la dormance hivernale, les armées rangeraient leurs armes, espéraient les généraux britanniques. Mais c'était là un bien mauvais calcul qui faillit leur causer la perte de la colonie car, malgré le froid et les chutes de neige, les généraux américains donnèrent l'assaut de la capitale, aux derniers jours de décembre.

Heureusement, la ville était aux aguets après qu'un éclaireur eut révélé aux autorités anglaises le plan d'attaque des assaillants. Des centaines d'échelles pour escalader les murailles, des hommes épuisés mais déterminés à vaincre ou à mourir, des canons placés devant les portes de la ville en alerte : tout indiquait une attaque imminente et déterminante tant pour les rebelles que pour les Britanniques. L'heure fatale approchait. « Vaincre ou mourir ! »

Pour encourager ses hommes à engager leur dernière bataille, le général Montgomery avait juré à ses braves soldats américains que, « le jour de Noël, ils mangeraient à Québec ou en enfer ». Ce fut en enfer qu'ils se retrouvèrent car, après des luttes acharnées, dans les rues et les ruelles, dans les maisons et les auberges, les Américains n'arrivaient pas à s'emparer de la ville.

La nuit du 31 décembre, nuit sombre et lugubre, il neigeait abondamment. Connaissant les lieux, les troupes de Carleton, qui étaient réparties dans les faubourgs, luttèrent farouchement. Des Canadiens, des mercenaires allemands et des marins s'abritèrent dans la maison d'un dénommé Simon Fraser, appelée maison de la Potasse ; ils attendirent à cet endroit, bien à l'abri de la tempête et des attaques ennemies, et, dès que s'approchèrent les assaillants, ils firent feu. Surpris, le général Richard Montgomery tomba sous les balles ; il venait à peine d'avoir trente-sept ans. Son corps gelé fut retrouvé le matin du jour de l'An, enfoui dans la neige. L'homme, héroïque compagnon de plusieurs de ses soldats qui l'avaient suivi dans sa quête de liberté, passa à l'histoire.

Au petit matin, le sang des morts se figeait dans la neige folle, les gémissements des blessés étaient assourdis par le sifflement des balles, et les cris des combattants se perdaient dans le vent de la tempête. Tout n'était que fureur et désolation. Touché à la jambe, le colonel Benedict Arnold dut, à son tour, abandonner cette lutte maintenant inutile. Il fut remis aux soins des religieuses à l'Hôpital général et soigné avec mansuétude, comme tout autre estropié de guerre.

Malgré les revers de l'armée des insurgés, la lutte n'était pas terminée ; la population devait rester confinée à l'intérieur des murs de la ville qui était sporadiquement bombardée par l'artillerie ennemie.

***

Montréal, pour sa part, était toujours occupée par les troupes américaines. Des agents recruteurs sillonnaient les campagnes qui jalonnaient les rives du fleuve. Les familles canadiennes étaient divisées, chacune se méfiait de l'autre. Il arrivait même que des coups de feu soient entendus ou que des bagarres éclatent dans les auberges, quand les esprits étaient échauffés par l'alcool ou qu'un agitateur incitait les habitants à la rébellion.

Dans les églises, les prêtres invitaient leurs fidèles à la loyauté et monseigneur Briand, dans un appui indéfectible au gouvernement anglais, émit un nouveau mandement à l'intention de tous les catholiques. Il y dénonçait, sans ménagement, la conduite des envahisseurs et rappelait aux Canadiens les vertus de l'obéissance et de la miséricorde divine envers les pro-rebelles qui avaient tendu une main généreuse aux insurgés. « Je vous crois, mes chers frères, trop attachés à la religion de vos pères pour vouloir en changer », ajoutait le prélat, docile aux préceptes de l'Église de Rome.

Malheureusement, les exhortations de l'évêque ne suffirent pas à apaiser les dissensions ni à taire les querelles dans les familles canadiennes. Que ce soit pour des raisons économiques ou idéologiques, des habitants faisaient ouvertement des affaires avec les opposants, tandis que d'autres, craignant la vindicte des autorités coloniales, n'osaient prendre parti. Parfois, les hommes montaient le ton, menaçaient de « foutre tous ces

Anglais dehors, tous ces étrangers qui prennent nos belles terres et qui marient nos filles ».

Ainsi parlait Olivier Huguenin, qui n'ignorait rien des manigances de son fils Xavier, dont il était sans nouvelles depuis presque un an. Marie pleurait en entendant son homme s'exprimer ainsi devant Angélique ; elle l'implorait de baisser le ton, de crainte de peiner leurs petits-enfants et leur fille, qui n'avait pas retrouvé sa joie de vivre. La guerre lui avait dérobé son amour et embrumé son regard.

* * *

Toutes de noir vêtues, Angélique et Anne, sa fille, se dirigeaient vers la maison de Mathilde. Il faisait grand froid et le ciel était d'un bleu azuré, rayonnant. Elles marchaient en silence, la neige crissait sous leurs raquettes. Une silhouette s'amenait au loin, venant du bout de l'Île Du Pas.

— Mère, qui vient là ? On dirait un sauvage.

Angélique reconnut immédiatement la démarche souple, presque féline, de son frère. « Il n'aurait pas dû revenir », se dit-elle, inquiète pour la sécurité de celui que les Anglais recherchaient.

— C'est ton oncle Xavier, répondit Angélique. Ta grand-mère va être ben contente de le revoir. Allons vers lui.

L'homme semblait fatigué ; il portait sur ses larges épaules un gros ballot de fourrures. Il sourit en reconnaissant sa sœur et la fillette qui l'accompagnait. Il laissa la parole à Angélique, plus loquace que lui, davantage habitué au silence de la forêt qu'aux babillages des humains.

— C'est pas prudent que tu sois revenu icitte, chuchota Angélique. Y a des ennemis un peu partout, on sait plus à qui se fier ; on te dénoncera, si tu restes à la maison trop longtemps.

— Dénoncer ? Pourquoi ?

— On te recherche pour t'interroger sur tes activités. On veut savoir où tu vas et ce que tu fais. Père s'est fait poser des questions par le capitaine de milice, mais il a rien voulu dire.

— Dire quoi ? Je vais trapper, faire du commerce ; c'est pas défendu, m'semble, même au pays des Anglais !

— On prétend que tu donnerais des informations aux rebelles.

— Faudra des preuves.

— Ce serait plus prudent que tu repartes au plus vite, après quelques nuits de repos. Mère s'inquiète tant pour toi ; faudrait pas en rajouter.

— Je verrai ça avec père.

Xavier évita de se rendre à Berthier et partit un soir de nouvelle lune, après s'être reposé, lavé et bien nourri à la table de Marie. Il avait auparavant confié à son père quelques fourrures et des instructions secrètes à l'intention de *Miss* Scott, afin qu'il les porte lui-même à un certain Lecomte, marchand au village. Le Renard avait bien flairé le piège tendu par un voisin et, quand le capitaine de la milice frappa à la porte de la maison de la famille Huguenin, le fusil à l'épaule, Xavier était déjà loin. Olivier le jeta à la porte sans ménagement.

— Mon gars est pas icitte, pis il y serait que je te le dirais pas !

***

— *Unity*, chuchota le marchand à l'oreille de Julia.

— *Street*, répondit discrètement la jeune femme, tout en continuant à évaluer la qualité de la laine dont elle avait besoin. Qui vous envoie ?

— Peu importe ! Suivez-moi, j'ai quelques lettres pour vous, dit Lecomte.

La dame de compagnie de la seigneuresse de Berthier attendait une visite de G.M., ou tout au moins un signe que les informations lui étaient toujours livrées fidèlement ; elle ne fut donc pas étonnée de se voir remettre des lettres par un inconnu. Son amoureux se montrait sage et prudent ; des émissaires anonymes attiraient moins l'attention qu'un Xavier recherché pour interrogatoire. « Il a bien fait de retourner au pays des sauvages, celui-là », s'était dit Julia en apprenant sa fuite.

Elle lut et relut les rapports de George et la lettre laconique qu'il avait jointe à celle de Françoise, imprégnée de la douceur de l'amitié partagée. La missive de George traduisait sa morosité devant les déboires des armées rebelles, qui retarderaient vraisemblablement la réalisation de leurs projets communs. *« Il m'apparaît imprudent de fréquenter les villages canadiens où les Bostonnais risquent d'être arrêtés, jugés et pendus. La prudence étant notre meilleure alliée, notre ami X. n'a pas hésité à se mettre à couvert au village des Shawnees, comme d'autres anonymes qui évitent de passer les frontières. À la suite de ces observations, vous devinez donc que je dois me planquer là où aucun Britannique ne me trouvera. Je tenterai toutefois de garder les liens qui nous unissent, précieuse amie.*

Votre tout dévoué, G.M. »

Julia n'arrivait pas à sortir de sa torpeur. Que devait-elle comprendre du message équivoque de George ? *« Je tenterai toutefois de garder les liens qui nous unissent, précieuse amie… »* De nouveau, elle tournait et retournait les mots et les phrases dans tous les sens, cherchant désespérément un mot de tendresse, une promesse d'amour. L'exercice fut vain ; elle rangea cette lettre dans son coffret, referma le couvercle, le verrouilla et enfouit la clé au fond de sa poche. Elle replaça ses cheveux sous sa coiffe austère et rejoignit sa maîtresse, qui faisait la lecture à ses fillettes, devant l'âtre de la cheminée. À la vue de cette scène de vie familiale, elle s'arrêta un bref instant, le temps de se dire que c'était peut-être là que se cachait le bonheur, dans la simplicité du feu qui crépitait, dans la voix d'une mère qui racontait une histoire, dans le regard limpide d'une petite fille qui demandait : « C'est quoi un ogre, *mam* ? »

Elle se revit, enfant, assise sur les genoux de sa mère ; ses yeux s'embrumèrent, et le besoin viscéral de revoir le ciel et la mer de son pays la conforta dans sa conviction profonde : elle devait retourner à Boston, retrouver George et la liberté, quel que soit le prix à payer. La puritaine Julia, appuyant sa détermination et ses certitudes sur les écrits bibliques, se récita intérieurement le psaume de David :

« Que le Seigneur me vienne en aide,
Qu'il veuille me donner la joie de voir la perte de mes ennemis.
Anéantissez-les, de peur qu'ils ne fassent du tort à mon peuple ;
Que votre force les fasse plier et s'écrouler,
Seigneur qui êtes notre bouclier. » (Ps. LVIII, 11-12)

***

Impassible, maîtresse de ses sentiments, Julia rejoignit Catherine qui était sur le point d'accoucher de son septième enfant. Elle semblait lasse ; James s'en inquiétait et ne s'éloignait plus du manoir.

Ross, le troisième fils des Cuthbert, vint au monde, dans la paix hivernale, le 17 février 1776, et fut mené sur les fonts baptismaux le 29 du même mois. James se sentait quelque peu humilié de circuler avec sa famille dans la ville de Montréal, envahie par les rebelles. Les temps étaient incertains. Que deviendrait sa famille ?

Déambulant avec ses maîtres dans la ville occupée, Julia se montrait imperturbable ; elle savait masquer avec habileté sa satisfaction de constater par elle-même que ses compatriotes américains étaient bien en poste.

Elle toucherait bientôt sa récompense : le Seigneur n'était-il pas son bouclier ?

41

James Cuthbert attendait la fonte des glaces avec une impatience non dissimulée ; chaque matin, il sellait son cheval et parcourait les berges sur de longues distances. Ici et là, dans le fort courant, les flots coulaient librement, tandis qu'entre les îles les eaux étaient encore prisonnières. Il était risqué, voire impossible, de voyager entre les rives tant que des blocs de glace et les hautes eaux des affluents du Saint-Laurent emprunteraient le large passage pour se déverser dans l'Atlantique. Le seigneur de Berthier, connaissant les caprices du fleuve, avait attendu de pouvoir se déplacer en toute sécurité avant d'appareiller sa barque.

— Tu pourrais trouver quatre alliés fiables qui nous accompagneraient à Saurel ? demanda le seigneur Cuthbert à son intendant, Alexandre Cairns.

— Tu me laisses combien de jours pour rassembler ces hommes ?

— Un jour ou deux, tout au plus.

— Je n'en suis pas certain. Il faudra rester vigilant sur le choix des hommes, car il reste peu de royalistes sur nos rives. Une douzaine d'habitants n'ont-ils pas, à la fin de mars, fait le coup de feu aux côtés des assaillants ?

— C'est la raison qui me presse d'agir. Il faut rapidement évaluer, par nos propres yeux, les forces rassemblées au campement de Saurel. Martin, le capitaine de milice, reste fidèle aux Britanniques ; tu verras avec lui pour le recrutement de trois autres hommes. Simon Piet, aussi, le fils de Guillaume ; je me fie entièrement à lui et, de plus, il manie bien les rames, ce qui nous sera utile pour traverser le fleuve agité en ce temps-ci de l'année ; des blocs de glace dérivent encore dans le fort courant.

— Quelle mission comptes-tu mener ?

— Espionner les forces ennemies, dénombrer les troupes et, si possible, écouter les propos tenus dans les auberges et les tavernes. Pour nous défendre, il faut connaître les plans de l'ennemi qui, je te le rappelle, occupe toujours Montréal.

— Je me charge de ça tout de suite. Nous partirions la nuit prochaine ?

— *Sure,* si tu rassembles les hommes aujourd'hui. *And top secret !* Même Catherine ne doit rien savoir de cette mission.

— Entendu.

***

La nuit venue, nuit de pleine obscurité qui remplissait tout l'espace entre le ciel et la terre, les six hommes s'entassèrent dans l'embarcation, se faufilèrent entre les îles et traversèrent le fleuve en luttant de toutes leurs forces contre le courant qui les emportait vers le large. Il arrivait même qu'un morceau de glace, poussé par de fortes vagues, menace de les faire chavirer.

Observant Simon Piet, rameur infatigable, James se souvint de l'habileté de son premier intendant, Guillaume, qui dominait les rivières et le fleuve, les courants et les tempêtes. Quelle part aurait-il prise dans ce conflit où s'affrontaient des frères, nés dans la même patrie ? Lui serait-il resté fidèle ?

Une vague de côté vint frapper la barque qui tangua dangereusement ; Simon, debout, manœuvra si habilement qu'il déjoua les déferlantes et, ramant en cadence, ils purent reprendre la direction de Saurel. Les hommes, vêtus de noir, débarquèrent discrètement sur les rives de la rivière Richelieu, amarrèrent leur embarcation et se séparèrent. Chacun se devait de recueillir le plus d'informations possible pendant cette périlleuse mission secrète.

Cuthbert et ses hommes apprirent que les assaillants, qui avaient déserté Montréal au début de l'été, étaient loin d'avoir renoncé à la prise de Québec. Préparant une autre offensive, ils descendraient le fleuve, les bateaux chargés de munitions et d'hommes prêts à engager l'ultime combat. Leurs troupes, fortement armées, étaient imposantes et bien supérieures aux forces britanniques qui avaient dû recourir aux mercenaires allemands pour augmenter leurs effectifs.

Selon les informations recueillies, sept vaisseaux arborant le pavillon britannique, regroupés sur le lac Saint-Pierre, attendaient le signal pour se porter à la rescousse de la ville de Québec ; quelque huit cents soldats étaient à bord, sous la direction du brigadier Simon Fraser. James, flairant le danger qui menaçait ces bateaux et les équipages, recommanda à ses hommes de l'accompagner pour prévenir le chef militaire d'une éventuelle offensive des rebelles américains cantonnés dans la région de Saurel. Il avait besoin de deux hommes pour cette mission de quelques jours.

Le cousin de sa femme proposa tout de suite de le suivre, mais Cuthbert refusa :

— Alexandre, tu dois retourner à la seigneurie où tes services sont requis. Martin ? demanda James.

— Je vous accompagnerai, promit le capitaine de la milice.

— Moi aussi, dit sans hésiter Simon Piet. Je connais bien le fleuve jusqu'aux Trois-Rivières, je partirai avec vous.

— C'est bon. Nous nous arrêterons à la seigneurie, le temps d'une nuit. Pas un mot sur la mission.

— Entendu, jurèrent les hommes, reprenant les rames jusqu'au quai qui s'étirait devant le manoir.

Draky courut au-devant de son maître, en quête d'une caresse. James gratta distraitement les oreilles pendantes de l'animal, caresse qui plaisait bien à ce chien bâtard, affectueux comme un enfant.

Cette fois, le seigneur discuta de ses plans de défense avec Catherine qui, devant la farouche détermination de son époux, ne put que se résoudre à le voir partir. Il passa une partie de la nuit à sa table de travail, mit de l'ordre dans ses affaires, nota, à l'intention d'Alexandre, les contrats à signer, les travaux à effectuer, les comptes à payer et à recevoir. Et avant de quitter le manoir, Catherine à ses côtés, il s'arrêta près du berceau du dernier-né, Ross. Il le contempla en silence et en détacha le regard avec peine ; il fit ensuite le tour des chambres des enfants, les observa un long moment et les bénit. Il referma les portes, prit son maigre bagage, ses armes et, avec tendresse et beaucoup d'émotion, serra sa femme dans ses bras.

— Reste forte ; les enfants ont besoin de toi. Ne t'inquiète pas pour moi.

* * *

La solide défense que leur opposèrent les soldats de Fraser surprit les rebelles qui durent se replier vers leur campement de Saurel. James Cuthbert, grâce à son intervention fortuite, avait sauvé le brigadier et ses hommes, au péril de sa vie, de celle de Pierre Martin et du brave Simon Piet.

Mais les trois intrépides n'étaient pas au bout de leurs peines car, dans leur fuite, leur petite embarcation qui filait entre les îles et les marais avait été repérée par les assaillants. Voyant qu'il s'agissait de déserteurs ou d'espions, ceux-ci dépêchèrent des soldats à leur poursuite. Cernés, James Cuthbert et ses hommes furent capturés et amenés, quelques semaines plus tard, à Albany.

Dès qu'il apprit la nouvelle de l'emprisonnement du seigneur Cuthbert, Alexandre prit l'initiative de conduire lui-même Catherine et ses enfants à leur maison d'été de Beauport ; ils seraient davantage en sécurité dans cette ville fortifiée qu'au manoir de Berthier, trop près des troupes rebelles et entourés d'habitants hostiles. Julia prétexta l'approvisionnement compliqué et incertain de certains biens essentiels, comme la farine, le sucre et les épices, pour obtenir l'assentiment de la seigneuresse de demeurer au manoir et d'assister l'intendant dans la gestion de la seigneurie.

La tournure des événements fut perçue par Julia comme une intervention divine ; elle y lut un signe du destin qui lui indiquerait bientôt le retour dans sa terre natale. En toute confiance, elle s'agenouilla et pria le Dieu tout-puissant :

« *Qui me conduira dans la ville forte ?*
Qui m'introduira dans Edom ?
Prêtez-nous main-forte contre l'ennemi
Car le secours des hommes ne sert à rien.
Mais avec l'aide de Dieu nous ferons des exploits
Et c'est lui qui écrasera nos ennemis. » *(Ps. LIX, 11, 13, 14)*

Quand elle eut terminé ses lectures bibliques et ses prières, Julia rédigea, d'une écriture soignée, une longue épître qu'elle adressa à son complice, George. Elle y détailla les faits entourant la capture du seigneur de Berthier, en insistant sur la conduite des habitants qui avaient refusé de soutenir la cause de leur seigneur. *« Bien fait pour lui ! Qu'il paie pour son soutien au roi d'Angleterre. Lady Catherine, réfugiée à Beauport avec ses enfants, m'a permis de demeurer au manoir. Elle ignore, bien sûr, les motifs qui me retiennent à Berthier, où je me languis de vous et du ciel de Boston. J'attendrai vos instructions tout en observant les faits et gestes des deux camps.* »

Elle termina par ces paroles éloquentes et révélatrices de ses sentiments, espérant éveiller chez lui les mêmes ardeurs :

« *Quand allez-vous venir, beau chevalier, monté sur un grand cheval blanc et m'enlever, dans un galop effréné retentissant sur les rives du fleuve, et me ramener avec vous ?*

Julia qui vous aime et qui vous attend avec de plus en plus d'impatience,

April, 1776, manoir de Berthier. »

Elle n'avait plus qu'à attendre le signal de l'assaut final, clé de sa délivrance et de l'assouvissement de sa vengeance si longtemps ruminée. Le jour viendrait, elle n'en doutait pas puisque son Dieu veillait sur elle.

Elle dut ronger son frein et patienter jusqu'à la fin de l'été, avant que le marchand Lecomte ne lui remette un paquet bien ficelé, venant des colonies du Sud. Il n'y contenait aucune lettre de George, mais plutôt un mot de Xavier Huguenin lui demandant de confirmer la détention de James Cuthbert et le départ de sa famille. Il ajoutait : *« Informe-moi des récoltes à la seigneurie et dis-moi combien de personnes vivent avec toi au manoir. Suis la même filière pour adresser le courrier. Merci, je te revaudrai ça ! X. »*

Cette curieuse missive troubla Julia qui s'inquiétait pour George dont le silence la mystifiait. Avait-il été capturé, voire exécuté ? Son imagination, nourrie d'anecdotes macabres, qui remplissaient les pages du journal, galopait en tous sens ; elle voyait G.M., détenu au fond d'un cachot ou devant le peloton d'exécution, fusillé pour trahison. Pourquoi Xavier avait-il écrit à la place de George, sans même lui en fournir l'explication ? Elle se torturait le cœur et se perdait dans ses idées noires ; alors que le ciel était rempli d'oies, d'outardes et de canards qui volaient, à grands coups d'ailes, vers leur pays d'hiver, Julia était lasse et lourde du poids de la désespérance, incapable de déplier ses propres ailes pour regagner le ciel de sa patrie.

Tel un poison, le doute s'insinuait lentement en son esprit partagé entre la déception et l'impuissance. En vain cherchait-elle une épaule compatissante pour y poser sa tête ; aucune des personnes qu'elle avait aimées n'était à ses côtés pour la conseiller. Elle n'avait que son amie Françoise. Elle devait lui écrire sans tarder, raconter sans dissimulation le fil des événements, confier ses secrets sans censure et lui demander conseil, bien humblement. Elle se mit au travail et joignit cette lettre à la réponse adressée à l'insaisissable Xavier, qu'elle suppliait de lui révéler où elle pouvait retrouver George.

* * *

La matinée était radieuse ; encore quelques feuilles rabougries, pendues aux branches des arbres, s'agitaient doucement sous le souffle du vent, comme un signe d'adieu avant le grand silence de l'hiver.

Mathilde et Firmin, bébé Marie-Rose suspendue dans le dos, marchaient côte à côte le long de la Bayonne, où se reflétaient les couleurs de l'automne. La rivière coulait discrètement entre ses rives rapprochées ; pas de grands courants ni de vagues écumantes, mais un flot continu, sombre, bouillonnant, là où ses eaux se mêlaient à celles du grand fleuve. Mathilde aimait voir se marier la quiétude de la Bayonne et l'impétuosité du Saint-Laurent ; elle avait besoin de l'une et de l'autre, elle s'y nourrissait de paix et de désirs.

— L'hiver qui vient ramènera peut-être la tranquillité dans la colonie, souligna Firmin. Les généraux des deux camps, voulant éviter de revivre les combats désastreux de décembre dernier, imposeront peut-être une trêve. C'est ce que croit et espère le curé Papin ; nous prions chaque jour pour que cesse cette guerre entre frères.

— Dieu nous entende ! Et toi, t'es toujours décidé à partir en mission en Huronie ?

— Plus que jamais ; le curé m'a ben préparé et m'encourage à suivre ma vocation. Je me joindrai à des trappeurs du lac Saint-Pierre qui comptent plier bagage avant le gros de l'hiver.

— Tu vas me manquer, se désola Mathilde, les larmes aux yeux. T'es plus qu'un frère pour moi ; t'es une partie de moi et tu me rappelles tellement notre mère. Quand tu quitteras ces rives, pour moi, c'est de nouveau elle qui partira.

— Marie-Rose grandira, pis Marguerite va se marier bientôt, la vie va continuer. À vingt ans, je me sens prêt à larguer les amarres.

— Je prierai pour toi chaque jour.

Ralentissant le pas, Mathilde changea de ton et poursuivit :

— Toi qui vis près du manoir, tu vois Julia parfois ?

— Parfois ; elle erre, les soirs de pleine lune, dans le cimetière, seule. Elle s'arrête devant la sainte Croix et semble méditer ou prier. Elle est étrange…

— Adèle croit qu'elle a la même maladie que la défunte dame Hélène et qu'elle s'enferme de plus en plus souvent dans sa chambre.

— Ce serait ben triste, une si jeune femme, souleva Firmin.

— Depuis que je la connais, je l'ai jamais vue heureuse ni souriante ; c'est pas une femme ben avenante.

— Faudra prier pour elle, même si elle t'a fait ben du tort, proposa le pieux jeune homme, toujours prêt au pardon.

— Le bonheur qui m'est donné m'a facilité le pardon que je lui ai accordé, répondit Mathilde, caressant la frimousse de Marie-Rose qui venait de se réveiller. Allons, c'est l'heure de la tétée.

Le soleil, haut perché, diffusait ses dernières chaleurs sur les rives de la Bayonne dont les eaux étaient encore tièdes. Sarah, profitant de ces ultimes belles journées, étendait le linge sur l'herbe jaunie ; elle chassa les outardes criardes pour éviter qu'elles ne souillent les vêtements tout mouillés. Elle releva la tête et sourit à sa bienveillante maîtresse.

42

La majeure partie de la journée, Julia restait cloîtrée dans sa chambre, lisant ou relatant, dans son cahier de notes personnelles, les faits et gestes observés par la fenêtre de sa chambre ou les paroles entendues quand elle osait se mêler aux autres domestiques. Il lui arrivait de discuter avec Alexandre de certaines choses à régler, mais elle intervenait rarement dans la gestion de la maison, ce dont personne ne se plaignait. Depuis le départ de *lady* Catherine, c'était l'agent des terres qui s'occupait de la correspondance, qui payait les comptes et qui versait les salaires des serviteurs qui appréciaient ce doux géant aux manières courtoises.

— *Miss* Scott, j'ai une lettre pour vous.

— Merci, *Mr* Cairns.

Julia reconnut immédiatement l'écriture fluide de son amie Françoise ; fidèle à ses origines, celle-ci correspondait toujours en français. Cette confidente, qu'elle avait depuis sa tendre enfance, savait tout d'elle ; elle avait scruté le fond de son âme, redressé ses errances, essuyé ses larmes, ri de ses maladresses. Dès qu'elle recevait une lettre de Françoise, Julia fermait les yeux, humait l'odeur de l'enveloppe, oubliait le manoir et les domestiques, et retrouvait les belles années de sa prime jeunesse, en compagnie de sa loyale amie.

Assise devant la fenêtre de sa chambre, Julia décacheta la lettre avec empressement : « Elle a sans doute des nouvelles de George », souhaita Julia. Ses mains tremblaient, son cœur s'affolait. Elle hésitait entre une lecture lente qui diffusait, telle la lumière disséminée à travers un vitrail de cathédrale, un rayon de plénitude et de sérénité, ou une lecture rapide et bouleversante comme une tornade.

Dans sa fièvre de connaître le sort de son bien-aimé, elle opta pour le second choix. Elle lut les premières lignes où on lui décrivait la vie animée de Boston : ses rues habitées, son port rempli de couleurs et d'odeurs, de cris d'hommes et d'oiseaux, ses églises silencieuses. Julia perçut la lecture de ce paragraphe comme une invitation au retour ; elle s'en émut. Elle sauta presque les pages suivantes dans lesquelles Françoise semblait relater quelques anecdotes qu'elle lirait plus tard, seulement après avoir trouvé, dans la suite de la lettre, le précieux prénom qui obnubilait ses pensées.

Elle sautait rapidement d'une ligne à l'autre, tournait frénétiquement les feuilles et repéra enfin le vocable à la toute dernière page de cette longue missive. *« Depuis plusieurs jours, j'ai le cœur tourmenté. Pardonne-moi, tendre amie, le chagrin que je vais te causer, mais au nom de la profonde amitié qui nous lie depuis l'enfance je ne puis taire ce que je m'apprête à te révéler. »*

Julia hésita à poursuivre la lecture, mais, en proie à une vive angoisse, elle courut d'un mot à l'autre, bouscula les syllabes, sauta des mots. Ses yeux ne distinguaient plus les symboles tant sa vue était obstruée par les larmes ; elle culbuta sur les dernières phrases et s'affaissa comme une masse au pied du lit, en gémissant. Elle resta ainsi prostrée de longues minutes, versant des pleurs où se confondaient divers sentiments ; elle passait de la peine à la désespérance, du dépit à la rage, de la honte au regret.

Qu'avait-elle donc fait pour subir une telle destinée ? Où iraitelle quand sa trahison serait démasquée ? Pourquoi G.M. s'étaitil ainsi servi d'elle ? Pourquoi Henry avait-il ignoré son amour ? Comment Dieu lui pardonnerait-il ses errances ? Pourquoi avoir accepté de suivre le seigneur Cuthbert jusque sur les rives de Berthier ? Tant de questions qui restaient sans réponse…

Julia se releva, les yeux bouffis, vidés de larmes amères ; à la lumière du jour déclinant, elle relut, à petites doses, les dernières phrases de la lettre de son amie : *« Ta dernière lettre m'a confondue et étonnée, car jamais avant ce jour-là tu ne m'avais fait part de tes sentiments envers mon beau-frère George ni de tes projets de partager sa vie à Boston. Après avoir lu et relu tes dernières confidences, j'ai cru bon informer mon époux, David, de toute cette histoire. Il m'a fortement incitée à te dévoiler que George s'est joué de toi en te laissant croire qu'il était libre mais surtout en encourageant ton cœur à s'engager sur la route de l'amour. Pardonne-moi… George est marié avec mon amie Harriett ; ils ont trois enfants. Inutile de te dire que David est en froid avec son frère depuis qu'il s'est rendu compte de sa turpitude. Je n'ai rien d'autre à t'apprendre sur cet homme qui s'est moqué de toi, mon amie, cet homme ignoble qui t'a profondément blessée. Je porte la honte de le savoir membre de ma famille. Malheur à lui !*

David et moi te demandons de panser tes plaies et de préparer rapidement ton retour à Boston. Dès que tu seras prête à prendre le bateau, fais-le-nous savoir, mon époux fera le nécessaire pour assurer ton confort et ta sécurité pendant le voyage. Nous t'accueillerons chez nous tout le temps que tu le souhaiteras ; tu me seras bien utile auprès de notre enfant. Nous t'assurons que nous ferons l'impossible pour éviter que George ou Harriett ne croise ta route.

Je te demande encore pardon pour le chagrin que mes révélations te causeront. Viens, mon amie, ne tarde plus.

Ton amie pour toujours,

Françoise »

* * *

La souffrance, aussi profonde que le puits de Jacob, submergeait Julia, corps et âme ; elle craignait de ne jamais pouvoir en sortir. George lui avait volé le meilleur d'elle-même : sa probité et sa loyauté envers ses maîtres s'étaient noyées dans les yeux de l'homme qui l'avait manipulée pour arriver à ses fins. Par amour pour lui, elle avait trahi ; elle était perdue, seule, sans amour, sans famille. Il ne lui restait que sa fidèle Françoise… Elle prit sa décision : elle partirait à Boston avant que l'hiver n'entrave la navigation fluviale.

Il avait plu, les arbres dénudés s'agitaient comme des squelettes sous l'emprise du vent ; le jour déclinait vite. Julia pensa au major Cairns qui dessinait si fidèlement la nature qui l'entourait. Elle soupira, triste et abattue. Elle s'allongea sur son lit ; les minutes, les heures s'écoulaient aussi lentement que le courant de la Bayonne au cœur de l'été. Elle ruminait ses sombres pensées et se jugea idiote de s'être laissé berner aussi stupidement ; hors d'elle-même, elle éclata d'un rire, aussi sinistre qu'incontrôlable, suivi d'un long sanglot qui retentit jusqu'au cœur du manoir.

De la cuisine, Thérèse s'arrêta de peler les légumes, Draky hurla. Seul Alexandre réagit et monta l'escalier en courant. Il trouva Julia prostrée sur son lit, comme un fœtus dans le sein de sa mère. Elle geignait doucement. Il remarqua, par terre, une lettre dépliée. Il eut la délicatesse de la ramasser discrètement et de ne pas questionner Julia. Debout près de la fenêtre, il attendit qu'elle se calme.

— Ça va, *Miss* ?

— *Yes*, un peu trop d'émotion. Ce n'est rien, rassurez-vous, dit Julia en se levant.

— Il ne faudrait pas rester seule. Pourquoi ne pas vous joindre à nous pour le repas de ce soir ? Rebecca serait ravie d'avoir de la compagnie. L'absence de *lady* Catherine lui pèse ; venez.

— Pas ce soir. Des événements m'amènent à vous demander de me relever de mes fonctions, je veux retourner à Boston avant l'hiver. Pourriez-vous me réserver une place sur le prochain bateau ?

— Votre décision est-elle irrévocable ?

— Oui, je dois rejoindre une amie très chère à Boston ; elle a besoin de ma présence auprès d'elle.

— Je vais m'occuper de tout. Il faudra cependant que je m'assure de votre sécurité pendant ces temps troubles.

— Merci ! Je vais écrire tout de suite à *lady* Catherine ; elle comprendra. Merci pour votre invitation, je me sens fatiguée. Je passerai saluer votre épouse demain.

— Promis ?

— *Sure !*

Octobre 1776 alternait entre la pluie et le vent, le soleil et la brise. Les canards, les outardes et les autres oiseaux migrateurs avaient déserté les îles et les rives du fleuve, laissant le ciel dépeuplé et silencieux. Julia commença à rassembler ses affaires. Alexandre avait pris les dispositions pour qu'elle embarque sur le bateau qui devait livrer des marchandises au quai du manoir, à la mi-novembre. De Québec, elle monterait à bord du premier navire marchand qui prendrait la mer en direction de Boston ; bien escortés, ces bateaux naviguaient en toute sécurité. Julia lui demanda de garder son départ secret : elle n'avait aucune envie de se plier à l'obligation de faire ses adieux aux domestiques de Berthier. « Qui me regrettera ? » admit-elle, le regard froid, le front hautain.

***

Il faisait sombre et froid ; Julia, bien enveloppée dans un lainage d'Écosse, cadeau de *lady* Catherine, traînait son désespoir entre les pierres tombales du cimetière de Berthier. Les noms inscrits ne lui rappelaient rien, puisqu'elle avait toujours dédaigné la promiscuité des papistes du village ; celui d'Hélène Chaviot ranima toutefois sa mémoire… Elle se souvenait de cette femme, morte au bout de sa folie. « Suis-je victime, à mon tour, de ce grand mal ? » s'inquiéta Julia, qui s'attarda un moment sur cette tombe. Elle poursuivit sa méditation en se dirigeant vers la croix où G.M. lui avait déjà donné rendez-vous. « Maudit sois-tu ! » grommela-t-elle, dans ce lieu lugubre.

Un bruit, à peine perceptible, la mit sur ses gardes ; à gestes retenus, elle s'accroupit derrière une stèle. Trois ombres fuyantes longeaient les murs de l'église. Qui sont ces hommes ?

Des malfaiteurs ? Des conspirateurs ? Elle se concentra pour mieux apprivoiser l'obscurité et elle le reconnut. Il n'y avait aucun doute sur son identité : cette silhouette athlétique, ces cheveux sombres qui retombaient sur ses épaules, cette démarche assurée… c'était bien lui. G.M.

Que pouvait-il bien faire près du manoir ? Le deuxième homme, trapu, aux pas souples comme un félin, était sans doute Xavier ; elle ne put reconnaître le troisième, celui qui fermait la marche vers la grande maison.

Elle attendit, fébrile et inquiète. Que pouvaient bien tramer ces hommes, à cette heure tardive ? Elle hésita. Que devait-elle faire ? Avant même qu'elle ait eu le temps de réagir, une lueur vive se répandit derrière le manoir à la vitesse d'une étoile filante. Au grésillement des flammes qui léchaient les murs de la cuisine, à l'aboiement désespéré de Draky et à l'appel du tocsin, Julia constata l'horreur qui se déroulait sous ses yeux incrédules.

Elle cria le nom de George, qui se répercuta dans les éclats de feu et se perdit ensuite dans les gerbes d'étincelles. L'interpelé s'arrêta une fraction de seconde, détourna le regard et s'enfuit avec ses comparses vers le fleuve, alors que le toit du manoir s'embrasait.

Françoise avait donc raison : George était un couard. Qu'elle avait été crédule ! Sans les informations précises qu'elle avait naïvement fournies à ces traîtres, jamais ils n'auraient osé incendier le manoir des Cuthbert. Elle admit sur-le-champ la gravité de ses gestes et la portée de sa trahison ; elle était leur complice, coupable devant Dieu et les hommes. Elle se savait perdue et devait fuir loin, très loin, dès qu'elle aurait récupéré quelques biens précieux. Et devant la violence de l'incendie, elle n'avait plus de temps à perdre.

Les quelques serviteurs présents au manoir s'appelaient, s'entraidaient et sortaient en tenue de nuit. Pétrifiée, Julia courut vers la porte centrale, l'ouvrit sans peine et monta dans sa chambre où elle repéra facilement quelques objets de valeur : son journal, des souvenirs de sa mère, sa correspondance et surtout l'aquarelle offerte par le capitaine Cairns, à Noël 1766. La fumée s'infiltrait déjà par les ouvertures, le feu s'enhardissait et entourait la pièce. Julia, piégée, suffoquait. Des larmes brûlantes brouillaient sa vue, elle tâtonnait dans la touffeur des flammes qui rampaient comme un reptile sur le plancher.

Elle voulut sortir, mais la porte de sa chambre n'était que brasier ; la main couvrant sa bouche, elle atteignit la fenêtre et l'ouvrit ; mais nourries par l'air extérieur, les flammes voltigèrent autour d'elle, léchèrent ses chevilles, se propagèrent dans ses vêtements, dansèrent dans ses cheveux. Prise au piège, elle sauta par la fenêtre et s'écroula sur le sol, torche vivante qui se consumait sous les regards effrayés des villageois rassemblés sur la rive.

Mathilde et Firmin coururent vers elle pour lui porter secours ; il était déjà trop tard. La Bostonnaise agonisait dans des souffrances atroces, loin de son port, loin de ses rives. Prise de pitié pour cette malheureuse, Mathilde toucha le corps de Julia, prise de convulsions ; avec Firmin, ils invitèrent les villageois à réciter les prières des mourants : « *In nomine Patris*… »

Le feu continuait avec rage son œuvre de destruction ; un mur s'affaissa dans un vacarme d'enfer, les vitres éclatèrent comme un feu d'artifice. L'incendie gagna rapidement les bâtiments que les serviteurs, dirigés par Alexandre, n'arriveraient pas à protéger. Ils n'eurent que le temps de détacher les bêtes qui hésitaient à traverser le mur de fumée qui enveloppait l'étable. Le garçon d'écurie rassembla les chevaux dans l'enclos, ouvrit la barrière et les laissa filer dans un bruit de hennissements et de sabots. Il conduisit ensuite les autres bêtes dans la prairie déserte et ferma les barrières.

Tout semblait irréel : le firmament constellé d'étoiles et les flammes qui éclaboussaient en poussières de feu dans un fracas infernal, les cris, les ordres, les silences, les pleurs retentissaient de partout… Tout se confondait dans la désolation et la panique du moment. Les maîtres étaient absents, et, même si Alexandre avait pris la maîtrise de la situation, tous les meubles, tous les documents, tous les souvenirs et tous les autres biens disparurent, dévorés par les flammes vengeresses.

Julia émit un son rauque, s'agita puis plus rien. Elle ne respirait plus, elle était allée au bout de sa folie. Pour éviter qu'elle ne soit emprisonnée sous les décombres, Firmin et le docteur Généreux la prirent avec précaution et déposèrent l'amas de chair brûlée sur la rive, en face du manoir qui menaçait de s'écrouler. Mathilde s'approcha, examina ce qui restait du cadavre de Julia Scott et reconnut l'aquarelle à demi calcinée que la dame de compagnie tenait serrée contre sa poitrine. « Pauvre Julia ! dit-elle en se signant. Que Dieu ait pitié de son âme ! Henry sera peiné en apprenant la mort atroce de cette femme dont le cœur aura battu pour lui jusqu'à son dernier souffle », confia-t-elle à Firmin, ébranlé par ces tristes événements que rien ne laissait présager.

Devant les villageois aussi atterrés qu'impuissants, le feu finit son œuvre destructrice, avalant le manoir, les granges, le fenil, toutes les dépendances, ainsi que les récoltes de trois mille minots de blé. Les rebelles avaient fait chèrement payer au seigneur de Berthier sa ténacité à défendre ses terres et à soutenir la Couronne britannique. Il ne restait que cendres et désolation sur ces rives fécondes où avaient fleuri tant de rêves et où s'étaient embrasées tant d'amours ; celui de Julia, ignoré, l'avait menée à sa perdition. L'Anglaise était partie dans une gerbe d'étincelles, emportant ses secrets, ses idéaux et ses trahisons. Elle n'était plus que cendre et poussière.

Au sommet du grand chêne, une chouette hulula. Les braises du manoir s'éteignirent lentement dans un silence lourd de tristesse qui pesait sur les domestiques de la seigneurie de Berthier.

43

Le village de Berthier était en deuil de son manoir, qui jusque-là avait évoqué le souvenir de la présence française sur la rive du grand fleuve. L'église, que les paroissiens avaient âprement protégée de la destruction au plus fort de l'incendie, était orpheline ; elle seule agirait désormais comme un phare dans le paysage de Berthier. Ces deux bâtiments avaient toujours été considérés comme les piliers du village, indestructibles et éternels. Devant le trou béant et encore fumant, le désarroi de la population était total.

Dans la moiteur du matin d'automne qui peinait à se lever, les habitants, tristes et inquiets, se pressaient devant les ruines de la résidence seigneuriale, où une odeur âcre de cendre chaude se mêlait à celles, plus obsédantes, de chairs brûlées, celles de Julia et de quelques animaux qui n'avaient pu échapper aux flammes. En attendant les dispositions relatives à la mise en terre, les restes calcinés de la jeune femme avait été déposés dans un cercueil bien scellé, dans une pièce exiguë, à l'arrière de la sacristie. Des domestiques, recueillis et préoccupés, attendaient les ordres d'Alexandre avant de trier et d'enterrer les débris.

La scène était macabre : la cloche à demi fondue s'était tue à jamais et reposait sur un tas de ruines. Un mur écroulé gisait devant la cheminée noircie qui tenait encore sur son socle. Des meubles dispersés étaient méconnaissables. De toutes les peintures, de toutes les porcelaines et de tous les bibelots, il ne restait que quelques fragments épars. Autour des bâtiments effondrés, Draky fouillait les décombres et, malgré d'intenses recherches, Peluche restait introuvable. S'était-il enfui ou était-il parmi les ossements calcinés, éparpillés autour des débris que dissimulaient progressivement les feuilles mortes poussées par le vent d'automne ?

Seuls ou en familles, les habitants formaient une procession disciplinée et recueillie et s'arrêtaient un moment devant les ruines fumantes de la plus grande maison de la seigneurie, là où tout avait débuté, sous le Régime français, au siècle précédent.

— Il reste pus rien du manoir des Courthiau, constata le palefrenier Jean Malouin, la voix teintée de nostalgie. Qui a bien pu commettre un tel méfait ?

— J'ai mon idée, répondit Noël Morin, toujours à l'affût des racontars. Y a ben du monde qui en voulait au seigneur, hier soir, j'ai vu rôder…

— C'est pas le temps de calomnier son prochain, père Morin, ni de chercher un coupable ; le bon Dieu s'arrangera avec ça ! coupa le palefrenier. Faut plutôt se demander ce qui arrivera demain… On dit le seigneur prisonnier dans les colonies américaines, pis sa famille vit maintenant à Québec. Reviendront-ils à Berthier ? C'est là la question importante, parce qu'à matin, y a ben du monde qui ont pus de travail, fit observer l'homme, devant la charpente noircie des bâtiments.

— Que Dieu nous vienne en aide ! dit le curé Papin, qui revenait sur les lieux après avoir célébré la messe matinale. Prions avec confiance pour le retour prochain des Cuthbert. Le seigneur et sa dame s'étaient attachés à leur domaine et aux habitants du pays, j'ai bon espoir qu'une fois la guerre terminée ils reviendront vivre à la seigneurie.

— L'avenir est ben incertain, souligna Jean Malouin, personne sait qui la gagnera, cette guerre qui divise deux clans d'Anglais : ceux d'icitte, pis ceux des colonies du Sud.

— Dieu veillera sur son peuple, soutint le curé de Berthier d'une voix fatiguée.

***

Dès l'aube, Alexandre Cairns avait dépêché un messager auprès de Catherine afin qu'elle soit informée de la mort tragique de sa dame de compagnie et de la perte totale du manoir. Dans une brève missive adressée à sa cousine, il la priait de revenir à Berthier le plus tôt possible, car, écrivait-il, *«je ne me reconnais pas le droit de disposer des restes de Miss Scott, à qui vous vous étiez attachée au fil du temps».*

Mrs Cuthbert était atterrée. Depuis que son époux s'était engagé dans le conflit, en organisant la défense de ses terres et celle de la Couronne britannique, elle avait craint les représailles des rebelles américains, mais jamais elle n'avait pensé qu'un tel désastre surviendrait. Le message reçu l'informait de la mort accidentelle de Julia, mais l'incendie avait-il fait d'autres victimes ? Quelles étaient les pertes matérielles ? Le feu avait-il tout décimé ? Dans sa trop brève missive, Alexandre n'avait pas fourni ces détails, d'où l'inquiétude croissante de la seigneuresse de Berthier.

Comme aspirée par l'appel du devoir, elle résolut sur-le-champ de rejoindre Alexandre, sur qui, pour un temps indéterminé, elle devrait compter. Et guidée par le sens de la justice de son cousin et sa maîtrise des lois en vigueur, elle prendrait les décisions idoines, exigées par ces circonstances si tragiques.

L'absence de James et d'Henry pesait lourd sur les épaules de Catherine ; comment saurait-elle traverser cette dure épreuve sans l'appui de ces deux hommes forts, dotés d'un jugement sûr ? À trente ans, elle était déjà une femme marquée par les grossesses rapprochées, la fatigue et les soucis ; malgré ses traits tirés et ses rides naissantes, elle devrait se montrer digne des responsabilités qui retombaient sur elle, sans s'apitoyer sur son sort. James, solide comme un roc, reprendrait sans doute, un jour, les rênes de la seigneurie ; en attendant son retour, il lui revenait à elle d'être forte et courageuse devant l'adversité. Après avoir pleuré la mort atroce de l'orpheline et prié pour qu'elle repose en paix, elle boucla ses valises et embarqua sur le premier bateau en partance pour Montréal.

Le voilier filait vers Berthier, avec la seigneuresse à bord, accompagnée de ses fils aînés, Alexander et James, capables de comprendre le sinistre qui venait de réduire en cendres le palais de leur enfance heureuse. Espérant le retour de sa belle-sœur, Mathilde surveillait chaque jour l'aval du fleuve, déjà engourdi par les gels de l'automne, et, dès qu'elle aperçut la voile qui entrait dans le chenal, courut vers la pointe est de la rive. Elle la suivit ensuite, par le sentier, jusqu'au quai de la seigneurie.

***

Octobre agonisait dans une atmosphère tendue, imprégnée de tristesse et de morosité. Depuis l'incendie du manoir, les paroissiens, sans doute par besoin, se rendaient plus fidèlement aux offices religieux, implorant Dieu et ses saints de venir en aide aux seigneurs afin que survive leur village. Qu'adviendrait-il d'eux si James Cuthbert et sa famille choisissaient de demeurer en permanence aux alentours de Québec, où ils habitaient déjà quelques mois par an et y fréquentaient la bonne société ?

Plusieurs paroissiens avaient eux aussi aperçu le voilier venant de Québec, et plus celui-ci approchait du quai de la seigneurie, plus l'émotion était palpable ; une bonne partie des villageois s'étaient rassemblés, silencieux et fort tourmentés par la situation. Que leur dirait la seigneuresse ? À la demande du curé Papin, profondément affligé par la disparition du manoir et la fin dramatique de Julia, la Marie-Louise carillonna, comme pour dissiper cette morosité générale et exprimer une certaine joie, un certain espoir rendus possibles grâce au retour souhaité de *lady* Catherine.

Celle-ci débarqua, la tête baissée et les yeux rougis, sans faire aucun geste vers qui que ce soit. Elle portait sa tenue de deuil et tenait ses deux fils par la main. Elle avança résolument vers Mathilde et Alexandre, qu'elle avait repérés ; mais ils n'échangèrent aucun mot. Les villageois, formant une haie d'honneur, saluèrent respectueusement leur seigneuresse, marchant, profondément affligée, vers les ruines de son manoir.

La scène qu'elle s'était représentée tout le long du trajet du retour ne l'avait pas préparée au spectacle qui l'attendait ; devant les murs calcinés et les cendres éparpillées, elle éclata en sanglots. Mathilde l'enlaça et berça sa peine, sans mot dire : en cet instant d'intense douleur, toute parole eût semblé une indiscrétion et une profanation de l'endroit où était morte une jeune femme qui avait partagé la vie intime de Catherine. Celle-ci avait éprouvé, au fil des ans, une véritable amitié pour sa dame de compagnie, et son chagrin, profond et bien visible, atteignait le cœur de toutes les personnes présentes.

Accompagnées d'Alexandre, les deux femmes firent, toujours en silence, ou presque, la visite des lieux, sous l'œil inquiet des domestiques, qui tentaient de percevoir, par ses gestes et ses regards, les intentions de leur seigneuresse. Catherine, recueillie, marchait lentement sur la terre humide, mêlée de cendres folles balayées par le vent. Elle s'arrêtait devant les éclats de porcelaines qui lui appartenaient et esquivait les ferrailles tordues qui témoignaient de la violence de l'incendie.

— Quel désastre ! Comment puis-je en informer James ? demanda-t-elle en s'adressant à Alexandre.

— Il faut tenter de lui faire parvenir un message, mais comme il est prisonnier des rebelles, on ne saura pas s'il le recevra. Il semble plus urgent de prévenir Henry…

— C'est déjà fait, déclara Mathilde ; une lettre lui a été adressée dès le lendemain du sinistre. Il devrait pas tarder.

— Comment disposerons-nous du corps de Julia ? se tourmenta Catherine.

— Pour l'instant, grâce au savoir-faire de nos habiles artisans, celui-ci repose déjà dans un cercueil scellé, étanche à toute émanation… que le curé Papin accepte de garder à la sacristie encore quelques jours, précisa Alexandre. Dès le retour d'Henry, nous prendrons les mesures nécessaires pour transporter le corps de Julia au cimetière protestant de Montréal.

— Une bien triste fin, bien loin de sa terre natale, déplora la seigneuresse.

— *Miss* Julia m'avait informé, la veille de sa mort, de son intention de retourner à Boston, là où étaient ses racines. Ne pourrions-nous pas songer à y rapatrier ses restes afin qu'elle puisse être enterrée au même cimetière que ses parents ?

— Portons-la d'abord en terre protestante et, la guerre terminée, nous étudierons, avec les autorités gouvernementales, s'il est possible de réaliser le rêve de cette pauvre femme : dormir pour l'éternité auprès des siens.

— Vous êtes sage, chère cousine. Nous ferons comme vous le souhaitez.

— Maintenant, voulez-vous m'accompagner là où elle repose ? demanda Catherine.

— Venez, nous entrerons par la porte de la sacristie.

***

— Major Cairns, une missive pour vous, dit le messager en remettant la lettre à Henry, occupé à élaborer le plan d'un fortin. Est-ce que j'attends votre réponse, major ?

Reconnaissant la calligraphie particulière de sa femme et le mot « Urgent » souligné à grands traits, Henry, soucieux, lui signifia de patienter à la porte de son bureau.

Il décacheta aussitôt l'enveloppe, parcourut le texte à la hâte et échappa un juron :

— Par Dieu ! Que s'est-il passé à Berthier ?

Et sans tarder il rédigea un bref message qu'il remit au soldat de garde.

« Ma bien-aimée,

Je me rends tout de suite au bureau de mon commandant pour solliciter une permission de sortie temporaire. J'irai vous rejoindre dès qu'il me sera possible de me libérer de mes obligations. Prenez bien soin de vous, soyez prudente, l'ennemi rôde toujours.

Votre époux,

Major Henry Cairns »

Henry rentra chez lui, presque incognito, le dernier jour d'octobre 1776, tout juste avant le coucher du soleil. Des lueurs orange, striées de mauve et de rose, dansaient sur le parquet de bois blond de la cuisine où s'affairait Sarah. L'odeur des plats mijotés le mit en appétit, mais il résista à l'envie de piger dans les chaudrons, car il avait tant à faire avant de se mettre à table.

— Mathilde est-elle avec Marie-Rose ?

— Dans chambre à vous ; vot' sœur et enfants, en haut.

Comprenant que Catherine habitait chez lui, il fut rassuré et poussa un soupir d'aise ; puis il se hâta de se rendre à sa chambre pour retrouver sa femme et leur enfant. Lorsqu'il arriva dans la pièce, Marie-Rose était profondément endormie, les lèvres débordantes du lait chaud de sa mère. Mathilde lui sourit et déposa l'enfant dans ses bras.

— Vous étiez attendu, Henry, dit-elle, se blottissant contre son corps d'homme. Catherine a un très grand besoin de vous à ses côtés ; allons la rejoindre, elle est sans doute impatiente de s'appuyer sur votre épaule et de pleurer tout son saoul.

* * *

Regroupés au coin de l'âtre généreusement nourri de bûches par Joshua, maintenant au service de Mathilde, Henry, Alexandre et les deux femmes discutèrent, entre autres choses, des modalités relatives au transport du corps de Julia. Le temps pressait, novembre marquant les derniers départs des bateaux naviguant sur le fleuve. Il fut décidé qu'une cérémonie de prières serait célébrée à la sacristie de l'Église catholique par le pasteur protestant de la garnison de Saurel, et qu'ensuite Henry et Alexandre accompagneraient le cercueil de Julia qui serait inhumé au cimetière des Anglais, à Montréal.

Certains habitants, sans oser l'exprimer publiquement, trouvaient quelque peu exagérée l'attention portée à cette domestique, fût-elle Anglaise comme les maîtres. N'avait-elle pas témoigné ouvertement son mépris pour la population catholique de la seigneurie, et ce, à plusieurs reprises ? Mais Catherine, compatissante, poussée par une tendresse mêlée de remords, ne pouvait priver la défunte des honneurs respectueux dus à une personne avec qui elle avait partagé les dernières années de sa vie. Quel que fût le passé sombre et mystérieux de sa dame de compagnie, Catherine ne se soustrairait pas à ses devoirs.

Le 2 novembre 1776 était une journée froide et triste qui marquait la fin d'un commencement. Pour chacun des habitants de la seigneurie, quel que soit leur rôle dans cette société, un chapitre se terminait dans l'incertitude des lendemains. Quelques domestiques de Berthier, accompagnés de ceux et celles qui avaient partagé la vie de Julia, portèrent le cercueil jusqu'au quai. La Marie-Louise sonna le glas au moment où le curé Papin bénissait les restes de cette malheureuse orpheline. En signe d'adieu, les arbres agitaient leurs branches dénudées et quelques oiseaux volaient au-dessus du cortège en piaillant ; les eaux sombres du fleuve, étrangement calme pour un jour d'automne, coulaient en direction du levant.

Henry et Mathilde fermaient la marche, amoureusement enlacés. Juste avant l'embarquement, ils restèrent un moment unis dans une étreinte aussi silencieuse qu'éloquente ; un baiser échangé scella, une fois de plus, leur engagement réciproque et leur amour éternel.

Une cornemuse retentit, annonçant le départ de Julia. Les villageois présents se signèrent et attendirent, avec Mathilde et Catherine qui étaient debout sur le quai, que le navire emporte ce qui restait de l'orpheline de Boston.

— Pauvre Julia, déplora Catherine. Elle n'a jamais pu oublier mon frère qu'elle a aimé dès le premier jour. Avant votre mariage, je lui ai longuement parlé, tentant de lui faire comprendre les mystères insondables du cœur. Je l'ai assurée qu'Henry lui garderait son amitié, mais elle m'avait répondu qu'elle ne se satisferait jamais d'une seconde place. Mon frère est très bouleversé par cette mort dramatique. Nous sommes tous ébranlés ; personne ne mérite un tel sort ! James sera, lui aussi, très peiné en l'apprenant. N'était-il pas allé la recruter lui-même à l'orphelinat de Boston ?

— C'est ce qu'on a raconté. Pourquoi elle et pas une autre ?

— Le destin, *my dear. The fatality !*

— Julia aurait pu vivre heureuse à vos côtés si seulement elle avait su reconnaître tous les bonheurs simples du quotidien : votre amitié, votre confiance en elle, la venue des enfants, vos fréquentations mondaines. Elle semblait aveugle, ignorant la beauté du monde.

— Cette pauvre fille avait les yeux rivés sur son soleil, mon frère Henry, et ne voyait plus les étoiles qui brillaient dans son ciel. Que Dieu lui fasse une place auprès de lui !

— Qu'il en soit ainsi !

Après avoir jeté un dernier regard vers le fleuve, les deux femmes retournèrent à la maison de Mathilde où Sarah leur servit le *tea*. Elles évoquèrent avec émotion les souvenirs des événements passés depuis 1766. Que de morts, que de peines et que de rêves évanouis ! Mais aussi tant de joies, de promesses tenues et d'amours écloses à l'ombre du clocher de l'église de Berthier.

La seigneurie survivrait, personne n'en doutait plus…

ÉPILOGUE

À son retour de la prison d'Albany, quelques années plus tard, le seigneur Cuthbert fit reconstruire le manoir sur la rive sud de la rivière Bayonne, à environ un mille du Saint-Laurent. La décision de s'éloigner du fleuve démontra la prudence du seigneur de Berthier, qui appréhendait d'autres attaques de la part des rebelles. Ses craintes étaient fondées, car ces derniers lancèrent des hostilités contre l'Angleterre, entre 1812 et 1814, en attaquant le Canada. Et comme souvent l'histoire se répète, Ross, le troisième fils des Cuthbert, fut emprisonné par les Américains, tout comme son père l'avait été, quelques années plus tôt.

La nouvelle demeure fut construite dans le style des grandes maisons québécoises de l'époque. La famille, déjà nombreuse, nécessitait alors plusieurs appartements. La maison était longue et basse, avec un toit en pente, percé de mansardes. La devanture, qui faisait face à la rivière Bayonne, était entourée d'arbres et de jardins. Des écuries, des hangars, des dépendances et même une glacière composaient l'ensemble des bâtiments.

Ce manoir était encore présent dans le paysage bucolique de la campagne berthelaise au début du XXe siècle.

***

Catherine donna naissance à trois autres filles : Georgina Davida, née à une date inconnue, Maria Clara (Mary), née le 15 septembre 1780, et la dernière, Caroline, décédée peu de temps après sa naissance, en mars 1785.

Le seigneur de Berthier paya des études au Collège des Jésuites, à Douai, en France, à ses trois fils : Alexander, James et Ross. Ils y perfectionnèrent leurs connaissances de la langue française et y étudièrent aussi le droit civil français. James embrassa la religion catholique, malgré la réticence de son père, qui eut même de sérieux différends avec le curé Pouget à ce sujet.

Les filles étudièrent dans de bonnes institutions de Québec et épousèrent soit des officiers de l'armée britannique, soit des hommes d'affaires fortunés.

Catherine Cairns mourut le 7 mars 1785 ; elle n'avait que quarante ans ; elle est décédée après la naissance de son dixième enfant, Caroline.

James, atterré par la mort de son épouse, qu'il chérissait tendrement, était aux prises avec un problème : où inhumer les restes de sa femme et de leur enfant, de confession presbytérienne ? Il ne tergiversa pas longtemps et réserva une parcelle de son vaste domaine pour y ériger une chapelle où seraient enterrées Catherine et Caroline.

La construction de cette chapelle presbytérienne débuta dès 1785 et se termina l'année suivante. Ce lieu de culte protestant serait donc le premier à être érigé dans ce qui était alors le territoire canadien. Une autre chapelle protestante avait été construite à Halifax, en 1750, mais la Nouvelle-Écosse était à ce moment-là une colonie rattachée à l'Angleterre.

La chapelle Cuthbert fut dédiée à saint André, patron de l'Écosse.

James Cuthbert poursuivit ses activités politiques et commerciales. Il prit une troisième épouse, Rebecca Stockton, veuve de Richard Cochrane, le 23 mars 1786. Les épousailles eurent lieu aux Trois-Rivières.

James Cuthbert décéda au manoir de Berthier, le 17 septembre 1798. Il fut inhumé sous la chapelle Saint-André, mais ses restes furent transportés au cimetière anglican, à Berthier, en 1866, lors de son inauguration. Par ailleurs, les ossements de Catherine et de Caroline ont été retrouvés, plus tard, sous la chapelle ; elles y reposent toujours. Une plaque commémorative rappelle cette inhumation.

Les trois fils Cuthbert héritèrent des diverses seigneuries et propriétés à Berthier, à Dorvilliers et à Montréal.

* * *

En 1765, à l'arrivée de James Cuthbert, Berthier comptait environ 649 habitants et, au recensement de 1790, la population s'élevait à 2 415 Berthelais, qui vivaient autour du clocher de la nouvelle église, érigée entre 1782 et 1787.

Le système seigneurial fut aboli en 1854 ; les seigneuries devinrent alors les villes et les villages du Québec d'aujourd'hui. Les municipalités ont graduellement remplacé l'ancien système à partir de 1845.

* * *

La chapelle des Cuthbert fut cédée au gouvernement du Québec le 2 décembre 1927 par la famille Cuthbert ; elle devint un monument historique le 30 mars 1958. La restauration complète ainsi que l'aménagement du vaste parc qui avoisine la chapelle ont été réalisés en 1977 et 1978. En 2011, à l'occasion du 225e anniversaire de la construction de la chapelle, on procéda à une revitalisation des lieux où se tiennent, pendant toute la saison estivale, des rencontres culturelles.

Quant aux personnages fictifs qui ont enrichi la trame de ce roman historique, l'auteure laisse à ses lecteurs le soin de forger leur destin.

GLOSSAIRE

astheure : à présent, maintenant

bessons : jumeaux

betôt : bientôt, dans peu de temps

bretter : musarder, perdre du temps

caribou : boisson traditionnelle, faite de vin rouge et de whisky

chenail : chenal entre les îles

cousin : pâtisserie en forme de personnages, offerte lors de fêtes

dégreyer : enlever ses vêtements d'extérieur : manteau, chapeau, mitaines…

énarvement : inquiétude

encanteur : qui fait des ventes à l'encan. Autrefois, l'encanteur faisait « la criée » sur le perron de l'église paroissiale après la messe

feluette : fluet, maladif, faible, chétif, malingre

feuble : faible

gorgoton : gorge, gosier, pomme d'Adam

gosser : tailler du bois avec un couteau, un canif

icitte : ici

lieue : ancienne unité de distance dont la valeur varie entre 4 et 6 km

magané : maltraité, endommagé

malavenant : détestable, mal élevé, impoli

maquignon (ou maquillon) : marchand de chevaux, pas toujours honnête

méné : alevin, poisson minuscule

menoire : limon, chacune des deux pièces de bois fixées au-devant d'une voiture et entre lesquelles on attelle le cheval

minot : mesure pour des matières sèches, équivalent à 15,4 kilos

ordinaire (faire l') : faire la cuisine

souventes fois : souvent

steppettes : pas de danse rapides

tirer la pipe (se) : se taquiner

truie : poêle bas

yâbe : le diable

MOTS ANGLAIS

bastard : mot vulgaire, insultant

brother-in-law : beau-frère

insurgent : rebelle des Treize colonies du Sud qui revendiquait l'indépendance

minutemen : miliciens enrôlés dans la guerre d'Indépendance américaine

redcoats : soldats de l'armée anglaise, vêtus d'uniformes rouges

sister-in-law : belle-sœur

NOTE GÉOGRAPHIQUE

La Rivière-du-loup désigne la ville de Louiseville, appelée ainsi autrefois. Le village de Rivière-du-Loup, constitué en 1878, a changé de nom l'année qui a suivi sa fondation en l'honneur d'une des filles de la reine Victoria. Cette décision fut prise pour distinguer cette ville de Rivière-du-Loup, située dans le Bas-Saint-Laurent. Avant ce changement de nom, le village était aussi connu sous le nom de Rivière-du-Loup-en-Haut pour le différencier de son village homonyme.